Knaur

Mark Anthonys Meisterwerk bei *Excalibur*

Die letzte Rune 1 – Das Ruinentor
Die letzte Rune 2 – Der Fahle König
Die letzte Rune 3 – Der Runensteinturm
Die letzte Rune 4 – Die Flammenfestung
Die letzte Rune 5 – Der Tod der Götter
Die letzte Rune 6 – Die sterbende Stadt
Die letzte Rune 7 – Die schwarzen Ritter
Die letzte Rune 8 – Das Schwert von Malachor
Die letzte Rune 9 – Das Tor des Winters

Weitere Bände sind in Vorbereitung.

Über den Autor

Der Paläontologe Mark Anthony wuchs in Colorado auf und gehört heute zu den erfolgreichsten Fantasy-Autoren der USA. Mehr Informationen finden Sie auf der offiziellen Homepage des Autors: www.thelastrune.com

Mark Anthony

DIE LETZTE RUNE
9

Das Tor des Winters

Aus dem Amerikanischen von
Andreas Decker

Knaur

Die amerikanische Originalausgabe erschien 2003 unter dem Titel
The Gates of Winter bei Tor, New York.
Im Knaur Taschenbuch Verlag wird *The Fates of Winter* mit freundlicher
Genehmigung des Autors in zwei Bänden erscheinen:

Die letzte Rune 9: Das Tor des Winters und
Die letzte Rune 10: Der Runenbrecher.

Besuchen Sie uns im Internet:
www.knaur-fantasy.de

Sagen Sie uns die Meinung zu diesem Buch:
fantasy@droemer-knaur.de

Deutsche Erstveröffentlichung 2004

Umschlagkonzept: Melissa Andersson
Umschlaggestaltung: ZERO Werbeagentur, München
Umschlagabbildung: Schlück
Lektorat: Ralf Reiter
Satz: Ventura Publisher im Verlag
Druck und Bindung: Nørhaven Paperback A/S
Printed in Denmark
ISBN 3-426-70275-5

2 4 5 3 1

Für Carl, Carla, Aurora und Aidan –
Ich denke gern an unser eigenes Winterabenteuer
in Salt Lake 2002 zurück!

KARTE

DIE DOMÄNEN
und Umland
Meilen
0
25
50
DAS WINTERMEER
Ur-Torin
TORINGARTH
DIE FROSTEBENE
Fal Imbri
IMBRIFALE
Das Runentor
Fal Threndur
(Eisenzahnberge)
DIE SCHATTENKLUFT
Burg Todesfaust
(MALACHOR)
Der Fluß Fellgrim
EMBARR
DIE ÖDNIS
Kelcior
Barrsunder
Der Winterwald
Der Schlangenschwanzfluß
Der Fluß Farwander
EREDANE
Der Weiße Turm
Fal Erenn
(Morgenrotberge)
Spardis
PERRIDON
Westwald
Erendel
Galt
GALT
Der Dämmerwald
Der Graue Turm
Fal Sinfath
(Zwielichtberge)
Calavere
DIE STURM-
KÜSTE
Ar-Tolor
DAS MEER DER MORGENRÖTE
CALAVAN
Der Königsmannenpfad
Der Fluß Dimduorn
TOLORIA
Der Schwarze Turm
Borelga
Der Fluß Kelduorn
Gendarra
DIE FREIEN STÄDTE
Weißsteingipfel
Der Große
BRELEGOND
Die Schleierberge
Nach Tarras
DAS SOMMERMEER

EINLEITUNG

In einer Herbstnacht verändert sich das Leben von Travis Wilder, einem Saloonbesitzer in der kleinen Stadt Castle City, für alle Zeiten. Sein Freund Jack Graystone bittet ihn, einen unscheinbaren Stein zu hüten, und stirbt Augenblicke später beim Angriff unheimlicher Wesen. Nur die Hilfe des mysteriösen Wanderpredigers Bruder Cy rettet Travis das Leben. Cy befördert ihn nach Eldh, einer Welt voller Magie, deren Entwicklung dem irdischen Mittelalter entspricht – und von der Jacks Mörder kommen.

Zur gleichen Zeit stößt in Denver die Ärztin Grace Beckett auf die Männer mit den Eisenherzen. Für die Waise ist eine Kette mit einem seltsamen Metallfragment voller Runen die einzige Erinnerung an ihre Eltern – und macht sie plötzlich zur Gejagten. Ein Mann namens Hadrian Farr, der Agent einer Organisation, die sich die Sucher nennt, verhilft ihr zur Flucht, die auch sie nach Eldh führt.

Die beiden Menschen von der Erde stehen plötzlich an vorderster Front im Kampf gegen den Fahlen König. Vor tausend Jahren raubte er die drei Großen Steine, um mit ihrer elementaren Macht dem schrecklichen Alten Gott Mohg den Ausbruch aus seinem Kerker im Nichts zwischen den Welten zu ermöglichen. Mohg will die Erste Rune brechen und Eldh vernichten, um es dann nach seinem Antlitz neu zu erschaffen. Aber der Fahle König wurde im Krieg der Steine besiegt und für immer in sein eisiges Reich Imbrifale eingesperrt. Doch nach dem Untergang des Königreichs von Malachor, das nach dem Sieg über das Böse von König Ulther von Toringarth und Kaiserin Elsara von Tarras gegründet wurde, ist die Runenmagie in Vergessenheit geraten, und das Runentor wird schwächer.

Travis muss zu seinem Entsetzen entdecken, dass sein

Freund Jack der Hüter eines der Großen Steine war und ihn zusammen mit seiner Macht als Runenmeister an ihn weitergegeben hat. Und Grace, die man auf der rückständigen Welt für eine Herzogin hält, gebietet plötzlich wie die Hexen von Eldh über die *Gabe,* mit der sie sich die *Weltenkraft* zunutze machen kann, das magische Netz, das alle lebenden Dinge verbindet. Sie findet in der Domäne Calavan echte Freunde wie die junge Adlige Aryn, deren rechter Arm seit Geburt verkrüppelt ist und die ebenfalls zu einer mächtigen Hexe wird. Und da ist der Ritter Durge aus der Domäne Embarr, der Grace bewusstlos am Rand des verwunschenen Dämmerwaldes findet. Durge ist ein düsterer Mann, dem das Schicksal die Familie geraubt hat. Er wird zu Graces treuem Beschützer.

Unterstützt von dem Barden Falken Schwarzhand, der geheimnisvollen Lady Melia und dem aufrechten Ritter Beltan, nehmen sie gezwungenermaßen den Kampf auf. Travis kann das Gefängnis des Fahlen Königs mit *Sinfathisar,* dem Stein des Zwielichts, erneut versiegeln.

Aber das ist nicht das Ende. Es ist der Anfang.

Im Krieg der Steine vor tausend Jahren erschuf der Fahle König mächtige Helfer; er verwandelte einige der Neuen Götter aus dem Süden in Nekromanten, die ihm treu zur Seite standen. Ihre Brüder und Schwestern nahmen den Kampf gegen sie auf, indem sie wie Melia zu Menschen wurden und König Ulther unterstützten. Zwei Nekromanten überlebten die Schlacht, Dakarreth und Shemal.

Dakarreth hat *Krondisar,* den Stein des Feuers, in seine Gewalt gebracht. Er überzieht das Land mit der Flammenpest, doch Travis kann den Nekromanten besiegen. Der magische Stein aber verbindet sich mit dem stummen Mädchen Tira, das ihn als neue Göttin am Himmel in Sicherheit aufbewahrt.

Shemal hingegen spinnt aus dem Verborgenen heraus ein feines Intrigennetz. Sie unterwandert die Hexen von Eldh. Seit langem leben die Hexen in Furcht vor einer Prophezeiung: Eines Tages soll der Runenbrecher die Erste Rune brechen und die Welt zerstören.

Und Travis Wilder ist der Runenbrecher.

Bei dem Großen Hexenzirkel auf Schloss Ar-Tolor kommen die Hexen zusammen und weben das magische Muster, das sie alle zwingt, gegen den Runenbrecher und den Mysterienkult der Krieger von Vathris vorzugehen. Die ehrgeizige Hexe Liendra will Travis tot sehen. Niemand weiß, dass Liendra eine Kreatur der Nekromantin ist, die völlig verblendet das Böse unterstützt. Die Hexen haben eine uralte Hierarchie; ihre Führung besteht stets aus drei gewählten Frauen, die stellvertretend die Zyklen des Lebens repräsentieren. Es sind Jungfrau, Mutter und Greisin. Die amtierende Mutter ist die schöne Königin Ivalaine von Toloria, dem Nachbarn und ältesten Verbündeten von Calavan. Liendra begehrt Ivalaines Amt, und sie scheint leichtes Spiel zu haben, denn die Hexenkönigin von Schloss Ar-Tolor verliert langsam, aber sicher den Verstand.

Als Grace und Travis den im Kampf gegen Dakarreth schwer verwundeten Beltan zur Erde bringen, um ihn zu heilen, geraten sie in Denver ins Visier des Duratek-Konzerns. Der Konzern weiß von Eldh und will die neue Welt ausbeuten; seine Wissenschaftler versuchen mit Hilfe von Technologie und Magie ein Tor zu erschaffen, das den Übergang zwischen den Welten ermöglicht. In letzter Sekunde erhalten Grace und Travis Hilfe von den Suchern. Hadrian Farr und Deirdre Falling Hawk arbeiten schon lange für die Organisation, die es seit Jahrhunderten gibt. Ihr Ziel ist es, außerweltliche Begegnungen zu dokumentieren und die Existenz anderer Welten zu beweisen. Zwar verstoßen Hadrian und Deirdre mit ihrer Hilfsaktion gegen die Regeln der Organisation, die nur beobachtet und niemals eingreift, aber es gelingt ihnen, Grace und Travis so lange vor Duratek zu beschützen, bis sie den Weg nach Eldh zurückfinden.

Es verschlägt sie jedoch versehentlich weit in den Süden, in die Kaiserstadt Tarras. Dort tötet ein Dämon die Letzten der Neuen Götter. Bei der Vernichtung des Dämons landen Travis, Durge, die Hexe Lirith und der Mournisch Sareth wieder auf die Erde – im Castle City des Jahres 1887. Dort stoßen sie auf Jack Graystone, den langlebigen Runenmeister, der vor dem Fahlen König zur Erde geflohen ist und den Großen Stein *Sinfathisar* hütet, den er hundert Jahre später an Travis weitergeben wird. Aber jetzt befinden sich zwei Exemplare von *Sinfathisar* zur selben Zeit am selben Ort; unbeabsichtigt erzeugt Travis mit ihrer ungeheuren Macht einen Riss im Weltengefüge zwischen Eldh und Erde. Damit verursacht er alle Geschehnisse erst, denn dieser Spalt ermöglicht es dem Alten Gott Mohg, Zuflucht auf der Erde zu suchen und seine Rückkehr nach Eldh in die Wege zu leiten.

In Tarras erfährt die Waise Grace ihre wahre Herkunft. Sie ist die Erbin von Malachor, in ihren Adern fließt das Blut von König Ulther. Der zur Unsterblichkeit verfluchte Barde Falken und Melia retteten beim Untergang von Malachor den Erben des Königshauses, und sie beschützten das Geschlecht über Generationen. Doch der Fahle König spürte die Familie der letzten Erbin auf. Durch Zufall entkam die kleine Ralena dem Tod. Melia und Falken sahen nur einen Ausweg: Sie schickten Ralena zur Erde. Aber der Übergang scheiterte, Ralenas Beschützer starb. Man gab dem Findelkind den Namen Grace, und es wuchs in einem schrecklichen Waisenhaus in Castle City auf, wo das Mädchen für sein Leben gezeichnet wurde. Für Grace ist diese Enthüllung eine schwere Last. Nicht nur ist sie die Königin des untergegangenen Reiches von Malachor – sie ist auch diejenige, die sich einst wie ihr Vorfahr Ulther dem Fahlen König entgegenstellen muss.

Aber zuerst will sie die Verschollenen retten. Die Gefährten erhalten Hilfe von dem stummen Runensprecher Himmel, der Travis schon in der Vergangenheit zur Seite stand. Seine Hinweise führen zum Schwarzen Turm der Runenbrecher; dort sollen Travis und die anderen am Tag der Wintersonnenwende wieder nach Eldh gelangen. Doch der Fahle König gewinnt jeden Tag an Macht. In allen Domänen wütet sein Rabenkult und macht Jagd auf Hexen, Runenkundige und Andersdenkende, während gleichzeitig geheimnisvolle schwarze Ritter aus dem Westen eine Domäne nach der anderen unterwerfen. Falken überredet Grace, trotz dieser Gefahren die Suche nach dem Runenschwert Fellring aufzunehmen. Als Erbin von Malachor ist sie die Einzige, die die magische Waffe schwingen kann. König Ulther konnte den Fahlen König einst mit Fellring besiegen, aber dabei zerbrach das Schwert. Einen der Splitter trägt Grace um den Hals, der Rest soll sich in der Stadt Ur-Torin im sagenumwobenen Toringarth befinden. Grace, Falken, Beltan und die *T'gol* Vani, die Meuchelmörderin aus dem Süden, brechen dorthin auf.

Aryn und Melia hingegen reisen zurück nach Schloss Calavere. Aryn soll Prinz Teravian heiraten, den Sohn von König Boreas. Teravian ist am Hof von Königin Ivalaine groß geworden, und allem Anschein nach hat er die Fähigkeiten eines Hexers. Auch wenn Aryn den mürrischen jungen Mann nicht besonders gut leiden kann, will sie den Sitten gehorchen und ihn trotzdem heiraten. Auf Calavere trifft sie auch Mirda wieder. Die Hexe hat beim Großen Hexenrat dafür gesorgt, dass das Muster im letzten Augenblick verändert wurde und man Travis Wilder nicht töten, sondern nur gefangen nehmen soll. Mirda verfügt über große Macht und wird nach Lirith die zweite Lehrerin Aryns. Aber sie verbirgt ein Geheimnis: Sie gehört einem verbotenen Schattenzirkel an. Diese Frauen bewahren eine zweite Prophezeiung. Ihr zufolge wird der

Runenbrecher die Welt zwar zerstören, sie aber gleichzeitig retten. Außerdem gibt es dieser Weissagung zufolge einen zweiten Runenbrecher. Aryn schließt sich Mirdas Schattenzirkel an, obwohl sie sich damit in große Gefahr begibt.

Unterstützt vom geheimnisvollen Kleinen Volk, einem eigenwilligen Überbleibsel aus der Zeit der Alten Götter, finden Grace und ihre Freunde das Runenschwert, aber sie tappen auch in eine Falle. Ur-Torin ist eine Stadt des Todes.

Der Runenmeister Kelephon erwartet sie bereits. Einst gehörte er zu den ersten Runenmeistern, die die Drei Steine hüten sollten, aber seine Machtgier und die Aussicht auf Unsterblichkeit ließ ihn die Seiten wechseln. Als Diener des Fahlen Königs sorgte er für den Untergang des Königreichs von Malachor, und er brach in Ur-Torin die Rune des Lebens und tötete alle, nur um an Fellring heranzukommen. Aber das Runenschwert kann tatsächlich nur von einer Person geführt werden, in deren Adern das Blut von König Ulther fließt. Kelephon hat geduldig die Jahre abgewartet und Pläne geschmiedet; er ist es gewesen, der im fernen Land Ewigsee die Flüchtlinge aus Malachor zu einer neuen Nation geschmiedet hat und ihre schwarzen Ritter benutzt, jetzt will er Grace töten und mit ihrem Blut Fellring beherrschen, um sich an die Stelle seines Herrn zu setzen. Aber mit Aryns Hilfe, die ihr über die weite Distanz hinweg durch die Weltenkraft zusätzliche Kraft verleiht, kann Grace Kelephons Pläne vorerst zunichte machen.

In der Nacht der Wintersonnenwende ist genau ein Jahr vergangen, seit Travis Wilder das Runentor in Imbrifale erneut versiegeln konnte. Und in dieser Nacht reisen er und seine Gefährten zurück nach Eldh und in die Gegenwart, indem er die Rune der Zeit bricht. Aber der Feind ist schon da. Der Turm wird von *Feydrim* belagert, den Bestien des Fahlen Königs. Mit erneuter Hilfe des Kleinen Volkes stoßen Grace und ihre Freunde zum Turm vor, wo der stumme Himmel bereits auf sie wartet. Sie können Travis und die anderen retten, aber sie können nicht verhindern, dass ein Unbekannter Himmel niedersticht, der sich im Tod unerklärlicherweise in die Rune des Himmels verwandelt. Der Mörder ist der zweite Runenbrecher, und jetzt besitzt er die Rune, die das Ende der Welt einläuten kann ...

»Liebe soll Euch trotzen.«

TEIL EINS

Die Königin des Sommers

1

In der Mitte des Winters erreichte er Ar-Tolor.

Die Dämmerung brach herein, und aus den Fenstern des Schlosses oben auf dem Hügel drang goldener Lichtschein, lockte mit dem Versprechen prasselnder Kaminfeuer und mit dampfendem Wein gefüllter Pokale. Er konnte sich nicht daran erinnern, wann ihm das letzte Mal warm gewesen war – richtig warm –, und die letzten paar Meilen waren die kältesten von allen gewesen. Seine Füße hätten genauso gut Steinklumpen sein können, und seine Finger waren trotz der darum gewickelten Lumpen wund und blutig. Er sehnte sich danach, zum Tor zu reiten und um Gastfreundschaft zu bitten.

Stattdessen lenkte er sein Pferd von der Straße und trieb es auf einen Hain zu, der nebelgleich am Abhang unterhalb der Schlossmauern stand. Dort würde er sie finden – nicht in den hell erleuchteten Sälen Ar-Tolors, sondern hier, wo sich die dunklen Schatten sammelten.

Er hielt das Pferd am Rand der Bäume an, stieg unbeholfen aus dem Sattel und warf die Zügel über einen Ast. Das Pferd schnaubte, sein Atem trieb geistergleich durch die Luft, mit einem Huf kratzte es im Schnee. Man schrieb den Geldath, ein Eismonat; das Tier würde nichts zu fressen finden. Er ließ den Hengst zurück und stapfte tiefer in den Hain hinein, seine Stiefel knirschten im frisch gefallenen Schnee.

Über ihm verwoben sich Äste so scharf und schwarz wie Tinte auf Pergament miteinander und bildeten ein zerbrochenes Mosaik, das sich vom farblosen Himmel abhob – es war wie das Netzwerk aus Narben, das sein Gesicht war. Wo sich Zweige kreuzten, glaubte er manchmal die vertrauten Umrisse von Runen ausmachen zu können. Da war *Lir.* Licht. Und da drüben, drei Äste, die *Krond* zeichneten, die Rune des Feuers.

Er stellte sich vor, wie er die Finger tanzenden Flammen entgegenstreckte ...

Das waren närrische Gedanken; die Kälte hatte seinen Verstand genauso eingefroren wie seine Hände und Füße. Doch ihm war klar, dass er seinen Scharfsinn auftauen musste, denn wenn er seine Worte nicht mit Sorgfalt wählte, würden sie ihn verraten. So wie er *sie* verraten wollte. Er murmelte *Ber*, die Rune der Kraft, und ging weiter.

Es war die Stille, die ihn warnte. Irgendwo im Hain hatte eine Taube traurig gegurrt. Die Musik verstummte. Er drehte sich um, und das Herz in seiner Brust verwandelte sich in einen Eisklumpen. Neben einem Baum stand eine Gestalt in einer schwarzen Kutte. Der Kuttensaum schwang hin und her, dabei wehte kein Luftzug. Nur eine Fußspur verunstaltete den Schnee: seine eigene.

Er zitterte, und das nicht nur wegen der Kälte. Jeder Instinkt befahl ihm, die Flucht zu ergreifen. Stattdessen zwang er seine Beine dazu, sich in Bewegung zu setzen, ihn zu der Gestalt zu bringen. Eine Armlänge von ihr entfernt hielt er das harte Bündel unter seinem Umhang fester. Zu ihren Füßen lag die Taube mit gebrochenem Genick. Blut benetzte den Schnee wie Winterbeeren.

Eine Stimme so scharf wie das Knacken zerbrechender Zweige drang aus der Kapuze hervor. »Warum hast du so lange gebraucht?«

»Vom Schwarzen Turm ist es eine lange Reise.« Seine Lippen schienen aus Lehm geformt; das Sprechen bereitete Mühe. »Ich ritt, so schnell ich konnte.«

»Tatsächlich? Dein Pferd schien nicht übermäßig erschöpft zu sein, als ich an ihm vorbeikam.«

Er sah nach hinten. Zwischen den Bäumen konnte er mühsam eine große Masse ausmachen, die im Schnee lag; die schlanken Beine ragten steif zur Seite. »Das war mein drittes

Pferd. Das letzte ist im Osten von Calavan unter mir zusammengebrochen.«

»Sie sind so zerbrechlich. Ich würde eine solche Schwäche bei keinem meiner Diener dulden.«

Er erwiderte nichts, und sie schwebte über den Schnee näher an ihn heran. Ein feiner Vorhang aus Eis bestäubte sein Wams.

»Bist du sicher, dass du unterwegs nicht an der Festung deiner Brüder Halt gemacht hast?«, sagte sie. »Sie ist nicht so weit von Ar-Tolor entfernt. Vielleicht hast du ja den Wunsch verspürt, ihnen deinen Fund zu zeigen?«

»Sie sind nicht länger meine Brüder. Mir ist für alle Ewigkeit verboten, zu meinem Zuhause zurückzukehren – etwas, das Euch ebenfalls vertraut ist, wenn ich mich nicht irre.«

Im Inneren der Kapuze funkelte ein milchiges Auge. »Sei vorsichtig, Sterblicher!«

Er lachte, kaum weniger über seine Reaktion überrascht als sie. »Glaubt Ihr nicht, dass es dafür schon lange zu spät ist, Shemal?«

Sie schnalzte mit der Zunge. »Und, hast du sie?«

»Ja.«

»Schnell – zeig sie mir!«

Er holte das Stoffbündel hervor, das er die vielen Meilen in der Nähe seines Herzens getragen hatte. *Verzeih mir, mein Freund.* In der Hoffnung, dass sie sein Zittern allein der Kälte zuschrieb, wickelte er den Stoff auseinander und enthüllte eine Scheibe aus cremefarbenem Stein von der Größe seiner ausgebreiteten Hand. In ihre Oberfläche war eine silbrige Rune eingearbeitet. *Tal.* Himmel.

Sie streckte Hände so bleich wie die Scheibe aus.

»Ihr wollt sie also halten?«

Sie zischte und riss die Hände zurück. »Verspottest du mich?«

Er hielt seinen Tonfall desinteressiert. »Das glaube ich kaum.« Aber als er die Scheibe wieder einpackte, verspürte er Triumph in sich aufblitzen. Er hatte vermutet, dass sie es nicht wagen würde, die Rune zu berühren; bestimmt vertrug sich die Runenmagie nicht mit der ihren. Sie brauchte ihn noch immer, um die Rune zu tragen. Und sie zu brechen.

Sicher, es gab noch zwei Personen auf der Welt, mit denen Shemal die Rune des Himmels hätte brechen können. Aber der Runenmeister Kelephon diente dem Fahlen König und nicht ihr. Und der Mann, den die Hexen für den Runenbrecher aus der Prophezeiung hielten, Travis Wilder, war ein Werkzeug ihrer Feindin Melindora Nachtsilber. Also hatte Shemal sich einen anderen Runenbrecher gesucht, einen, den sie zu ihrem Sklaven machen konnte, und sie hatte ihn gefunden. Sie hatte ihn dazu gebracht, vor ihr zu kriechen, und er hatte es begierig getan und sich ihr verschworen.

Alles in allem war es ein fast perfekter Plan. Es gab nur ein Problem. Er wusste nicht, wie man Runen brach. Und wenn sie dies entdeckte, bevor er eine Möglichkeit gefunden hatte, die Rune des Himmels zu brechen, war alle Hoffnung verloren.

»Du denkst an etwas«, sagte sie. »Ich kann es in deinen Augen lesen. Sag mir, was es ist.«

»Ich dachte an Euren Meister«, log er schnell und versuchte, dabei nicht auf die tote Taube zu schauen. »Er ist seit mehr als einem Zeitalter verbannt. Wird er wirklich die Stärke haben, das zu tun, was er tun will?«

»Lächerliche Gedanken! Ich hätte dich nicht für so schwach wie Liendra gehalten. Wie kannst du die Macht des Herrn des Sonnenuntergangs anzweifeln?«

»Er ist einst besiegt worden. Die Alten Götter und die Gottheiten von Tarras haben ihn jenseits des Kreises der Welt verbannt, so wie Ihr und ich verbannt wurden.«

»Und doch wird jeder von uns am Ende siegreich sein. Und

die, die es gewagt haben, uns zu verbannen, werden sich uns zu Füßen werfen, bevor wir sie vernichten.« Sie strich mit schlanken Fingern über einen Baumstamm, und da, wo sie die Rinde berührte, verfärbte sie sich schwarz.

»Du wirst es erleben«, sagte Shemal nun mit leiser Stimme. »Ich muss gestehen, dass ich vor nicht langer Zeit ähnliche Zweifel verspürte. Die Großen Steine Krondisar und Sinfathisar waren verloren, und die Zauberer von Scirath erwiesen sich als so nutzlos wie Insekten. Sie behaupteten, so mächtig zu sein. Sie würden ein Tor zwischen den Welten öffnen und Mohg hindurchtreten lassen. Dazu hätte ich ihnen bloß zeigen müssen, wie sie irgendeine tote Stadt aus dem Sand des Südens ausgraben können.« Ihr entfuhr ein scharfes Lachen. »Natürlich wusste ich nichts über diese Stadt, die sie suchten, aber ich versprach ihnen, sie ihnen zu enthüllen, wenn sie das taten, was sie versprachen. Ich wusste, es würde keine Rolle spielen, dass, sobald der Herr des Sonnenuntergangs nach Eldh zurückkehrte, die Scirathi seine Sklaven sein oder vernichtet werden würden.«

Er stampfte mit seinen Füßen in dem vergeblichen Versuch, sie in seinen Stiefeln zu wärmen. Sie hatte die Zauberer getäuscht, so wie er sie zu täuschen versuchte. Konnte er wirklich hoffen, sie in ihrem eigenen Spiel zu übertrumpfen? Er musste sich doch nur ansehen, was mit den Scirathi geschehen war.

»Die Zauberer wurden vernichtet«, murmelte er.

Furcht erfasste ihn. Er hatte nicht beabsichtigt, den letzten Gedanken laut auszusprechen. Aber sie schien das Missgeschick nicht zu bemerken.

»Dafür hat Melindora Nachtsilber gesorgt, verflucht sei dieses Miststück! Sie und dieser dumme Barde und ihr Runenbrecherwelpe. Wie sehr ich mir doch wünsche, dass sie tot wären! Ich würde ihre Kadaver in taumelnde Hüllen verwandeln und sie mir dienen lassen.« Ihre Kapuze verrutschte ein Stück und enthüllte einen nach unten gezogenen Mundwinkel und Lippen so schwarz wie Blutergüsse, die sich von schneeweißer Haut abhoben. »Aber bald wird es so weit sein. Der Rabe, den du losgeschickt hast, ist bei mir eingetroffen, und seine Botschaft hat alles verändert. Krondisar und Sinfathisar sind nach Eldh zurückgekehrt. Die Diener des Fahlen Königs haben sie am Schwarzen Turm nicht in ihre Hände bekommen, aber Berash wird bald persönlich losreiten, um sie zurückzubekommen, und er wird sie neben Gelthisar in die eiserne Halskette Imsaridur einfassen. Wenn das geschieht, wirst du die Rune des Himmels brechen …«

»… und Mohg kehrt nach Eldh zurück«, sagte er, und sein Atem war ein Nebel aus Furcht und Staunen. »Er wird vom Fahlen König die Imsari entgegennehmen, und mit ihnen wird er die Erste Rune brechen. Er wird die Welt zerstören und sie dann nach seinem eigenen dunklen Antlitz neu erschaffen.«

Sie war noch nie so gesprächig gewesen, nicht seit jenem ersten Tag, an dem sie im Zwielicht bei den Ruinen des Weißen Turms der Runenbinder zu ihm gekommen war. Die Botschaft, die er dem Raben anvertraut hatte, musste sie tatsächlich in starke Erregung versetzt haben. »Was ist mit den Domänen?«, wagte er zu fragen. »Was ist, wenn sie sich verbünden und gegen den Fahlen König in den Krieg ziehen, ihn daran hindern, die Imsari in seine Gewalt zu bekommen? Die Königin von Malachor ist entdeckt worden. Wird sie die Domänen nicht vereinigen?«

Shemal lachte, es klang wie zerbrechendes Eis. »Welche Domänen denn? Eredane und Brelegond werden von Kelephon und seinen schwarzen Rittern geknechtet. Sosehr ich ihn auch verabscheue, hat er seine Aufgabe doch gut erfüllt. Embarr wird bald folgen, und Perridon und Galt sind schwach und nutzlos.«

»Und was ist mit Toloria und Calavan?«

Die schwarze Kapuze drehte sich und wandte sich dem Schloss auf dem Berg zu. »Mach dir wegen ihnen keine Sorgen. Ich habe dafür gesorgt, dass sie niemals Seite an Seite stehen werden. Und was deine kleine malachorianische Königin angeht – der Fahle König wird sich um sie kümmern. Selbst Berash sollte das schaffen.«

Er hätte keine weiteren Fragen mehr stellen sollen; sie würde bestimmt misstrauisch. Aber die Kälte hatte seine Furcht betäubt. »Und wenn der Fahle König die Imsari hat, was ist, wenn er sich entscheidet, die Steine nicht Mohg zu überlassen, sondern selbst über Eldh zu herrschen?«

Es wurde dunkler; ihre Kutte verschmolz mit der Dämmerung. »Was du da sagst, ist vorstellbar, und darum vertraue ich weder ihm noch seinem Sklaven Kelephon. Berash herrscht in Imbrifale seit tausend Jahren. Er hält sich für den dunklen Meister, dem wir alle dienen. Aber sobald Mohg zurückkehrt, wird sich der Fahle König daran erinnern, wer der Herr und wer der Sklave ist. Oder er wird wie die anderen untergehen.«

Er wollte noch etwas sagen. Aber seine Lippen schienen ihm nicht gehorchen zu wollen.

»Pst«, sagte Shemal. »Die Kälte hat dich fast zur Leiche gemacht. Ich habe die Rune des Himmels gesehen, und das ist alles, was ich im Moment brauche. Geh ins Schloss. Ich habe Liendra befohlen, dich zu empfangen, und nicht einmal sie kann bei einer so einfachen Aufgabe scheitern.«

»Was ist mit Ivalaine?«, schaffte er hervorzustoßen. Bei Olrig, noch war er keine Leiche.

»Sorge dich nicht wegen der Hexenkönigin. Sie verbringt die meiste Zeit in ihren Gemächern, geht umher, murmelt vor sich hin und reißt sich ihr hübsches flachsfarbenes Haar aus. Aber du musst aufpassen, was du in Hörweite ihrer Beraterin

Tressa sagst. Diese Hexe hat noch ihren Verstand beisammen, und ich fürchte, dass Liendra in ihrer Nähe nicht immer besonnen gehandelt hat. Ich würde Liendra wie eine Wanze zerquetschen, wenn ich sie nicht dazu brauchen würde, die Hexen dazu zu bringen, meine Wünsche zu erfüllen.«

Dann verschwand Shemal mit der Lautlosigkeit fallenden Schnees. Der volle Mond war aufgestiegen und tauchte die Welt in seinen Schein, aber es war sinnlos, die Nacht nach ihr zu durchsuchen. Er würde die Nekromantin nicht wieder sehen. Nicht, bevor sie es nicht wünschte.

Mit steifen Bewegungen bückte er sich und hob die Taube auf. Der kleine Kadaver war steif gefroren. Er ließ ihn zurück auf den Boden fallen und stapfte dann der Straße entgegen. Aber nach nur einem Dutzend Schritten stolperte er und fiel auf die Knie. Er schaffte es nicht zu Fuß zum Schloss; er war zu ausgekühlt.

»He, steh auf! Jetzt ist keine Zeit für ein Nickerchen!«

Die Stimme war ein raues und befehlendes Krächzen, aber nicht ganz ohne Freundlichkeit. Ein Licht hüllte ihn ein, das zu weich und golden war, um vom Mond stammen zu können. Eine köstliche Wärme tröpfelte in sein Fleisch und seine Knochen und ließ seine Gelenke schmerzen. Er lag auf dem Boden; er musste in den Schnee gefallen sein, um dort zu sterben. Nur dass das nicht geschehen war. Zitternd stemmte er sich auf die Knie.

Eine uralte Frau stand über ihm. Ihr Körper war ein formloser Klumpen in einer Lumpenschicht, und ihr buckliger Rücken war so gekrümmt, dass ihr Kopf fast auf Taillenhöhe war.

»Ist das das Beste, zu dem du im Stande bist?«, sagte sie mit einem mürrischen Ausdruck auf dem faltigen Gesicht. »Du bist mir ja ein schöner Runenbrecher.«

Mit zusammengebissenen Zähnen kämpfte er sich auf die

Beine. Er war noch immer ganz steif, aber seine Hände und Füße fühlten sich an, als würden sie mit Nadeln gestochen. Er würde überleben.

»Ich bin kein Runenbrecher.« Er vermochte nicht zu sagen, warum er ihr das erzählte; wenn Shemal die Wahrheit erfuhr, würde er auf der Stelle sterben, würde sein Genick wie das der Taube gebrochen werden. Aber etwas an der alten Vettel war seltsam. Das goldene Licht entströmte irgendetwas, das sich hinter ihr befand. Es besaß einen grünen Schimmer, der ihn an einen Sommerwald denken ließ.

Sie schnaubte und starrte ihn mit ihrem einen hervorquellenden Auge an. »Nun, wenn du kein Runenbrecher bist, dann solltest du einer sein. Das nötige Gesicht dafür hast du.«

Ohne nachzudenken griff er in die Höhe und berührte die feinen Narben, die sein Antlitz durchzogen. Er hatte sie sich als Junge zugezogen, nachdem sich bei ihm die Gabe des Runensprechens gezeigt hatte. Zur Belohnung hatte sein Vater versucht, ihm die Zunge herauszuschneiden.

»Und, bewahrst du ihn auch sicher auf?«, sagte sie und stieß mit einem knochigen Finger gegen seine Brust.

Er tastete nach dem Bündel mit der Rune, und als er es berührte, verstand er. Das Licht, die Wärme – es konnte nicht anders sein. »Ihr seid diejenige, der er gedient hat, nicht wahr? Himmel. Ihr seid diejenige, die ihn erschaffen hat.«

»Du meinst, eine von ihnen«, sagte sie, und einen kurzen Augenblick lang stand keine Greisin vor ihm, sondern ein Mann mit einem grauen Bart. Er war hoch gewachsen und kräftig, seine Augen funkelten temperamentvoll, und seine Züge verrieten Weisheit. Auf seiner rechten Hand leuchtete *O'rn*, die Rune der Runen. Sein linkes Handgelenk endete in einem Stumpf.

Bevor er etwas sagen konnte, stand wieder die Alte vor ihm.

»Willst du sie wirklich brechen?«, fragte sie.

Trotz der Wärme konnte er nicht aufhören zu zittern. Er fühlte sich schwach, krank und dumm. Trotzdem nickte er. »Es ist die einzige Antwort.«

Die Alte schnalzte mit der Zunge, aber in ihrem Auge lag Trauer. »Ich vermute, das ist sie, mein Junge. Ich vermute, das ist sie. Aber du wirst es niemals tun, weißt du. Nicht, wie du jetzt bist.«

»Ich muss es tun«, erwiderte er und versuchte zuversichtlich zu klingen. »Ich werde eine Möglichkeit finden.«

Sie lachte krächzend. »Ich glaube eher, die Möglichkeit hat dich gefunden, mein Junge.«

Als sie die Finger ausstreckte, sah er auf ihrer knochigen Hand drei gekreuzte Linien leuchten: *O'rn.*

»Geh, Runenmeister«, sagte sie. »Zerbrich den Himmel.«

Bevor er zurückweichen konnte, packte sie seine rechte Hand. Licht zerriss die Dunkelheit, Schmerz schoss seinen Arm empor, und Meister Larad – Runensprecher, Ausgestoßener, Verräter – warf den Kopf zurück und schrie, als die Macht in ihn strömte.

2

Auf einer anderen Welt saß Deirdre Falling Hawk auf einem Stuhl mit Klauenfüßen, der mindestens vierhundert Jahre älter als sie war, und starrte auf die geschlossene Mahagonitür am anderen Ende des Korridors.

Schon gut, Deirdre – du darfst blinzeln. Du hast keinen Röntgenblick. Und selbst wenn, vermutlich ist der Raum mit einer Bleiwand versehen. Bei allen Göttern, die Philosophen denken immer an alles.

Mit einem Seufzen lehnte sie den Kopf wieder gegen die schimmernde Holzvertäfelung. Glaubte sie an das Schicksal? Sie konnte es nicht sagen. Trotzdem hatte sie das Gefühl, dass in genau diesem Augenblick auf der anderen Seite der Tür über ihr Schicksal entschieden wurde. Sie berührte die polierte Bärenkralle, die an ihrem Hals hing, und wünschte sich, eine echte Vision heraufbeschwören zu können. Wünschte, sie wüsste, was Hadrian Farr ihnen erzählte.

Es hatte sie nicht überrascht, dass man Farr und sie getrennt voneinander sprechen wollte. Bei Verhören war das die Standardprozedur, oder etwa nicht? Teile und herrsche. Es überraschte sie auch nicht, dass die Philosophen diese letzte *Befragung,* wie sie es bezeichnet hatten, höchstpersönlich durchführen wollten. Tatsache war, verglichen mit dem, was sie auf dem verwitterten Asphalt des Highway 121 außerhalb von Boulder, Colorado, gesehen hatte, hätte sie in den seitdem vergangenen drei Monaten nichts überraschen können – nicht die mitternächtlichen Anrufe, nicht die endlosen Verhöre und auch nicht die frühmorgendlichen Überraschungsbesuche in der Wohnung in South Kensington, die man ihr überlassen hatte.

Wenn sie die Augen schloss, konnte sie es noch immer vor

sich sehen: das von blauen Flammen umzüngelte Fenster, das mitten in der Luft hing. Darum hatten sie und Farr sich den Suchern angeschlossen – die Hoffnung, einmal ein Tor zu einer anderen Welt zu finden. Sie hatten zugesehen, wie Travis Wilder und Grace Beckett durch das Tor traten, begleitet von dem verwundeten Mann namens Beltan und dem spindeldürren grauen Wesen, das, so unglaublich das auch schien, ein Elf war. Dann war das Fenster in sich zusammengebrochen, und sie waren verschwunden. Keine zweihundert Meter entfernt warteten die Sucher darauf, den Rest von ihnen aufzugreifen. So viel zu der Maxime, sich nicht in die Belange derjenigen einzumischen, die über außerweltliche Verbindungen verfügten.

Zweifellos hatten die Sucher sie vor der Ankunft der Polizei abfangen wollen, deren Sirenen bereits durch die Luft hallten. Außerdem waren die außerweltlichen Wesen, zu denen Deirdre und Farr Verbindung gehabt hatten, weg – sie waren in einem Tor zu einer anderen Welt verschwunden. In den vorausgegangenen Tagen waren sie und Farr von den Suchern abgeschnitten gewesen, weil sie zu sehr in den Wilder-Beckett-Fall verstrickt gewesen waren. Sie hatten die Desiderate ungezügelt brechen dürfen, nur damit man sie im Auge behalten konnte. Sie waren von Suchern zu Beobachtungsobjekten geworden. Aber da Grace Beckett und Travis Wilder nun außer Reichweite waren, hatten sich die Regeln erneut verändert. Stumm waren sie in die wartenden schwarzen Limousinen gestiegen.

Die Sucher hatten Travis' Freunde Davis und Mitchell Burke-Favor in Gewahrsam genommen. Es war Deirdre nicht gestattet worden, mit ihnen zu sprechen, allerdings hatte sie später von Sasha erfahren, dass sie nach intensiven Verhören entlassen worden waren. Und dass sie im Gegenzug für ein eidesstattliches Stillschweigeabkommen – das, wie Deirdre vermutete, nicht verhandelbar war, wenn die Cowboys nicht der Polizei übergeben und wegen Beihilfe von gesuchten Flüchtigen angeklagt werden wollten – eine nicht unerhebliche Entschädigung aus den tiefen Taschen der Sucher erhalten hatten. Deirdre war bekannt, dass die beiden Männer das Geld brauchen konnten; eine Ranch zu betreiben war kein einfaches Geschäft. Und so war vielleicht am Ende doch noch etwas Gutes aus all dem herausgekommen.

Zwölf Stunden, nachdem die Sucher sie aufgegriffen hatten, waren sie in London gelandet; Deirdre hatte das Gefühl gehabt, in eine andere Welt versetzt worden zu sein. Seitdem hatten sowohl sie wie auch Farr über ihre Aktivitäten in Denver detaillierte Berichte verfasst. Sie waren immer wieder von Suchern von fast allen Ebenen der Organisation verhört worden. Deirdre war keine Psychologin, aber sie verstand genug davon, um sich sicher zu sein, dass die subtile Wiederholung den Zweck hatte, Widersprüche in ihren Geschichten aufzudecken. Aber sie hatte ihnen einfach die Wahrheit gesagt; vermutlich hatte Farr nicht anders gehandelt.

Aber vielleicht ja doch nicht die ganze Wahrheit. Glaubst du wirklich, er hat ihnen verraten, dass er in die Fußstapfen des berühmten Suchers Marius Lucius Albrecht treten will, der sich in die Frau verliebte, die er beobachten sollte? Glaubst du, Farr hat den Philosophen gesagt, was er für Dr. Grace Beckett empfindet?

Wie dem auch sei, es war so gut wie vorbei gewesen. Deirdre hatte gewusst, dass nur noch die Philosophen als Gesprächspartner übrig waren – falls es sie überhaupt gab.

Und anscheinend war es so; am Morgen war der Anruf gekommen. Deirdre hatte sich tatsächlich dem Anlass entsprechend gekleidet und ein einfaches, aber geschmackvolles schwarzes Wollkostüm ausgewählt. Aber sie hatte die Bärenkrallenhalskette behalten, und sie war gezwungen gewesen, sich die Motorradlederjacke zu schnappen, um sich vor dem kalten Januarregen zu schützen, der die Straßen von London in Rutschbahnen verwandelte.

Sie hatte vielleicht eine Stunde in dem Raum jenseits der Mahagonitür verbracht. Er war leer und dunkel gewesen – bis auf einen einzelnen Stuhl in einem goldenen Lichtkreis. Dann waren die Stimmen ertönt, und sie hatte die Reihe undeutlicher Silhouetten direkt außerhalb des Lichts gesehen. Einen Augenblick lang hatte sie wirklich geglaubt, dass sie da waren. Aber das wäre für die Philosophen nicht geheimnisvoll genug gewesen, oder? Nach einer Minute war vor den Gestalten ein statisches Knistern ertönt. Es war nur eine Projektion, das war alles – ihre elektronisch veränderten Stimmen kamen aus Lautsprechern, verborgene Mikrophone vermittelten ihnen Deirdres Antworten. Sie hätten tausend Meilen von diesem Raum entfernt sein können.

Trotzdem, es waren die gefürchteten Philosophen, mit denen sie hier sprach – die geheime Führung der Sucher, deren Anzahl und Identität unbekannt waren. Sie war sich dieser Tatsache bewusst, aber es bedeutete ihr nicht viel. Sie hatte gesehen, wie ein Zauberer mit einer goldenen Maske von einer anderen Welt wilde Ungeheuer mit Magie kontrolliert hatte; sie hatte einen Elf gesehen. Am Ende gab es nichts mehr, das sie schockieren konnte. Sie hatten ihr die gleichen Fragen gestellt wie die anderen, und sie hatte sie mechanisch beantwortet.

Erst am Ende der Befragung, nach einer langen Pause, war endlich eine andere Frage gekommen.

»Bitte verraten Sie uns eine letzte Sache, Miss Falling Hawk. Wenn Sie dazu die Gelegenheit hätten, würden Sie dorthin gehen?«

Ihr Körper versteifte sich. »Wohin gehen?«

»Nach AU-3, der Welt, die manche Eldh nennen. Würden Sie dorthin gehen, wenn Sie könnten?«

Sie lehnte sich zurück und berührte den Silberring, den sie an der rechten Hand trug. Es war der Ring, den ihr Glinda im *Surrender Dorothy* gegeben hatte – dem Londoner Nachtclub, der ein geheimer Zufluchtsort für Menschen mit Elfenblut in den Adern gewesen war. Duratek hatte die Kundschaft des *Surrender Dorothy* kontrolliert, sie mit der Droge Electria versorgt in der Hoffnung, mit ihrem Blut ein Tor nach Eldh öffnen zu können. Aber dann hatte Duratek einen echten Elfen gefangen nehmen können; der Konzern hatte die anderen nicht länger gebraucht. Der Nachtclub war bis auf die Grundmauern niedergebrannt, aber vorher hatte Deirdre noch einmal mit Glinda sprechen können.

Und seit jener Nacht hatte sie tausend Mal an Glindas purpurfarbene Augen denken müssen und den unmöglich realen Wald, den sie erblickt hatte, als sie sich geküsst hatten. Ein Wald, von dem sie fest überzeugt war, dass er sich nicht in dem Nachtclub oder sonst wo in London befand.

»Bitte beantworten Sie die Frage, Miss Falling Hawk. Würden Sie nach Eldh gehen, wenn sich die Gelegenheit bieten würde?«

Sie drehte den Ring an ihrem Finger und lächelte. »Ich glaube, vielleicht bin ich das schon.«

Das Licht ging an, und es war vorbei. Sie war in den Korridor gegangen, um zu warten, während Hadrian Farr drankam.

Wieder seufzte Deirdre. Wie lange war er da schon drin? Nirgendwo gab es eine Uhr – hier gab es nichts, das die sorgfältig kultivierte Patina von Alter und Tradition beschädigte, die das Londoner Stiftungshaus durchdrang. Die einzigen Konzessionen an Modernität waren ein Schild mit der Aufschrift »Ausgang« am Ende des Korridors und die Glühbirnen in den Messinglampen, in denen einst Öl gebrannt hatte.

Kurz vor Shakespeares Zeit gebaut, war das Stiftungshaus

ursprünglich das Gildehaus einiger von Londons berüchtigtesten Alchemisten gewesen. Heutzutage hielten es Passanten für einen exklusiven Klub. Da lagen sie nicht einmal völlig falsch. Die Sucher unterschieden sich nicht sehr von den Geografischen Gesellschaften des Viktorianischen Zeitalters, sie planten Reisen in exotische Gegenden. Dass diese Gegenden nicht auf anderen Kontinenten, sondern auf anderen Welten lagen, tat nicht viel zur Sache.

Von den Suchern während der Restauration erworben, um als erstes Stiftungshaus zu dienen, war das Gebäude beinahe ununterbrochen modifiziert worden; unter dem Erdgeschoss hatte man ein riesiges Labyrinth von Büros, Laboratorien und Computerräumen hinzugefügt sowie Tunnel, die zu mehreren umliegenden Gebäuden führten.

Deirdre dachte gerade darüber nach, aufzustehen und an die Tür zu klopfen, als sie aufschwang. Farr stand zur Hälfte in der Dunkelheit jenseits der Schwelle, so dass sie ihn nur in Schwarz und Weiß wahrnahm. Mit seinem zerknitterten Hemd, den Hosen und den Bartstoppeln sah er aus, als hätte man ihn aus einem Humphrey-Bogart-Film herausdigitalisiert.

»Und?« Deirdre stand auf.

Farr schloss die Tür, ohne zurückzuschauen, und trat ins Licht. »Ich hätte nicht gedacht, dass das so abläuft.«

»Wie abläuft?«

Über Farrs Arm hing eine Kamelhaarjacke. Er entfaltete sie und schüttelte sie aus, aber das schien die Falten nur noch hervorzuheben. Farr warf sich die Jacke über die gekrümmten Schultern.

»Wissen Sie, wie viele der Neun Desiderate wir gebrochen haben?«

»Ja, das tue ich. Eins, drei, vier, sechs und sieben. Auch wenn ich den Unterschied zwischen Desiderat eins und Desiderat drei nie verstanden habe. Ob da wohl während der Übersetzung aus dem Lateinischen etwas verloren gegangen ist?«

»Und wissen Sie, wie viele der anderen Direktiven und Dienstvorschriften wir bei unseren Handlungen ignoriert haben?«, fuhr Farr fort.

»Mal sehen. Da war natürlich der Schwur. Und etwa ein Dutzend lokaler, staatlicher und bundesstaatlicher Gesetze, die in Colorado gelten. Und wenn ich mich recht erinnere, haben Sie während unseres gesamten Aufenthalts in den Vereinigten Staaten nur einmal Zahnseide benutzt, Hadrian.«

Er fuhr sich mit der Hand durch das dunkle Haar, so als könnte es noch zerzauster sein, als es ohnehin schon war. »Es ergibt nicht den geringsten Sinn.«

»Nein, Farr, Ihr Gerede macht keinen Sinn.« Sie zupfte einen Fussel von seiner Jacke, bemerkte, dass er einen Fleck verborgen hatte, und legte ihn vorsichtig wieder an Ort und Stelle. »Jetzt sagen Sie mir, was passiert ist. Sie haben drei Monate gebraucht, um sich zu entscheiden, was sie mit uns machen wollen. Erteilt man uns einen Verweis? Oder schickt uns ins Exil? Was?«

Farrs braune Augen richteten sich endlich auf sie und konzentrierten sich. Selbst benommen und zerzaust sah er gut aus. Er hätte vor hundert Jahren Künstler oder Dichter sein sollen; er hätte ein atemberaubendes Bild abgegeben, während er an Tuberkulose starb.

»Sie haben uns eingeladen, dass wir uns wieder den Suchern anschließen. Mit allen Privilegien und Prämien. Und einem höheren Rang.«

Deirdre konnte ihn bloß anstarren; jetzt war auch sie überrascht.

»Was müssen wir tun?«, stieß sie mühsam hervor.

Farr setzte seinen grauen Schlapphut auf. »Wir gehen nach

unten. Die Philosophen haben uns höflich darum gebeten, im Hauptbüro vorbeizugehen, bevor wir das Haus verlassen.«

»Und wenn wir es nicht tun?« Deirdre fühlte sich schwindelig, als wäre die Luft um sie herum plötzlich dünner geworden.

»Was, Deirdre? Wie können Sie überhaupt darüber nachdenken, den weisen und gütigen Philosophen nicht zu gehorchen?«

Farrs Stimme war seltsam leise; er sah sie auch nicht an. Stattdessen blickte er mit einem gehetzten Blick zu Boden.

Deirdre streckte die Hand nach ihm aus. »Hadrian?«

Er wandte ihr den Rücken zu und bewegte sich außer Reichweite. »Seien Sie eine brave Sucherin und begleiten mich. Wir sollten uns lieber ansehen, welche Wunder die Philosophen für uns bereithalten.«

Drei Minuten später traten sie aus dem Aufzug in die hell erleuchtete Büroetage unter dem Stiftungshaus und wurden bereits von Sasha erwartet, die zwei Din-A4-Umschläge in der Hand hielt. Sie klopfte sich damit auf die vorgeschobene Hüfte, ihre roten Lippen waren spöttisch verzogen.

»Aha, Hadrian Farr hat es wieder einmal geschafft. Er bricht alle Regeln und erhält dafür eine Belohnung.« Sie kam auf sie zu und küsste Deirdre auf die Wange.

»Es ist schön, dich zu sehen«, sagte Deirdre und drückte ihr die Hand.

»Gleichfalls.« Sasha trat zurück und verdrehte die Augen. »Herrgott, Farr, könnten Sie das Starren sein lassen? Es sind bloß Titten. Ich bin fest davon überzeugt, dass jede Frau auf jeder Welt welche hat.«

»Nicht so ... das heißt, ich ...« Farr räusperte sich und schaute zur Seite.

Deirdre konnte Farr sein Starren nicht verdenken. Sasha hatte die Schönheit eines Models – sie war hoch gewachsen und schlank, hatte an all den richtigen Stellen die richtigen

Kurven und überall sonst geschmeidige Muskeln. Ihre Haut hatte die Farbe von Milchkaffee, die Augen waren so schwarz wie Opale. Weder der strenge Haarknoten noch die Sekretärinnentracht – akkurater grauer Rock, weiße Bluse und eine Lesebrille, die an einer Kette aus Rheinkieseln baumelte – konnten ihre Schönheit auch nur im Mindesten verbergen.

Sasha sah Deirdre an. »An manchen Tagen ist es einfach nur lästig, scharf zu sein, nicht wahr?«

»Das darfst du mich nicht fragen«, sagte Deirdre und lachte.

Sasha grinste. »Erzähl mir nicht, dass dir das Mädchen nicht gefällt, das dir aus dem Spiegel entgegenblickt.«

Deirdre zuckte mit den Schultern. »Ich kann nicht behaupten, dass ich viel mit ihr spreche, aber sie ist wohl ganz in Ordnung. Auch wenn ihre Nase etwas schief ist und ich ihr dauernd sage, dass sie eine bessere Frisur braucht, aber sie scheint nicht zuzuhören.«

»Ich hoffe, das bleibt auch so«, sagte Sasha sehnsuchtsvoll. Dann richtete sie ihre Aufmerksamkeit auf Farr. »Warum so still, Goldjunge? Ich hätte gedacht, dass Sie Ihren Sieg feiern.« Nur Sasha konnte Ekel so unpersönlich und gelangweilt erscheinen lassen.

»Neuigkeiten verbreiten sich hier schnell«, meinte Deirdre.

»Du kennst unser Motto«, sagte Sasha mit einem Blinzeln und verstärkte ihren Westend-Akzent. »Beobachten, warten, glauben.«

»Und offensichtlich ›auf Leute losgehen, wenn sie am wehrlosesten sind‹«, knurrte Farr, die Hände in den Taschen.

»Ich mache Ihre Fantasien nur ungern zunichte, Farr, aber ich verfolge Sie nicht. Man hat mir nur den Befehl gegeben, euch das hier zu überreichen.«

Sasha streckte die Umschläge aus. Deirdre nahm den mit ihrem Namen. Farr zögerte, dann nahm er den anderen.

»Was ist das?«, fragte er.

»Ich habe die Hoffnung, dass es eine ordentliche Dosis Demut ist.«

»Danke, Sasha«, sagte Deirdre.

»Und wann geht ihr wieder an die Arbeit?«

Deirdre strich mit dem Finger über den Umschlag. Er war weder dick noch schwer. »Ich weiß es nicht. Ich hoffe, bald. Hadrian?«

Sie sah Farr an, aber er hatte sich bereits wieder dem Aufzug zugewandt.

Sasha hielt eine Hand an die Stirn. »Ich glaube, als arroganter Arsch hat er mir doch tatsächlich besser gefallen. Würdest du ihm einen ordentlichen Drink besorgen? Alkohol sollte seine vorgetäuschte Überlegenheit wiederherstellen können.«

Deirdre nickte. »Das wird meine erste Mission.«

»Braves Mädchen.«

Sasha ging zurück ins Büro, und Deirdre folgte Farr zum Aufzug.

»Sasha hat Recht. Was ist los, Hadrian? Sie haben doch gewonnen, oder?«

»Holen wir uns diesen Drink«, sagte Farr, als sich die Aufzugtüren zischend öffneten.

3

Eine Viertelstunde später traten sie durch die Tür des *Merry Executioner,* einem Pub, das drei Häuserblocks von dem Stiftungshaus entfernt lag und schon lange ihr Zufluchtsort war.

Im Verlauf der letzten Jahre war eine erschreckende Anzahl von Londons Kneipen still und leise von Filialen großer Ketten ersetzt worden – Etablissements, die keine echten englischen Pubs waren, sondern geschickt hergestellte Kopien dessen, wie sich amerikanische Touristen ein Pub vorstellten. Kurz nach ihrer Rückkehr nach London war Deirdre versehentlich in eines hineingegangen. Die viel zu helle Messingstange an der Bar und die willkürlichen Wappen an den Wänden konnten die Tatsache nicht verschleiern, dass die Nierenpastete aus der Mikrowelle kam und der Bartender den Unterschied zwischen einem Schwarzbier und einem Alster nicht kannte.

Auf gewisse Weise erinnerte diese leblose Kommerzialisierung von Londons Pubs Deirdre an die Machenschaften des Duratek-Konzerns. Genau so etwas war ihre Spezialität – etwas Echtes und Gutes nehmen und es in ein krasses Zerrbild verwandeln, um einen hübschen Profit zu machen. Wollten sie nicht genau das mit AU-3 anstellen, der Welt namens Eldh? Sie konnte es genau vor sich sehen: Achterbahnen, die mittelalterliche Burgen umgaben, und einheimische Bauern auf dem Burgmarkt, die Zuckerwatte und aus Taiwan importierte Plastikschwerter verkauften, um irdische Touristen mit klebrigen Fingern von den im Hintergrund aufragenden Schornsteinen abzulenken.

Glücklicherweise hatte der Wirt während Deirdres Abwesenheit nicht der Geißel der Kommerzialisierung nachgegeben. Die schmuddelige Steinfassade und die schmierigen Fenster sahen gerade unhygienisch genug aus, um sicherzugehen, dass die Fremden mit ihren kreischenden Kindern im Schlepptau schnell vorbeigingen. Im Inneren waren die Dinge genauso dunkel und herzerwärmend schäbig, wie Deirdre in Erinnerung hatte. Das Gemurmel gedämpfter Unterhaltungen hing in der Luft. Sie und Farr schoben sich in eine Nische in der Ecke und gaben dem Bartender ein Zeichen. Wenige Minuten später tranken sie ihr Bier.

Deirdre warf Farr über den Brillenrand einen nachdenklichen Blick zu. »Geht's jetzt besser?«

Er lehnte sich zurück. »Nur unbedeutend. Ich glaube eigentlich nicht, dass ein Bier als Gegenmittel für eine Begegnung mit Sasha reicht.«

»Sie hasst Sie nicht wirklich«, sagte Deirdre, war aber nicht so ganz davon überzeugt, dass das auch die Wahrheit war.

Farr hatte sie anscheinend nicht gehört. Er betrachtete die Umschläge, die Sasha ihnen gegeben hatte.

»Und, machen Sie ihn nun auf, Hadrian?«

»Vielleicht. Ich habe mich noch nicht entschieden, jedenfalls noch nicht ganz.«

Deirdre stöhnte. »Bitte ersparen Sie mir dieses coole Getue, dass Sie das alles nicht interessiert. Sie wissen genauso gut wie ich, dass wir trotz all der gebrochenen Regeln und dem ganzen von uns angerichteten Chaos die ersten Sucher sind, die seit Jahrhunderten reale, nachweisbare und mehrfache Begegnungen der Klasse eins berichtet haben – vielleicht sogar die Ersten seit Marius Lucius Albrecht persönlich. Wir haben das getan, was die Sucher schon immer tun wollten: ›Wir sind Reisenden von anderen Welten begegnet.‹ Sie beugte sich über den Tisch. »Geben Sie es zu. Sie wollen doch genauso sehr wie ich wissen, was die Philosophen für uns geplant haben.«

Farrs Gesichtsausdruck blieb unleserlich. Er deutete auf die Umschläge. »Ladys first.«

Jetzt hatte er sie erwischt. Deirdre nahm den Umschlag mit ihrem Namen, riss ein Ende auf und drehte ihn um.

Eine Plastikkarte fiel auf den Tisch. Auf der Karte waren ihr Bild, ihr Name, ihre Unterschrift und das Emblem der Sucher: eine Hand, die drei Flammen hielt. Also war es ein neuer Ausweis; das war alles, ein Ersatz für den, den man ihr vor Monaten bei dem ersten Verhör abgenommen hatte. Sie drehte ihn um, um sich die andere Seite anzusehen.

Farr setzte sich aufrecht und holte zischend Luft. Deirdre hob eine Braue.

»Was ist?«

»Dieses Bastarde. Diese durchtriebenen, diabolischen Bastarde.«

Deirdre runzelte die Stirn und folgte Farrs Blick auf die Rückseite der Karte. Dort war ihr Daumenabdruck – zweifellos enthielt die Tinte Spuren ihrer DNA, die man den Blutproben aus ihrer Sucher-Akte entnommen hatte. Die DNA-Signatur in der Tinte konnte man mit einem Ultraviolett-Scanner lesen, was für einen Grad an Authentizität sorgte, den man unmöglich fälschen konnte. Aber so interessant diese Technologie auch war, das konnte unmöglich der Grund für Farrs Ausbruch sein.

Dann sah sie in der unteren Ecke der Karte die kleine Reihe aus Punkten und Linien – ein mit derselben DNA-Tinte gedruckter Computercode. Neben dem Code war ein einzelnes, erkennbares Symbol, eine blutrote Sieben.

Jähes Begreifen durchfuhr Deirdre. Mit weit aufgerissenen Augen starrte sie Farr an. Als sie sprach, brachte sie nur ein staunendes Flüstern zu Stande. Vielleicht war es auch Erschrecken.

»Echelon 7 ...«

Farr griff nach dem anderen Umschlag, riss ihn auseinander und schnappte sich seinen neuen Ausweis aus den Fetzen. Er drehte die Karte um und warf sie dann mit einem Grunzen auf den Tisch. Auch sein Ausweis war mit einer roten Sieben markiert.

Er sackte mit einem erschöpften Gesichtsausdruck auf seinem Sitz zusammen. »Jetzt«, murmelte er. »Nach all den Jahren geben sie es mir endlich. Zum Teufel mit ihnen.«

Deirdre begriff nicht. Warum war Farr so aufgebracht? Sie fühlte sich wie elektrisiert. Sie drehte den Ausweis immer wieder in den Händen um. »Ich habe natürlich Geschichten gehört. Echelon 7 ... eine superhohe Zugangsebene, weit jenseits allem anderen, was die Philosophen erlauben. Aber ich habe das immer für ein Gerücht gehalten – eine Legende, die man neuen Rekruten erzählt. Die höchste Zugangsebene, die ich je gesehen habe, war Ihre, Hadrian, und das ist Echelon 5. Meines Wissens hat keiner, der nicht zu den Philosophen gehört, je eine höhere gehabt.«

»Nein, Echelon 7 gibt es wirklich. Ich weiß es, weil ich seit Jahren daran gearbeitet habe, sie zu bekommen.« Er beugte sich über den Tisch, seine Stimme war heiser. »Verstehen Sie, was das bedeutet? Mit dieser Karte kommen Sie an jede Akte, jedes Artefakt, jedes Dokument, sämtliche Arten von Daten heran. Die tiefsten Geheimnisse der Sucher werden Ihnen zur Verfügung stehen – abgesehen von den privaten Akten der Philosophen gehört Ihnen alles.«

»Ihnen auch, Hadrian.«

»Das glaube ich nicht.«

Deirdre stöhnte aufgebracht. »Wovon sprechen Sie? Sie haben gesagt, dass Sie seit Jahren darauf hinarbeiten. Und jetzt wollen Sie alles wegwerfen?«

Farr zuckte mit den Schultern, strich mit dem Daumen über die Karte. »Früher einmal wollte ich die hier wohl haben. Ich weiß wirklich nicht mehr, was ich eigentlich will. Aber vielleicht stimmt auch das so nicht. Vielleicht weiß ich ja, was ich will, aber es ist nicht das.« Er schnippte den Ausweis weg.

Deirdre nahm ihn. Sasha hatte Recht: Der arrogante Farr war dem weinerlichen bei weitem vorzuziehen. »Das ist lächerlich, Hadrian. Sie sind einer der wichtigsten Agenten, die die Sucher haben, und sie haben Sie für Ihre Arbeit belohnt. Warum ist das so schwer zu ertragen?«

Farr lachte bitter auf. »Kommen Sie, Deirdre, so naiv können Sie nicht sein, nicht nach dem, was wir erlebt haben. Das ist keine Belohnung. Das ist einfach nur eine andere List, um uns zu kontrollieren. Denken Sie an das, was wir gesehen haben, was wir wissen. Und denken Sie daran, wer außer den Suchern dieses Wissen noch für sich haben will.«

»Duratek«, sagte sie reflexartig.

»Genau. Die Philosophen werden alles tun, damit wir Duratek nicht in die Hände fallen – selbst wenn das bedeutet, uns das zu geben, was wir immer haben wollten. Aber das bedeutet keineswegs, dass wir nicht länger die Marionetten sind, die wir in Colorado waren.«

In Deirdre stieg Wut auf, auf Farr und – wie sie zugeben musste – auf die Intrigen der Philosophen. So gern sie es auch abgestritten hätte, Farrs Worte hatten einen wahren Beiklang. Aber das spielte keine Rolle.

»Und?«, sagte sie. »Also wollen uns die Philosophen manipulieren. Ganz egal, aus welchen Gründen wir sie haben, diese Ausweise funktionieren.« Sie ergriff seine Hand. »Denken Sie doch nur daran, was wir damit alles machen können, Hadrian, was wir lernen können. Wir haben erst letztes Jahr erfahren, dass die Fälle Graystone und Beckett zusammenhängen. Welche anderen Verbindungen werden wir finden, wenn wir den Zugang zu allen Fällen der Sucher haben?«

Farr zuckte zusammen, und Deirdre wusste, dass ihre Worte

ihn getroffen hatten. Es war gemein, Dr. Grace Beckett zu erwähnen – die er liebte und die jetzt eine Welt weit weg war. Aber das war Deirdre egal; er musste ihr zuhören.

»Wenn uns die Philosophen wirklich für ihre Marionetten halten«, sagte sie, »dann sind sie schief gewickelt. Wir werden wieder in den aktiven Dienst aufgenommen und ...«

Er zog seine Hand zurück. »Ich werde meine Arbeit bei den Suchern nicht wieder aufnehmen, Deirdre. Ich trete noch heute aus der Organisation aus.«

Das war lächerlich. Sie starrte ihn böse an. »Sie können nicht kündigen, Hadrian. Ich weiß es; ich habe es einmal versucht. Und Sie waren es, der mir gesagt hat, dass man die Sucher nicht verlassen kann.«

»Anscheinend habe ich mich da geirrt.«

Deirdre konnte kaum glauben, was sie da hörte.

Farrs Gesicht war verkniffen, aber nicht unsympathisch. »Es tut mir Leid, Deirdre, wirklich. Ich weiß, dass es schwierig ist. Aber Sie müssen der Tatsache ins Auge sehen, dass wir ihn verloren haben.«

»Was haben wir verloren?«

»Unseren Glauben.«

Sie lehnte sich zurück und starrte ihn an, als hätte er sie geschlagen. In all den Jahren, die sie ihn kannte, hatte Farr niemals an seiner Suche nach anderen Welten gezweifelt, hatte nie aufgehört, an sie zu glauben. »Ich begreife das nicht. Sie waren da, Hadrian, auf dem Highway nach Boulder. Sie haben es mit eigenen Augen gesehen.«

»Sie haben mich missverstanden. Ich habe nicht meinen Glauben an andere Welten verloren. Ich habe den Glauben an die Sucher verloren. Und nach all dem zu urteilen, was Sie sagen, haben Sie das auch.«

Sie suchte nach Worten, fand aber keine.

»Beobachten – Warten – Glauben ... das war unser Motto.

Wir dachten, wir müssten lediglich die Augen offen halten und geduldig sein, dann würde es eines Tages passieren. Eines Tages würden die Philosophen alles enthüllen, und uns würde sich die Tür öffnen. Nun, die Tür hat sich geöffnet, aber es waren nicht die Philosophen, die dafür gesorgt haben.« Er lachte, und die Kälte, die darin lag, ließ sie frösteln.

»Hören Sie auf damit, Hadrian.«

»Ich habe immer geglaubt, die Philosophen wüssten alles – dass sie unfehlbar wären. Aber wie sich herausstellt, sind sie das nicht. Sie machen Fehler, wie wir alle. Glauben Sie, unsere Mission in Denver ist auch nur annährend wie geplant verlaufen?«

»Ich sagte, hören Sie auf damit.«

»Wir müssen nicht ihre Spielzeuge sein, Deirdre. Und wir brauchen weder sie noch die Magie ihrer kleinen Plastikkarten, um die Suche weiter …«

»Hören Sie *auf!*«

Sie schlug mit der Hand auf den Tisch. Bier schwappte über, Gäste drehten die Köpfe. Deirdre duckte sich tiefer in die Schatten der Nische; die Blicke wandten sich wieder von ihr ab.

Farr betrachtete sie mit hochgezogener Braue. Sie holte Luft und beschwor die Geister, ihr Kraft zu gewähren. Sie würde sie brauchen.

»Denken Sie nicht mal dran«, sagte sie in einem gefährlichen Tonfall. »Das ist mein Ernst, Hadrian. Es ist eine Sache, die Sucher zu verlassen. Wenn Sie ein nettes ruhiges Leben als Buchhalter führen wollen, dann ist das schön und gut. Aber die Sucher zu verlassen und Ihre … Arbeit fortzusetzen, das ist etwas ganz anderes.«

Er setzte zum Sprechen an, aber sie hielt die Hand hoch.

»Nein – halten Sie einmal im Leben Ihren Mund und hören mir zu. Die Sucher haben ihre Augen überall; das wissen Sie besser als sonst jemand. Und Sie wissen auch, was die Philosophen von Abtrünnigen halten. Wenn sie sich Ihrer Treue nicht sicher sein können, sorgen sie dafür, dass es auch kein anderer sein kann.«

Sie fing seinen Blick ein und lauschte dem Pochen ihres Herzschlages. Einen Augenblick lang glaubte sie, ihn erreicht zu haben, dass er endlich Vernunft angenommen hatte. Dann umspielte ein Lächeln seine Lippen – ein liebevolles, trauriges Lächeln –, und er stand auf.

Also war es vorbei; die Worte entfuhren ihr trotzdem. »Bitte, Hadrian. Gehen Sie nicht so, nicht auf diese Weise.«

Er streckte die Hand aus. »Kommen Sie mit mir, Deirdre. Sie sind zu gut für sie.«

Sie presste die Lippen zusammen und schüttelte den Kopf. Farr irrte sich. Sie hatten nicht nur ihren Glauben verloren. Er hatte Grace Beckett an eine andere Welt verloren. Und Deirdre hatte Glinda in dem Feuer in dem Nachtclub in Brixton verloren. An Duratek.

Aber ihren Glauben hatte sie nicht verloren. Es gab noch immer so viel zu lernen, und mit dem neuen Ausweis, den die Sucher ihr gegeben hatten – mit Echelon 7 –, konnte man unmöglich vorhersagen, was sie möglicherweise entdecken würde.

Deirdre griff nach dem Silberring an der rechten Hand. »Ich kann Sie nicht begleiten, Hadrian. Ich muss hier bleiben. Das ist die einzige Chance, die mir bleibt, um das zu erfahren, was ich wissen muss.«

»Und das ist der Grund, aus dem ich gehen muss.«

Trotz seines grimmigen Gesichtsausdrucks war da etwas an ihm, ein Funkeln in den Augen, das ihn aufgeregt erscheinen ließ. Er war schon immer Risiken eingegangen – darum hatte er bei den Suchern so schnell Karriere gemacht –, aber er hatte nicht zu denen gehört, die sich leichtsinnig kopfüber in

Gefahren stürzten. Jetzt war sich Deirdre da nicht mehr so sicher. In der Vergangenheit hatte sie sich über Farr geärgert, war von ihm beeindruckt gewesen, hatte ihn sogar beneidet. Aber jetzt hatte sie das erste Mal Angst um ihn.

»Was werden Sie tun?«

Er zog den zerknitterten Mantel an. »Sie sind ein kluges Mädchen, Deirdre, und Sie haben gute Instinkte. Darum habe ich Sie als Partnerin angefordert. Aber in einer Sache irren Sie sich. Sie haben gesagt, wir hätten das eine getan, auf das die Sucher schon immer aus gewesen sind. Aber das stimmt so nicht.« Farr setzte den Hut auf; sein Gesicht wurde in Schatten getaucht. »Wissen Sie, es gibt noch eine Begegnung der Klasse eins, die wir noch nicht hatten. Goodbye, Deirdre.«

Er küsste sie auf die Wange, dann drehte er sich um und ging zur Tür des Pubs. Graues Licht blitzte auf, ein Schwall nach Regen duftender Luft schoss herein.

Dann war er verschwunden.

4

An einem kalten, hellen Tag gegen Ende des Monats Geldath kehrten sie heim nach Calavere.

Grace Beckett lächelte, als die Silhouette der neun Schlosstürme in Sicht kam, auf denen Flaggen so blau wie der Winterhimmel wehten. Ihr ganzes Leben lang hatte sie an Orten gelebt, die nicht sie ausgesucht, in Häusern gewohnt, wo sie nicht hingehört hatte – das Waisenhaus, eine endlose Zahl von Pflegefamilien, zahllose unpersönliche Apartments, in denen sie sich nicht mal die Mühe gemacht hatte, ein Bild an die Wand zu hängen. Aber nach Calavere gehörte sie; das verriet ihr das Pochen ihres Herzens. Wenn sie je ein Zuhause gehabt hatte, egal auf welcher Welt, dann hier.

Vor Grace rutschte eine kleine Gestalt auf dem Sattel hin und her. Sie legte die Arme um das Mädchen und stützte das Kinn auf Tiras rot gelockten Schopf.

»Siehst du das Schloss auf dem Hügel da drüben?«, murmelte sie. »Dort lebe ich.«

Tira streckte die Hände aus und lachte.

Grace strich über das Haar des Mädchens und glättete Strähnen, die, wie sie wusste, im nächsten Augenblick wieder da sein würden. In Momenten wie diesen konnte man glauben, dass Tira ein ganz normales Mädchen war. Solange Grace nicht daran dachte, dass sie in dieser Kälte nur mit ihrem dünnen Kleidchen herumlief und sich trotzdem bei jeder Berührung ganz warm anfühlte. Solange Grace nicht daran dachte, wie sie einst wie ein Stern in den Himmel geschossen war, um zu einer Göttin zu werden.

Tira hatte seit der Nacht der Wintersonnenwende kein Wort mehr gesprochen, seit sie ohne Vorwarnung im Schwarzen Turm aufgetaucht war, Travis den Stein des Feuers übergeben und ihn *Runenbrecher* genannt hatte. Es gab so vieles, das Grace sie fragen wollte – wo sie gewesen war, warum sie zurückgekehrt war, warum sie Travis den Großen Stein Krondisar gegeben hatte –, aber es war sinnlos. Tira würde nicht antworten. Vielleicht konnte sie es auch nicht. Und Grace konnte nicht einen Augenblick lang glauben, dass sie nicht bald wieder verschwinden würde.

»Ich liebe dich«, sagte Grace und drückte das Mädchen mit dem winzigen Körper fester.

Tira schaute mit gelassenem Gesichtsaudruck zu ihr hoch. Die eine Hälfte ihres Gesichts war zart und hübsch, die andere eine leblose Narbenmaske. Als sie alle am Wintersonnenwendtag vom Turm der Runenbrecher aufgebrochen waren, hatte Grace über Tiras Gesicht nachgedacht. Krondisar hatte sie in eine Göttin verwandelt. Warum hatte die Transformation sie nicht wieder unversehrt gemacht? Aber im Verlauf der vielen Meilen hatte Grace verstanden. Tira *war* unversehrt. Der Stein des Feuers hatte sie zu dem gemacht, was sie war.

Grace gab ihr einen Kuss auf die Stirn – auf die narbige Hälfte –, und Tira schaute wieder zu dem aufragenden Schloss.

»Das ist ein Anblick, von dem ich fürchtete, ihn nie wieder zu sehen«, sagte eine tiefe Stimme, die in ihrer Düsterkeit beruhigend war.

Durge trieb sein Pferd an Graces Seite. Sie lächelte wieder. »Ich glaube Euch nicht, Durge. Ich glaube, Ihr habt die ganze Zeit über gewusst, dass wir es schaffen werden. Warum hättet Ihr die Reise sonst überhaupt erst angetreten?«

»Um an Eurer Seite zu sein, Mylady. Wo ich hingehöre.«

Grace konnte ein freudiges Gefühl nicht unterdrücken. Sie liebte den Ritter mit dem zerfurchten Gesicht; er war wahrhaftiger als jede Person, die sie in ihrem Leben kennen gelernt hatte. Travis hatte ihr erzählt, dass Durge im Jahr 1887 in

Castle City, wo sie die Magie des Tor-Artefakts hinbefördert hatte, als Deputy gearbeitet hatte. Es fiel nicht schwer, sich Durge als Gesetzeshüter im Wilden Westen vorzustellen. Ganz egal, wo er hinging, ganz egal, in welchem Jahrhundert er sich befand, er würde immer ein Ritter sein. Ihr Ritter. Allerdings bezweifelte sie, dass Loyalität für ihn der einzige Grund war, aus dem er mit ihr nach Calavere zurückkehrte.

Aryn, wir kommen. Grace schickte die Worte über die Stränge der Weltenkraft, ohne zu wissen, ob man ihre Gedanken aus dieser Entfernung hören konnte. Die Baronesse hatte sich während ihrer Reise nach Osten mehrmals durch die Weltenkraft, dem Netz aus Leben und Macht, das alle Dinge auf der Welt miteinander verband, mit Grace in Verbindung gesetzt. Aryn hatte von den Vorkommnissen auf Calavere und in den Domänen berichtet, und Grace hatte sie über ihre Furcht einflößenden Abenteuer am Schwarzen Turm unterrichtet. Aber Grace war jedes Mal gescheitert, wenn sie Aryn hatte erreichen wollen. Sie hatte nicht Aryns Fähigkeit, ihre Gedanken über so lange Entfernungen zu schicken.

Grace betrachtete Durge verstohlen. Sein Blick war fest auf das Schloss gerichtet, seine linke Hand war auf die Brust gelegt. Sie vermochte nicht zu sagen, wann sie die Wahrheit das erste Mal erahnt hatte. Vielleicht war es die Art und Weise gewesen, wie Durge jedes Mal, wenn sie den anderen von Aryns Kontakten durch die Weltenkraft berichtet hatte, ein auffälliges Interesse zu zeigen schien. Während Lirith dem Ritter gleichzeitig häufig besorgte Blicke zuwarf.

Als sie eines Abends am Fuß der Zwielichtberge auf dem gefrorenen Boden kampierten, hatte Grace die Hexe gefragt, ob es etwas über Aryn und Durge gab, das sie wissen sollte. Lirith hatte verzweifelt versucht, die Wahrheit zu verbergen, aber Grace war Ärztin: Sie wusste genau, wo man den ersten Schnitt ansetzen musste. Schließlich hatte ihr Lirith über die geheimen Stränge der Weltenkraft erzählt, was sie im Sommer zufällig in der Ödnis erfahren hatte, als sie und Durge Falken auf der Suche nach der Flammenfestung begleitet hatten. An diesem unwirtlichen Ort hatte die Hexe versucht, dem erschöpften Ritter etwas von ihrer Lebenskraft zu geben, dabei aber ohne Absicht ein paar von Durges Erinnerungen gestohlen.

Er liebt sie von ganzem Herzen, Grace, hatte Liriths Stimme gequält in ihrem Bewusstsein gesagt. *Aber er sagt, dass sie es nie erfahren darf, dass sie zu jung und gut ist, um von jemandem belästigt zu werden, der so alt und hinfällig wie er ist, und er hat mir den Schwur abgenommen, es niemandem zu verraten. Aber jetzt habe ich es doch, und so habe ich ihn erneut verraten.*

Nein, Lirith, Ihr ... du hast Durge nicht verraten – er verrät sich selbst. Wenn er Aryn liebt, dann schuldet er es ihr, ihr die Wahrheit zu sagen. Nur weil er Aryn nicht zu nahe treten wollte, war das doch noch lange kein Grund, seine Gefühle für sie zu verbergen. Grace gab ihren Patienten immer die vollständige Diagnose, selbst wenn es etwas war, das sie nicht hören wollten.

Der Wind blies Durges Haare aus der Stirn und zupfte an den Spitzen des Schnurrbartes, der unter der Habichtsnase wuchs. Durge war kein gut aussehender Mann. Aber sein zerfurchtes Antlitz hatte etwas Freundliches und Edles, das weit über jede Schönheit hinausging. Grace wusste nicht, ob Aryn Durges Liebe erwidern konnte, aber die junge Frau verdiente diese Chance.

Durge warf ihr einen Blick zu. »Stimmt etwas nicht, Mylady? Wir müssen unseren besten Eindruck machen, wenn wir König Boreas und Lady Aryn begrüßen, und vermutlich klebt noch der Haferbrei vom Frühstück an meinem Schnurrbart.«

Grace lachte. »Nein, Durge. Ihr seid absolut perfekt.«

Diese Behauptung schien den Ritter zu verblüffen. Er öffnete den Mund, schloss ihn wieder, warf ihr einen eigentümlichen Blick zu und trieb dann das Pferd an, um zu Falken aufzuschließen.

»Was hast du ihm gesagt?«, sagte Travis und kam näher heran. »Er sieht aus, als hätte gerade sein Verstand ausgesetzt.«

»Ich habe ihm die Wahrheit gesagt.«

»Das reicht«, sagte Travis mit einem Nicken. »Ich habe mich immer darüber beschwert, dass mir keiner sagt, was eigentlich los ist. Aber dann hat man es getan, und ich erkannte, dass ich viel glücklicher war, als ich es nicht wusste.«

»Und würdest du wieder so sein wollen? Unwissend?«

Travis lächelte, aber in seinen Augen lag ein Ausdruck, den sie nicht genau deuten konnte. War es Trauer oder Resignation? Sein Haar wuchs wieder so dicht und rot wie sein Bart. Nachdem Krondisar ihn im Sommer vernichtet und neu erschaffen hatte, hatte er angefangen, sich den Kopf zu rasieren, da er sich als ehemaliger Blonder nicht mit seiner neuen roten Haarfarbe anfreunden konnte. Aber seit dem Schwarzen Turm hatte er es wieder wachsen lassen. Es war, als würde es ihn nicht länger stören, auch äußerlich mit dem konfrontiert zu werden, was er wirklich war. Und vielleicht bedeutete das, dass er ihre Frage doch beantwortet hatte.

Travis schaute zu dem Schloss hoch und hockte dabei wie ein Sack Kartoffeln im Sattel. Nach den unzähligen Meilen war er noch immer ein furchtbarer Reiter. Grace saß kerzengerade auf ihrem Pferd und hob und senkte sich in seinem Trab, als hätte sie ihr Leben lang nichts anderes getan. Natürlich waren die Pferde ein erst kürzlich erworbener Luxus. Die meiste Zeit waren sie zu Fuß gegangen. Grace, Falken, Beltan und Vani hatten keine Pferde gehabt; sie waren mit dem Elfenschiff den Fluss Farwander so weit hinaufgefahren, wie es ging, um dann den restlichen Weg zum Schwarzen Turm zu

Fuß zurückzulegen. Und die Pferde, die Travis, Durge, Lirith und Sareth geritten waren, waren über ein Jahrhundert in der Vergangenheit zurückgeblieben.

Vom Schwarzen Turm der Runenbrecher bis nach Calavere waren es fast hundert Meilen. Die Vorstellung, den ganzen Weg marschieren zu müssen, hatte Grace mit Verzweiflung erfüllt, aber da ihnen keine andere Wahl geblieben war, waren sie am Wintersonnenwendtag zu Fuß aufgebrochen, und zu ihrer aller Überraschung waren sie gut vorangekommen. Vielleicht *zu* gut. Nachdem sie jeden Abend ihr Lager aufgeschlagen hatten, hatte Falken nach Marksteinen Ausschau gehalten, und seiner Schätzung nach hatten sie mehr Meilen zurückgelegt, als möglich erschien.

»Da stimmt etwas nicht«, sagte Falken am dritten Abend ihrer Reise, und Grace stimmte ihm zu. Sie hielt den Blick unterwegs auf einen fernen Hügel gerichtet, um ihr Vorankommen abschätzen zu können. Dann kamen sie durch einen Hain oder stiegen in eine Schlucht hinab, und wenn sie den Hügel wieder erblickte, ragte er vor ihr auf, so als hätten sie die dazwischenliegenden Meilen mit einem großen Sprung überbrückt, während sie nicht hinsah.

»Das ist unmöglich«, hatte Beltan nach einem derartigen Vorfall gesagt und sich am Kopf gekratzt, und Tira hatte gelacht, als hätte sie einen tollen Witz gehört.

Grace hatte Tira angesehen, aber das Mädchen hatte bloß den Kopf über den halb verbrannten Tannenzapfen gebeugt, den sie aus einem Lagerfeuer gezogen und mit einem Fetzen umwickelt hatte, so als wäre er eine Puppe.

Bald ließen sie die wilden Ausläufer der westlichen Fal Sinfath hinter sich und bewegten sich an der Grenze von Bregond entlang. Mehrere Male sichteten sie einen Trupp aus Rittern in schwarzer Rüstung auf schweren Schlachtrössern, deren Schilde mit einem silbernen Turm und einer roten Krone versehen waren. Durge und Beltan zogen jedes Mal die Schwerter, Vani verschwand in den Schatten, und Grace und Lirith webten mit der Gabe Trugbilder, um das Auge zu täuschen.

Sie hätten sich die Mühe sparen können. Bei jeder Gelegenheit ritten die Ritter weiter, ohne auch nur in ihre Nähe zu kommen. Der Runenmeister Kelephon, den die schwarzen Ritter als ihren Oberbefehlshaber Gorandon kannten, wollte sowohl Graces Blut als auch das magische Schwert Fellring in seinen Besitz bekommen, das er ihr im toten Königreich Toringarth nicht hatte entreißen können. Was hätte er wohl gemacht, wenn er gewusst hätte, dass seine Ritter mehr als nur einmal bis auf eine halbe Meile an sie herangekommen waren? Aber er würde es nicht erfahren.

»Du verhinderst, dass sie uns sehen, nicht wahr?«, flüsterte sie eines Nachts zu Tira, als sie zusammen auf dem Boden lagen. Der Körper des kleinen Mädchens war so warm, dass Grace ihren Umhang, den sie wie eine Decke über sie gebreitet hatte, eigentlich nicht brauchte. Die Schneeflocken verwandelten sich in Dampf, wenn sie auf ihnen landeten. »So wie du uns hilfst, schneller zu gehen, als wir es eigentlich sollten.«

Tira schmiegte sich an sie und schlief ein.

Die schwarzen Ritter waren nicht die einzige Gefahr, die ihnen auf der Straße begegnete. In den ersten Nächten nach ihrem Aufbruch vom Schwarzen Turm konnte derjenige von ihnen, der Wache hielt – Beltan oder Durge oder Vani –, ein helles Glühen auf einem fernen Hügelkamm oder Berg sehen. Der Fahle König hatte es nicht geschafft, im Turm der Runenbrecher Sinfathisar und Krondisar an sich zu bringen, aber seine Handlanger suchten noch immer nach den Steinen.

Bevor sie den Turm verlassen hatten, hatte Travis einen alten verrosteten Eisentopf genommen, den er gefunden hatte – es war ihr alter Topf, den sie vor hundert Jahren mitgebracht hatten –, und ihn mit beiden Händen gehalten, während er die Rune *Dur* sprach. Der Topf leuchtete blau auf, und als das Licht verblasste, stand an seiner Stelle ein Eisenkästchen. Das Kästchen war überraschend zierlich und perfekt geformt; ob er seine Macht nun gern einsetzte oder nicht, seine Fertigkeiten wuchsen. Travis legte die Steine in das Kästchen und schloss es. Auf dem Deckel waren rechteckige Symbole.

»Was ist das?«, fragte Grace und berührte die Runen auf dem Deckel.

»Eine Warnung«, sagte er und schob das Kästchen in sein Wams.

Die Phantomschatten des Fahlen Königs konnten die magische Spur sehen, die die Imsari in der Luft hinterließen – aber nicht, wenn die Steine von Eisen umgeben wurden. Das unheimliche Leuchten kam ihrem Lager nie näher, und nach ein paar Nächten sahen sie es nie wieder.

Schließlich überquerten sie die Quelle des Dimduorn und betraten Calavan. Es kamen keine schwarzen Ritter mehr in Sicht, und als sie zu einer Stadt kamen, wagten sie es, mit einem Teil des Goldes, das Grace noch besaß, Pferde zu kaufen. Danach waren die Meilen nur so vorbeigeflogen.

»Unsere Reise ist fast vorbei.« Erst als Travis sie scharf ansah, wurde Grace bewusst, dass sie diese Worte laut ausgesprochen hatte.

»Ist sie das wirklich, Grace?« Er griff unter seinen Umhang, als wollte er nach dem dort verborgenen Eisenkästchen suchen.

Grace berührte das Schwert an ihrer Seite. Fellring. Es fühlte sich dort gut und schwer an, so als hätte sie es schon immer getragen. »Nein, vermutlich nicht.«

»Nun, zumindest haben wir es so weit geschafft.«

Sie ritten schweigend weiter, bis sie den Weg erreicht hatten, der sich den Hügel zum Schloss hinaufschlängelte. Falken und Durge ritten noch immer an der Spitze. Grace drehte sich im Sattel um, um nach den anderen zu sehen.

Lirith und Sareth befanden sich nicht weit hinter ihnen; ihre Pferde ritten dicht beieinander, sie hatten die Köpfe zusammengesteckt. Wie schon so oft auf der Reise fragte sich Grace, was Travis und den anderen genau in Castle City zugestoßen war. Sie hatten die Geschichte natürlich erzählt – wie sie sich in der Stadt in Colorado wiedergefunden hatten, im Jahre 1887, und dass ihnen ein Zauberer durch das Tor gefolgt war –, aber Grace hatte den Verdacht, dass es da einige Dinge gab, über die sie nicht sprachen. Liriths und Sareths Liebe füreinander war offensichtlich; sie verbargen sie nicht länger. Aber sie schien zerbrechlich zu sein, wie eine Glaskugel.

Wir können niemals eins sein, hatte die Hexe Grace gesagt. Aber meinte sie die Gesetze von Sareths Volk, den Mournisch, die es einem Mann verboten, außerhalb des Klans zu heiraten? Oder gab es etwas anderes, das sie und Sareth voneinander fern hielt?

Hinter Lirith und Sareth bildeten Beltan und Vani den Schluss der Gruppe. Hier war ein weiteres Geheimnis. Obwohl es zwischen dem blonden Ritter und der Meuchelmörderin mit den goldenen Augen noch immer Augenblicke des Unbehagens gab, hatten sie ihre gegenseitige Animosität auf Sindars Schiff zurückgelassen. Dort war etwas mit ihnen geschehen. Aber was?

Auf der Reise nach Toringarth hatte Grace alle Hände voll damit zu tun gehabt, Beltan und Vani davon abzuhalten, sich gegenseitig zu erwürgen. Jetzt nahm der hoch gewachsene Ritter ihr gegenüber seltsamerweise eine linkisch-beschützende Haltung ein. Mehr als einmal hatte Grace gesehen, dass er Vani eine Tasse *Maddok* brachte, wenn er sich unbeobachtet glaubte, oder sie mit einem Umhang zudeckte, wenn sie schlief. Und sie schien sich auch nicht gegen solche Gesten zu sträuben.

Nach einer Weile war Grace der Gedanke gekommen, Vani könnte krank sein. Waren alle nach dem langen Tagesmarsch hungrig wie die Wölfe gewesen und hatten das wenige Essen heruntergeschlungen, das sie gefunden hatten, so hatte die *T'gol* anscheinend nur wenig Appetit gehabt, und ihre kupferfarbene Haut wies oft einen grünlichen Schimmer auf. Aber als sie Vani eines Nachts gefragt hatte, ob sie sie untersuchen dürfe, hatte die Meuchelmörderin sie bloß entsetzt angestarrt und ihr befohlen, sie allein zu lassen.

Auf der Reise warfen sowohl Vani als auch Beltan Travis häufig sehnsuchtsvolle, schmachtende Blicke zu. Dennoch schienen beide keine große Lust zu haben, zu viel Zeit in seiner unmittelbaren Nähe zu verbringen. Jedes Mal, wenn sich Travis Beltan zu nähern versuchte, zog sich der blonde Ritter zurück, und für Vani galt das Gleiche. Travis pflegte sie bei diesen Gelegenheiten anzulächeln, aber Grace erkannte an seinen hängenden Schultern, dass ihr Verhalten ihn verletzte und verwirrte.

Nun verbrachte Travis viel Zeit mit Nachdenken, den Kopf über das Kästchen mit den Steinen gebeugt. Wie bei Grace gab es auch für ihn andere Dinge, über die er sich sorgen musste. Sie legte die Finger um Fellring und genoss das Gefühl, wie sich ihre Faust um den Griff schloss, den das Kleine Volk für das Schwert gefertigt hatte.

Grace seufzte, so wie sie es immer tat, wenn sie an Sindar dachte, den Mann mit den silbergrauen Augen. Nur dass er in Wirklichkeit kein Mann gewesen war. Zusammen mit seiner Erinnerung war ihm auch wieder seine wahre Natur und sein Ziel bewusst geworden; er hatte sich in ein Wesen aus Licht verwandelt – einen Elfen – und sich auf die Klinge von Fellring geworfen, und sein Blut hatte das Schwert wieder zusammengefügt.

Tausend Jahre zuvor hatte König Ulther das Schwert gegen

den Fahlen König geführt, Berashs Eisenherz gespalten und ihn besiegt, obwohl die Klinge selbst dabei zersplittert war. Jetzt sammelte der Fahle König erneut seine Kräfte, und Fellring war neu geschmiedet worden. Grace packte den Griff fester. Laut Falken konnte nur ein Abkömmling von Ulther und der königlichen Linie von Malachor das Schwert führen.

Du weißt, was er von dir verlangen wird.

Und, konnte sie es tun? Bevor sie die Frage beantworten konnte, ertönte voraus ein Wiehern; Falkens Pferd stieg auf die Hinterbeine. Was hatte es scheuen lassen? Von ein paar Bauern abgesehen, die den Abhang hinauftrotteten und Karren voller Torf schoben oder Bündel Feuerholz schleppten, war die Straße leer. Aber einer der Bauern – ein Mann in einem schmutzigen Wams – eilte die Straße hinunter, so als wäre er in großer Eile.

Durge schnappte sich das Zaumzeug von Falkens Pferd und half dem Barden, es wieder unter Kontrolle zu bringen. »Pass doch auf, wo du herläufst, Mann!«, rief Falken dem Bauern hinterher. »Du hättest unter die Hufe geraten können.«

Wenn der Mann Falken gehört hatte, ließ er es sich nicht anmerken. Grace musterte ihn flüchtig, als er an ihr vorbeikam. Er war größer als die meisten Bauern, die sie auf Eldh gesehen hatte – für gewöhnlich behinderte Unterernährung ihr Wachstum –, und seiner glatten Haut nach zu urteilen, schien er den gewöhnlichen Kinderkrankheiten entgangen zu sein. Der Mann eilte an ihr vorbei und war weg.

»Alles in Ordnung?«, fragte Grace.

»Dank Durge ja«, erwiderte Falken. »Ich frage mich, warum es der Bursche so eilig hatte.«

»Der arme Kerl wollte vermutlich bloß entkommen«, sagte Beltan, der zusammen mit Vani, Lirith und Sareth herankam, mit einem Lachen.

Der blonde Ritter zeigte die Straße hinauf. Vor dem Schlosstor war eine Gruppe von Leuten erschienen. Fünf davon standen vor einer kleinen Abteilung Ritter: ein kräftiger Mann mit einem schwarzen Bart, eine kleine Frau in einer blauen Cotte – einem schlicht geschnittenen Kleid –, eine größere Frau mit Augen, die so blau wie die Banner oben auf den Schlosstürmen waren, ein schlanker junger Mann mit gelangweiltem Gesichtsausdruck und ein rothaariger Mann ohne Rüstung, der trotzdem die Haltung eines Ritters hatte.

Travis warf Grace einen Blick zu. »Anscheinend hat jemand im Schloss von unserem Kommen gewusst.«

»Kein Wunder, dass der Mann floh«, sagte Beltan mit einem Grinsen. »Ich bezweifle, dass er damit gerechnet hat, dem König zu begegnen.«

Falken kratzte sich am Bart. Er hatte ihn auf der Reise wachsen lassen; er war zur Hälfte silbergrau. »Ich vermute mal, er hat ohne Erlaubnis auf den königlichen Gütern gejagt. Dann kommt er zum Schlosstor und sieht den König auf sich warten. Ein Blick, und der arme Kerl dreht sich um und ergreift die Flucht.«

Grace nickte. König Boreas hatte diese Art von Wirkung auf seine Mitmenschen. Sie selbst eingeschlossen. Die anderen Bauern rannten nicht weg, aber sie waren alle auf der Stelle stehen geblieben und knieten im Schlamm.

»Sagen wir Hallo«, meinte Beltan.

»Wartet einen Augenblick.« Durge stieg aus dem Sattel, hob etwas aus dem Schlamm auf und schwang sich wieder auf sein Pferd. »Ich glaube, das hier hat dieser Bauer verloren.« Er hielt einen kleinen Lederbeutel von der Größe eines Geldbeutels hoch.

»Das könnten seine Lebensersparnisse sein«, sagte Lirith. »Er könnte dafür arbeiten, seine Freiheit zu erkaufen.«

»Glaubst du wirklich, *Beshala?«,* fragte Sareth besorgt. »Dann wäre es ein Verbrechen, es ihm nicht zurückzugeben.«

»Dem stimme ich zu«, grollte Durge. Aber der Bauer war verschwunden.

»Ihr könnt es ihm ja später zurückgeben«, sagte Beltan. »Ich finde nicht, dass wir meinen Onkel warten lassen sollten.«

»Oder Melia«, sagte Falken.

Sie trieben die Pferde an. Graces Herz tat einen Sprung, als sie die Gesichter ihrer Freunde sah. Aryn sah schöner denn je zuvor und auch älter aus. Sie stand neben Melia, die so majestätisch und alterslos wie immer wirkte, obwohl sie in einem Ausbruch jugendlicher Aufregung in die Hände klatschte, als die Reiter näher kamen. Sir Tarus grinste breit, und sogar König Boreas sah überaus glücklich aus, wie das Lächeln verriet, das aus dem dichten Bart hervorblitzte.

Der Einzige, der nicht lächelte, war der schlanke junge Mann in Schwarz. Grace hatte ihn noch nie zuvor gesehen, trotzdem erkannte sie ihn. Teravian würde niemals so kräftig wie sein Vater sein, der König von Calavan, und seine Züge waren feiner, aber sein Gesicht trug den gleichen scharfen, zwingenden Ausdruck. Doch im Augenblick schaute er bloß mürrisch drein. Er stieß einen gelangweilten Seufzer aus, wandte den Kopf – und verharrte. Mit leuchtenden Augen starrte er Lirith an.

Sie hielten ihre Pferde an. Grace wartete nicht darauf, dass Durge ihr beim Absteigen half, sondern ließ sich aus dem Sattel rutschen und stürmte los.

»Aryn!« Sie riss die Baronesse in die Arme. Die junge Frau erwiderte die Umarmung mit ihrem linken Arm.

»Grace, du bist da ... du bist wirklich da!«

Über weite Distanzen durch die Weltenkraft zu sprechen war wunderbar gewesen, aber hiermit konnte es nicht mithalten – die echte, lebendige Berührung von jemandem, den sie liebte.

Grace war sich bewusst, dass sich die anderen um sie

drängten. Falken schlang die Arme um Melia und wirbelte sie herum, und Melia lachte doch tatsächlich. Boreas' dröhnende Stimme erscholl, und aus den Augenwinkeln sah Grace, wie Sir Tarus zuerst zögerte und dann freudig Beltans Arme ergriff.

So lange waren sie getrennt gewesen, verloren in verschiedenen Ländern und auf verschiedenen Welten. Jetzt befanden sie sich endlich wieder da, wo sie hingehörten – hier, an diesem Ort. Für diesen einen Augenblick gab sich Grace dem Glauben hin, dass sie niemals wieder getrennt sein würden.

Schließlich löste sie sich zögernd von Aryn und wandte sich um, damit sie den König begrüßen konnte.

»Es ist auch Zeit, dass Ihr Euren Gehorsam erweist, Mylady«, sagte Boreas mit einem Schnauben, die Hände in die Hüften gestemmt.

»Ich grüße Euch, Euer Majestät.« Grace machte einen Hofknicks und schaffte es, dabei kaum zu schwanken. Als sie sich wieder erhob, sah sie erstaunt, dass das Lächeln des Königs verschwunden und von einem nachdenklichen Ausdruck abgelöst worden war. »Was ist, Euer Majestät?«

»Nichts«, sagte er mit barscher Stimme, »ich bin mir nur nicht sicher, ob Ihr es seid, die hier den Gehorsam erweisen sollte. Euer Majestät.« Er machte Anstalten, als wollte er vor ihr knien.

Grace starrte ihn voller Entsetzen an. Boreas war so mutig, so stolz. Er war ein König, und sie konnte sich nicht vorstellen, dass es auf dieser oder jeder anderen Welt einen stärkeren Mann gab. Er durfte sich nicht vor ihr verneigen, ganz egal, ob sie nun die Königin eines toten Reiches war oder nicht. Sie wollte ihn daran hindern.

Ihre Worte gingen in einem Donnerschlag verloren.

Eine Schockwelle traf sie, in ihren Ohren klingelte es so schrill wie mit einer Sirene, was sie einen Augenblick lang zurückbrachte in die Notaufnahme des Denver Memorial Hospital. Wie oft hatte sie diesen Ton näher kommen gehört, während sie an der Auffahrt auf den Krankenwagen wartete, um Verletzte wieder zusammenzuflicken? Der Blitz musste in unmittelbarer Nähe eingeschlagen sein.

Aber als sie das letzte Mal nach oben geschaut hatte, war der Himmel klar gewesen.

Ein zweites ohrenbetäubendes Krachen zerriss die Luft, und es war kein Donnerschlag. Grace hörte entsetzte Aufschreie; Beltan stieß einen Fluch aus und wies mit dem Arm in eine Richtung. Aber da hatte Grace es schon selbst gesehen: Eine weiße Wolke aus Staub und Qualm quoll aus dem Fundament des südöstlichen Schlossturms in die Höhe. Er erbebte einmal, dann fiel er mit majestätischer Langsamkeit in sich zusammen, neigte sich zur Seite und schoss in einer Geröllawine den Hügel hinab.

5

Travis konnte nichts hören.

Überall um ihn herum brüllten Leute, aber ihre Lippen bewegten sich stumm. Ein jegliche Laute erstickendes Feld hüllte ihn ein, so wie damals, als man ihn an den Nullstein vor dem Grauen Turm der Runensprecher gefesselt und eine uralte Magie ihn daran gehindert hatte, die Runen auszusprechen, die ihn befreit hätten.

Beltan und Durge griffen nach den Zügeln der scheuenden Pferde. Lirith eilte herbei, schob sich zwischen die Tiere und berührte vorsichtig ihre Hälse. Die Pferde wurden langsam ruhiger, auch wenn sie noch immer wild umherblickten. Boreas schien den Wachsoldaten etwas zuzurufen. Travis konnte nicht verstehen, was er sagte, aber die Männer anscheinend schon, denn sie eilten durch das Schlosstor, angeführt von Sir Tarus. Der König drehte sich um, und der Ausdruck auf seinem Gesicht kündete nicht von Verwirrung oder Entsetzen, sondern von Wut.

Der Rest von ihnen sah reglos zu, wie die Überreste des Steinturms den Hügel hinabpolterten, auf dem Calavere erbaut war. Obwohl Prinz Teravian so überrascht wie auch alle anderen erschien, schien er doch fasziniert zu sein. Aryn hielt die Augen geschlossen, aber Travis vermochte nicht zu sagen, ob sie den Anblick nicht ertragen konnte oder mit etwas anderem beschäftigt war.

Die Trümmer des Turms ergossen sich wie ein Bergrutsch in den Bergen Colorados über ein Stück der Straße, die zum Schloss hochführte. Soweit es Travis beurteilen konnte, wurde niemand davon getroffen. Ein paar vereinzelte Steine purzelten noch den Hügel hinunter, dann kehrte Stille ein. Travis verspürte einen scharfen Stich in seinem Inneren. In diesem

Turm hatte er einst von den Runensprechern Rin und Jemis Unterricht erhalten. Jetzt gab es ihn nicht mehr.

Die anderen setzten sich in Bewegung und folgten Tarus und den Wächtern, und Beltan zog an Travis' Arm. Er sagte etwas, aber das Dröhnen in seinen Ohren machte es Travis unmöglich, die Worte des Ritters zu verstehen. Die Explosion und der Trümmersturz mussten sein Hörvermögen betäubt haben. Es kehrte erst jetzt langsam wieder zurück, und als Beltan wieder sprach, konnte Travis seine gebrüllten Worte nur mühsam verstehen.

»Ich muss Tarus nach, um zu sehen, was passiert ist. Willst du hier warten?«

Travis schüttelte den Kopf. »Ich begleite dich.«

So wie jeder der anderen auch. Travis fand sich an Graces Seite wieder, als sie unter den hochgezogenen Fallgattern hindurch durch den Tunnel auf den Unteren Burghof liefen. Lords, Ladys, Bauern und Kaufleute standen wie betäubt da und starrten die Rauchwolke an, die dort in den Himmel stieg, wo sich eben noch ein Turm befunden hatte.

»Was geschieht hier, Grace?«, sagte Travis und versuchte nicht zu schreien, obwohl es ihm schwer fiel, die eigenen Worte zu verstehen.

»Ich weiß es nicht.« Tiras Arme schienen an ihrem Hals angeschweißt zu sein. »Soweit ich weiß, explodieren Schlösser nicht grundlos. Was könnte so eine Explosion bloß auslösen?«

»Korn?«, erwiderte Travis und versuchte, das Dröhnen in seinen Ohren zu ignorieren. »Als ich noch ein Kind war, da ist in Illinois mal auf einer Farm am Ende der Straße ein Silo explodiert. Der Kornstaub in der Luft war so dick, dass er entzündlich war. Ein Funken aus einer defekten Leitung hat ausgereicht.« Aber der eingestürzte Turm war kein Getreidespeicher gewesen, sondern der Turm der Runensprecher des

Schlosses. Und er bezweifelte, dass es darin elektrische Leitungen gegeben hatte.

Graces Gesicht war bleich, aber entschlossen. »Es spielt keine Rolle, was es verursacht hat. Es könnte Verletzte geben. Ich muss nach ihnen sehen.« Sie setzte Tira sanft auf dem Boden ab. »Bleib bei Melia.«

Travis griff nach ihrem Arm. »Es könnte gefährlich sein. Es könnten noch immer Steine in die Tiefe stürzen.«

Bevor Grace protestieren konnte, hinkte ihnen eine zusammengekrümmte Gestalt mit wehendem weißem Haar über den Burghof entgegen. »Euer Majestät! Kommt schnell! Da war ...«

»Ich weiß, Lord Farvel«, knurrte Boreas. »Ich habe Augen im Kopf. Ich habe gesehen, wie der Turm eingestürzt ist. Wisst Ihr etwas darüber?«

»Nein, Euer Majestät. Ich habe Wächter ausgeschickt, um der Sache auf den Grund zu gehen.«

»Ich auch, und Sir Tarus ist bei ihnen. Wir werden die Wahrheit erfahren.« Der König wandte sich Beltan zu. »Neffe, ich will, dass Ihr und Sir Durge ...«

Die Worte des Königs verhallten, als eine weitere Explosion Luft und Stein erschütterte. Die Druckwelle war übergangslos da und fegte Travis neben Grace zu Boden. Der Himmel verfinsterte sich, scharfe Steinsplitter prasselten als tödlicher Regen in die Tiefe. Bevor er sich aufrappeln konnte, landete ein zermalmendes Gewicht mitten auf ihm.

Im ersten Augenblick hielt er es für einen Felsen, der das Leben aus ihm herausquetschte. Dann fühlte er harte Muskeln und erkannte, dass es Durge war. Der Embarraner hatte sich auf Travis und Grace geworfen, um sie vor den fallenden Trümmern zu schützen.

Travis biss die Zähne zusammen, wartete auf die zweite Explosion. Hatte es nicht zwei gegeben, als der Turm der Runensprecher fiel? Aber es gab keinen zweiten Knall. Das Donnern verhallte, das Prasseln der fallenden Steine hörte auf. Einen schrecklichen Augenblick lang herrschte Stille. Dann ertönten neue Laute: Schmerzensschreie.

Travis bekam keine Luft mehr. Durge war kein Felsen, aber er war mindestens so solide.

»Durge«, sagte Grace. »Geht.«

Der Ritter schob sich von ihnen, dann half er Grace auf die Füße; ihr Reitgewand war schlammverschmiert. Sie drehte sich um, suchte nach Tira, aber das Mädchen war in Sicherheit, klammerte sich an Melias Kleid fest. Travis kam taumelnd auf die Füße. Um ein Haar wäre er gefallen, aber starke Hände hielten ihn fest.

»Bist du verletzt?«, fragte Vani. Ihr goldener Blick hielt ihn genauso fest wie ihre Hände. Ihre schwarze Lederkleidung war makellos rein, als wäre sie den fallenden Trümmern einfach ausgewichen.

»Mir geht es gut. Was ist mit den anderen?«

Einer der stämmigen Wachtürme, die über dem Schlosstor aufragten, nahm einen seltsam schiefen Winkel ein. In seiner Seite gähnte ein Loch wie ein Mund voller abgebrochener Zähne; aus den oberen Fenstern quoll Rauch wie aus einem Kamin. Der Tunnel, durch den sie noch eben gelaufen waren, war jetzt zur Hälfte mit Trümmern gefüllt. Wenn sie sich dort drin befunden hätten ...

Travis versuchte nicht darüber nachzudenken. Die meisten von ihnen sahen mitgenommen aus, und Lord Farvel zitterte am ganzen Leib und konnte sich ohne Falkens Hilfe nicht auf den Beinen halten. Aber einen Augenblick später wurde offensichtlich, dass es nur einen einzigen Verletzten gab: König Boreas.

»Es ist nichts«, sagte der König mit einem Grunzen, während Grace die schnell anschwellende Beule auf seinem Kopf untersuchte. Sein schwarzes Haar war blutverklebt. »Es war ein Steinchen, das ist alles. Macht nicht so einen Wind deswegen.«

Die Glaubwürdigkeit des Königs wurde sofort von seinen nachgebenden Knien untergraben. Beltan packte ihn unter den Achseln, damit er nicht wieder stürzte.

»Ihr könntet eine Gehirnerschütterung haben«, sagte Grace, und Travis bezweifelte, ob ihr bewusst war, dass sie vergessen hatte, ihn *Euer Majestät* zu nennen. Sie schloss die Augen, öffnete sie wieder. »Ihr habt eine. Sie ist nicht schlimm. Ihr schwebt nicht in ernster Gefahr – solange Ihr ruhig liegen bleibt und nichts tut.«

Boreas fing an zu protestieren, aber dann krümmte er sich und übergab sich in den Schlamm.

»Ihr da!«, rief Beltan drei Wachen zu, die auf sie zugerannt kamen. »Helft dem König zurück ins Schloss.« Er wandte sich Teravian zu, der mit gesenkten Schultern in der Nähe stand. »Euer Hoheit, aller Wahrscheinlichkeit nach befinden sich Eindringlinge im Schloss. Ihr müsst den König beschützen. Bringt ihn in sein Gemach, befehlt mehr Männer herbei. Was auch immer Ihr tut, beschützt ihn mit Eurem Leben.«

Die Worte schienen den jungen Prinzen zu erstaunen, aber nach kurzem Zögern nickte er und nahm die Schultern zurück, und in seinen dunklen Augen schien ein Licht aufzuflammen. »Ich werde ihn beschützen, Vetter.« Er trat heran und nahm Beltans Platz ein. »Komm, Vater.«

»Geh weg, Junge. Ich muss mich um mein Volk kümmern.«

»Das ist jetzt Sache deiner Krieger. Du musst das ihnen überlassen.«

»Ja, meine Krieger …« Seine Lider flatterten.

»Behaltet ihn genau im Auge, Euer Hoheit«, sagte Grace. »Flößt ihm Wasser ein. Und lasst ihn nicht einschlafen.«

Teravian nickte, und Boreas verzichtete auf weiteren Protest, als der Prinz ihn zum Tor des Oberen Burghofes führte. Die Wachen folgten ihnen; sie nahmen Lord Farvel mit.

Grace sah Melia an. »Du passt auf Tira auf?«

Die Lady mit den Bernsteinaugen hob das Mädchen hoch, und Tira legte den Kopf auf ihre Schulter. Grace ging auf das zerstörte Tor zu und bahnte sich einen Weg durch die Menge. Schlossbewohner rannten kopflos in alle Richtungen, die Gesichter weiß vor Staub, einige von ihnen blutverschmiert.

»Es könnte noch eine Explosion geben«, stotterte Durge und starrte mit weit aufgerissenen Augen hinter Grace her. »Was macht sie da?«

»Helfen«, sagte Travis. »Kommt mit.«

Er ging los. Dabei war er sich nur vage bewusst, dass die anderen zuerst zögerten, ihm dann aber folgten.

Travis verlor Grace aus den Augen, dann löste sich eine Gruppe aus Bauern auf und er sah sie wieder, wie sie mit blutigen Händen neben einer zusammengebrochenen Gestalt kniete. Es war eine junge Frau im grauen Kleid der Dienstboten. Travis fragte sich, ob er helfen konnte, aber Grace stand auf und schüttelte den Kopf. Ein Großteil des Unterleibs der jungen Frau war einfach nicht mehr da; sie musste ganz in der Nähe des Explosionsherdes gestanden haben.

»Sir Tarus!«, brüllte Beltan hinter Travis. »Welche Neuigkeiten habt Ihr?«

Der rothaarige Ritter rannte auf sie zu, mehrere Wachsoldaten folgten ihm. »Der südöstliche Turm wurde nicht mehr bewohnt«, sagte Tarus atemlos, als er sie erreicht hatte. »Und er ist sauber abgebrochen. Es gab ein paar geringfügige Verletzungen, das war alles, aber die Schlossmauer wurde beschädigt – da ist ein Loch, durch das ein Heer marschieren könnte.«

»Was ist mit dem Turm hier?«, fragte Durge. »Da haben sich doch sicherlich noch Menschen darin aufgehalten. Sie werden es nicht überlebt haben, diese Hoffnung ist sinnlos, aber wir müssen es versuchen.«

Beltan wechselte einen grimmigen Blick mit Durge und Tarus. »Wir werden sie da rausholen.«

»Und ich sehe nach, ob im Schloss noch Eindringlinge sind«, sagte Vani.

Travis versetzte es einen Stich. Beltan und Vani waren beide so stark, so mutig. Was hatte er getan, um ihre Liebe zu verdienen? Aber vielleicht empfanden sie ja nichts mehr für ihn. Beide waren ihm auf der Reise nach Calavan aus dem Weg gegangen. Hatte er etwas getan, um sie zu vertreiben? Aber das spielte keine Rolle. Ob sie ihn nun liebten oder nicht, er liebte sie. Das war das eine in diesem großartigen Desaster, das sein Leben darstellte, das er mit absoluter Sicherheit wusste.

»Ich kann das unmöglich allein schaffen«, sagte Grace und betrachtete die Verletzten. Ihre Worte klangen nicht verzweifelt, sondern sachlich, frustriert.

»Ich bin hier, Schwester«, sagte Lirith und berührte ihren Arm. »Ich bin keine so geschickte Heilerin wie du, aber ich werde tun, was ich kann.«

Grace nickte der Hexe zu. »Ich brauche auch Hilfe bei der Triage – jemand, der die Verwundeten nach der Dringlichkeit sortiert.«

»Sagt mir, was zu tun ist, und ich mache es«, sagte Sareth.

Falken nickte. »Ich auch.«

Augenblicke später gingen die beiden Männer zwischen den Verwundeten umher, stellten fest, wer lebte, wer starb und wer bereits tot war. Grace beugte sich über eine geschwärzte Gestalt, und Lirith schnappte sich einen Wachmann und befahl ihm, die benötigten Dinge zu holen – Stoff, Wasser, Nadeln, Garn und Wein. Melia eilte mit Tira auf dem Arm dem Mann hinterher, um dafür zu sorgen, dass der Befehl mit der nötigen Schnelligkeit ausgeführt wurde.

Travis zögerte, unsicher, was er tun sollte. Hier konnte er nicht helfen. Seine Macht lag nicht in der Heilkunst, sondern in der Zerstörung. Zu seiner Überraschung bemerkte er, dass er nicht allein war. Aryn stand neben ihm, die blauen Augen voller Trauer, aber auch voller Entschlossenheit.

»Wenn unter den Trümmern des Wachturms Männer verschüttet sind, wird man sie nur mit Mühe finden können«, sagte sie. »Beltan, Durge und die anderen werden Hilfe brauchen, um sie aufzuspüren.«

Travis begriff. Das Heilen war auch nicht Aryns Stärke, aber sie besaß andere Fähigkeiten, genau wie er. Er nickte der jungen Hexe zu, dann rannten sie auf den schief stehenden Turm zu und in das Tor hinein, in dem Beltan, Durge und Tarus vor Minuten verschwunden waren.

Staub und Rauch hüllten sie ein, raubten ihnen die Luft und die Sicht. Nach drei Schritten hatte Travis jede Orientierung verloren. Er tastete herum, versuchte, eine Wand zu finden, die ihn leitete, dann schloss sich eine schlanke Hand um sein Gelenk und ein schimmerndes Netz aus grünem Licht trat in Erscheinung und umriss Boden, Wände und die Decke.

Hier entlang, sagte eine Stimme in seinen Gedanken.

Direkt neben ihm wanden sich die grünen Fäden um die schlanke Gestalt einer jungen Frau. Aryn. Sahen sie auf diese Weise die Welt mit ihrer Gabe, sie und die anderen Hexen?

Nach ein paar Dutzend Schritten erreichten sie einen höhlenartigen Raum. Der Rauch war hier dünner, da er durch die große Bresche in der Außenwand des Turms abzog, und Travis konnte sehen, nachdem Aryn sein Handgelenk losgelassen hatte. Sämtliche Stockwerke des Turms waren zu einem Trümmerberg zusammengebrochen, der aus dem Keller in die

Höhe wuchs. Balken ragten in merkwürdigen Winkeln gebrochenen Knochen gleich aus dem Schutt.

Beltan, Durge und Tarus hatten einen der Balken an den richtigen Platz geschleppt und eine provisorische Brücke zu dem Trümmerberg errichtet, und jetzt wühlten sie sich durch den Schutt.

»Sie suchen am falschen Ort«, verkündete Aryn und öffnete die Augen; ihr Gesicht war weiß vor Staub. »Die Männer sind unter der anderen Seite des Haufens verschüttet, tief unten. Ich kann ihre Lebensfäden sehen, aber sie verlieren bereits an Kraft.«

»Beltan!«, rief Travis und legte beide Hände an den Mund. »Hör auf!«

Der blonde Mann gehorchte und drehte sich um. Travis und Aryn eilten zu dem Balken, den die Ritter festgekeilt hatten. Travis arbeitete sich mit vorsichtigen Schritten vor und versuchte, nicht nach unten zu sehen – zwischen dem Trümmerberg und den Kellerwänden war ein tiefer Spalt –, aber Aryn hob ihren Rock in die Höhe und lief leichtfüßig darüber hinweg.

»Was macht ihr hier?«, wollte Beltan wissen, als sie die andere Seite erreichten.

Travis warf Aryn einen Blick zu. »Ihr grabt an der falschen Stelle.«

»Ihr müsst zu ihnen vorstoßen«, sagte die junge Hexe. »Sie sind gefangen in ... Durge!«

Steine kippten unter den Füßen des Ritters, und er verlor den Halt. Hätte Tarus nicht blitzschnell zugegriffen, wäre er zusammen mit einigen Tonnen Gestein den Hügel hinuntergestürzt.

Travis bückte sich und legte die Hände auf den Stein. *»Sar«*, murmelte er. Das Geröll kam knirschend zum Stillstand. Die Steine kannten ihren alten Namen.

Er konnte es fühlen – die zerborstenen Ziegel wollten weiter nach unten, wollten auf dem Boden ruhen. Aber da war ein Hohlraum im Inneren des Hügels – dort mussten die Überlebenden sein, die Aryn in der Falle sitzend aufgespürt hatte. Gekreuzte Balken drängten den Stein nach oben, während die Trümmer das Holz zermalmen wollten.

»Sar«, wiederholte Travis und zwang die Steine mit seinem Willen zum Gehorsam. Dann ergriff er das Ende eines zerbrochenen Balkens, der aus dem Schutt herausragte. *»Meleq.«* Macht strömte durch das Holz. *Bleibt stark, haltet zusammen, brecht nicht.*

Tarus warf ihm einen neugierigen Blick zu. »Was tut Ihr da?«

»Ich glaube, ich habe die Trümmer stabilisieren können.« Travis beugte sich zurück und wischte Schweiß von der Stirn. »Zumindest für den Augenblick.«

Beltan betrachtete ihn, aber Travis vermochte nicht zu sagen, was sein Blick ausdrückte – war es Liebe? Stolz? Furcht? »Wo graben wir?«, fragte der Ritter Aryn.

Sie kroch den Trümmerhaufen entlang. »Hier. Sie sind da unten. Sechs von ihnen. Ihr müsst euch beeilen.«

Ein paar der Wachen hatten Schaufeln und Spitzhacken besorgt, aber bei dem schweren Stein waren sie nutzlos. Stattdessen stemmten sich die Männer mit bloßen Händen gegen die Trümmerstücke und benutzten zerbrochene Planken als Hebel. Es war eine schreckliche Arbeit. Beißender Qualm stieg von den noch immer schwelenden Balken auf, Staub legte sich wie eine Maske auf ihre Gesichter und drang in ihre Lungen, bis sie alle husteten.

Die Unermüdlichkeit der drei Ritter flößte Travis Ehrfurcht ein. Beltan und Tarus standen Schulter an Schulter und arbeiteten zusammen, um Steine zu bewegen, die mindestens eine Vierteltonne oder mehr wogen. Durge räumte allein Steine weg, die mindestens genauso schwer waren. Bald verzerrte sich die staubige Maske von Durges Gesicht vor Anstrengung, seine aufgeschürften Knöchel bluteten, aber er hielt nicht inne. Keiner von ihnen.

Während Aryn die Grabenden anleitete, hielt Travis seine Hände auf den Trümmern und murmelte immer wieder *Sar* und *Meleq*. Er spürte jede Vibration in den Balken, jede Verlagerung der Steinblöcke. Je mehr die Männer wegräumten, desto instabiler wurde der Haufen.

Du musst durchhalten. Er war sich nicht sicher, ob die Stimme, die da in seinem Inneren sprach, seine eigene oder die von Jack Graystone und den anderen Runenmeistern war, deren Macht in seinen Adern floss. *Wenn du die Runen nicht mehr sprichst, wird der Stein in die Tiefe stürzen und euch alle mit sich reißen. Er wird zu eurem Grabhügel werden.*

Travis murmelte die Runen weiter.

Und ihm wurde erst, als Beltan rief »Ich brauche Licht!« bewusst, dass es dunkel wurde.

»Lir«, krächzte er. Von der endlosen Litanei der Runen waren seine Lippen aufgesprungen und trocken.

Silberiger Lichtschein kam aus dem Nichts und leuchtete in das Loch in dem Geröll hinein, das die Männer gegraben hatten. Furchterfüllte Augen spähten heraus. Beltan und Tarus griffen hinein und zogen einen Wächter hinaus, der zerschunden und mitgenommen, aber am Leben war. Fünf Mal griffen sie noch hinein, fünf weitere Männer kamen hinaus. Einige hielten sich gebrochene Gliedmaßen und umklammerten die Stümpfe fehlender Finger, aber sie alle waren am Leben.

Ein Ächzen durchfuhr den Trümmerhaufen. Travis fühlte ein schreckliches Gewicht auf sich lasten. »Ihr müsst hier raus«, presste er zwischen den zusammengebissenen Zähnen hervor. »Ich kann ihn nicht länger zusammenhalten.«

Tarus brüllte Befehle. Die Wachen, die gegraben hatten, halfen ihren verletzten Kameraden über den Balken in den Gang hinein, der nach draußen führte. Tarus und Durge begleiteten Aryn, dann waren nur noch Beltan und Travis da.

Travis war so müde. Er wollte nur noch zusammen mit den Steinen zu Boden sinken, sich von ihnen begraben lassen. Darunter würde es kühl sein und ruhig. Dort würde er niemanden mehr verletzen können, dort würde er nie eine ganze Welt zerstören können. »Geh, Beltan. Ich halte die Steine zurück, bis du auf der anderen Seite bist.«

»So geht das nicht, Travis. Wir gehen zusammen oder gar nicht.«

Travis schaute auf, und das Funkeln in Beltans Augen war so wild und so zärtlich, dass ihm der Atem stockte, und er konnte weder Runen noch normale Worte sprechen. Die Magie, die er mit *Sar* und *Meleq* geschmiedet hatte, zerbrach. Der Hügel sackte in sich zusammen.

Beltan schnappte sich Travis' Arm und riss ihn über den Balken. Sie erreichten die andere Seite in genau dem Augenblick, in dem die behelfsmäßige Brücke von der Sturzflut aus Stein nach hinten gerissen wurde. Hand in Hand stolperten sie durch den Gang und schossen zusammen mit einer Wolke aus Steinstaub auf den Unteren Burghof hinaus. Travis drehte sich gerade noch rechtzeitig um, um zu erleben, wie die Mauern des Wachturms in die Tiefe regneten und eine graue Staubwolke in den Himmel schickten.

»Ich konnte ihn nicht retten«, stieß Travis hervor. Sein Mund war voller Staub. »Ich habe es versucht, aber am Ende konnte ich den Sturz des Turms nicht verhindern.«

Beltan legte einen starken Arm um seine Schultern. »Er war nicht mehr zu retten, Travis. Und so kann er wieder aufgebaut werden. Wenn etwas kaputt ist, kann man es manchmal nur reparieren, indem man es zuerst zerstört.«

Diese Worte ließen Travis frösteln, ohne dass er einen Grund dafür zu nennen vermochte. Er wollte etwas erwidern, aber seine Zunge war so trocken wie Kreide.

6

Sie versammelten sich in Calaveres Großem Saal zu einem späten Abendessen, auch wenn keiner von ihnen großen Appetit hatte. Aber Grace wusste, es war wichtig, dass sie aßen; sie mussten ihre Kräfte bewahren. Sie würgte einen Bissen kaltes Wildbret herunter, um mit gutem Beispiel voranzugehen, aber nur ein großzügig bemessener Schluck Wein sorgte dafür, dass er auch unten blieb.

Sie betrachtete die vertrauten Gesichter an der Hohen Tafel, und eine Diagnose war leicht: Erschöpfung und emotionales Trauma. Auf ihren Reisen im vergangenen Jahr waren sie alle mit schrecklichen Anblicken konfrontiert worden. *Feydrim* und Phantomschatten. Drachen und Seuchen. Dämonen und Zauberer. Aber es war ein Unterschied, wenn einem die Gefahr an den Ort folgte, den man sein Zuhause nannte. Wenn einen die Finsternis dort erreichen konnte, dann war kein Ort mehr sicher.

Grace wusste, dass sie genauso erschöpft wie die anderen hätte sein sollen, stattdessen fühlte sie sich auf seltsame Weise lebendig. Seit ihren Tagen in der Notaufnahme des Denver Memorial Hospital hatte sie nicht mehr so verbissen und lange versucht, so viele Leben zu retten. Sie hatte sich an diesem Tag um fast zwanzig Patienten bemüht, obwohl sie es ohne Hilfe nie geschafft hätte. Sareth und Falken hatten ausgezeichnete Triage-Krankenhelfer abgegeben, und Lirith konnte gebrochene Knochen richten und Wunden nähen, was Grace Gelegenheit gab, sich um die schlimmsten Fälle zu kümmern. Mehr noch, die schwarzhaarige Hexe konnte mit der kühlen Berührung ihrer Hand Furcht und Schmerz auf eine Weise lindern, wie es Grace niemals hätte zu Stande bringen können.

Grace hatte Melia und mehrere Wachen damit beschäftigt gehalten, ständig Nachschub an Material herbeizuschaffen, und bald war sogar Tira auf den Burghof gerannt gekommen, die kleinen Arme voller Verbände. Als die Sonne hinter der Burgmauer versunken war, war alles vorbei gewesen. Grace hatte nur drei ihrer Patienten verloren – obwohl die Explosion selbst neun weitere Todesopfer gekostet hatte, deren Leichen man aus den Trümmern barg. Insgesamt also ein Dutzend. Doch wenn Grace an das dicht bevölkerte Schloss dachte, fiel es schwer zu glauben, dass es nicht schlimmer gekommen war.

Und das wäre es, wären die Menschen nach der ersten Explosion nicht in die Mitte des Hofes gelaufen, um nachzusehen, was dort eigentlich geschehen war. Aber was genau war eigentlich geschehen? Nach den Explosionen hatten sie ihre ganze Energie darauf verwendet, Leute aus den Trümmern zu ziehen und ihre Verletzungen zu behandeln. Aber was hatte die Explosionen verursacht?

Sie wollte gerade die anderen nach ihrer Meinung fragen, als ein Wandteppich flatterte und Vani erschien. Stumm schritt sie in ihrem hautengen Leder auf die Hohe Tafel zu. Sie trug einen kleinen Stoffsack. Grace hatte sie seit der Explosion nicht mehr zu Gesicht bekommen. Wo war sie gewesen?

Travis lächelte Vani zu, ein erschöpfter, aber ausgesprochen warmherziger Ausdruck. »Es ist schön, dich zu sehen«, sagte er, während Beltan gleichzeitig fragte: »Hast du etwas gefunden?«

Vani sah Travis an, und einen Augenblick lang wurde ihr strenger Gesichtsausdruck ganz weich. Grace vergaß oft, wie schön die *T'gol* war. Ineinander verschlungene Tätowierungen betonten den anmutigen Schwung ihres Halses, in ihrem linken Ohr funkelten dreizehn goldene Ohrringe. Dann richtete Vani den Blick auf Beltan, und ihre Züge wurden schärfer. »Ja, wir haben etwas gefunden.«

»Wir?« Durge strich sich den Schnurrbart, die beiden Hälften waren noch immer grau vom Staub. »Wer hat Euch geholfen?«

Vani blickte die Wand an. Grace sah nur nackten grauen Stein. Dann schimmerten die Steine, und ein Mann löste sich von der Wand. Er war ziemlich schmal und trug einen blonden Spitzbart, und er warf einen funkelnden grauen Umhang zurück, der nahtlos mit der Wand verschmolzen war.

»Da seid Ihr ja, Aldeth«, sagte Aryn und stellte den Weinpokal ab. »Ich habe mich schon gefragt, wann Ihr auftaucht.«

»Eigentlich hatte ich das nicht vor, Euer Hoheit. Aber anscheinend hatte da jemand andere Vorstellungen.« Er sah Vani schräg an.

Die *T'gol* zuckte mit den Schultern. »Es ist nicht meine Schuld, wenn Ihr Euch nicht vernünftig verstecken könnt.«

»Ich habe Euch mich im Nordturm finden lassen«, erwiderte der Spinnenmann energisch.

»Ihr meint, so wie ein Schaf einem Wolf erlaubt, sich von ihm fangen zu lassen?«

Der Spinnenmann starrte die Meuchelmörderin böse an, ihm schien jedoch keine passende Erwiderung einzufallen. Grace sah Aryn neugierig an. Woher wusste die Baronesse, dass Aldeth auf Calavere war? Das letzte Mal hatten sie ihn vor vielen Monaten auf Schloss Spardis gesehen. Er war ein Spinnenmann, einer von Königin Inaras persönlichen Spionen; sicherlich war er weit von zu Hause weg. Anscheinend hatte Aryn ihr bei ihren Unterhaltungen durch die Weltenkraft nicht alles erzählt.

»Ich würde gern wissen, was ihr entdeckt habt«, sagte Falken. »Aber nur, wenn ihr beiden lange genug damit aufhören könnt, euch anzugiften.« Der Barde hielt seine Laute, hatte aber noch keine Note gespielt. Wie gewöhnlich wurde seine rechte Hand von einem schwarzen Handschuh bedeckt. Melia saß neben ihm, einen nachdenklichen Ausdruck in ihren bernsteinfarbenen Augen, Tira auf dem Schoß. Das Mädchen drückte ein schwarzes Kätzchen an sich, dessen Augen die gleiche Farbe wie die Melias hatten.

»Wir haben das hier gefunden«, sagte Vani und legte den Sack auf den Tisch.

Aldeth rieb sich den Nacken. »Eigentlich habe ich es gefunden, und Ihr habt es aus mir herausgeschüttelt wie bei einem gewöhnlichen Beutelschneider.«

Trotz der Ereignisse des Tages musste Grace lächeln. Etwas sagte ihr, dass zwei schattenhafte Gestalten mehr waren, als ein Schloss ohne Probleme beherbergen konnte.

»Was ist es?«, fragte Tarus.

Vani löste den Knoten des Sackes und kippte ihn um. Feiner schwarzer Staub regnete in einem gleichmäßigen Strom heraus.

Durge stieß den Stuhl zurück und sprang auf die Füße. »Nehmt die Kerzen weg!«

Lirith und Sareth rissen Kerzen vom Tisch und löschten ihre Flammen. Die meisten sahen Durge nur verwirrt an, aber Grace verstand. Sie hatte den scharfen, bitteren Geruch an zahllosen Schusswaffenopfern in der Notaufnahme gerochen.

»Es ist Schießpulver«, sagte sie.

Durge nickte. »Ich habe in Castle City mit schwarzem Pulver wie diesem gearbeitet. Es ist eine gefährliche Alchemie, mit der man gefährliche Waffen namens Revolver ausrüstet. Das Pulver dort reicht aus, um viele Männer zu töten.«

»Oder um zwei Türme zu zerstören?«, rief eine dröhnende Stimme.

Boreas kam durch den Saal auf die Hohe Tafel zu. Er wurde von ein paar Wachen und Prinz Teravian begleitet. Alle um den Tisch herum sprangen auf die Füße. Aldeth wandte sich zuerst in die eine und dann in die andere Richtung, auf der Suche nach einem Fluchtweg.

»Tut nicht so, als könnte ich Euch nicht sehen, Spinnenmann«, sagte Boreas, als er das Podest erklomm. »Egal, was Ihr auch glaubt, so begriffsstutzig bin ich nicht. Außerdem hat mich Königin Inara in ihrem letzten Brief von Eurer Anwesenheit unterrichtet.«

Aldeth blieb wie angewurzelt stehen und starrte den König an. Aryn folgte seinem Beispiel.

Boreas schenkte ihnen ein selbstzufriedenes Grinsen. »Ich bin hier nicht der Einzige, der Geheimnisse hat.«

»Ihr solltet Euch ausruhen, Euer Majestät«, sagte Grace.

Teravian verdrehte die Augen. »Das versuche ich ihm schon die ganze Zeit zu sagen.«

»Und wenn du mal König bist, falls du das Glück hast, werden dir die Menschen auch gehorchen«, knurrte Boreas, und der junge Mann ließ die Schultern hängen und wandte sich ab.

Lirith warf dem jungen Prinzen einen besorgten Blick zu, und Grace teilte ihre Meinung, dass die Worte des Königs recht grob erschienen. Aber Boreas hatte einen schweren Tag hinter sich. Grace ging zu ihm und überprüfte seinen Kopfverband. Viel zu spät fiel ihr ein, dass sie ihn vorher um Erlaubnis hätte bitte sollen, aber die Gelegenheit war vorbei, also führte sie ihre Untersuchung zu Ende durch.

»Ihr werdet wieder gesund«, sagte sie. »Vermutlich werdet Ihr ewig leben.«

»Für einen Krieger ist das keine gute Nachricht, Mylady«, knurrte Boreas. »Sir Durge, ich kenne dieses Schießpulver nicht, von dem Ihr da sprecht, aber wie wir heute sahen, kann es verheerendes Unheil anrichten. Ich frage mich, wie es ins Schloss gekommen ist.«

»Vielleicht sollten wir denjenigen fragen, der es mitgebracht hat«, sagte Aldeth. Sofort richteten sich alle Blicke auf den Spion.

Vani wandte sich ihm zu. »Habt Ihr jemanden gesehen? Warum habt Ihr mir das nicht erzählt?«

»Man kann erstaunlich schlecht sprechen, wenn man gewürgt wird«, sagte Aldeth und warf ihr einen mürrischen Blick zu. »Ich habe ihn kurz vor den Explosionen gesehen, wie er aus dem Raum kam, in dem wir später den Sack mit dem schwarzen Pulver entdeckt haben. Es gingen gerade mehrere Wachen vorbei, die viel Lärm machten, und der Bursche lief weg. Vermutlich hat er in der Eile den Sack zurückgelassen.«

Beltan stahl das nicht gegessene Stück Wild von Liriths Brotscheibe. »Darum hat es im Wachturm nur eine Explosion gegeben statt zwei wie im Turm der Runensprecher. Er hat sein Werk nicht zu Ende führen können.«

»Mir scheint es, als hätte er durchaus Erfolg gehabt«, sagte Sareth und schaute auf seine Hände nieder. Er hatte sie gewaschen, aber an seinen Ärmeln klebte noch immer Blut.

Grace rieb sich die pochenden Schläfen. Etwas an Aldeths Geschichte war seltsam, und es war nicht die Tatsache, dass jemand in einem mittelalterlichen Schloss an große Mengen Schießpulver gekommen war und daraus Bomben gebaut hatte.

»Dieser Mann, den Ihr gesehen habt«, sagte sie zu Aldeth. »Erinnert Ihr Euch, wie er aussah?«

Der Spinnenmann strich sich durch den Bart. »Vage. Er war in keiner Weise auffällig. Er war wie ein Bauer gekleidet.«

»War er groß? Hatte er glatte Haut?«

»Jetzt, wo Ihr es erwähnt, ja. Warum?«

Grace ging zu Durge und drückte seinen Arm. »Der Beutel, den Ihr auf der Straße gefunden habt – der, den der Bauer, der Euch in den Weg geriet, verloren hat. Habt Ihr den noch?«

»Das hatte ich ganz vergessen, Mylady. Aber ich glaube schon.« Er kramte in seinem Wams herum und holte den kleinen Lederbeutel hervor, den der Mann fallen gelassen hatte.

»Öffnet ihn«, befahl sie.

Durge fummelte an dem Verschlussriemen herum und drehte den Beutel dann um. Etwas Glänzendes und Schwarzes fiel klirrend auf den Tisch.

»Was ist das?«, fragte Lirith und kam näher.

Grace hob es hoch. Es war glatt und hart, geformt wie ein Bachkiesel, bestand aber aus Plastik, und es passte mühelos in ihre Hand. Am einen Rand waren zwei Knöpfe, auf der einen Seite ein Kreis aus kleinen Löchern. Ihr Finger strich über den obersten Knopf.

Statisches Zischen ertönte, dann sagte ein Männerstimme blechern, aber deutlich verständlich: »Hier ist die Basis. Hudson, sind Sie das? Over.«

Grace warf das Gerät von sich, als hätte es sie gestochen. Es blieb stumm auf dem Tisch liegen. Sie schaute auf und erwiderte Travis' überraschten Blick.

»Es ist eine Art Funkgerät, Grace.«

Als Grace und Travis endlich erklärt hatten, was ein Funkgerät war, was es tat und dass solche Geräte auf der Erde alltäglich waren, waren die Fackeln fast niedergebrannt und verwandelten den Großen Saal in eine von Schatten erfüllte Höhle. Während ihrer Erklärungen warf Grace gelegentlich einen Blick auf Boreas und seinen Sohn. Die anderen wussten alle über die Erde Bescheid, aber sie hatte dem König nie verraten, dass sie den größten Teil ihres Lebens auf einer anderen Welt verbracht hatte oder dass Travis gar nicht von

Eldh kam. Aber Boreas lauschte eher mit Interesse als mit Überraschung. Im Gegensatz dazu war Prinz Teravian schockiert – aber nur eine Minute lang, danach beobachtete er sie fasziniert.

»Für mich ergibt das nur wenig Sinn«, sagte Durge in seinem ernsten Tonfall. »Der Eindringling hätte doch mehr Schaden anrichten können, wenn er die Sprengkörper im Bergfried versteckt hätte.«

Beltan schüttelte den Kopf. »Im Bergfried halten sich mehr Wachen auf. Jemand hätte ihn gesehen.«

»Nein, das ist nicht der Grund«, sagte Aryn. In den blauen Augen der jungen Frau lag eine seltsame Härte. »Sein Ziel bestand nicht darin, das Schloss zu vernichten.«

Beltan sah sie verwirrt an. »Welches Ziel hatte er denn dann, Kusine?«

»Furcht.«

Grace verspürte einen kalten Stich in ihrem Herzen. Ja, sie hatte begriffen, aber Travis kam ihr zuvor und sprach es aus.

»Wenn wir Angst haben, werden wir nicht kämpfen«, sagte er leise, so dass sich alle ihm zuwenden mussten, um ihn zu verstehen. »Das ist es, was sie wollen. Sie wollen uns ablenken, sie wollen uns Angst einjagen, damit wir uns nicht wehren.«

Der König sah ihn scharf an. »Von wem sprecht Ihr, Freisasse Wilder? Wer versucht, diese Dinge zu tun?«

Travis starrte das Funkgerät auf dem Tisch an, dann hob er es auf. Er legte die Finger darum und flüsterte ein Wort. *»Reth.«*

Er öffnete die Hand: Das schwarze Plastik war wie die Schale einer Walnuss zerbrochen. Er suchte in den schwarzen Splittern herum und zog eine grüne, mit Transistoren bedeckte Platine hervor. Dann stieß er ein abgehacktes Lachen aus.

Dort war weiß auf grün eine Mondsichel aufgedruckt, die mit einem großen D verschmolz.

»Duratek«, sagte Beltan knirschend. Ihm schien nicht aufzufallen, dass er die Hand in die Innenseite seines linken Ellbogens drückte.

Dort werden sie die Infusionen angelegt haben, mit denen sie ihm das Elfenblut verabreicht haben.

»Neffe, seid Ihr diesem Feind schon einmal begegnet?«, fragte Boreas sofort scharfsinnig. »Dann wisst Ihr, wie man ihn bekämpfen kann.«

»Nein«, sagte Travis und ließ die Plastiksplitter zwischen den Fingern durchfallen. »Ihr versteht das nicht, ihr könnt nicht gegen sie kämpfen. Sie haben alles – Waffen, Technologie. Dinge, die ihr euch nicht einmal vorstellen könnt, Dinge, die euch wie Magie erscheinen würden. Sie könnten diese Domäne Stein für Stein auseinander nehmen. Und das werden sie auch tun. Sie wollen alles nehmen, was nur möglich ist, und es dann mit Profit auf der Erde verkaufen.«

Boreas tastete nach dem Messer an seinem Gürtel. »Welche Waffen sie auch immer haben, diese Männer aus dem Königreich Duratek scheinen nichts anderes als Banditen zu sein. Ich weiß nicht, wie man die Dinge auf Eurer Welt handhabt, Freisasse Wilder, aber wir hier wissen, wie man mit Banditen verfährt.«

Travis schüttelte den Kopf, und warf ihm einen, wie Grace hoffte, verständnisvollen Blick zu. Sie würde am nächsten Tag mit Boreas sprechen, aber nicht jetzt. Sie war so schrecklich müde.

Eine kleine Gestalt kletterte auf ihren Schoß. Tira. Das Mädchen schaute nach oben und gähnte, und Grace gähnte zurück.

»Wir können das morgen Früh weiter besprechen«, sagte Melia und stand auf. »Es war ein schlimmer Tag.«

Lirith nickte ihr zu. »Ich kann einen Tee brauen für jeden, der ... traumlos schlafen will.«

»Ich glaube, wir alle könnten eine Tasse gebrauchen, meine Liebe.«

Als alle aufstanden, warf Aldeth Vani einen Blick zu. »Ich bin sicher, Ihr denkt, was ich denke, also könnten wir zusammen gehen.«

Sie stützte die Hände in die schmalen Hüften. »Der Eindringling, den Ihr gesehen habt, wird nicht weit gekommen sein. Die Stimme die durch das Gerät sprach, hat gesagt, dass der mit Namen Hudson noch nicht zu ihrer Basis zurückgekehrt ist, wo auch immer sie sich befindet. Zweifellos wird er in der Nähe des Schlosses bleiben wollen, um das Ergebnis seiner Arbeit zu sehen.«

Der Spinnenmann und die *T'gol* tauschten einen Blick aus, dann lösten sich beide in Luft auf.

»Ist noch jemand der Meinung, dass ihr ständiges Verschwinden anfängt, einem auf die Nerven zu gehen?«

Ein paar Hände hoben sich.

Der Barde seufzte. »Komm, Melia, lass uns auch verschwinden.«

Die beiden erhoben sich und verließen zusammen mit Sir Tarus den Saal. Boreas stellte Travis noch Fragen über die Erde, während sie hinausgingen, dicht gefolgt von Beltan, Durge und Teravian. Grace hob Tira hoch und schloss sich ihnen mit Sareth, Lirith und Aryn an.

Grace hatte gerade die Flügeltüren des Großen Saals erreicht – die anderen waren schon hindurchgeschritten –, als sie ein Knurren hörte, das vom Stein widerhallte. Es klang wie das wilde Knurren eines Wolfes, nur schriller und voller Bosheit. Schreie ertönten, gefolgt von dem Laut von Schwertern, die blankgezogen wurden.

»Travis, zurück!« Das war Beltans Stimme.

Grace setzte Tira ab. »Passt auf sie auf«, sagte sie zu Lirith und eilte durch die Tür.

Sie wandte sich nach links und entdeckte Travis und König Boreas mit den Rücken zur Wand stehend. Eine spindeldürre graue Gestalt warf sich mit aufgerissenem Rachen auf sie. Boreas hieb mit seinem Messer zu, und Travis hielt sein Stilett, dessen im Griff befindlicher Edelstein blutrotes Licht verströmte. Sie konnten den *Feydrim* abwehren, aber nicht für lange; die Klingen waren klein.

Auf der anderen Seite des breiten Korridors hatten zwei weitere der Ungeheuer Durge, Beltan und Teravian in die Ecke getrieben. Beltan stand vor Teravian und drückte den Prinzen an die Wand. Wie Boreas verfügte auch er nur über ein kleines Messer, aber Durge hielt sein embarranisches Breitschwert in beiden Händen. Aber es war nicht genug Raum, um es vernünftig schwingen zu können. Die beiden *Feydrim* zischten und spuckten, hielten nach einer Öffnung in der Deckung Ausschau.

Grace war sich bewusst, dass sie hätte Angst empfinden müssen. Stattdessen stieg Zorn in ihr auf. Bevor sie darüber nachdenken konnte, was sie da tat, hatte sie Fellring aus der Scheide an ihrem Gürtel gezogen. Die schlanke Klinge funkelte im Dämmerlicht, und die Runen auf der flachen Seite bewegten sich, als seien sie lebendig.

»Lasst sie in Ruhe«, befahl sie.

Knurrend wandten sich die beiden *Feydrim* um, die ihr am nächsten waren, und starrten sie mit ihren gelben Augen an. Ihre Hand am Schwertgriff schwitzte. Vielleicht war das ja doch keine so gute Idee gewesen.

Bevor sie etwas tun konnte, stieß Durge einen Schrei aus. Die beiden *Feydrim* waren ein paar Schritte auf Grace zugeschlichen, und jetzt hatte er den Raum für einen ordentlichen Hieb. Die Ungeheuer versuchten zur Seite zu springen, aber Durges Schwert traf eines von ihnen am Hals, und der Kopf des Wesens flog durch den Korridor. Die Klinge führte ihren Bogen fort und schnitt tief in den Leib des anderen *Feydrim.* Seine schwarzen Eingeweide verteilten sich auf den Boden. Das Ungeheuer trat um sich und wimmerte, dann erstarrte es.

Die letzte verbleibende Bestie warf sich auf Boreas und schnappte nach seiner Kehle. Travis stieß mit seinem Stilett zu. Es war eine unbeholfene Bewegung, aber die Klinge war scharf und verletzte den *Feydrim.* Die Bestie zischte und wandte sich Travis zu. In der Zwischenzeit hatte Durge den Korridor mit drei großen Schritten durchquert. Sein Schwert durchbohrte den *Feydrim.* Das Licht in seinen Augen flackerte und erlosch.

Grace stieß Fellring in die Scheide und eilte zum König. »Euer Majestät, alles in Ordnung?«

»Ja, aber dieser Stein hat mich härter am Kopf getroffen, als ich geglaubt hätte. Ich habe die Bestie nicht mal aus diesem Torbogen da springen sehen. Glücklicherweise hat Freisasse Travis sie bemerkt. Er zog seine Klinge und verhinderte, dass sie mir die Kehle durchbiss.« Er wandte sich Travis zu und sah ihn ernst an. »Ich schulde Euch mein Leben.«

Travis trat einen Schritt zurück. »Nicht mir. Durge hat sie alle getötet. Er war derjenige, der ... Durge?«

Grace drehte sich um, und sie glaubte, ihr Blut würde sich in Eiswasser verwandeln. Durges Gesicht war bleich und schmerzverzerrt, er rang nach Luft. Er stützte sich auf sein Schwert und griff mit der linken Hand an seine Brust.

»Durge, was ist?«, sagte Grace und eilte zu ihm.

»Ein Schmerz in meiner Brust, Mylady. Aber es ist nichts – er geht bereits vorbei.«

Seine Atmung ging wieder leichter, die Farbe kehrte in sein Gesicht zurück. Trotzdem ergriff Grace mit Daumen und zwei

Fingern sein Handgelenk und überprüfte den Puls. Durge war Mitte vierzig, und er hatte sich an diesem Tag stark verausgabt; zuerst hatte er in den Trümmern des Turms gegraben und jetzt gegen die *Feydrim* gekämpft. Für sein Alter befand er sich in ausgezeichneter körperlicher Verfassung, aber das bedeutete nicht, dass er keinen Herzinfarkt erleiden konnte.

Aber das war es nicht. Sein Puls ging schnell, aber nicht unregelmäßig, und seine Atmung wurde bereits langsamer. Er war nicht stoisch; der Schmerz war tatsächlich verschwunden. Trotzdem wollte sie sichergehen. Sie legte eine Hand auf seine Brust und schloss die Augen. Ja, sein Herz war stark und gesund, schlug regelmäßig. Sie wollte loslassen, hielt dann aber inne. Da war noch etwas in seiner Brust, es war klein und schattenhaft ...

»Travis, du blutest , sagte Beltan.

Grace öffnete die Augen und drehte sich um. Travis hielt die linke Hand hoch und starrte sie verblüfft an. Aus einem langen Riss am Unterarm, den ihm die Krallen des *Feydrim* beigebracht hatten, floss Blut. Sie zögerte.

»Haltet Euch nicht mit mir auf, Mylady«, sagte Durge, der wieder aufrecht dastand. »Ich werde alt, das ist alles. Kümmert Euch um Travis.«

Sie nickte und eilte zu Travis. Die Wunde war nicht tief, und sie blutete, was gut war, da das mögliche Verunreinigungen durch die *Feydrim*-Krallen entfernen würde. Sie zog ein Taschentuch aus der Tasche und wollte damit seinen Arm verbinden.

Er zuckte zurück.

»Travis, halt still.«

»Du musst vorsichtig sein, Grace.«

Sie sah ihn stirnrunzelnd an. »Wovon sprichst du?«

»Es war in Castle City. Ich ...« Er sah die anderen an. Boreas brüllte nach seinen Wachen und verlangte zu wissen, wie die *Feydrim* ins Schloss kommen konnten, und Teravian kniete neben einer der toten Kreaturen und untersuchte sie, aber die anderen waren in ihrer unmittelbaren Nähe und sahen zu.

Grace berührte seine Hand. *Was ist, Travis. Du kannst mir alles sagen.*

In seinen grauen Augen blitzte Überraschung auf, dann nickte er. *Es ist wegen dem Skarabäus-Blut.*

Was ist damit? Du hast mit dem letzten Tropfen das Tor zum Schwarzen Turm geöffnet.

Nein, Grace. Das habe ich nicht.

Sie verstand nicht. *Aber wenn du es nicht benutzt hast, wie seid ihr dann hergekommen? Und wo ist dieser letzte Blutstropfen?*

In mir.

In ihrem Verstand formte sich ein Bild, und sie sah alles: Travis' letzte Begegnung mit dem Zauberer in Castle City, und die Art und Weise, wie der letzte Tropfen Blut – das Blut des Gottkönigs Orú –, den der Skarabäus enthalten hatte, auf seine Hand gefallen und in eine Wunde eingetreten war, sich mit seinem Blut vermischt und ihn verändert hatte.

Staunend ließ sie ihn los. »O Travis ...«

»Zuerst hat mich Jack zu einem Runenmeister gemacht. Dann hat Krondisar mich vernichtet und erneut erschaffen. Jetzt das.« Er schüttelte den Kopf. »Ich weiß nicht mehr, wer ich bin, Grace. Ich weiß nicht mal, was ich bin.«

Wilde Entschlossenheit verdrängte Graces Überraschung. Sie nahm seinen Arm und verband die Wunde mit energischen Bewegungen, dann ergriff sie seine Hand. »Du bist der Mann, den wir lieben, und das wirst du auch immer bleiben.«

Travis lächelte sie an, aber der Ausdruck war so traurig, wie er schön war. »Manchmal weiß ich nicht, ob ich verflucht oder der glücklichste Mann auf der Welt bin.«

Grace spürte einen Blick im Rücken und schaute auf. Beltan stand ein Stück weit entfernt, aber seine grünen Augen waren auf Travis gerichtet.

»Der glücklichste«, sagte sie.

7

Drei Tage später saß Travis auf einer Mauer im Unteren Burghof und nahm die geringe Wärme der Wintersonne in sich auf. Auf der anderen Seite des Hofes kümmerten sich fünfzig Mann – Bauern, die der König zur Arbeit verpflichtet hatte – um die Trümmer des Wachturms. Sie arbeiteten seit dem Tag nach den Explosionen. Sie hatten das Schlosstor bereits freigeräumt und den Tunnel mit Balken abgestützt. Sämtliche Trümmer waren vom Hof entfernt worden, aber der Turm selbst war noch immer ein Haufen aus zerborstenem Stein.

In einer anderen Ecke des Burghofes arbeiteten noch mehr Männer daran, die Bresche in der Mauer zu reparieren, wo sich der Turm der Runensprecher befunden hatte. Von seinem Standort aus konnte Travis durch die Lücke in der Schlossmauer auf die winterliche Landschaft schauen. Am Horizont drängten sich dunkle Wolken; sie kamen noch nicht näher, aber sie sammelten sich.

Es war sinnlos. Die Arbeiter würden viele Monate brauchen, um die Lücke in der Mauer zu reparieren. Nur dass sie keine Monate hatten. Travis wusste nicht, wann die dunklen Wolken auf sie zukommen würden. Nur, dass es bald sein würde. Schließlich war der Winter seine Zeit.

Aber es ist nicht nur der Fahle König, der kommt.

Vani und Aldeth waren am Tag nach den Explosionen gegen Morgengrauen ins Schloss zurückgekehrt. Sie hatten den Duratek-Agenten namens Hudson nicht gefunden. Aber der Spinnenmann und die *T'gol* hatten in dem Dorf unterhalb von Calavere eine leere Hütte ausfindig gemacht, die Spuren eines hastigen Aufbruchs aufwies und einen Gegenstand, der ihnen fremd war, den Travis aber als Rolle schwarzes Klebeband identifizieren konnte. Aldeth hatte auf dem Hüttenboden drei verschiedene Arten von Fußspuren gefunden.

Aber wie hatte Duratek drei seiner Agenten von der Erde nach Eldh geschafft? Vielleicht hatte die Zusammenarbeit mit dem Zauberer auf der Erde sie weitergebracht. Eines der Tor-Artefakte war – wenn auch unvollständig – eine Zeit lang in ihrem Besitz gewesen. Zweifellos hatten sie es genau studiert, und wer vermochte schon zu sagen, wie viel Blut sie dem Elfen abgenommen hatten? Sie konnten Liter davon irgendwo in einem unterirdischen Labor eingefroren haben.

Sie sind klug, Travis, und sie lernen. Zuerst konnten sie Gewehre rüberschicken. Jetzt Menschen. Was kommt als Nächstes, ganze Heere?

Nein, sie konnten die Technologie noch nicht perfektioniert haben. Sonst wären sie bereits mit einer Streitmacht hier gewesen. Aber sie bereiteten sich auf eine Invasion vor, so viel war klar. Am Vortag hatte Boreas einen Brief von Königin Inara erhalten, in dem sie von einer seltsamen Erschütterung berichtete, die eine von Peridons Grenzfestungen zerstört hatte. Das bedeutete, dass die Duratek-Agenten, die Calaveres Türme gesprengt hatten, nicht das einzige Vorauskommando waren, das man nach Eldh geschickt hatte. Es gab noch andere, und ihre Aufgabe bestand darin, Chaos und Verwirrung zu stiften, die Domänen und ihre Menschen zu schwächen, damit Durateks Hauptstreitmacht bei ihrem Übergang ein leichter Sieg gewiss war.

Aber der Konzern würde entdecken, dass er um die Reste kämpfen würde. Der Fahle König sammelte erneut seine Kräfte und bereitete sich auf das Kommen seines Herrn vor, dem Alten Gott, Mohg, der Herr des Sonnenuntergangs. Im Schwarzen Turm hatte der Mann in der schwarzen Kutte –

den sie für einen weiteren Runenbrecher hielten – die Rune des Himmels erbeutet. Wenn er diese Rune brach, würde er die Grenzen der Welt zerschmettern und Mohg die Rückkehr nach Eldh ermöglichen. Dann würde Mohg nur noch die drei Großen Steine benötigen. Damit konnte er die Erste Rune brechen und die Welt nach seinem Antlitz neu schmieden.

Der Fahle König besaß bereits einen der Imsari – Gelthisar, der Stein des Eises. Im Schwarzen Turm hatte er versucht, Travis Sinfathisar, den Stein des Zwielichts, zu entreißen, aber seine Handlanger hatten versagt, auch wenn es knapp gewesen war. Dann war Tira erschienen, und sie hatte Travis Krondisar übergeben, den Stein des Feuers.

Solange die Kindgöttin Krondisar im Himmel beschützt hatte, war es dem Fahlen König unmöglich gewesen, daran heranzukommen, und Mohg hätte die Erste Rune nicht brechen können. Aber jetzt befanden sich alle drei Imsari auf Eldh; der Fahle König musste nur kommen und sie sich holen.

»Warum hast du mir den Stein gegeben?«, hatte er Tira am vergangenen Abend in Graces Gemach gefragt. »Was soll ich damit machen?«

Sie hatte ihm nur ein schüchternes Lächeln gezeigt, war weggelaufen und hatte das zur Hälfte vernarbte Gesicht in Graces Röcke vergraben.

Manche Dinge sollte man zerstören, stieg eine krächzende Stimme aus seiner Erinnerung empor.

Bruder Cy. Das hatte ihm der seltsame Prediger in Castle City gesagt. Travis wusste jetzt, dass Cy und Samanda und Mirrim alle Alte Götter waren. Vor tausend Jahren hatten sie geholfen, Mohg aus dem Kreis von Eldh zu locken, und sie wurden dort zusammen mit ihm eingesperrt, als der Weg blockiert wurde. Aber dann war Travis nach Castle City ins

Jahr 1887 gereist, und sein Sinfathisar war mit dem Sinfathisar in Kontakt gekommen, den Jack Graystone bei sich trug. Zwei Exemplare des Steins konnten nicht zur selben Zeit am selben Ort sein; ein Riss entstand, der es Mohg und Cy erlaubte, zur Erde zu kommen. Und Jahrzehnte später den Streitkräften des Fahlen Königs, zusammen mit dem Säugling, der zu Grace Beckett heranwachsen sollte.

Travis rieb sich den schmerzenden Nacken. Was hatte Bruder Cy nur gemeint? Ihm fielen wieder Beltans Worte ein. *Wenn etwas kaputt ist, kann man es manchmal nur reparieren, indem man es zuerst zerstört.*

Aber eine Welt war nicht das Gleiche wie ein Gebäude, und Travis würde Eldh nicht zerstören, ganz egal was die Prophezeiungen von Hexen und Drachen sagten.

Er sah den Arbeitern noch eine Weile zu. Eines war sicher: Der Angriff auf Calavere bedeutete, dass der Krieg nicht länger drohte; er hatte bereits angefangen. König Boreas hatte Boten in alle Gegenden seiner Domäne geschickt, um ein Heer zusammenzurufen. In diesem Augenblick bereiteten sich seine Barone, Herzöge, Grafen und Ritter auf eine Schlacht vor; sie würden nach Calavere kommen. Boreas hatte auch den Herrschern der anderen Domänen Boten geschickt und sie an den Pakt erinnert, der vor über einem Jahr auf dem Rat der Könige geschlossen worden war. Er hatte sogar einen Boten nach Tarras geschickt.

Travis fröstelte. Die Sonne war nahe an den Rand der Schlossmauer gesunken. Er rutschte von seinem Sitzplatz und ging zum Bergfried zurück. In der Nähe des Tors zum Oberen Burghof traf er Aryn.

»Hallo«, sagte er. Sie zuckte zusammen. Sie hatte die Männer bei der Arbeit konzentriert beobachtet, genau wie er. Sie blinzelte und wandte sich ihm zu.

»Travis. Es tut mir Leid. Ich habe Euch nicht gesehen.«

Ihr Blick richtete sich wieder auf die zerstörte Mauer und die Arbeiter, und ein Schatten glitt über ihr Gesicht.

»Was ist?«, fragte er.

»Hattet Ihr je das Gefühl, etwas bereits zuvor gesehen zu haben, obwohl Ihr genau wisst, dass Ihr es nicht gesehen habt?«

»Wo ich herkomme, nennt man das Déjà-vu. Was glaubt Ihr denn schon zuvor gesehen zu haben?«

»Das.« Sie zeigte auf die zerstörten Türme. »Das kommt mir alles so vertraut vor. Ich bin mir sicher, ich habe das schon zuvor gesehen, oder etwas Ähnliches. Aber das ist unmöglich, oder?«

Travis fuhr sich mit der Hand durch sein kurzes rotbraunes Haar. »Seit ich nach Eldh gekommen bin, habe ich lernen müssen, dass unmöglich nur bedeutet, *dass es bis jetzt noch nicht geschehen ist.«*

Das entlockte ihr ein leises Lachen. »Ich nehme an, Ihr habt Recht. Wir haben so viele Dinge gesehen, die ich vor einem Jahr noch für unmöglich gehalten hätte.« Sie lächelte ihn an, aber dann verschwand der Ausdruck, und ihre Augen nahmen einen dunkleren blauen Farbton an, der dem dunkler werdenden Himmel ähnelte. »Manchmal fällt es so schwer zu glauben, dass Ihr ...«

Travis schluckte den Kloß in seinem Hals herunter. »Dass ich was?«

»Wir sollten reingehen.«

Er näherte sich ihr. »Ihr müsst ihnen Bescheid sagen, dass ich hier bin, nicht wahr? Ivalaine und den Hexen. Sie sind der festen Überzeugung, dass ich Eldh zerstören werde, dass ich der Runenbrecher bin – der, nach dem sie Ausschau halten –, und jetzt müsst Ihr ihnen sagen, dass Ihr mich gefunden habt.«

Ihr Gesicht war eine elfenbeinerne Maske der Entschlossenheit, aber sie zitterte, und etwas sagte ihm, dass das nicht nur an der Kälte lag.

»Also werdet Ihr sie nicht darüber unterrichten.« Seine Worte verwandelten sich in der Luft zu Nebel. »Der Drache hatte Recht. Er hat gesagt, dass Ihr Eure Schwestern verraten werdet.«

»Vielleicht habe ich das schon.« Sie verschränkte die Arme und zog die Schultern nach vorn. »Hat Falken nicht behauptet, dass Drachen immer die Wahrheit sagen?«

Ja, und der Drache hatte auch gesagt, dass Travis dazu verdammt war, die Welt zu zerstören.

»Grace und Lirith haben sich gestern unterhalten«, sagte er nach einem Augenblick. »Ich habe gehört, wie sie sagten, dass Ihr mächtig seid. Vielleicht mächtiger als jede andere Hexe.«

»Was bedeutet das?«, murmelte sie, und er hatte das Gefühl, dass die Frage nicht an ihn gerichtet war.

Er wollte ihr die Hand auf die Schulter legen, aber dann zog er sie zurück. »Keiner von uns hat darum gebeten. Um diese Macht. So sehr unterscheiden wir uns gar nicht voneinander, Ihr und ich.«

Sie drehte sich überrascht um. »Nein, das glaube ich auch nicht.«

»Aryn, es ist gut, sie nicht zu wollen. Das habe ich gelernt. Denn wenn man die Macht will, dann kann einen nichts daran hindern, so wie die anderen zu werden.«

Sie nickte. »Nur dass ich sie manchmal will.«

»Ihr habt Recht«, sagte er zitternd. »Wir sollten hineingehen.«

Die nächsten Tage verliefen auf eine seltsame Weise ereignislos. Es war zu kalt, um das Schloss zu verlassen, und drinnen gab es wenig für Travis zu tun. Grace und Beltan verbrachten viel Zeit in Konferenzen mit König Boreas, und das galt auch für Melia, Falken, Durge, Sir Tarus und den Spinnenmann Aldeth. Aryn war oft mit Lord Farvel beschäftigt, der ihre Hochzeit mit Prinz Teravian plante, obwohl der Prinz für gewöhnlich so selten zugegen war wie Schatten zur Mittagszeit.

Vani war auch selten zu sehen. Travis wusste, dass sie im Schloss und den umgebenden Ländereien patrouillierte und nach *Feydrim* und anderen Eindringlingen Ausschau hielt. Dennoch hätte er sie gern gesehen, sich mit ihr unterhalten. Oder Beltan. Aber beide mieden ihn noch immer.

Wenn er nicht allein war, verbrachte Travis seine Zeit oft mit Lirith und Sareth, die auf Tira aufpassten, wenn Grace in einer Konferenz beim König war. Im Gegensatz zu den anderen sprachen die dunkeläugige Hexe und der Mournisch nur selten von dem herannahenden Sturm. Stattdessen schienen sie damit zufrieden zu sein, den zerbrechlichen Frieden des Augenblicks zu genießen. Die Gesetze der Mournisch verbaten ihm, Lirith zu heiraten, aber von seiner Schwester Vani abgesehen war Sareths Volk Hunderte von Meilen weit weg. So konnten Lirith und er zumindest eine Zeit lang zusammen sein.

Wenn man das bedachte, war es seltsam und zugleich süß, wie flüchtig ihre gegenseitigen Liebesbezeugungen waren. Sie teilten sich nachts kein Gemach, und Travis hatte sie sich niemals küssen sehen. Aber ihre Gefühle kamen ganz klar zum Ausdruck, wenn sie einander anblickten, obwohl da auch oft ein Ausdruck von Traurigkeit war.

Sie verbrachten die Nachmittage oft in Liriths Gemach. Die Hexe arbeitete dann an ihrer Stickereiarbeit, und Tira spielte stumm mit einer Puppe, die Sareth für sie aus dem Zweig einer Tanne geschnitzt hatte. Travis und Sareth spielten derweil ein Mournisch-Kartenspiel, für das man *T'hot*-Karten brauchte. Zu Travis' Überraschung gewann er meistens.

»Ich sollte es besser wissen, als mit einem der Schicksalslosen *An'hot* zu spielen«, knurrte Sareth eines Tages und schob die Karten zusammen. Schnee prasselte wild gegen die Fenster, und sie alle drängten sich um das Feuer. Alle außer Tira, die barfuß nur mit ihrem Kleidchen bekleidet umherstolzierte.

Travis rieb sich die Handfläche. Die Haut war noch immer glatt – sie war in den Flammen von Krondisar verbrannt und neu entstanden –, aber langsam bildeten sich neue Linien. War das sein Schicksal, noch einmal heranzuwachsen? Er war sich Liriths Blick deutlich bewusst.

»Es tut mir Leid, Travis«, sagte Sareth besorgt. »Ich habe nicht nachgedacht. Ihr wisst, dass ich damit nichts Böses sagen wollte. Es ist bloß ein Kartenspiel.«

Er zuckte mit den Schultern. »Ich hoffe bloß, dass es auch stimmt. Ich hoffe, dass ich kein Schicksal habe.« Er konnte es nicht lassen, er warf Lirith einen Blick zu. Teilte die Hexe Aryns Ansicht? Oder hatte sie Königin Ivalaine bereits einen Brief geschrieben und ihr mitgeteilt, dass er auf Calavere war?

»Ich glaube, ich lasse uns *Maddok* aus der Küche bringen«, sagte sie und legte ihre Stickerei zur Seite.

Tira lachte und tanzte vor dem Feuer. Travis tastete nach dem Eisenkästchen, das in seinem Wams steckte. Er konnte sie dort spüren, wie sie dort lauerten, reglos und doch begierig darauf, freigelassen zu werden. Er wagte es nicht. Wenn er das Kästchen öffnete, würden die Phantomschatten das Leuchten ihrer Magie sehen; sie würden wissen, dass er sich hier aufhielt.

Nach dem Angriff der *Feydrim* hatte er bereits befürchtet, dass die Diener des Fahlen Königs seinen Aufenthaltsort kannten. Erst als Beltan den Angriff als Attentat bezeichnet hatte, war ihm die Wahrheit klar geworden. Die *Feydrim* waren nicht hinter ihm her gewesen; sie hatten es auf König Boreas abgesehen. Welch besseren Plan konnte es geben, um Calavan ins Chaos zu stürzen? Sie mussten ungesehen durch die Bresche in der Mauer gekommen sein. Es war alles ein Teil des Plans, die Domänen in Aufruhr zu versetzen.

Nur dass Duratek die Zerstörung der Schlosstürme in die Wege geleitet hatte, und nicht der Fahle König.

»Duratek ist mit dem Fahlen König verbündet«, sagte Grace an diesem Abend beim Abendbrot, als Travis diesen Gedanken aussprach. »Ich habe es schon eine Weile vermutet, und das bestätigt es nur.«

»Aber sie haben es doch auf Eldhs Ressourcen abgesehen, sie wollen einen Profit erzielen.«

Grace schüttelte den Kopf. »Ich glaube, das ist nur ein erfreulicher Nebeneffekt. Sie wollen ein Tor öffnen, um Mohg dabei zu helfen, nach Eldh zurückzukehren, das ist der eigentliche Grund für ihr Handeln.«

»Ich glaube, Ihr habt Recht«, sagte Sareth. Er und Lirith saßen eng beieinander. »Der Zauberer, der mich in Castle City gefangen hielt – seinesgleichen sind uralte Feinde der Mournisch, und als ich mich in seiner Gewalt befand, da konnte er nicht widerstehen und prahlte. Er hat gesagt, die Scirathi seien mit Leuten von der Welt Erde verbündet, dass diese Leute ein Tor öffnen wollten, um ihren Meister nach Eldh zurückkehren zu lassen. Zwar hat er Mohg nicht mit dem Namen genannt, aber es kann sich nur um ihn handeln.«

Lirith berührte Sareths Hand. »Aber warum haben sich die Zauberer mit diesem Duratek verbündet?«

Sareth ergriff ihre Hand. »Man hat ihnen Informationen über Morindu die Finstere versprochen. Meine Ahnen haben ihre eigene Stadt zerstört, sie unter dem Sand von Amún begraben, statt den Scirathi die Geheimnisse ihrer Magie zu überlassen. Der Zauberer hat mir erzählt, dass ihre Belohnung für die Hilfe der Schlüssel zur Auffindung von Morindu der Finsteren sein wird.«

Lirith schüttelte den Kopf. »Aber du hast doch gerade gesagt, dass Morindu seit Urzeiten verschollen ist. Wer könnte ihnen verraten, wo es stand?«

»Shemal«, sagte Melia und ballte die kleine Hand zur Faust. »Das alles trägt ihr Zeichen. Und ich habe vor nicht langer Zeit ihre Anwesenheit in der Nähe gespürt.«

»Aber woher sollte diese Shemal wissen, wo Morindu die Finstere zu finden ist?«, wollte Sareth wissen.

Melia seufzte. »Shemal ist eine Nekromantin, kein Mensch. Einst war sie eine Göttin des Südens, so wie ich auch, aber Morindu ging lange vor unserer Zeit unter. Ich vermute, sie hat die Zauberer einfach angelogen, damit sie das tun, was sie verlangt.«

Travis staunte – nicht so sehr über die neuen Informationen, sonder eher über die Tatsache, dass er es nicht früher erkannt hatte. Er schenkte Grace ein unsicheres Grinsen. »Du und dein logischer Verstand.«

»Sei nicht zu beeindruckt.« Sie starrte in ihren Weinpokal und senkte die Stimme so weit, dass allein er sie verstehen konnte. »Wäre ich so schlau, wäre mir eine Möglichkeit eingefallen, Falken davon abzubringen, mich zu bitten, gegen den Fahlen König zu kämpfen.«

Travis schaute zu dem Barden am anderen Ende des Tisches. »Glaubst du, er verlangt das von dir?«

»Er tut es mit jedem Blick. Ich warte nur darauf, dass er es laut ausspricht. Es wird nicht mehr lange dauern. Sobald sich das Heer der Domänen versammelt, das Boreas herbeigerufen hat, wird Falken mich bitten, es anzuführen.«

»Und, wirst du es tun?«

Sie schaute auf, und in ihren grüngoldenen Augen lag Furcht. »Ich kann es nicht. Ich bin nicht so stark.«

Travis ergriff ihre Hände. »Grace, das bist du. Du bist stärker als jeder andere. Du wirst tun, was du musst, um Eldh zu retten.«

Und er auch. Warum war ihm das nicht zuvor klar geworden? Darum hatte Tira ihm den Stein des Feuers gegeben.

»Travis, was ist?«

Er lächelte sie an. »Ich liebe dich, Grace. Ich glaube, mehr als alle anderen. Ohne dich hätte ich es nie so weit geschafft.«

Sie sah ihn fragend an, sagte aber nur: »Ich liebe dich auch, Travis. Ganz egal, was passiert.«

Darauf fiel ihm keine Erwiderung mehr ein, also nickte er bloß.

»Deine Wunde«, sagte sie jetzt in ihrem Ärztinnenton. »Was macht sie?«

Er hob den Arm. »Gelegentlich kommt da noch etwas Blut, aber sie heilt. Dank dir.«

»Du solltest sie vielleicht atmen lassen«, sagte sie, und bevor er protestieren konnte, wickelte sie kurzerhand den Verband ab und ließ ihn verschwinden. Auf seinem Arm entwickelte sich ein langer Strich aus Schorf. »Das wird eine Narbe zurücklassen.«

»Das ist doch bei allem so.«

Als er durch einen leeren Korridor zurück zu seinem Gemach ging, war Mitternacht vorbei, und Mondlicht strömte durch die hohen Fenster. Er hatte die Stunden seit dem Abendessen damit verbracht, durch das Schloss zu streifen; er hatte Zeit zum Nachdenken gebraucht, um sicherzugehen, dass sein Vorhaben auch richtig war.

Aber das war es, und der wahre Grund für sein Umherwandern war die Hoffnung, einem von ihnen zu begegnen. Weder Beltan noch Vani waren an diesem Abend beim Essen gewesen. Aber wen von beiden wollte er eigentlich finden?

Es spielte keine Rolle. Er war keinem von beiden begegnet, und vielleicht war das ja ganz gut so. Es würde das, was er vorhatte, nur noch schwerer machen. Mit einem Seufzer betrat er einen weiteren Korridor.

Er bog um eine Ecke und musste lachen. Warum fand man etwas, das man suchte, immer in dem Augenblick, in dem man aufhörte, danach zu suchen? Eine hoch gewachsene Gestalt wandte sich gerade von der Tür zu seinem Gemach ab.

»Beltan«, rief er leise.

Der große Ritter schaute auf, und er lächelte. Wie immer verwandelte der Ausdruck sein unscheinbares Gesicht und machte ihn so ansehnlich wie seinen Onkel. Wo König Boreas dunkel war, war Beltans dünner werdendes blondes Haar beinahe schon weiß, und der wilde Bart an seinem Kinn und auf den Wangen war wie Gold. In seinen grünen Augen lag ein Funkeln, aber es flackerte, als sein Lächeln verschwand.

»Ich wollte mich nur davon überzeugen, dass du in Sicherheit bist«, sagte Beltan. »Jetzt, wo ich weiß, dass es dir gut geht, werde ich gehen. Vergiss nicht, deine Tür hinter dir abzuschließen.«

Er wandte sich ab, aber Travis ergriff seinen Arm. Er fühlte, wie sich Beltans Muskeln anspannten, aber er ließ nicht los. Stattdessen zog er den Ritter näher an sich heran, überrascht von seiner eigenen Kraft.

»Habe ich etwas falsch gemacht?«, fragte er.

»Du könntest gar nichts falsch machen.«

Travis verspürte einen Stich in der Brust. Wäre das doch nur die Wahrheit. »Wenn das stimmt, warum gehst du mir dann aus dem Weg?« Er lächelte. Es war ein bitteres Lächeln. »Nicht dass ich es dir wirklich übel nehmen könnte. Schließlich bin ich derjenige, der die Welt zerstören soll.«

Beltan entspannte sich nicht, aber er riss sich auch nicht

los. »Travis, mir ist egal, was die Prophezeiungen besagen. Du hast die Welt gerettet, nicht ihr geschadet. Es ist nur ...«

»Es ist Vani.«

Beltan schaute zur Seite.

Travis holte tief Luft. Hatte er nicht gewusst, dass es früher oder später dazu kommen würde? Es war so unausweichlich wie das Kommen des Fahlen Königs. »Du willst, dass ich mich entscheide, nicht wahr? Du willst, dass ich mich zwischen Vani und dir entscheide.«

»Nein«, erwiderte Beltan und schaute noch immer weg. »Das will ich nicht.«

»Was ist es dann?« Travis war verwirrter denn je.

Der Ritter sah ihn kleinlaut an. »Ich fürchte mich davor, dass du sie erwählst.«

Travis drückte eine Hand gegen Beltans Brust und fühlte den Rhythmus seines Herzschlags. »Ich werde dich nicht anlügen, Beltan. Ich liebe sie. Und nicht nur, weil sie mir und Grace das Leben gerettet hat. Und dir auch. Und auch nicht, weil sie stark oder wunderschön ist, auch wenn sie das ist.« Er schüttelte den Kopf. »Ich kann nicht einmal mit Bestimmtheit sagen, warum ich sie liebe. Vielleicht liegt es daran, dass sie so dringend Liebe braucht, und sie bemerkt es nicht einmal. Aber ich habe es bemerkt.«

Beltan nickte. »Ich werde mich zurückziehen.«

»Nein, das wirst du nicht.« Travis näherte sich ihm und verhinderte, dass der Ritter gehen konnte. »Ich liebe Vani, aber dich habe ich zuerst geliebt, Beltan – ich habe dich schon geliebt, da wusste ich noch nicht einmal, dass ich zu so etwas überhaupt in der Lage bin, und ich lasse dich nicht gehen. Wenn ich wählen müsste, würde ich dich wählen.«

»Vielleicht auch nicht, Travis. Du würdest mich vielleicht nicht wählen, wenn du es wüsstest.«

»Wenn ich was wüsste?«

Der Ritter schüttelte bloß den Kopf. Travis spürte, dass Beltan zitterte. Es erschien seltsam und erstaunlich, dass ein so starker und tapferer Mann Trost brauchte. Trotzdem legte Travis die Arme um den Ritter und zog ihn an sich. Beltan wehrte sich, aber nur kurz. Dann lehnte er den Kopf auf Travis' Schulter. Ihm entfuhr ein Seufzer.

Plötzlich war sich Travis des sauberen Geruchs bewusst, der von Beltan ausging, von der Wärme und Härte des Körpers. In seinem ganzen Leben hatte er noch nie zuvor jemanden so sehr gebraucht wie Beltan in diesem Augenblick. Vielleicht war er aber auch bis jetzt nie dazu bereit gewesen. Bevor er überhaupt darüber nachdenken konnte, pressten sie sich aneinander und küssten sich.

Beltan löste sich von ihm. Travis starrte ihn an, zu verblüfft, um irgendetwas sagen zu können.

»Es tut mir Leid, Travis«, sagte Beltan gequält. »Ich habe Vani versprochen, ihr dabei zu helfen, das Schloss zu bewachen. Ich muss sie finden. Es tut mir Leid.«

Bevor Travis etwas erwidern konnte, drehte sich Beltan um, eilte den Korridor entlang und verschwand um eine Ecke.

Schweiß verdampfte auf Travis' Haut und ließ ihn sich feucht und unbehaglich fühlen. War er wirklich so furchtbar, dass Beltan lieber Vani half, statt bei ihm zu bleiben? Aber das konnte nicht stimmen. Beltan hatte gesagt, er habe Angst, Travis würde Vani erwählen. Und Travis hatte Beltans Leidenschaft gespürt, als sie sich geküsst hatten; da gab es keinen Irrtum.

Du würdest mich vielleicht nicht wählen, wenn du es wüsstest ...

Was hatte Beltan damit nur gemeint?

Es spielte keine Rolle. Beltan hatte seine Wahl getroffen, und so hart sie auch war, sie machte Travis' Entscheidung umso vieles leichter zu ertragen. Er öffnete die Tür und betrat sein Gemach. Es war kalt und feucht, aber er hielt sich nicht damit auf, das Feuer zu schüren. Stattdessen zog er das Eisenkästchen aus dem Wams hervor. Er konnte es fühlen, es war wie ein Summen: Die Steine wollten aus ihrem Gefängnis befreit werden, aber er konnte das Kästchen nicht öffnen, noch nicht. Er wollte die Phantomschatten nicht nach Calavere locken. Aber sobald er eine Welt weit weg war ...

Travis war so lange vor seiner Macht weggelaufen, hatte sich vor ihr gefürchtet, aber damit war jetzt Schluss. Aryn hatte gesagt, dass sie manchmal ihre Macht auch benutzen wollte, und vielleicht war das gar nicht so verkehrt. Er wusste jetzt, warum Tira ihm Krondisar gebracht hatte: Die Zeit, den Stein zu bewachen, war vorbei. Es war die Zeit gekommen, ihn zu benutzen – seine ganze Macht auszuschöpfen. Duratek hatte seine Agenten nach Eldh geschickt, um Chaos und Zerstörung zu säen. Travis hatte vor, den Gefallen zu erwidern. In der Vergangenheit hatte Sinfathisar ihm auf der Erde die Macht verliehen, dort Runen zu sprechen. Zu was konnten ihn dann zwei der Großen Steine dort befähigen? Er wusste es nicht, aber er würde es herausfinden.

Genau wie Duratek.

Und wenn es dir gelingen sollte, Duratek und ihr Tor zu zerstören, was wirst du dann tun? Jack Graystones Stimme hallte in seinen Gedanken wider. *Deine Magie wird hier auf Eldh gebraucht, Travis, genau wie die Magie der Großen Steine.*

Travis ignorierte die Stimme. Der Funke einer anderen Idee hatte angefangen, in seinem Verstand zu schwelen. Die Großen Steine waren nicht einmal auf der Erde vor dem Fahlen König sicher. Aber was, wenn man sicherstellen konnte, dass weder Berash noch Mohg jemals die Kontrolle über Sinfathisar und Krondisar gewannen?

Manche Dinge sollte man zerstören ...

Es war Zeit. Er schob das Stilett in seinen Gürtel, gefolgt von einem kleinen Geldbeutel. Er hätte gern mehr Gold aus Melias Vorrat genommen, aber es reichte, damit er eine Zeit lang zurechtkam, und Melia um mehr Geld zu bitten hätte möglicherweise ihren Verdacht geschürt. Die anderen würden natürlich nach ihm suchen wollen. Er musste sie wissen lassen, dass das sinnlos war. Er hatte kein Pergament, also schrieb er mit einem Stück Holzkohle etwas auf die glatte Oberfläche der Kaminplatte und erhob sich dann.

Er nahm das Eisenkästchen in die linke Hand und fummelte mit der rechten in einer Tasche herum, bis er die halbe Silbermünze fand, die Bruder Cy ihm vor scheinbar einer Ewigkeit gegeben hatte. Im Schwarzen Turm hatte er die Splitter der Münze wieder eingesammelt, die er Lirith, Durge und Sareth auf der Erde gegeben hatte. Als er *Eru* gesprochen hatte, die Rune des Bindens, hatten sich die Splitter wieder vereint, ohne sichtbare Risse zu hinterlassen.

Travis drehte die halbe Münze in der Hand und betrachtete die fragmentierten Runen auf beiden Seiten: Eldh und Erde. Die Münze war eine gebundene Rune, das war ihm mittlerweile klar, und eine mächtige obendrein, denn ihre Magie funktionierte selbst dann, wenn sie in mehrere Stücke geteilt war. Es hätte ihn nicht überrascht, wenn Olrig selbst diese Rune erschaffen hätte.

Er schloss die Finger um die Münze. *Und wenn Grace ihre Hälfte der Münze dazu benutzt, dir zu folgen?*

Das würde sie nicht tun. Sosehr sie auch fürchtete, um was Falken sie bitten würde, Travis wusste, dass sie es Falken nicht abschlagen konnte. Davon abgesehen war er mittlerweile davon überzeugt, dass die Münze bei ihr nicht so funktionieren würde wie bei ihm. Sie hatte die Macht, einen zu seiner Welt zurückzutransportieren. Eldh *war* Graces Welt. Travis gehörte nicht hierher.

Er vergewisserte sich, dass er das Eisenkästchen gut im Griff hatte, dann hob er die Hand mit der Münze.

»Lebt wohl, ihr alle«, flüsterte er.

Silbernes Licht strahlte zwischen Travis' Fingern auf, und die Welt verblasste.

8

Grace stand in ihren mit Pelz gefütterten Umhang gehüllt auf dem Wehrgang und sah zu, wie die tarrasischen Soldaten in geschlossener Formation auf das Schloss zumarschierten. Das Sonnenlicht ließ Speere und Brustpanzer funkeln; schwarze Pferde stolzierten mit hoch erhobenen Köpfen umher. Graces Herz tat einen Sprung. Vielleicht würden sie ja doch gegen den Fahlen König bestehen können. Sie schaute an der ersten Kompanie Soldaten vorbei und sah ...

... nur die leere Straße, so weit das Auge reichte.

»Eine Kompanie«, knurrte Sir Tarus neben ihr angewidert. »Er nennt sich einen Kaiser, und doch schickt er bloß eine Kompanie.«

Trompeten schmetterten. Die Schlosstore öffneten sich, und die Soldaten traten ein – achtzig zu Fuß, zwanzig Berittene. Die Tore schlossen sich viel zu schnell wieder hinter ihnen.

Grace seufzte, ihr Atem verwandelte sich in eine weiße Fahne. Man schrieb den zehnten Tag des Durath, für das gewöhnliche Volk war es der Eisenmonat. Seit ihrer Rückkehr nach Calavere waren drei Wochen vergangen, und über einen Monat, seit Boreas zu den Waffen gerufen hatte. Die Tarrasianer waren die Letzten, die eingetroffen waren, aber sie waren bei weitem nicht die zahlenmäßig wenigsten.

»Wir sollten zu ihm gehen«, sagte Grace. Die Vorstellung sagte ihr nicht besonders zu.

Tarus stampfte mit den Stiefeln auf. »Er wird nicht erfreut sein.«

»Nein«, sagte Grace mit einem Lächeln so schwach wie das Licht der Nachmittagssonne. »Das glaube ich auch nicht.«

Wie sich herausstellte, war *nicht erfreut* eine leichte Untertreibung. Sie hörten das Gebrüll des Königs drei Korridore weit entfernt. Als sie sich seinen Gemächern näherten, begegnete ihnen der Hauptmann der tarrasischen Kompanie. Er war ein kleiner, kräftiger Mann mit schwarzen Augen und einem glatt rasierten Gesicht, dessen Züge so hart waren, dass es wie aus Bronze gegossen erschien. Sein roter Umhang flatterte, als er an ihnen vorbeiging.

»Ich würde sogar sagen, er ist richtig wütend«, meinte Grace.

Tarus ergriff ihren Ellbogen. »Kommt, Mylady. Wir haben schon ein Loch in der Schlossmauer. Es ist unnötig, dass er mit bloßen Fäusten noch eines hineinschlägt. Vielleicht könnt Ihr ihn beruhigen.«

Grace wollte Tarus sagen, dass Lirith diejenige war, die mit wilden Tieren umgehen konnte, aber da war es schon zu spät. Sie hatten bereits die Schwelle zu den königlichen Gemächern überschritten.

»Was hat das zu bedeuten, Mylady?«, sagte Boreas, kam auf sie zu, bevor sie Luft holen konnte, und fuchtelte mit einem zusammengeknüllten Pergament herum.

Melia glitt aus der Ecke des Raumes heran. »Wenn Ihr vielleicht aufhören würdet, damit vor ihrer Nase herumzuwedeln, und sie es lesen lassen würdet, dann könnte sie es Euch möglicherweise verraten, Euer Majestät.«

Der König grunzte und hielt ihr das Papier hin. Grace nahm es entgegen und glättete es, damit sie die in blumiger Schrift geschriebenen Worte lesen konnte. Sie überflog den Brief.

»Steht da, was ich glaube, dass da steht?«, sagte der König in gefährlich leisem Tonfall.

Grace nickte. »Solange Ihr glaubt, dass da steht, dass Tarras nur diese eine Kompanie entbehren kann. Kaiser Ephesian übermittelt sein Bedauern, aber die derzeitige Lage im Reich erlaubt ihm nicht, mehr zu entsenden.«

»Ich brauche kein Bedauern, ich brauche Männer!« Boreas entriss Grace das Pergament und schleuderte es ins Feuer.

Falken sah Melia an. »›Die derzeitige Lage im Reich‹. Was bedeutet das?«

»Ich vermute, das Übliche.« Melia stützte das Kinn mit der Hand. »Würde Ephesian einen großen Teil seines Heeres nach Norden in die Domänen schicken, würde das seine Position sehr schwächen, und seine Feinde würden nicht widerstehen können und die Gelegenheit ergreifen, ihn zu stürzen und hinzurichten.«

Falken kratzte seinen Bart. »Wenn man nie was mit seiner Armee machen kann, was hat man dann davon, der Kaiser zu sein?«

»Darüber muss ich mal nachdenken, mein Lieber.«

Grace schaute sich um, aber von Beltan war keine Spur zu entdecken. Das war bedauerlich. Er wusste seinen Onkel zu nehmen, und sie hätte seine Unterstützung brauchen können. Aber in den letzten Wochen hatte sie Beltan nur selten zu Gesicht bekommen. Sie wusste, dass er sich noch immer schwere Vorwürfe machte. Beltan war der Letzte gewesen, der Travis gesehen hatte, und er war der Meinung, dass er ihn von seiner Abreise hätte abhalten müssen.

Dabei gab es nichts, das sie hätten tun können. Im Verlauf des vergangenen Jahres hatte Grace gelernt, dass Travis so stur sein konnte, wie er einfühlsam war. Sie hatte seine Botschaft – die mehr schlecht als recht mit Holzkohle auf den Kamin in seinem Gemach gekritzelt war – mit tränenverschleierten Augen gelesen.

Ihr Lieben,
ich gehe, um Duratek aufzuhalten. Ihr könnt mir nicht folgen, aber selbst wenn ihr es könntet, versprecht mir, dass ihr es nicht tut. Das ist etwas, das ich allein tun muss. Ich liebe euch alle.
Travis

Es war so dumm und dabei so selbstlos und tapfer. Eben ganz Travis. Wenn er sich einer so unmöglichen Aufgabe stellen konnte, dann konnte Grace auch das hier meistern.

Sie trat vor und legte Boreas die Hand auf den Arm. »Euer Majestät, wir müssen mit den Werkzeugen arbeiten, die man uns gegeben hat.«

»Und was werden wir mit solch armseligen Werkzeugen erschaffen können, Mylady? Ich muss eine Mauer bauen, um die Domänen zu verteidigen, und als Antwort auf meinen Aufruf erhalte ich eine Hand voll Stöcke und Steine.«

Grace seufzte. Sie gab es nur ungern zu, aber Boreas hatte Recht. Seine Einberufung hatte nur ein enttäuschendes Heer zusammengebracht. Der Orden von Malachor, vor nicht einmal einem Jahr beim Rat der Könige gegründet, war ein Scherbenhaufen. König Sorrin von Embarr hatte seine Ritter schon vor Monaten aus dem Orden abgezogen. Die Ritter von Brelegond waren nicht lange danach ohne jede Erklärung verschwunden, und jetzt war diese Domäne so stumm wie Eredane.

Königin Ivalaine von Toloria hatte ein paar Ritter geschickt, und Grace konnte sich nicht entscheiden, ob sie nun überrascht sein sollte oder nicht. Liriths und Aryns Berichten zufolge wollten die Hexen gegen die Krieger von Vathris arbeiten. Aber Ivalaine war sowohl Königin als auch Hexe, und Toloria war Calavans ältester Verbündeter. Sicherlich blieb ihr keine andere Wahl, als ein paar ihrer Ritter zu schicken – auch wenn es nur wenige waren, gerade mal dreißig Mann.

Galt hatte eine ähnliche Anzahl geschickt. *Wir haben große Mühe, die Pässe durch das Hochland zu beschützen,* hatte König Kylar in seinem Brief geschrieben. *Die schwarzen Ritter von Eredane werden unruhig und suchen einen Weg nach Süden. Könnten wir doch nur mehr Männer für Euch erübrigen, aber um die Wahrheit zu sagen, können wir eigentlich nicht einmal die entbehren, die ich Euch schicke.*

Königin Inaras Neuigkeiten waren genauso düster gewesen. Sie hatte von finsteren Wolken geschrieben, die sich im Norden in Embarr zusammenzogen, und von Aufruhr in ihrer eigenen Domäne. Darum hatte sie auch nur zwanzig Ritter geschickt, allerdings hatte sie Boreas noch zusätzlich zu Aldeth fünf weitere ihrer Spinnenmänner überlassen. *Mögen sie Euch auf eine Weise helfen, wie es Ritter nicht können,* schrieb Inara.

Grace wusste Königin Inaras Geste zu schätzen, aber sie fragte sich, ob es wirklich eine so gute Idee war, so viele Spione in einem Schloss zu versammeln; man konnte unmöglich sagen, womit sie sich beschäftigten. Die Spinnenmänner waren so schwer festzunageln und zusammenzubringen wie die Tropfen aus einer verschütteten Flasche Quecksilber.

Andererseits, falls die Spinnenmänner den Aufenthaltsort der Duratek-Agenten, die die Schlosstürme zerstört hatten, finden konnten, dann würde Inaras Geschenk in der Tat sehr wertvoll sein. Dagegen sprach, dass eine von Inaras Festungen gesprengt worden war, und die Spinnenmänner hatten es nicht verhindern können.

Aber vielleicht schafft es Travis. Wenn jemand über die Macht verfügt, Duratek von Eldh fern zu halten, Grace, dann er.

Aber selbst wenn Travis Erfolg hatte, Duratek war bei weitem nicht die einzige Gefahr, die den Domänen drohte. Der Rabenkult war stärker als zuvor wieder aufgeblüht. Die schwarzen Ritter kontrollierten noch immer Brelegond und Eredane, und bestimmt würden sie bald ihren Zug in Embarr machen. *Feydrim* und Phantomschatten suchten das Land heim. Alle Zeichen deuteten auf eine Sache: Bald würde der Fahle König wieder reiten.

Inmitten dieser ganzen Düsternis und Kälte war ein paar Tage zuvor ein unerwarteter Hoffnungsschimmer aufgeblitzt, als eine zwanzig Mann starke Gruppe in grauen Kutten am

Schlosstor eingetroffen war. Es waren Runensprecher vom Grauen Turm, und auch wenn sie entweder schrecklich jung oder hinfällig erschienen, wurden sie doch immerhin von Großmeister Oragien persönlich angeführt.

Obwohl Oragien weit in seinen Achtzigern war, war er ein hoch gewachsener und überraschend rüstiger Mann. Seine blauen Augen unter den zotteligen weißen Brauen hatten scharf geblickt, als er König Boreas im Großen Saal begrüßt hatte.

»Wir sind nicht mehr, was wir einst waren«, hatte Oragien mit seiner volltönenden Stimme gesagt. »Aber wir haben gelernt, seit Meister Wilder uns verließ. Unsere Vorfahren haben das Runentor erschaffen, das den Fahlen König in Imbrifale einsperrt. Es ist nur richtig, dass wir in der Schattenkluft stehen, wenn sich dieses Tor wieder öffnet.«

»Ich heiße Euch und Eure Runensprecher willkommen, Oragien«, hatte Boreas mit seiner barschen Stimme erwidert. »Würden sich doch nur mehr so wie Ihr an ihre Pflicht erinnern.«

Selbst mit den Runensprechern hatte sich nur eine kleine und kunterbunte Streitmacht nach Boreas' Aufruf zum Krieg versammelt: achtzig Ritter, die eine Kompanie aus Tarras sowie die Hand voll Spinnenmänner und die zwanzig Runensprecher. Während Grace zusah, wie der Brief des Kaisers verbrannte, suchte sie verzweifelt nach etwas Aufmunterndem, was sie sagen konnte.

»Was ist mit Euren Leuten, Euer Majestät«, sagte sie und nahm das Erstbeste, was ihr einfiel. »Wie viele Männer konnte Calavan aufstellen?«

Wieder hatte sie sich verrechnet. Boreas' Miene verfinsterte sich, seine Hände ballten sich zu Fäusten. »Es hat den Anschein, als würden meine eigenen Barone heutzutage knauserig. Sie sind der Meinung, sie würden ihrem Lehnseid mit siebzig Rittern und zweihundert Fußsoldaten nachkommen. Ein weiterer Grund, warum mein Sohn und Lady Aryn bald heiraten müssen. Dann hätte ich wenigstens einen Baron, der mir treu ergeben ist.«

Grace hatte gehofft, dass es wenigstens aus Calavan gute Neuigkeiten geben würde. Selbst mit dieser Verstärkung hatten sie weniger als fünfhundert Mann. Fünfhundert gegen das Heer des Fahlen Königs. Es war, als wollte man einen Fluss eindämmen und hätte nur einen Kiesel zur Hand, um das zu bewerkstelligen.

Ihre Gedanken mussten deutlich zu sehen gewesen sein, denn Boreas kam auf sie zu und berührte ihre Wange. Seine Hand war rau und warm.

»Verzweifelt noch nicht, Mylady.« Seine Stimme war leise und hallte in ihrem Inneren wider. »Die Einberufung, die ich als König ausgesprochen habe, hat uns wenig gebracht, aber ich habe noch einen Ruf zu den Waffen ausgesandt, der, wie ich glaube, von vielen mehr befolgt werden wird.«

Grace sah ihm in die Augen, dann keuchte sie auf. »Die Krieger – die Anhänger von Vathris Stiertöter. Ihr ruft sie herbei.«

Der König und Sir Tarus wechselten einen flüchtigen Blick. Also wusste Tarus bereits Bescheid. Und Beltan zweifellos auch.

»Erwartet Ihr wirklich, dass sie kommen?«, wollte Falken wissen. »Was ist, wenn ihre Könige und Königinnen andere Befehle für sie haben?«

Boreas warf dem Barden einen scharfen Blick zu. »Es gibt Mächte, die stehen über Königen und Königinnen, Falken Schwarzhand. Und es gibt Eide, die binden fester als der Lehnseid. Die ganzen Jahrhunderte lang haben die Anhänger von Vathris auf einen ganz bestimmten Tag gewartet. Auf eine Sache.«

»Die Letzte Schlacht«, murmelte Grace.

Boreas bleckte die Zähne. »Kann der Krieg, der da naht, etwas anderes sein? Die Männer von Vathris werden dem Ruf folgen. Wenn sie glauben, dann müssen sie es tun.«

»Verzeiht mir, Euer Majestät«, sagte Melia und glättete ihre blaue Cotte, »aber ich kenne mich etwas mit den Tempeln von Vathris in Tarras aus. Ich kann mir nicht vorstellen, dass die Hohepriester einen Ruf zu den Waffen aus dem Norden zu würdigen wissen. Und auch wenn es in den Domänen viele gibt, die an Vathris glauben, ist ihre Anzahl in den Ländern des Süden bestimmt zehnmal so hoch.«

Boreas knurrte angewidert. »Die Hohepriester von Tarras sind Fanatiker und Narren. Sie haben ihre wahren Pflichten vergessen und beschäftigen sich nur noch damit, Macht über Männer zu erlangen und diese Macht für ihr eigenen Zwecke zu gebrauchen.«

»Stimmt es eigentlich«, fragte Tarus mit gequältem Gesichtsausdruck, »dass die Priester in Tarras dazu gezwungen werden, die Juwelen ihrer Männlichkeit auf dem Altar von Vathris in einer goldenen Schale anzubieten?«

»Die und ihren Verstand«, grollte Boreas. »Ich bezweifle, dass Vathris an eine Armee aus Eunuchen dachte, als er das Kommen der Letzten Schlacht prophezeite.« Er wandte sich Melia zu. »Die Priester mögen die Legenden vergessen haben, aber die Männer von Vathris nicht. Es mag einige Zeit dauern, bis die Männer aus Tarras kommen, und sogar noch länger für die Männer aus Al-Amún auf der anderen Seite des Sommermeers. Aber sie werden kommen.«

Melias bernsteinfarbene Augen blickten nachdenklich. »Ja, ich glaube, das werden sie.«

Grace war es heiß; sie hatte zu nahe am Kamin gestanden. Schwindel erregende Visionen von Kriegern und *Feydrim* und Eisentoren wirbelten ihr durch den Kopf, und in der Mitte von allem stand sie, mit einem leuchtenden Schwert in der Hand. Sie musste hier raus, weg von dem Feuer, und mit Lirith und Aryn sprechen.

Aber über was sollten sie sprechen? Über die Hexen und wie sie die Krieger aufhalten wollten, die, wie sie befürchteten, in der Letzten Schlacht auf Seiten des Runenbrechers kämpfen würden? Grace wusste es nicht. Aber über eines war sie sich sicher, nämlich dass Aryn noch immer etwas verbarg – und zwar nicht nur vor ihr, sondern auch vor Lirith.

In den vergangenen Wochen hatte Grace kaum Gelegenheit gehabt, sich mit Aryn zu unterhalten, so beschäftigt war die Baronesse mit Lord Farvels endlosen Fragen wegen der anstehenden Hochzeit. Sie wünschte sich, die junge Frau wäre jetzt hier gewesen. Aber vielleicht war es besser so, wegen dieser Diskussion über die Krieger und die Letzte Schlacht.

Du glaubst doch nicht ernsthaft, dass Aryn Boreas verraten würde, oder? Sie liebt ihn wie einen Vater.

Und was war mit ihr? Auch sie war eine Hexe. Nicht so mächtig wie Aryn, und auch nicht so erfahren wie Lirith, aber immerhin eine Hexe. War auch sie dazu verdammt, Boreas zu verraten?

Sie suchte verzweifelt nach Worten, nach irgendetwas, das Boreas von der Schuld ablenkte, die sich, davon war sie fest überzeugt, auf ihrem Gesicht abzeichnete. Aber bevor sie etwas sagen konnte, trat Falken an ihre Seite.

»Grace, es ist Zeit«, sagte er leise.

Sie wollte sich selbst davon überzeugen, dass sie nicht wusste, wovon er sprach, aber das wäre eine Lüge gewesen. Langsam zog sie Fellring aus der Scheide an ihrem Gürtel und hielt die Klinge gerade ausgestreckt. Die Runen auf der breiten Seite fingen den Feuerschein ein und leuchteten rot auf, als wären sie mit Flammen geschrieben.

Falkens Blick ließ sie nicht los. »Die Krieger von Vathris

versammeln sich, aber sie brauchen Zeit, um zusammenzukommen. Zeit, die wir vielleicht nicht haben. Das Runentor könnte sich jeden Tag öffnen. Wir müssen die Männer nehmen, die wir haben, und nach Norden nach Burg Todesfaust marschieren.«

»Burg Todesfaust?«

»Das ist eine uralte Festung, die größte, die je von Malachor erbaut wurde. Die Festung befindet sich über einem schmalen Pass und bewacht den einzigen Weg, der aus der Schattenkluft herausführt – und aus Imbrifale. Wenn sich das Runentor öffnet, ist Burg Todesfaust alles, was zwischen dem Fahlen König und dem Rest von Falengarth steht.«

Nein, das reichte nicht mal annährend aus. Was nutzte eine zerfallene Festung, die von fünfhundert Mann und einer dürren Frau mit einem zu großen Schwert besetzt war, gegen die riesigen Horden, die dem Befehl des Fahlen Königs unterstanden?

»Ich kann das nicht tun«, krächzte sie.

Falken lachte, er lachte tatsächlich. »Doch, das kannst du, Grace. Du bist Ulthers Erbin. Jeder weiß das. Du siehst nicht das Leuchten in den Augen der Männer, wenn sie dich dieses Schwert halten sehen, aber der Rest von uns schon.«

Boreas, Tarus und Melia nickten, und Grace spürte, wie ihre Knie nachzugeben drohten.

»Aber diese Festung ... was ist, wenn es sie gar nicht mehr gibt?«

»Noch steht sie«, sagte Falken. »Ich habe sie mit eigenen Augen gesehen, als ich mich vor über einem Jahr in die Schattenkluft hineinwagte. Sie ist in einem baufälligen Zustand, aber sie ist noch immer mächtig. Man sagt, Runenmeister und Hexen hätten ihre Hände beim Bau von Todesfaust im Spiel gehabt, dass sie ihre Steine mit Zaubern der Macht versehen hätten. Wenn du eine Möglichkeit finden würdest, diese uralten Verteidigungsstellungen aufzuwecken, könntest du das Heer des Fahlen Königs mit nur zehn Mann in Schach halten, du könntest es sogar allein schaffen. Fünfhundert werden ausreichen, um den Fahlen König aufzuhalten, bis die Krieger von Vathris zu dir stoßen.«

Etwas in ihrem Magen verknotete sich. »Verteidigungsstellungen? Was für Arten von Verteidigungsstellungen?«

»Ich weiß es ehrlich nicht«, sagte Falken.

Sie stöhnte auf. »Na, das ist ja großartig. Ich nehme nicht an, dass da ein Schalter auf der Wand mit der Aufschrift ›Magie, bitte hier drücken‹ ist? Was ist, wenn ich diese Verteidigungsstellungen, von denen du da sprichst, nicht wieder aktivieren kann?«

Ihre Worte konnten Falken nicht im Mindesten erschüttern. Mit leuchtenden Augen legte er die behandschuhten Finger um ihre Schwerthand. »Das wirst du, Grace. Das wirst du, weil du es musst.«

Nein, wollte sie erwidern. *Ich kann das nicht tun. Ich werde das nicht tun.*

Stattdessen erwiderte sie den Blick des Barden und nickte grimmig.

9

Später am Nachmittag spazierte Grace die gewundenen Pfade von Calaveres Garten entlang. Sie vermochte nicht genau zu sagen, wonach sie eigentlich Ausschau hielt. Falls es Abgeschiedenheit war, die fand sie hier im Übermaß. Im Winter war der Garten ein so gut wie verwildertes Dickicht. Die Hecken waren vernachlässigt, die Pfade fast völlig von getrockneten Blättern unkenntlich gemacht – es war, als wäre ein Stück urzeitlicher Forst vom Dämmerwald in die Mitte des Oberen Burghofs des Schlosses transportiert worden.

Falls sie nach Anzeichen des kommenden Frühlings suchte, so war das vergebliche Mühe. Grace blieb gelegentlich stehen, um mit den Fingern in dem Boden zu graben. Auf der Erde wäre es Mitte Februar gewesen; Krokusse wären bereits durch den Schnee in die Höhe gewachsen. Aber sie konnte bloß eine dünne Schicht Erde beiseite kratzen; der darunter befindliche Boden war so hart gefroren wie Eisen.

Falken hatte behauptet, dass das schlimme Wetter das Werk des Fahlen Königs und des einen Imsari sei, den er besaß – Gelthisar, der Stein des Eises. War es das, was Berash für Falengarth geplant hatte? Ein Land aus Eis und Schnee, in dem es nie wieder Frühling wurde?

Grace blieb stehen; sie zitterte unter ihrem mit Pelz versehenen Umhang. Nach der Besprechung am Morgen hatte Boreas seine Befehle gegeben; die ihnen zur Verfügung stehende Streitmacht sollte sich vorbereiten, in drei Tagen nach Norden zu marschieren. Der König sah keinen Sinn darin, die Sache hinauszuzögern. Es würde eine lange Reise werden, da sie gezwungen sein würden, Eredane und seine schwarzen Ritter zu meiden, und stattdessen Toloria durchqueren und dann dem östlichen Rand der Fal Erenn nach Norden durch Perridon und Embarr zur Schattenkluft folgen mussten.

Grace hatte sich die Bemerkung gespart, dass die Domänen zu dem Zeitpunkt, an dem sie Embarr erreichten, bereits in der Hand der schwarzen Ritter sein konnten, und selbst wenn das nicht der Fall sein sollte, trieb dort der Rabenkult sein Unwesen. Aber nichts davon spielte eine Rolle. Sosehr sie auch nach einem Ausweg suchte, war ihr doch klar, dass es den nicht gab.

Sie berührte Fellrings Griff, das an ihrer Seite hing. *Du hast dich geopfert, um dieses Schwert ein zweites Mal zu schmieden, Sindar. Muss ich mich opfern, um die Domänen neu zu schmieden?*

Dabei war es nicht einmal der Opfergang, vor dem sie sich fürchtete. Im Denver Memorial hatte sie stets alles von sich gegeben, um die Verletzungen anderer zu heilen. Nein, sie entsetzte die Opferung der vielen Hundert Männer, die mit ihr marschieren sollten, und der Tausenden, die mit Boreas folgen würden.

Wenn es keine Möglichkeit gibt, diese Dinge zu verhindern, dann kannst du es nicht zulassen, dass alles umsonst war. Du musst Burg Todesfaust erreichen, und du musst einen Weg finden, den Fahlen König aufzuhalten.

Aber wie sollte sie bloß den Schlüssel zur Aktivierung der magischen Verteidigung einer jahrhundertealten Festung finden? Falken schien immer alles zu wissen, aber nicht einmal er vermochte zu sagen, wie sie das bewerkstelligen sollte. Es war hoffnungslos. Sie seufzte und drehte sich um, um den Garten zu verlassen.

In der kalten Luft ertönte wie aus weiter Ferne Musik – der Klang eines Glockenspiels.

Grace erstarrte und lauschte. Sie konnte den Wind zwischen den Ästen und das Klopfen ihres Herzens hören. Dann ertönte es erneut, leise, aber ganz deutlich, wie die Glöckchen an einem Schlitten in einer Winternacht.

Sie drehte sich um und lief den nächsten Pfad entlang. Warum war ihr das nicht früher eingefallen? Sie waren älter als sonst jemand. Wenn jemand wusste, was sie zu tun hatte, dann doch wohl das Kleine Volk. Sie hielt ihren Umhang fest, rannte um eine Biegung des Pfades ...

... und kam zum Stehen. Der Pfad endete in einer Grotte, es ging nicht weiter. Aber Grace war sich sicher, dass die Musik von hier gekommen war.

»Suchst du etwas, Grace?«

Eine schlanke Gestalt löste sich aus einem Schatten.

»Vani.« Grace sprach den Namen wie ein Keuchen aus. »Ich habe dich da gar nicht gesehen.«

Die *T'gol* zuckte mit den Schultern, als wollte sie sagen, dass man nichts anderes erwarten konnte. Grace wusste, dass Vani die Kälte hasste. Was tat sie dann hier?

»Hast du es gehört?«, fragte sie.

»Was gehört?«

»Das Glockenspiel. Ich bin ihm gefolgt, als ich auf dich stieß.«

Vani runzelte die Stirn. Unter ihren Augen zeichneten sich dunkle Ringe ab, als hätte sie in der letzten Zeit nicht gut geschlafen. »Ich habe nichts dergleichen gehört. Die einzigen Geräusche hast du gemacht.«

Das Glockenspiel hatte weit entfernt geklungen, aber die *T'gol* hatte scharfe Ohren. Wenn Grace es hatte hören können, hätte Vani es erst recht tun müssen. Es sei denn, die Musik wäre allein für Grace bestimmt gewesen. Aber wenn dem so war, warum hatten sie sie an diesen Ort geführt? Sie bezweifelte, dass Vani etwas über Burg Todesfaust oder ihre uralte Magie wusste.

Nicht, dass es ihr Leid tat, Vani zu treffen. In letzter Zeit hatte sie die *T'gol* nur selten gesehen. Seit der Zeit auf dem Elfenschiff hatte sich Vani genauso seltsam verhalten wie Beltan, und seit Travis sie vor drei Wochen verlassen hatte, waren die Dinge nur noch schlimmer geworden.

»Du vermisst ihn, nicht wahr?« Grace sprach die Worte laut aus, dabei hatte sie sie bloß denken wollen.

Vani versteifte sich. »So wie wir alle.«

»Nein, nicht wie wir alle.« Grace war sich bewusst, dass sie die *T'gol* mit ihrem Schmerz hätte allein lassen sollen. Stattdessen schloss sie die Lücke zwischen ihnen. »Du liebst ihn, Vani. Für Beltan gilt das Gleiche. Dass Travis gegangen ist, war hart für dich. Für euch beide.«

Vani verschränkte die Arme vor dem Leib. »Es ist besser für ihn, dass er weg ist. So kann er nicht sehen, dass ...«

»Er kann was nicht sehen?«

Aber Vani schaute nur zur Seite.

Grace musterte sie, suchte nach Zeichen und Symptomen, nach Dingen, die sie zu einer Diagnose zusammensetzen konnte. Sie listete alles Ungewöhnliche auf, das ihr in den vergangenen beiden Monaten an der *T'gol* aufgefallen war. Da war ihre plötzliche Seekrankheit auf dem Weißen Schiff, die ungewöhnliche Müdigkeit auf der Reise nach Calavere. Dann war da die Art, wie sie oft die Arme vor den Leib legte, und die Tatsache, dass ihre Wangen trotz der Kälte gerötet waren.

Denk nach, Grace. Übelkeit, Müdigkeit, Unterleibskrämpfe und eine leicht erhöhte Temperatur. Es könnte ein Virus sein oder eine Infektion oder ...

Grace riss die Augen weit auf. »Du bist schwanger, nicht wahr?«

Vani konnte sie nicht ansehen. »Ja.«

Es dauerte einen Augenblick lang, bis Grace sich wieder gefangen hatte. Vani war eine Meuchelmörderin, eine perfekt ausgebildete Killerin. Dennoch, obwohl es schwer fiel, Vani als Mutter zu sehen, war es nicht unmöglich. Ein Teil des Schocks wurde von Wärme ersetzt.

»Wie weit bist du?«

»Zwei Mondzyklen.«

»Und ist Travis der Vater?«

»In meinem Herzen ist er es.«

Was hatte das denn zu bedeuten? Grace kam noch einen Schritt näher heran. »Ich verstehe nicht.«

Vani lächelte bitter. »Da bist du nicht die Einzige.«

Wovon redete die *T'gol* da? Sie konnte nicht schon im zweiten Monat sein. Seit der Wintersonnenwende, bei der sie Travis im Schwarzen Turm wieder gesehen hatten, waren sechs Wochen vergangen. Vor zwei Monaten waren sie auf dem Elfenschiff gewesen ...

Begreifen durchzuckte Grace wie ein Nadelstich. Die seltsamen Blicke, die seltsam zärtlichen Gesten. Es war unmöglich, und doch war es die einzige Antwort. »Es ist Beltan. Er ist der Vater.«

Vani sagte nichts, und das war Bestätigung genug.

Grace ergriff ihren Arm. »Aber wie? Beltan ist doch ...«

»Ich weiß, was Beltan ist. Er wurde hereingelegt, wie ich auch.«

»Hereingelegt?«

Vani befreite sich von ihr. »Es war das Kleine Volk. Sie haben uns unter Deck gelockt, in einen Garten wie diesen hier, nur stand er in voller Blüte. Und sie haben jeden von uns glauben gemacht, der andere sei ...«

»Travis«, vollendete Grace den Satz und verstand alles wie durch Magie. »Sie haben in euch die Illusion geschaffen, dass der andere wirklich Travis ist.«

Vani nickte; in ihren goldenen Augen lag ein gehetzter Ausdruck.

»Aber warum sollten sie so etwas tun?«

»Ich wünschte, du könntest mir das verraten.«

Doch Grace hatte keine Antwort parat. Wie Falken oft gesagt hatte, das Kleine Volk war seltsam und uralt, und auch wenn seine Angehörigen keine Feinde der Menschheit waren, so waren sie doch auch nicht ihr Freund. Ihre Taten blieben stets ein Geheimnis, ihre Absichten unbekannt.

»Weiß Beltan es schon?«

»Ich bin mir nicht sicher. Aber bald wird er es wissen.« Vani legte eine Hand auf den Bauch.

Grace dachte die Möglichkeiten durch. Vani war im zweiten Monat. Zu spät für einen Tee aus Nebelmalvensamen. Und ein chirurgischer Eingriff unter den hiesigen Bedingungen stand außer Frage. »Also behältst du das Baby.«

»Es ist nicht die Schuld des Kindes, wie es entstand. Und wer weiß? Vielleicht war Travis Wilder ja gar nicht mein wahres Schicksal. Vielleicht sollte ich ihm nur folgen, um das hier zu erleben.« Vani wandte sich ab, aber nicht schnell genug, so dass Grace die Tränen aus ihren Augen fließen sah.

Vani war immer wild und stark gewesen, aber jetzt erschien sie Grace schlank und überraschend zerbrechlich, allein und verängstigt. Grace hatte so oft in ihrem Leben nicht gewusst, wie sie sich anderen Menschen gegenüber verhalten sollte. Aber das war hier anders.

Sie legte die Arme um Vani und zog sie an sich. Vani sträubte sich, aber nur einen Augenblick lang, dann ließ sie die Tränen zu. Nach einer Minute war sie fertig und löste sich sanft, aber bestimmt von Grace.

»Du musst mit Beltan sprechen«, sagte Grace.

»Ich weiß. Aber noch nicht.« Die *T'gol* wischte sich energisch die Feuchtigkeit von den Wangen. »Ich wünschte nur, es gäbe die Möglichkeit, es Beltan und Travis zusammen zu sagen, so dass ich diese Worte nur einmal aussprechen muss.«

»Vielleicht gibt es da ja eine Möglichkeit«, murmelte Grace, von den eigenen Worten überrascht.

Vani warf ihr einen neugierigen Blick zu, aber Grace schüttelte den Kopf. Sie würde später darüber nachdenken müssen. Im Augenblick musste sie Vani gründlich untersuchen, um sicherzugehen, dass alles so verlief, wie es sollte.

»Komm«, sagte sie. »Lass uns dahin gehen, wo es warm ist.«

Grace hielt ihr den Arm hin. Vani starrte ihn einen Augenblick lang an, als wüsste sie nicht, was sie damit anfangen sollte. Dann hakte sie sich zögernd bei Grace ein.

»Ich bin nicht gut in solchen Sachen«, sagte sie.

»Was meinst du?«

»Mit anderen Geheimnisse zu teilen.«

Grace lächelte. »Dafür sind Freunde da.«

»Eine *T'gol* hat keine Freunde.«

»Diese hier schon«, erwiderte Grace und fasste Vani fester, und sie gingen zurück zum Bergfried.

10

Als Grace wieder in ihr Gemach zurückkehrte, war es Abend. Sie hatte über eine Stunde in Vanis Raum verbracht. Die *T'gol* hatte sich nur zögernd untersuchen lassen, aber Grace war Königin *und* Ärztin. Ein Nein als Antwort kam für sie nicht in Frage. Vani hatte das erkannt und sich geschlagen gegeben.

Soweit Grace es sagen konnte – ohne Bluttests oder eine Amniozentese –, verlief Vanis Schwangerschaft normal. Im ersten Augenblick hatte sich Grace nach einem Ultraschallgerät gesehnt, aber dann war ihr bewusst geworden, dass sie ein viel besseres Werkzeug hatte. Sie legte beide Hände auf Vanis nackten, flachen Bauch, schloss die Augen und griff mit der Gabe zu.

Augenblicklich sah sie den Fötus. Er war winzig, sein Lebensfaden ein dünnes Lichtband, das mit Vanis eigenem strahlendem Faden verbunden war. Während Vanis Strang golden strahlte, wies der Faden des Fötus einen grünen Schimmer auf, der an Sonnenlicht auf Blättern erinnerte. War das von Beltan gekommen? Grace tastete vorsichtig mit ihren Gedanken; so klein er war, war doch alles in Ordnung.

»Es ist ein Mädchen«, sagte Grace und lächelte noch immer mit geschlossenen Augen. »Ich würde sagen, dass du etwas ...«

Hallo, Tante Grace, sagte eine piepsige Stimme in ihrem Verstand, leise, aber deutlich zu verstehen.

Sie keuchte auf und riss die Augen auf.

»Stimmt etwas nicht?« Vani runzelte die Stirn.

Grace schüttelte den Kopf. »Nein, alles sieht gut aus. Ich wollte gerade sagen, dass du etwas weiter bist, als ich in der achten Woche gedacht hätte. Aber das ist bei jeder Frau anders.« Sie schloss wieder die Augen und lauschte, aber diesmal hörte sie nur das Schlagen zweier Herzen. Sie musste sich das eingebildet haben.

Als sie die Augen wieder öffnete, sah sie, dass Vani sie beobachtete. Grace richtete sich auf und nahm einen energischen Tonfall an.

»Kein Grund zu irgendwelchen Sorgen. Du und das Baby seid bei ausgezeichneter Gesundheit. Du solltest *Maddok* und Wein auf das absolut nötige Minimum beschränken. Ich werde dir einen Kräutertrank bereiten, der dir bei der morgendlichen Übelkeit hilft.«

»Danke«, sagte Vani und zog ihr Oberteil wieder über den Bauch.

»Weißt du, ich glaube, es wird schwer sein, Umstandslederkleidung zu finden«, sagte Grace mit einem Lachen. Vani lächelte, und zum ersten Mal an diesem Tag hatte es den Anschein, als wären die Dinge wirklich in Ordnung.

Als Grace nun die Tür zu ihrem Gemach öffnete, war sie sich da nicht mehr so sicher. Die Ereignisse des Morgens kamen ihr wieder zu Bewusstsein, so wie die Ungeheuerlichkeit der Aufgabe, die vor ihr lag. Sie trat ein und wollte nichts mehr, als das Feuer zu schüren und sich ins Bett fallen zu lassen.

Aryn und Lirith standen von den Stühlen vor dem Kamin auf.

»O Schwester«, sagte Aryn, eilte los und warf ihren linken Arm um Grace.

»Aryn«, sagte Grace verblüfft. »Was ist los?«

»Es kann nicht wahr sein. Du kannst uns nicht verlassen.«

Grace seufzte. Also hatten sie die Neuigkeiten gehört. Sanft drückte sie Aryn zurück.

»Ich muss gehen«, sagte sie. Wenn sie so tat, als wäre das etwas, das sie tatsächlich tun wollte – statt einer Vorstellung, die ihre Knie in Wackelpudding verwandelte –, würde es das den anderen vielleicht etwas leichter machen. »Wenn wir Burg Todesfaust besetzen können, haben wir vielleicht eine Chance, den Fahlen König aufzuhalten.«

Lirith trat mit raschelnden Röcken zu ihnen. »Glaubst du das wirklich, Schwester?«

»Ich gebe mir Mühe«, erwiderte Grace mit einem schwachen Lächeln.

»Du bist müde«, sagte Aryn, zog Grace zum Feuer und drängte sie auf einen der Stühle. Lirith schenkte ihnen allen einen Pokal Wein ein und nahm den anderen Stuhl, während sich Aryn auf den Boden setzte und ihren Arm und das Kinn auf Graces Knie legte.

»Lasst uns für immer so bleiben«, murmelte Aryn und schaute ins Feuer. »Nur wir drei, zusammen. Lasst uns so tun, als gäbe es nichts anderes auf der Welt, das wir tun müssten, als hier zu bleiben und Wein zu trinken und über alberne Dinge zu sprechen.«

»Das ist ein schöner Traum, Schwester«, sagte Lirith. Der Feuerschein verlieh ihrer dunklen Haut einen goldenen Schimmer. »Ich wünschte, so könnte es sein. Aber wir haben alle unsere Aufgaben.«

Grace trank einen Schluck. »Welche Aufgaben meinst du?«

Aryn und Lirith tauschten einen Blick aus, und das Feuer verlor seine Wärme. Grace wusste, dass die beiden Hexen im vergangenen Sommer, als sie in Denver gewesen war, auf Ar-Tolor an dem Großen Hexenzirkel teilgenommen hatten. Sie wusste nicht genau, was dort vorgefallen war, aber im Verlauf der Zeit hatte sie hier und da etwas aufgeschnappt. Genug, um beunruhigt zu sein.

»Boreas hat die Krieger von Vathris gerufen«, sagte Lirith. »Die Männer des Stiers bereiten sich auf die Letzte Schlacht vor.«

Grace glaubte keine Luft mehr zu bekommen. »Das kannst

du nicht tun, Lirith. Du kannst mich nicht bitten, mich gegen ihn zu stellen. Ich weiß, dass die Hexen die Feinde der Krieger sind, aber ich habe König Boreas mein Wort gegeben, und nichts kann mich dazu bringen, gegen ihn zu arbeiten.«

»Nein, das kann nichts«, murmelte Lirith und schaute in ihren Pokal. »Du bist nicht wie ich und Aryn Teil des Musters. Es gibt keine Fäden, die deine Handlungen binden, aber Aryn und ich müssen tun, was das Muster befiehlt. Und es befiehlt uns, die Krieger und Travis Runenbrecher unter unsere Kontrolle zu bekommen, damit sie nicht zusammenarbeiten und die Welt zerstören.«

Grace schüttelte den Kopf. »Das kannst du nicht glauben, Lirith. König Boreas ist alles andere als ein böser Mensch. Und Travis würde niemals etwas tun, um Eldh zu schaden. In diesem ganzen Wahnsinn ist das das Einzige, das ich fest glaube.«

Lirith seufzte. »Ich stimme dir zu, Schwester. Ich habe selbst erlebt, was für ein gütiger Mann er ist, aber ich habe auch die Macht kennen gelernt, über die er gebietet, und dass er sie nicht immer unter Kontrolle hat. Dennoch würde ich nicht gegen Travis oder König Boreas arbeiten wollen, aber es ist nicht möglich, dem Muster zu entkommen.«

»Eigentlich«, sagte Aryn leise, »geht das doch.«

Grace starrte die Baronesse an. Lirith stellte den Pokal ab, rutschte vom Stuhl und kniete sich neben Aryn auf den Teppich. »Wovon sprichst du, Schwester?«

Aryn lehnte sich zurück. In ihren blauen Augen lag ein gehetzter Ausdruck, aber da war auch Entschlossenheit zu sehen. »Ich habe mich einem Schattenzirkel angeschlossen.«

Lirith keuchte und riss die Augen weit auf. Grace verstand nicht, was diese Worte zu bedeuten hatten, nicht so wie Lirith, trotzdem verspürte sie einen Schauder.

»Schwester«, sagte Lirith und streckte den Arm aus, als

wollte sie Aryn berühren. »Was hast du getan? Die Schattenzirkel wurden vor langer Zeit verboten, und das aus gutem Grund. Viele der Hexen, die ihnen angehörten, waren bösartig in Gedanken und Taten.«

»Aber nicht alle«, sagte Aryn trotzig. »Erinnerst du dich an Schwester Mirda?«

Grace sagte der Name nichts, aber Lirith nickte. »Sie war beim Großen Hexenzirkel dabei. Wir haben nie erfahren, wo sie herkam, aber es waren ihre Worte, die das Muster abgemildert haben. Wäre sie nicht gewesen, würden die Hexen nicht versuchen, Travis Wilder zu kontrollieren, sondern ihn zu töten.«

»Sie kam vor der Wintersonnenwende nach Calavere«, sagte Aryn. »Als Königin Ivalaine Prinz Teravian brachte.«

»Sie war es also, die da bei dir war«, sagte Grace. Ihr wurde einiges klar. »Als du durch die Weltenkraft mit mir gesprochen hast, als wir auf Kelephons Schiff Gefangene waren, da spürte ich jemanden an deiner Seite. Das war diese Mirda, nicht wahr?«

»Ja«, sagte Aryn.

Während das Feuer niederbrannte, erzählte sie den anderen von dem Schattenzirkel und was Schwester Mirda ihr enthüllt hatte. Dass den Prophezeiungen der Hexen zufolge der mit dem Namen Runenbrecher Eldh zerstören würde, dass es noch andere Prophezeiungen gab, die genauso alt waren und verkündeten, dass der Runenbrecher Eldh auch retten würde. Weil diese Vorstellung aber den meisten nicht einsichtig war – wie konnte die Welt zugleich zerstört *und* gerettet werden –, zogen es die Hexen vor, die zweite Reihe der Prophezeiungen zu ignorieren.

Aber im Verlauf der Jahre hielten ein paar Hexen die Erinnerung an sie aufrecht. Der Schattenzirkel, zu dem Mirda gehörte, arbeitete darauf hin, die Sache des Runenbrechers zu unterstützen, dafür zu sorgen, dass sich sein Schicksal erfüllte. Und die Krieger von Vathris waren ein Teil jenes Schicksals.

»Ich wusste es«, sagte Grace mit vom Wein und vom Feuer und der Aufregung geröteten Wangen. »Ich wusste, dass Travis Eldh niemals zerstören wird.«

»Aber er *wird* es zerstören, Schwester«, sagte Lirith. »Wenn die eine Prophezeiung stimmt, dann auch die andere. Wie das sein kann, weiß ich nicht, aber die alten Frauen der Vergangenheit waren weise und ihre Visionen reichten weit, und ich glaube, dass sie die Wahrheit sahen.«

Aryn ergriff Liriths Hand. »Wirst du dich also dem Schattenzirkel anschließen?«

Lirith zögerte nicht. »Das werde ich tun, aber ich verstehe nicht, wie uns das helfen sollte. Wir sind noch immer durch das Muster gebunden.«

»Ja«, erwiderte Aryn, »aber braucht das Muster wirklich das, das es deiner Meinung nach braucht?«

»Was?«

Aryn stand auf. »Schwester Mirda verließ Calavere ein paar Tage vor eurer Rückkehr. Sie hat mir gesagt, sie müsste die anderen Hexen des Schattenzirkels persönlich sprechen – dass sie aus Furcht vor heimlichen Lauschern nicht wagen würden, durch die Weltenkraft zu sprechen. Bevor sie ging, zeigte sie mir einen Weg, das Muster tiefer zu ergründen.

An der Oberfläche scheint das Webmuster der Fäden zu sagen, dass wir gegen die Krieger von Vathris und Travis Runenbrecher arbeiten müssen, aber wenn man tiefer blickt, bis zu den vorher gespannten Kettfäden, die die Grundlage des späteren gewebten Musters bilden, dann bringt es in Wirklichkeit zum Ausdruck, dass wir gegen die Krieger arbeiten müssen, *um Eldh zu retten.* Aber wenn die Arbeit gegen sie irgendwie verhindern sollte, dass Eldh gerettet wird ...«

»... dann erlaubt uns das Muster, *mit ihnen zusammenzuarbeiten«*, sagte Lirith und sprang auf die Füße. »Das Muster erlaubt uns, *alles* zu tun, was am Ende die Welt rettet.« Ihre Augen leuchteten. »Du hast uns Hoffnung gegeben, wo zuvor keine war, Schwester.«

Aryn wandte sich Grace zu. »Wirst du dich uns anschließen?«

Grace konnte ein Lächeln nicht unterdrücken. »Ich glaube, das habe ich bereits«, sagte sie. Aryns Worte stellten eine große Erleichterung dar, aber eine Frage ließ sie nicht los.

»Lirith, du hast vorhin erwähnt, dass man die Schattenzirkel vor langer Zeit verboten hat«, sagte sie. »Was würde geschehen, wenn Ivalaine uns entdeckt?«

Es war Aryn, die antwortete. »Da müssen wir keine Angst haben. Auch wenn Ivalaine und Tressa keine Mitglieder des Schattenzirkels sind, so stehen sie unserer Sache doch zumindest wohlwollend gegenüber. Auch wenn sie das als Mutter des Großen Zirkels nicht zeigen darf.«

»Und was ist mit Schwester Liendra?«, wollte Lirith wissen. »Sie stand im Mittelpunkt des Musters, und sie will Ivalaines Platz als Mutter des Großen Zirkels einnehmen. Die meisten Hexen folgen ihr. Was würde geschehen, wenn Liendra uns entdeckt?«

Aryn wandte sich ab. »Dann würde man unsere Fäden aus dem Muster reißen und einen Zauber weben, so dass wir niemals wieder mit der Gabe die Magie der Weltenkraft berühren könnten.«

Grace erschauderte, und Liriths Gesicht wurde aschgrau. Von der Weltenkraft abgeschnitten zu sein würde wie ein lebender Tod sein – sie wären am Leben, aber unfähig, das um sie herum befindliche Licht oder die Wärme zu fühlen.

»Ich habe nur noch eine Frage«, sagte Grace, als sich Aryn und Lirith verabschieden wollten. »Lirith, du hast gesagt, dass man die Schattenzirkel verboten hat, weil sie böse Zauber wirkten.«

Die Hexe nickte. »Sie haben den Hass des einfachen Volks auf die Hexen herabbeschworen. Darum hat man sie alle aufgelöst.«

»Aber das ist nicht passiert«, sagte Aryn und schüttelte den Kopf. »Mirdas Schattenzirkel hat überlebt.«

»Und das ist meine Frage«, sagte Grace und verschränkte die Arme. »Wenn dieser eine Schattenzirkel weiterbestanden hat, könnten andere ebenfalls überlebt haben. Und wenn dem so ist, was ist, wenn sie nicht für das Gute arbeiten so wie Mirdas Zirkel? Was ist, wenn sie die bösen Schattenzirkel sind, die, die für den schlechten Ruf der Hexen gesorgt haben?«

Schweigen kehrte ein. Die Scheite im Kamin knisterten, Funken schossen den Schornstein hinauf.

»Komm, Schwester«, sagte Lirith schließlich und nahm Aryns guten linken Arm. »Es ist Zeit, dass wir alle zu Bett gehen.«

11

Grace erwachte vom Glockenspiel.

Sie setzte sich in ihrem Bett auf, und die Bruchstücke eines Traums fielen von ihr ab wie zerbrochene Glassplitter. Ihr Haar war zerzaust, ihr Nachthemd klebte feucht und verschwitzt an ihrem Körper. Die Seite neben ihr war leer und kalt; Tira verbrachte die Nacht in Melias Gemach. Eiskalte Luft strömte durch das Fenster hinein, begleitet von mit Eis vermischtem Schnee. Der Wind musste es aufgestoßen haben.

Grace kroch aus dem Bett und wollte das Fenster schließen. Sie hielt inne. Drei Meter unter ihr am Fuß der nördlichen Schlossmauer verunstalteten Spuren die ansonsten unberührte frische Schneedecke. Sie konnte sich nicht sicher sein, aber es hatte den Anschein, als wären es Spuren von kleinen, gespaltenen Hufen. Sie hob den Blick in Richtung eines dunklen Flecks, der sich schemenhaft in der Ferne abzeichnete. Die Hufabdrücke führten in gerade Linie darauf zu. Der Dämmerwald.

Zitternd schloss Grace das Fenster und ging zum Kamin. Sie schürte die Glut, warf ein paar Scheite hinein, und als die Flammen in die Höhe schossen, schlüpfte sie aus ihrem Nachthemd und zog ein wollenes Gewand von dem gleichen frostigen Purpur wie der Himmel kurz vor Anbruch des neuen Tages an.

Während sie sich ankleidete, rasten ihre Gedanken. Glocken hatten sie aus ihrem Traum gerissen, und sie hatte gestern im Garten ebenfalls Glocken gehört. Das Kleine Volk versuchte mit ihr Kontakt aufzunehmen, davon war sie überzeugt. Aber wie lautete die Botschaft?

Grace versuchte sich an den Traum zu erinnern, aus dem

das Glockenspiel sie geweckt hatte, aber er verblasste bereits. Sie war allein in einem Schloss oder einer Festung gewesen, leere Korridore entlanggelaufen und hatte in schattenverhüllten Gemächern etwas gesucht. Sie hatte einen Schlüssel gesucht. Aber den Schlüssel wozu?

Zur Hoffnung, dachte sie, ohne sagen zu können, wie sie darauf kam. Was hatte das Kleine Volk ihr sagen wollen?

Sie nahm ihren Umhang, warf ihn sich über die Schultern und riss die Tür auf, sehr zur Verwunderung der Dienstmagd, die auf der anderen Seite stand. Sie trug ein Tablett mit einer Kanne *Maddok.*

»Perfekt«, sagte Grace, schenkte sich eine dampfende Tasse ein und stellte die Kanne wieder auf das Tablett. »Ohne wäre ich nicht weit gekommen.«

Die Magd starrte ihr mit offen stehendem Mund nach, als sie loseilte und unterwegs den *Maddok* schlürfte.

Das ist verrückt, Grace. Völlig verrückt.

Was auch genau der Grund war, aus dem sie Hilfe brauchte. Sie blieb vor einer Tür stehen und klopfte. Sie öffnete sich eine Sekunde später – bei allen Göttern, schlief dieser Mann denn niemals? –, und Durge schaute sie mit seinen ernsten braunen Augen an.

»Guten Morgen, Mylady.« Er trug ein Wams, das so grau wie die Festung war, die sie in ihrem Traum gesehen hatte. »Auch wenn ich mal vermute, dass noch nicht Morgen ist, weil die Sonne noch nicht am Himmel steht.«

»Aber Ihr seid wach, Durge. Und darüber bin ich froh, denn ich brauche Eure Hilfe.«

»Wie Ihr wünscht, Mylady.« Er betrachtete ihren Umhang. »Wir gehen nach draußen?«

»Das tun wir.«

»Dann erlaubt mir, meinen Umhang zu holen.« Er holte ihn – er lag auf einem Stuhl am Feuer, was typisch für Durge war, allzeit für alles bereit – und warf ihn sich über die breiten Schultern.

»Wollt Ihr nicht einmal wissen, wo wir hingehen, Durge?«

»Ich schätze, ich finde es heraus, wenn wir da sind, Mylady.«

Grace zuckte innerlich zusammen. Sie verdiente diese Art von Loyalität nicht, trotzdem war sie dankbar dafür.

»Wir brauchen unsere Pferde«, sagte sie.

Sie ritten in dem Augenblick vom Schloss weg, in dem die Sonne den Horizont erklomm. Die eiskalte Luft stach in Graces Nasenlöcher und ließ ihren Kiefer schmerzen, aber in dem schweren Gewand und dem Umhang war ihr warm, und es fühlte sich gut an, von den Steinmauern des Schlosses befreit zu sein.

Shandis galoppierte leichtfüßig über den gefrorenen Boden. Grace hatte die honigfarbene Stute letzten Sommer auf Schloss Spardis zurückgelassen, in dem Glauben, sie nie wieder zu sehen. Aber ein paar Tage nach ihrer Rückkehr nach Calavere hatte sie begeistert entdeckt, dass Shandis in König Boreas' Stall untergebracht war. Aryn und Durge hatten die Stute mitgenommen, als sie vergangenen Krondath von Spardis nach Ar-Tolor gereist waren, und Ivalaine hatte sie zusammen mit Durges gewaltigem Schlachtross Schwarzlocke bei ihrem Besuch kurz vor der Wintersonnenwende mitgebracht. Durge ritt jetzt auf Schwarzlocke und folgte Grace auf dem Weg nach Norden, fort vom Schloss.

Nach einer Stunde überquerten sie die alte tarrasische Brücke über den Fluss Dunkelwein. In dem Wasser unter ihnen trieb Eis. Auf der anderen Seite waren sie nicht länger in Calavan. Der Dämmerwald war nun näher herangerückt. Grace konnte bereits die dürren Äste kahler Bäume entdecken; sie lehnte sich über Shandis' Hals und drängte das junge Pferd zu vollem Galopp. Ihr war klar, dass Durge sie warnen würde, dass es leichtsinnig war, so schnell im Schnee zu reiten, aber zuerst musste er sie erwischen.

Eisiger Wind lähmte ihre Wangen, die verschneite Landschaft raste vorbei. Grace riskierte einen Blick über die Schulter; sie hatte Recht – Schwarzlocke donnerte verbissen hinter Shandis her, und Durge schaute finster und missbilligend drein. Das war gut. Durge brauchte etwas, über das er sich sorgen konnte, und auf diese Weise würde er nicht über ihr eigentliches Ziel nachdenken.

Im Schloss erzählte man sich viele Geschichten über den Dämmerwald. Soweit die Erinnerungen reichten, war der urzeitliche Wald ein Ort der Schatten und Gerüchte gewesen. Es war die Rede von Lichtern, die spät in der Nacht zwischen den Bäumen hervorschimmerten – Lichter, die einen Mann in den Wald lockten, nur um zu verschwinden, wenn er tief in ihn eingedrungen war, so dass er sich unweigerlich verirrte. Manche flüsterten von seltsamer Musik oder unheimlichem Gelächter, die sie am Waldrand vernommen hatten, und es hieß, kein Mann könnte sich mit der Axt in der Hand dem Wald näher als hundert Schritte nähern. Dann würde ihn eine furchtbare Angst überkommen und ihn zittern und ihn sich selbst bepinkeln lassen.

Als Grace diese Geschichten das erste Mal gehört hatte, hatte sie sie als Erfindungen der einfachen Leute abgetan. Dann hatte sie Trifkin Moosbeere und seine seltsame Schauspielertruppe kennen gelernt und war gezwungen gewesen, ihre Einstellung zu überdenken. Das Kleine Volk war kein Produkt einer fruchtbaren Fantasie, zumindest nicht auf dieser Welt. Elfen und Zwerge und die Grünen Männer – sie alle waren real. Und zumindest ein paar von ihnen hausten in den Schatten des Dämmerwaldes.

Als Durge sie einholte, hatten sie den Waldrand erreicht. Grace zügelte Shandis und wartete, bis Durge abgestiegen war und ihr seine Hand anbot. Mit dieser schweren Kleidung hätte sie es allein nie zum Boden geschafft, ohne kopfüber in den Schnee zu stürzen.

»Danke, Mylord«, sagte sie mit einem, wie sie hoffte, gewinnenden Lächeln, als Durge ihr aus dem Sattel half. »Ihr seid so stark, wie Ihr freundlich seid.«

Der Ritter sah sie nur stirnrunzelnd an, sein Schnurrbart zuckte. »Versucht nicht, mich mit Schmeicheleien abzulenken, Mylady. Ich sehe genau, wo Ihr uns hingeführt habt, und ich muss sagen, ich bin nicht erfreut. Das ist ein seltsamer und gefährlicher Ort, und auch wenn es einem Ritter nicht zusteht, seine Herrin in Frage zu stellen, frage ich mich trotzdem, warum Ihr uns hergebracht habt.«

Sie ergriff seine Hand. »Ich bin gekommen, um das Kleine Volk um Hilfe zu bitten.«

»Mylady, so etwas dürft Ihr nicht tun!« Der Ritter zog seine Hand zurück und sah sie mit weit aufgerissenen Augen an. »Das Kleine Volk mag uns ja in der Vergangenheit beigestanden haben, aber das nur aus eigenem Willen und Beweggründen. Sicherlich ist das ein gefährlicher Plan. Wir sollten sofort zum Schloss zurückkehren.«

Sein Ausbruch überraschte sie nicht. Durge war ein Mann der Logik; er mochte es nicht, sich mit Magie abzugeben. Grace verstand ihn nur zu gut; sie war selbst Wissenschaftlerin. Aber wenn sie sich dem Fahlen König und seinem Heer stellen musste, würde sie Hilfe brauchen, ganz egal von wem. Sie ging auf den Waldrand zu. Obwohl die Bäume kahl waren, konnte sie nicht weiter als ein paar Dutzend Schritte in den Wald hineinsehen.

»Das kann unmöglich so gefährlich sein, Durge«, sagte sie. »Sonst wärt Ihr niemals an diesem Tag vor über einem Jahr durch den Wald geritten, und Ihr hättet mich nicht im Schnee liegend dort gefunden.«

Durge stieß einen nebligen Seufzer aus. »Dass ich Euch hier gefunden habe, ist etwas, für das ich ewig dankbar sein werde, Mylady. Dennoch ist es meine Pflicht, diesen Plan in Frage zu stellen. An dem Tag, an dem ich Euch fand, da ritt ich nur durch die Ausläufer des Dämmerwaldes, ich folgte einem Wildpfad nicht mehr als hundert Schritte hinein. Ich hatte die Ebene noch zwischen den Bäumen im Blick. Wenn wir die finden wollen, die Ihr sucht, wären wir gezwungen, tief in diesen Wald vorzustoßen, und sicherlich ist es für Sterbliche nicht möglich, sich dort hineinzubegeben.«

»Nein, das glaube ich nicht.« Sie berührte die papierne Rinde eines Baumes. »Ich glaube, ich bin schon einmal zuvor dort gewesen.«

Durge sah sie ungläubig an, und sie musste an den Tag denken, an dem sie und Travis sich auf Calavere auf die Suche nach Trifkin Moosbeere gemacht hatten. Sie hatten das Gemach des kleinen Mannes betreten, nur um sich nicht mehr im Schloss, sondern in einem Wald wiederzufinden, den es unmöglich dort geben konnte. Selbst damals hatten sie nicht gewagt, sich länger dort aufzuhalten, nicht einmal unter Trifkin Moosbeeres Schutz. Durge hatte Recht; dieser Wald war gefährlich für Sterbliche. Aber das Kleine Volk wollte ihr irgendetwas sagen, und sie würde herausfinden, was es war.

»Ich gehe rein«, sagte sie und nahm ihren Mut zusammen. »Ihr könnt hier bei den Pferden warten.«

»Das glaube ich kaum, Mylady«, sagte Durge mit einem indignierten Seitenblick.

Grace dachte erst gar nicht daran, sich mit ihm deswegen herumzustreiten. Sie nahm seine Hand, und sie betraten den Wald zusammen.

Als sich die Bäume um sie herum schlossen, brachte das eine gewisse Stille mit sich. Auf den kahlen Ästen über ihren Köpfen flatterten keine Vögel herum, keine kleinen Tiere raschelten durch das Unterholz. Das einzige Geräusch kam von dem Schnee unter ihren Füßen, den sie zerstampften.

In der Welt draußen war die Morgendämmerung angebrochen, aber hier war es, als wäre die Sonne noch nicht aufgegangen. Die Luft wies ein nebelhaftes Grau auf, und die Bäume drängten sich aneinander, so dass es zuerst nicht einfach war, eine Route auszuwählen. Aber bald kamen sie zu einem Pfad, der vermutlich von Hirschen und Ebern erschaffen worden war. Soweit Grace es feststellen konnte, führte der Pfad ins Herz des Waldes, und sie nahmen ihn.

»Das gefällt mir nicht«, grollte Durge. »Es erscheint zu einfach, so schnell auf einen Pfad zu stoßen.«

»Vielleicht ist heute unser Glückstag«, sagte Grace. Sie wollte noch etwas sagen, aber obwohl sie gedämpft gesprochen hatten, hallten ihre Stimmen in der reglosen Luft auf eine unangenehme Weise wider.

Durge schüttelte den Kopf. »Denkt an meine Worte, dieser Pfad ist sicherlich verflucht. Er wird uns in eine Schlucht führen oder über eine Klippe oder in ein anderes unschönes Ende.«

Trotz ihres Unbehagens hätte Grace beinahe gelacht. Sie wusste, dass es nicht Durges Absicht war, aber irgendwie schienen seine düsteren Warnungen sie immer aufzumuntern. Sie fasste seine Hand fester und versuchte nicht an die Märchen zu denken, in denen Kinder in dunklen Wäldern immer ein böses Ende fanden.

Schon bald verlor sie jedes Zeitgefühl. Sie erwartete, dass die Luft heller wurde, sobald die Sonne höher in den Himmel stieg, aber wenn überhaupt, wurde das Licht nur noch grauer. Die Bäume sahen für sie alle gleich aus – groß und schlank, mit bleicher Rinde –, und der Pfad schlängelte sich nach links und nach rechts, führte sie aber im Großen und Ganzen immer tiefer in den Wald hinein. Trotz ihrer schweren Kleidung und der körperlichen Anstrengung kroch die Kälte langsam in ihre Glieder, und an Durges Schnurrbart bildete sich Eis.

Schließlich sah Grace ein, dass sie umkehren mussten. Sie zitterte so sehr, dass sie kaum noch geradeaus gehen konnte, und Durge konnte trotz heroischer Bemühungen nicht verhindern, dass seine Zähne laut klapperten. Sie hatten nicht einmal ein Eichhörnchen gesehen, geschweige denn einen Zwerg oder einen Grünen Mann. Sollte das Kleine Volk tatsächlich hier leben, dann wollte es nicht gefunden werden. Grace wandte sich Durge zu, um ihm zu sagen, dass es zwecklos war, dass sie umkehren mussten.

Ein hoher, trillernder Laut hallte durch die Luft und verlor sich zwischen den Bäumen.

»Was war das?«, flüsterte Grace. Das war kein Glockenspiel gewesen.

»Das war ein Horn«, sagte Durge.

Der Laut ertönte erneut, nur diesmal war er näher – es war ein so hoher und reiner und wilder Ton, dass Graces Herz in einem schnellen, unvertrauten Rhythmus schlug.

»Für mich hört sich das wie ein Jagdhorn an«, sagte Durge und schaute sich um. Der Pfad hatte sich zu einer kleinen Lichtung verbreitert.

Grace legte die Arme um den Körper. »Der Jäger des Königs würde doch nicht so tief in den Wald vorstoßen, oder?«

»Möglicherweise schon, wenn er einer fetten Hirschkuh auf der Spur wäre«, erwiderte Durge, aber er klang nicht sehr überzeugt.

Grace hoffte, dass es wirklich der Jäger des Königs war und dass er Decken und eine Feldflasche mit gewürztem Wein dabeihatte.

Das Horn schmetterte erneut, diesmal so nahe, dass Graces Ohren dröhnten. Im gleichen Augenblick erbebten die Immergrün-Büsche auf der einen Seite der Lichtung und platzten auseinander, und etwas Großes und Schlankes und Weißes schoss hervor. Es verharrte, keine fünf Schritte weit entfernt, und Grace schaute in dunkle, feuchte Augen.

Es war ein Hirsch. Er war groß und muskulös, sein Fell war von einem silbrigen Weiß, das mit den um sie herum befindlichen Bäumen verschmolz. Er hielt den Kopf stolz in die Höhe gereckt und trug ein gewaltiges Geweih mit viel zu vielen Spitzen, als dass Grace sie schnell hätte zählen können. Der Hirsch stieß ein Schnauben aus, dann sprang er nach links und verschwand zwischen den Bäumen.

»Soll Stahl brechen und Stein splittern«, fluchte Durge. »Ein so prächtiges Tier habe ich noch nie gesehen.« Er griff über die Schulter nach dem Breitschwert, das auf seinen Rücken geschnallt war, und tat einen Schritt nach vorn.

Grace packte seinen Arm. »Nein, Durge. Verfolgt ihn nicht.«

Er sah sie stirnrunzelnd an. »Warum nicht, Mylady? Das wäre eine schöne Trophäe für den König.«

Sie suchte nach den richtigen Worten. Sie wusste nicht, warum es falsch war, dieses Tier zu jagen – nur dass es zu stolz, zu sagenhaft war, um von Sterblichen wie ihnen verfolgt zu werden. Aber bevor sie etwas sagen konnte, erscholl das Horn erneut, gefolgt von Hufschlag. Grace und Durge drehten sich um und sahen, wie ein Pferd über die Büsche setzte, aus denen eben noch der Hirsch hervorgeprescht war.

Das Pferd war genauso prächtig wie der Hirsch, wenn auch auf eine ganz andere Art und Weise. Es war klein – kaum größer als ein Pony –, hatte zierliche Beine und ein pechschwarzes Fell. Auf seiner Stirn zeichnete sich ein silberner Stern ab.

Ein Junge ritt auf dem Pferd, ohne Sattel oder Zaumzeug. Er schien zehn oder elf Jahre alt zu sein, und er war schlank und schlaksig mit einem roten, wilden Haarschopf. Ein Bogen war auf seinen Rücken geschnallt, so wie ein Köcher voller Pfeile mit grünen Federn. Trotz der Kälte war er nur mit Lederhosen bekleidet, seine Brust und seine Füße waren nackt. Seine Haut war so braun wie *Maddok.*

Der Junge hielt ein kleines silbernes Horn in der Hand. Er blies wieder hinein und rief dann mit schriller Stimme: »Hier entlang! Der König ist hier entlang!« Er berührte den Hals des Ponys, und das Tier wirbelte herum, bereit, im Galopp davonzustürmen.

Grace und Durge standen ihm im Weg. Bevor sie zur Seite springen konnten, kam das Pferd rutschend zum Stehen. Sein Reiter starrte mit berggrünen Augen auf sie herab, und erst jetzt fielen Grace die stumpfen Hörner auf, die aus seiner Stirn wuchsen. Das war kein Junge.

»Was ist das?«, rief der Reiter, und ein hämisches Grinsen breitete sich auf seinem sommersprossigen Gesicht auf. »Sterbliche? Eine Art Wild, das sicherlich, aber nicht so edel wie das, was wir jagen. Wie kommt ihr her?«

Grace war so verblüfft, dass sie bloß mit einer simplen Wahrheit antworten konnte. »Wir sind dem Pfad gefolgt.«

»Der Pfad?«, fauchte der Reiter. »Und wer hat euch die Erlaubnis gegeben, einen Fuß auf ihn zu setzen?«

Durge räusperte sich. »Der Pfad ist für alle da. Wir brauchen keine Erlaubnis, um ihn zu benutzen.«

In den Augen des Reiters blitzte Zorn auf. »Da irrst du dich, Sterblicher. Der Pfad gehört uns, wie alles in diesem Wald. Ihr seid Eindringlinge.«

»Dann werden wir sofort gehen«, sagte Grace. Das Verlangen, mit dem Kleinen Volk zu sprechen, war in ihr wie eine zu einem Stumpf heruntergebrannte Kerze erloschen. Trotz des jungenhaften Erscheinungsbildes ging von dem Reiter eine bedrohliche Ausstrahlung aus. Die Brauen über seinen grünen Augen führten schräg nach oben, was seinem Gesicht einen grausamen Aspekt verlieh. »Gehen wir«, sagte sie und zupfte an Durges Arm.

»Nicht so schnell«, sagte der Reiter und führte sein Pferd in einem schnellen Kreis um sie herum. Andere Gestalten stahlen sich auf die Lichtung. Einige schlichen auf allen vieren, während andere auf zwei Gliedmaßen stolzierten; manche krochen auf dem Bauch oder schwebten mit Schwingen, die so fein wie ein Spinnennetz gewoben waren. Grace hatte solche Kreaturen auf Sindars Schiff gesehen, aber immer nur flüchtig, aus dem Augenwinkel. Hier standen sie voll im Blickfeld.

Es war schwer zu sagen, wie viele es waren, da sie ununterbrochen zwischen den Bäumen hervorkamen und wieder verschwanden. Da waren braune Grüne Männer mit dicken Bäuchen und Bärten aus Eichenblättern, umherstolzierende Ziegenmänner mit zotteligen Beinen und geschwungenen Hörnern und Frauen mit Schwanenhälsen, die in Gewänder aus weißen Federn gekleidet waren – oder waren die Federn ein Teil von ihnen? Winzige Wesen mit Schmetterlingsflügeln und hässlichen Gesichtern mit langen Nasen schossen durch die Luft, während Golems aus Stöcken, die von Schlingpflanzen zusammengehalten wurden, Grace und Durge mit harten Steinaugen anstarrten.

»Bleibt in meiner Nähe, Mylady«, knurrte Durge und tastete nach dem Griff seines Breitschwertes.

Die seltsamen Wesen bildeten einen Kreis um die beiden Sterblichen. Wie der Junge auf dem Pferd trugen auch die Ziegenmänner und Schwanfrauen Bögen mit eingespannten Pfeilen; selbst die Schmetterlingsgeschöpfe hielten winzige Bögen mit Geschossen, die nicht größer als Zahnstocher waren. Die Grünen Männer trugen Keulen, und die anderen Wesen hielten Speere mit Steinspitzen oder lange Dornen, die wie Messer aussahen.

»Schnell, sagt es mir«, verlangte der Junge auf dem Pferd. »Wohin ist der König gegangen?«

Grace schüttelte den Kopf. »Er ist doch gar nicht hier. König Boreas ist im Schloss.«

Selbst wütend war das jungenhafte Gesicht des Reiters wunderschön anzusehen. »Doch nicht er, du dumme Gans. Was interessiert mich ein alberner Sterblicher, der es wagt, sich König zu nennen. Ich spreche von dem wahren König – dem Waldkönig. In welche Richtung ist er gegangen? Sag es mir, und vielleicht werden wir eure elenden, kurzen Leben verschonen.«

Es war wie ein Lichtstrahl, der den Nebel in Graces Kopf vertrieb. Plötzlich begriff sie. »Der Hirsch. Ihn jagt ihr.«

In den Augen des Jungen loderte grünes Feuer. »Wir jagen ihn immerzu. Wir töten ihn jedes Jahr und vergießen sein Blut auf dem Boden. Und jedes Jahr kommt er zurück, damit wir mit der Jagd aufs Neue anfangen können. Und jetzt sag es mir, oder es ist dein Blut, das vergossen wird. In welche Richtung ist er gelaufen?«

»Da entlang«, erwiderte Grace und zeigte auf eine Lücke zwischen den Bäumen, die sich genau gegenüber der Stelle befand, an der der Hirsch verschwunden war. Durge runzelte die Stirn, aber sie schüttelte nur andeutungsweise den Kopf. Sie wusste nicht, warum sie es getan hatte; der Hirsch war so majestätisch, so wunderschön gewesen.

Der Reiter grinste, hob das silberne Horn und blies hinein. »Hier entlang!«, sagte er, gab den anderen ein Zeichen und trieb sein Pferd in die Richtung, in die Grace gezeigt hatte. Grace wagte es, aufzuatmen.

Zwei Grüne Männer stürmten auf die Lichtung; sie kamen aus der Richtung, in der der Hirsch verschwunden war. Der Reiter ließ sein Pferd herumwirbeln, ein Stirnrunzeln lag auf seinem elfenhaften Antlitz. Er beugte sich weit vor, und einer der Grünen Männer sprang hoch, um ihm etwas ins Ohr zu flüstern. Der Junge richtete sich sofort auf; sein Gesicht war wutverzerrt.

»Du hast mich angelogen, Sterbliche. Der König ist nicht in die Richtung gelaufen, die du genannt hast.«

Grace schüttelte den Kopf, suchte nach Worten. Durge drückte sich eng an sie.

»Du bist eine Närrin, wenn du den Waldkönig beschützen willst«, sagte der Reiter. Er sprang vom Pferd und kam auf sie zu. »Ist dir nicht klar, dass es sein Schicksal ist, von unseren Pfeilen getroffen tot zu Boden zu sinken? Du wirst für deine Täuschung bezahlen.«

»Bleibt da stehen!«, brüllte Durge, zog geschickt das Breitschwert und hielt es lang ausgestreckt.

Die seltsamen Wesen lachten; es klang wie herabplätscherndes Wasser. Der Junge warf den Kopf in den Nacken, während er vor Lachen brüllte. Durge runzelte die Stirn, dann stand blankes Entsetzen in sein Gesicht geschrieben. Das Schwert in seinen Händen wand sich. Mit einem Aufschrei ließ er die Klinge fallen, und Grace sah, dass es gar kein Schwert war, sondern eine große, silbrige Schlange. Sie schlängelte sich durch den Schnee und verschwand im Wald.

Durge starrte seine leeren Hände an, dann ballte er sie zu Fäusten. »Bleibt zurück«, sagte er und stellte sich vor Grace. »Ihr könnt ihr nichts antun.«

»Da hast du Recht, Sterblicher, das kann ich nicht.« Er betrachtete Grace. »In deinen Augen liegt das Licht des Waldes. Es ist schwach, aber nicht einmal dein minderwertiges Blut kann es besudeln. Du wirst verschont.« Sein Blick richtete sich wieder auf Durge. »Aber dieses Tier da ist durch und durch sterblich. Da man uns heute unser richtiges Wild vorenthalten hat, werden wir uns an dem da gütlich halten und ihn jagen wie das Tier, das er ist.«

»Nein! Es war nicht sein Fehler«, sagte Grace. Sie verspürte eine wachsende Panik. »Ich war es – ich war es, die euch angelogen hat!«

Es war zwecklos. Die Jäger hatten sich bereits in Bewegung gesetzt. Die seltsamen Wesen stießen Grace beiseite und schwärmten um Durge herum. Er schleuderte ein paar von ihnen zurück, aber sie kamen wieder. Grace stolperte über eine Wurzel – oder war es das Bein einer der Kreaturen? –, und sie ging in die Knie. Sie hörte, wie Durge einen Schrei ausstieß, aber lautes Lachen übertönte ihn. Sie kroch auf allen vieren weg, bis sie zu einem Baum kam, den sie dazu benutzte, wieder auf die Füße zu kommen.

Es waren zu viele der Wesen, als dass Durge sie hätte abwehren können. Sie hielten seine Arme und Beine fest, und obwohl seine Nackenmuskeln vor Anstrengung hervortraten, konnte er sich nicht befreien. Die Kreaturen rissen mit ihren verkrümmten Händen an seinen Kleidern, bis er nackt in der Kälte stand. Ein paar Hörner wurden an seine Stirn gehalten und mit einem aus Schlingpflanzen geflochtenen Strick an Ort und Stelle festgebunden.

»Durge!«, rief Grace.

Er konnte den Kopf nicht drehen, erwiderte aber mit weit aufgerissenen Augen ihren Blick. »Mylady, Ihr müsst von diesem Ort fliehen! Nehmt den Pfad. Geht!«

Nein, sie konnte ihn nicht zurücklassen. Hätte sie ihnen die Wahrheit über den Hirsch gesagt, würde das hier nicht passieren. Sie nahm die Reste ihrer Willenkraft zusammen und eilte zu dem Jungen.

»Lasst ihn gehen!«, befahl sie.

»Das werde ich«, sagte der Junge. »Es wäre kein großes Vergnügen, wenn er keinen Vorsprung hätte.«

Er schnippte mit den Fingern, und die Geschöpfe ließen von Durge ab. Der Ritter schwankte, fand aber das Gleichgewicht wieder. Er war haarig in seiner Nacktheit, und mit dem Geweih sah er fast so aus wie einer der Ziegenmänner. Ein seltsamer Ausdruck huschte über sein Gesicht – es war kein Schmerz, jedenfalls nicht richtig. Es war eher das Gesicht, das einer machte, wenn man ihm etwas Kostbares wegnahm.

»Mylady«, sagte er, aber die Worte klangen seltsam, als würde er lallen.

Ein Krampf durchzuckte seinen Körper, er krümmte sich zusammen. Als er wieder aufschaute, waren seine Augen stumpf und wild, er hielt die Zähne gebleckt. Der Strick, der das Geweih an seinen Kopf gebunden hatte, war verschwunden. Stattdessen entsprangen die Auswüchse seiner Stirn und nahmen unter Graces Blicken noch an Länge zu.

Sie starrte den Jungen an. »Was habt Ihr mit ihm gemacht?«

»Nichts Tolles«, sagte der Junge mit einem hämischen Grinsen. »Ein Mann ist im Grunde seines Herzens nichts als ein Tier. Wir haben ihm nur dabei geholfen, sich an diese Tatsache zu erinnern.«

Durge stieß ein Knurren aus, ließ sich in die Hocke fallen und fuhr herum; das Weiße seiner Augen war zu sehen. Die Elfengeschöpfe lachten und hoben ihre Waffen.

In Grace schoss Panik hoch. »Durge, lauft!«, schrie sie. Aber konnte er ihre Worte überhaupt noch verstehen? »Lauft!«

Einen Augenblick lang schien dumpf so etwas wie Verstand in seinen Augen aufzublitzen, dann sprang Durge mit einem lauten Aufbrüllen nach vorn, rannte auf nackten Füßen durch den Schnee und verschwand zwischen den Bäumen.

»Ihr habt gesagt, Ihr lasst ihm einen Vorsprung«, sagte Grace und wandte sich wieder dem Jungen zu. »Wie lange?«

Der Junge lachte. »Ich würde sagen, er hat schon mehr als genug.« Er hob das Horn und blies einen schrillen Ton. »Lasst die Jagd beginnen!«

12

Grace duckte sich, als ein Pfeilregen durch die Luft schoss. Sie schlugen in die Bäume ein oder versanken tief im Boden. Ein winziger Pfeil vom Bogen einer der Schmetterlingskreaturen blieb in Graces Umhang stecken. Sie zog ihn heraus; die Spitze war mit einer grünen klebrigen Masse beschmiert. Eine kurze Untersuchung mit der Gabe bestätigte ihre Befürchtung: Die grüne Substanz war eine Art Gift.

Der rothaarige Junge sprang auf sein Pferd und trieb es an, hinter Durge herzujagen. Die Feengeschöpfe sprangen und hüpften und krochen hinterher, wobei sie neue Pfeile in ihre Bögen einlegten. In ihrer Begeisterung für die Jagd schienen sie Grace ganz vergessen zu haben, sie waren in wenigen Augenblicken verschwunden. Grace schwankte, dann sammelte sie ihre Kräfte, hob den Rocksaum an und rannte den Jägern hinterher in den Wald hinein.

Wo das Feenvolk den Boden niedergetrampelt hatte, hätte ein Pfad sein müssen, aber stattdessen sah sie nur Durges Fußabdrücke in der dünnen Schneeschicht. Sie folgte ihnen. Das Horn erscholl erneut, und es klang bereits alarmierend weit weg. Grace lief schneller. Zweige peitschten ihr ins Gesicht und rissen an ihrer Kleidung. Irgendwann verlor sie ihren Umhang, aber sie blieb nicht für ihn stehen. Sie schwitzte trotz der Kälte, und ihr Atem ging stoßweise.

Grace hörte noch mehrere Male das Horn ertönen, und jedes Mal war es leiser als zuvor. Sie verlor Durges Spur auf einem steinigen Stück Boden, und als das Horn das nächste Mal ertönte, erklang es weit zu ihrer Linken und so fern, dass sie es kaum über das Pochen ihres Herzens hören konnte.

Grace stolperte in der Richtung weiter, aber sie hörte das

Horn nicht wieder. Ihr Schweiß gefror zu Eis, und ihr Gewand wurde ganz steif, während sich ihr Schritt verlangsamte; die Kälte machte sie unbeweglich. Schließlich konnte sie nicht weitergehen, und sie lehnte sich gegen den Stamm eines riesigen Baumes. Sie lauschte, aber da waren weder das Horn noch perlendes Gelächter zu hören; die Waldluft war reglos und stumm.

»Ich habe ihn verloren«, murmelte sie mit tauben Lippen.

Ihr Herz verkrampfte sich. Durge war verschwunden – der einfühlsamste, beste und liebste Freund, den sie auf dieser oder jeder Welt hatte. Und es war ihre Schuld. Der Schmerz dieses Gedankens war unerträglich. Grace warf die Arme um den Baum, drückte das Gesicht gegen den Stamm und weinte.

»Alles in Ordnung, Tochter?«, fragte eine freundliche Stimme hinter ihr.

Grace löste sich von dem Baum. Einen Augenblick zuvor war der Wald grau und trostlos gewesen, aber jetzt funkelte grüngoldenes Licht durch ihre Tränen. Sie wischte sich über die Augen und keuchte auf.

»Warum weinst du so?«, fragte die alte Frau, die vor ihr stand. »Ist es wegen des großen Baumvaters, den du umarmst? Wenn dem so sein sollte, dann trockne deine Tränen, denn er ist nicht tot. Wenn der Frühling kommt, wird er wieder grün und voller Leben sein.«

Grace fühlte, wie ihre Trauer schwand. Die Alte vor ihr strahlte nicht nur das Licht, sondern auch ein Gefühl von Frieden aus. Sie war klein und faltig und wunderschön, ihre Haut war so zart wie Blütenblätter, ihr Haar so fein wie Spinnenseide. Ihr Gewand hatte die Farbe von Schnee, und der Holzstab in ihren Händen war genauso knorrig wie die Finger, die ihn hielten.

»Wer seid Ihr?«, fragte Grace.

Die Alte lächelte, und ihre Augen – die die gleiche Farbe wie das Licht hatten – funkelten. »Ich schätze, man könnte sagen, dass ich hier die Königin bin, so wie du die Königin draußen bist.« Sie machte eine alles umfassende Geste mit dem Stab. »Natürlich ist meine Herrschaft fast am Ende, während deine gerade erst beginnt, Tochter.«

Grace bemühte sich, den Worten einen Sinn abzuringen, aber es gelang ihr nicht, jedenfalls nicht richtig. Kälte und Furcht hatten ihren Verstand gelähmt. »Ich weine nicht um den Baum.«

»Für wen weinst du denn?«

Die Worte strömten nur so aus ihr heraus. »Es ist Durge. Der Junge, der mit den roten Haaren, er und die anderen Jäger hetzen ihn durch den Wald. Und sie haben etwas mit ihm gemacht. Sie haben ihm ein Geweih an den Kopf gebunden, aber jetzt ist es nicht mehr angebunden. Es ist echt. Die Jäger werden ihn töten, und es ist alles meine Schuld.«

Die Alte legte den Kopf schief. »Deine Schuld, Tochter? Wie kann das sein?«

Grace fühlte, wie neue Tränen in ihr hochstiegen. »Ich habe wegen des weißen Hirschs gelogen. Ich habe ihnen gesagt, er sei in die eine Richtung gelaufen, dabei war er in der anderen verschwunden. Aber er war so schön. Ich wollte nicht, dass sie ihn töten.«

Die Frau schloss die Augen und griff den Stab fester. »Ja«, murmelte sie. »Ich verstehe jetzt, und ich hätte wissen müssen, dass Quellior damit zu tun hat.« Sie öffnete die Augen. »Es war freundlich und selbstlos von dir, meinem Gemahl bei der Flucht zu helfen.«

Grace schüttelte den Kopf. »Eurem Gemahl?«

»Wie ich bereits sagte, bin ich die Königin dieses Ortes. Und ist er nicht der König?«

Ja, so hatte der rothaarige Junge den Hirsch genannt – der

Waldkönig. »Ist er also in Sicherheit?«, fragte Grace. »Der Hirsch? Ich meine, der König?«

Die Alte nickte. »Im Augenblick. Aber bald werden Quellior und seine Jäger ihn einholen, und sie werden ihn töten.«

»Nein«, stieß Grace entsetzt hervor. »Das dürfen sie nicht!«

»Das ist im Wald nun einmal so, Tochter.« Die Alte seufzte leise. »Jedes Jahr jagen Quellior und seine Jäger den Waldkönig, jedes Jahr töten sie ihn, und jedes Jahr kehrt er wieder zurück. Aber der König ist eben erst auferstanden. Die Zeit ist noch nicht für sie gekommen, ihn zu fangen, und deinetwegen konnte er entkommen. Also werde ich dir wegen deiner gutherzigen Tat helfen.«

»Was könnt Ihr tun?« Aber Grace hatte noch nicht zu Ende gesprochen, da schwang die Alte ihren Stab und die Wand aus Bäumen teilte sich wie ein Vorhang. Dahinter lag eine Lichtung, und es präsentierte sich ein Anblick, der Graces Herz beinahe erstarren ließ.

Der rothaarige Junge – Quellior – saß auf seinem schwarzen Pferd, einen Pfeil eingelegt. Die anderen Jäger versammelten sich um ihn. Durge lag wie ein gestelltes Tier am Boden. Seine Augen waren geschlossen, sein Haar voller Blätter und Zweige, aus seiner Stirn ragte das Geweih. In seiner Haut steckte ein Dutzend winziger Pfeile. Quellior lachte und zog die Bogensehne bis zum Ohr zurück, bereit, den Pfeil in Durges Herz zu schießen.

»Halt!«, rief Grace und stolperte über Wurzeln, als sie losrannte. Sie fiel neben Durge auf die Knie und beschützte ihn mit ihrem Körper. »Lasst ihn in Ruhe!«

»Holz und Knochen, wie kommst du denn her?«, fauchte Quellior mit seiner hohen Stimme. »Aber das spielt keine Rolle. Mein Pfeil kann genauso gut zwei durchbohren.«

»Ich glaube, er wird keinen durchbohren«, sagte da eine scharfe Stimme, und im gleichen Augenblick sprossen Blätter und Schlingpflanzen aus Quelliors Pfeil. Die Schlingpflanzen wanden sich wie grüne Schlangen um die Hände des Jungen und banden sie zusammen. Die anderen Jäger keuchten auf und murmelten und schlugen mit den Flügeln.

Quellior starrte die Alte an. »Blut und Stein, Mutter! Ich hatte ihn fast!«

Grace blinzelte erstaunt. Mutter?

Die Alte marschierte mit dem Stab in der Hand auf die Lichtung. »Schäm dich, Quellior.« Sie musterte die Jäger mit einem strengen Blick, und sie duckten sich unter ihrem Zorn. »Das gilt für euch alle. Ist dieser Sterbliche das Wild, das ihr zu jagen habt?«

»Sie hat uns unser Wild vorenthalten«, sagte der rothaarige Junge und starrte sie finster an. »Also haben wir den da an seiner Stelle gejagt.«

Die Augen der Waldkönigin blitzten. »Beantworte meine Frage. Ist dieser Sterbliche euer wahres Wild?«

Quellior ließ den Kopf hängen und seufzte. »Nein, Mutter.«

»Das denke ich auch. Jetzt verschwindet.« Sie stieß den Stab auf den Boden. »Ihr alle. Ihr werdet den Waldkönig finden, wenn der Sommer in seinen letzten Tagen ist.«

Quellior hob den Kopf, ein seltsamer Ausdruck lag auf seinem Gesicht. »Falls es jemals wieder Sommer werden sollte, Mutter.« Er warf Grace noch einen hasserfüllten Blick zu, dann galoppierte sein Pferd zwischen den Bäumen fort, und die anderen Elfen-Jäger folgten ihm.

Grace bettete Durges Kopf in ihren Schoß. Sie strich ihm das Haar aus der Stirn und staunte unwillkürlich darüber, wie das Geweih mit seiner Haut und dem Schädel verschmolzen war. Sie berührte einen winzigen Pfeil, der direkt über seinem Schlüsselbein aus seiner Haut herausragte, konnte sich aber nicht dazu überwinden, nach seinem Puls zu tasten.

»Ist er tot?«

»Nein, Tochter«, sagte die Waldkönigin, die neben ihr stand. »Die Pfeile der Geflügelten bringen nur Schlaf, keinen Tod.«

»Wie kann ich ihn dann wecken?«

»Bist du sicher, dass du das willst, Tochter?«

Grace starrte sie verständnislos an.

Das Gesicht der Alten war voller Trauer. »Ein sterblicher Mann ist kein Tier, aber man kann ihn dazu bringen, sich so zu verhalten. Ich fürchte, Quellior hat deinem Freund einen bösen Streich gespielt. Sollte er jetzt aufwachen, dann würde er sich nicht mehr daran erinnern, dass er einmal ein Mann war, sondern sich für ein Tier halten.«

Auf gewisse Weise sah er wie ein Tier aus – nackt, schmutzig und wild. Aber Grace wusste, dass sich der wahre Mensch darunter befand. Ihre Tränen fielen auf sein Gesicht und wuschen einen Teil des Schmutzes fort. »Er ist kein Tier. Er ist der freundlichste, mutigste und aufrechteste Mann auf der ganzen Welt.«

»Wenn du das in ihm siehst, besteht vielleicht die Möglichkeit, dass du ihm helfen kannst.«

Grace schaute mit neu erwachter Hoffnung auf. »Wie?«

»Du musst deinen Lebensfaden mit seinem verbinden. Du musst ihm zeigen, wie du ihn siehst – nicht als Tier, sondern als Mann. Wenn du das tust, wird er sich vielleicht wieder an sein früheres Wesen erinnern.«

Einen Augenblick lang zitterte Grace am ganzen Leib. Ihr ganzes Leben lang hatte sie andere auf Distanz gehalten, von der Furcht getrieben, dass sie, wenn sie zu nahe kamen, sehen würden, was sie wirklich war, und sich vor Entsetzen abwandten. Aber Durge war ihr Freund; wenn sie das Gute in ihm sehen konnte, dann musste sie daran glauben, dass er es auch in ihr sah.

Sie stählte ihren Willen und strich mit den Händen über

Durges Körper, riss die kleinen Pfeile heraus, die sie fand. Er stöhnte auf und regte sich, seine Lider flatterten. Er wachte auf. Wenn das geschah, würde er vor ihr fortlaufen; davon war sie überzeugt. Sie würde sich beeilen müssen.

Grace drückte beide Hände auf Durges Brust und schloss die Augen. Sofort sah sie seinen Lebensfaden. Er war grau, so wie sie ihn in Erinnerung hatte, nur dass er mit einem wilden roten Strang versehen war. Durge stieß ein Grunzen aus und bewegte sich unter ihr, aber bevor er sich losreißen konnte, bediente sie sich der Gabe und ergriff seinen Faden, brachte ihn nahe an ihren eigenen schimmernden Strang. In ihrer Vorstellungskraft erschuf sie ein Bild von Durge, wie sie ihn kannte: freundlich, stark, gut. Dann verwob sie die beiden Fäden mit einem Gedanken.

Ich liebe dich, Durge!, rief sie. *Komm zurück zu mir!*

Einen Augenblick lang konnte sie Durges Lebensfaden nicht von dem ihren unterscheiden. Sie waren ein einziger Strang, funkelnd und perfekt.

Nein, nicht perfekt. Da war noch etwas anderes. Etwas Dunkles und Scharfes und Schreckliches, das gefährlich nahe herangekommen war. Was war es? Bevor Grace es erkennen konnte, erstrahlte plötzlich ein goldenes Licht und hüllte sie ein, und sie wusste von nichts mehr.

Sie musste eingeschlafen sein. Grace stemmte sich auf die Ellbogen und kämmte mit den Fingern Blätter aus dem Haar. Das goldene Licht war schwächer geworden, aber es war noch immer angenehm, und ihr war warm. Durge lag neben ihr, seine Brust hob und senkte sich in einem regelmäßigen Rhythmus. Die Hörner des Geweihs waren abgefallen und lagen zu beiden Seiten seines Kopfes. Sie legte eine Hand auf seine Stirn; abgesehen von den Sorgenfalten, die selbst jetzt zu sehen waren, war die Haut oberhalb der Brauen unversehrt.

Grace lächelte, dann erhob sie sich. Ihr Umhang, den sie verloren hatte, hing jetzt auf einem Ast in der Nähe. Sie warf ihn über Durge und bedeckte seine Blöße, dann kniete sie neben ihm nieder. Ihr Lächeln verblich, als sie die Mitte seiner Brust berührte. Als ihre Lebensfäden vereinigt gewesen waren, hatte sie etwas in ihm gespürt – etwas wie einen Schatten, das aber anders gewesen war. Härter, kälter.

»Also hast du es in ihm gesehen, Tochter. Das dachte ich mir.«

Grace schaute auf. Die alte Frau – die Waldkönigin – stand über sie gebeugt.

»Ihr könnt es auch sehen?«

Die Alte nickte. »Ich habe es bemerkt, als ich ihn das erste Mal sah. Aber wir haben den grausamen Biss des Eisens von jeher gehasst, und wir wissen, wenn es in unsere Nähe kommt.«

Die Wärme verflog. »Wovon sprecht Ihr?«

»In seiner Brust ist ein Splitter aus Eisen. Er liegt in gefährlicher Nähe seines Herzens. Und jeden Tag rückt er ein Stück näher heran.«

Nein, das war unmöglich. Durge konnte keiner von *ihnen* sein. Dann erinnerte sich Grace an die Schmerzen, die er in der Nacht des Angriffs auf Calavere in der Brust gehabt hatte. Sie untersuchte seine Brust. Unter dem dunklen Haar zeichneten sich die Linien von einem Dutzend weißer Narben ab, aber sie erkannte sie als die Hinterlassenschaft der Verletzungen, die er in der Nacht der Wintersonnenwende vor über einem Jahr auf Calavere davongetragen hatte, als er von einem Rudel *Feydrim* angegriffen worden war.

Durge war ein großartiger Krieger, trotzdem hatte sie es erstaunt, dass er es geschafft hatte, ganz allein auf sich gestellt so viele *Feydrim* abzuwehren. Grace hatte sich immer gewundert, wie ihm das gelungen war ...

Und was ist, wenn er es nicht geschafft hat? Was ist, wenn er nicht dort weggekommen ist – zumindest nicht, bis sie ihn gehen ließen?

Sie schloss die Augen, und auch wenn sie der Gedanke, was sie dort vielleicht sehen würde, mit Entsetzen erfüllte, griff sie dennoch mit der Gabe zu und schaute in Durges Körper hinein. Jetzt, da sie wusste, wonach sie Ausschau halten musste, sah sie es sofort, drei Zentimeter von seinem Herzen entfernt. Der Splitter war nicht größer als die Spitze ihres kleinen Fingers, aber er war kalt, so schrecklich kalt.

Sie öffnete die Augen. »O Durge, was haben sie dir angetan?«

Sie konnte es deutlich sehen, so als wäre die Erinnerung in seinem Fleisch aufbewahrt worden und sie hätte es wie einen geisterhaften Schatten auf einem Röntgenbild gesehen. Nicht einmal sein Breitschwert hatte ausgereicht, so viele *Feydrim* abzuwehren. Sie warfen sich auf den tapferen Embarraner, rissen ihn zu Boden, schlugen ihn besinnungslos. Aber sie töten ihn nicht. Stattdessen wichen sie zurück, als eine Gestalt in einem blutroten Gewand in das Gemach schritt, ein Lächeln auf dem bleichen Gesicht. Es war Lady Kyrene, die Graces erste Lehrerin in den Hexenkünsten gewesen war und die ihr lebendes Herz gegen eins aus Eisen eingetauscht hatte. Kyrene kniete nieder, holte etwas Kleines und Dunkles hervor und schob es tief in eine Wunde auf Durges linker Seite. Er schrie auf, es war ein Schrei voller Verzweiflung und Schmerz, aber als er die Augen aufschlug, waren die anderen verschwunden. Er konnte nicht gewusst haben, was sie ihm angetan hatten, warum sie ihn am Leben gelassen hatten.

»Sie wollten ihn zum Verräter machen«, sagte Grace, und es fühlte sich so an, als wäre auch ihr Herz von einem Eisensplitter durchbohrt worden. »Aber sie wollten es tun, ohne dass wir es erfahren.«

»Ja«, sagte die Alte. »Aber sein Herz ist weitaus stärker, als sie glaubten. Das Böse unterschätzt immer die Macht des Guten – das ist seine größte Schwäche. Er hat die ganze Zeit widerstanden.«

»Dann kann er ihm auch weiterhin widerstehen«, sagte Grace; plötzlich war da wieder Hoffnung.

Die Waldkönigin schüttelte den Kopf. »Er ist sterblich, Tochter. Selbst ein Mann von seiner Stärke kann nicht ewig widerstehen. Schon bald wird der Splitter sein Herz erreichen.«

Grace brachte die Worte kaum über die Lippen. »Was wird dann geschehen?«

Die Alte erwiderte ihren Blick. »Sein Herz wird sich zu Eis verhärten, und er wird zum willigen Sklaven des Herrn des Winters – den du den Fahlen König nennst.«

»Ich muss das aus ihm herausbekommen«, stieß Grace hervor. »Ich muss ihn operieren, bevor es zu spät ist.«

»Es ist bereits zu spät, Tochter. Er hätte in jener Nacht sterben sollen. Allein der Zauber des Splitters hat ihn am Leben gehalten. Entfernst du ihn, stirbt er.«

Grace konnte es nicht glauben. Sie wollte es nicht. Aber sie musste es. Sie wischte sich Tränen von den Wangen und schaute auf. »Dann tut Ihr es. Ihr könnt ihm mit Eurer Magie helfen.«

»Ich fürchte, das ist nicht möglich«, sagte die Waldkönigin traurig. »Keiner von uns kann Eisen berühren. Ich habe keine Macht darüber.«

Wut schoss in Grace empor, und sie ergriff sie, während sie aufstand, denn das war viel einfacher zu ertragen als die Verzweiflung. »Ich bin gekommen, um Trifkin Moosbeere und das Kleine Volk zu finden. Ich wollte sie um Hilfe gegen den Fahlen König bitten, und ich habe Euch gefunden. Aber ihr seid keine Hilfe. Es kümmert Euch nicht einmal. Ihr seid vor der

Welt davongelaufen und habt euch hier in eurem Wald versteckt, und jetzt verstehe ich auch den Grund dafür. Eure Magie ist alt und schwach und nutzlos.«

Einen Augenblick lang zeigte sich so etwas wie Wut auf dem Gesicht der Alten, ihre Augen blitzten so hell wie die Mittagssonne. Es war ein schrecklicher Anblick, aber Graces Zorn war so groß, dass sie nicht einmal zusammenzuckte.

Schließlich schüttelte die Waldkönigin den Kopf, und ihre Augen verblassten. »Vielleicht hast du Recht, vielleicht haben wir uns zu sehr von der Welt da draußen entfernt. Und doch irrst du dich, wenn du glaubst, dass uns alles egal ist. Quellior ist dumm und ungestüm, aber er hatte Recht – wenn du den Herrn des Winters nicht an seinem Ritt hindern kannst, wird es nie wieder Sommer. Und wenn wir auch nicht an deiner Seite stehen können, wie du gehofft hast, kann ich dir vielleicht helfen, eine Möglichkeit zu entdecken, wie du dir selbst helfen kannst.« Sie erwiderte Graces Blick. »Du suchst einen Schlüssel, nicht wahr, der dir in dem Krieg helfen kann, in den du ziehen musst. Setze dich in den Stuhl, der allen anderen verboten ist, und der Schlüssel wird sich dir enthüllen.«

Das reicht nicht, wollte Grace sagen. Sie wollte, dass das Kleine Volk an ihrer Seite kämpfte, wenn sich das Runentor öffnete. Und sie wollte, dass Durge stark und gesund war, dass er für sie da war, so wie es immer der Fall gewesen war. Trotzdem fühlte sie, wie ihr Zorn verrauchte. Sie wandte sich ab.

»Verlier nicht alle Hoffnung, Tochter«, sagte die Alte hinter ihr. »Noch hat der Splitter sein Herz nicht erreicht. Du wirst noch Zeit mit deinem Ritter verbringen können, bevor das Ende da ist.« Ihre Stimme wurde leiser. »Leb wohl. Und vergiss den Stuhl nicht.«

Grace drehte sich um, aber das goldene Licht erfüllte den

Wald, und sie konnte die Alte nicht erkennen. Dann schwand das Licht, und als sie sich wieder Durge zuwandte, sah sie, wie eine silberne Schlange auf Durge zukroch. Nur dass es gar keine Schlange war, sondern sein Breitschwert. Er war wieder bekleidet, seine Sachen wiesen weder einen Riss noch Schmutz auf.

»Mylady, was ist passiert?« Durge setzte sich auf und blinzelte, während er sich in alle Richtungen umblickte.

Grace kniete neben ihm nieder und nahm seine Hand. Ihr Atem verwandelte sich in Nebel; die bittere Kälte war zurückgekehrt. »An was könnt Ihr Euch erinnern?«

»Da bin ich mir nicht sicher.« Er runzelte die Stirn. »Ich erinnere mich, dass ich mit Euch zum Wald geritten bin. Und dann ...« Er schüttelte den Kopf, Staunen zeigte sich auf seinem Gesicht. »Ich fürchte, das Kleine Volk muss am Werk gewesen sein, Mylady, obwohl wir es doch nicht gefunden haben, denn ich hatte einen sehr seltsamen Traum. Ich habe geträumt, ich sei ein Hirsch, der durch den Wald rannte, und dass Jäger mich erlegen wollten. Aber eine wunderschöne Jungfrau warf sich auf mich und beschützte mich vor ihren Pfeilen. Es war alles sehr seltsam.«

Grace verspürte eine tiefe Erleichterung. Er konnte sich nicht mehr an das erinnern, was tatsächlich passiert war. »Denkt nicht darüber nach, Durge. Es ist alles mit Euch in Ordnung.« Aber das war keineswegs die Wahrheit, oder? Selbst in diesem Augenblick arbeitete sich der Eisensplitter seinem Herzen entgegen.

Grace bemerkte gar nicht, dass sie weinte, bis er ihr die Tränen von den Wangen wischte.

»Was ist, Mylady?«, sagte er tadelnd. »Ihr dürft nicht weinen. Schließlich bestand nie die Hoffnung, dass uns das Kleine Volk helfen wird. Und das macht auch nichts. Ich kann mir nicht vorstellen, dass wir jemals einen Weg finden,

den Fahlen König daran zu hindern, aus dem Tor geritten zu kommen, aber zumindest werden wir ihn zusammen nicht finden.«

»O Durge«, sagte Grace, und zu seinem offensichtlichen Erstaunen warf sie die Arme um ihn und schluchzte.

ZWEITER TEIL

Der Schlüssel

13

Als Deirdre Falling Hawk ihr Apartment betrat, wartete ein Päckchen von den Suchern auf sie. Sie legte die Schlüssel neben den Pappkarton auf dem Küchentisch. Die Vermieterin musste sie hereingelassen haben.

Oder die Sucher haben einen Nachschlüssel, der in ganz London funktioniert.

Aber egal, das Päckchen konnte warten. Sie zwängte sich in den Schrank mit Herd und Spüle, der die Küche sein sollte, setzte Teewasser auf und ging dann ins daneben liegende Badezimmer. Sie nahm eine Dusche und ließ das heiße Wasser auf sich niederprasseln, so als hätte es die Macht, sie aufzuwecken, dabei wusste sie doch ganz genau, dass sie gar nicht schlief.

Sie trocknete sich ab, schlüpfte in einen flauschigen Bademantel und ging auf nackten Füßen zurück in die Küche, um sich eine Tasse Earl Grey mit Zitrone zu machen. Mit der Tasse in der Hand rollte sie sich auf dem abgenutzten Sofa zusammen. Sie schlürfte den Tee, sah zu, wie der Tag jenseits des Fensters zu Ende nieselte, und fragte sich, ob sie Hadrian Farr jemals wieder sehen würde. Sie ging ihre Unterhaltung in dem Pub früher an diesem Tag immer wieder in Gedanken durch. Es war sinnlos; sie hätte ihn nicht am Gehen hindern können, egal, was sie auch gesagt hätte.

Es regnete, bis die Nacht anbrach. Deirdre stand auf und schaltete eine Stehlampe ein. Wer auch immer diese Wohnung für die Sucher eingerichtet hatte, war offensichtlich ein Anhänger von Trödelläden gewesen – und wurde außerdem von dem leidenschaftlichen und zielstrebigen Verlangen getrieben, dass jeder Gegenstand in dem Apartment eine andere Farbe aufwies.

Sie schlüpfte in Jeans, einen Lammwollpullover, den sie vor ein paar Jahren in Oslo gekauft hatte, und ihre Lederjacke. Sie verließ das Apartment und ging durch Straßen, die der Regen in schwarze Spiegel verwandelt hatte. Nach ein paar Blocks kam sie an einem von Neonlicht erleuchteten Nachtclub vorbei. Dröhnende Musik quoll aus der Tür und wallte die Gosse wie Regenwasser entlang. In der feuchten Luft schwebte Gelächter. Die Hände in die Taschen geschoben ging sie weiter.

In einem kleinen Laden kaufte sie eine Portion indisches Essen und ging zurück zu ihrem Apartment. Der Karton der Sucher nahm fast den ganzen Tisch in Anspruch, also stellte sie ihn auf den Boden. Er besaß keine Aufschrift, nicht mal einen Postaufkleber – da war nur ein kleines Symbol, das in einer Ecke aufgestempelt war: eine Hand mit drei Flammen.

Deirdre setzte sich an den Küchentisch und aß langsam, sie atmete den berauschenden Duft von Nelke und Kardamom tief ein. Beim Essen blätterte sie die Zeitung durch, die sie aus einem Verkaufskasten gezogen hatte; sie hatte sie fast durch, als ihr auffiel, dass es die Ausgabe vom Vortag war. Nicht, dass das eine Rolle gespielt hätte. Heutzutage waren die Nachrichten immer gleich: noch mehr Angst und Aufruhr, noch mehr Schießereien und Selbstmordattentate, noch mehr Kriegsgerüchte.

Im vergangenen Herbst waren die Dinge eine Zeit lang etwas besser geworden, nachdem die Flammenpest so plötzlich geendet hatte, wie sie begonnen hatte. Jetzt waren die unheilvollen Zeiten wieder da, dunkler als je zuvor. Vor allem in den Vereinigten Staaten schienen die Dinge besonders schlimm zu sein. Die Menschen hatten Angst, und darum befand sich die Wirtschaft auf Talfahrt. Gleichzeitig wurde die Rhetorik der Regierung zusehends konservativer. Grundsätzliche bürgerliche Freiheiten wurden außer Kraft gesetzt, und einige Senatoren schlugen allen Ernstes vor, die Grenzen zu schließen. Aber damit würde man nichts erreichen. Sich in einem verriegelten Zimmer zu verbergen war keine große Hilfe, wenn das Haus um einen herum auseinander fiel.

Ihr war der Appetit vergangen, sie faltete die Zeitung zusammen und warf sie in den Kasten für das Altpapier, dann stellte sie die Reste und das Geschirr in die Spüle. Sie ging zurück zum Sofa und setzte sich. Der Karton der Sucher lauerte in der Ecke, Unheil verkündend in seiner Schlichtheit.

Bewusst nahm sie den Blick von dem Karton und griff nach dem Holzkasten, in dem ihre Mandoline ruhte. In diesen Räumen war es zu still; jeder Gedanke war wie ein Schrei in ihrem Kopf. Vielleicht würde ein bisschen Musik helfen. Sie strich über die Mandoline und zuckte zusammen. Das arme Ding schien in der feuchten Londoner Luft keinen Ton halten zu können. Sie zog die Saiten fester, dann strich sie erneut darüber. Diesmal lächelte sie über den warmen Ton, der aus dem Instrument aufstieg, ein Ton, der so willkommen und vertraut wie der Gruß eines alten Freundes war.

Sie zupfte eine fröhliche irische Weise. Es war die erste Melodie, die sie im Haus ihrer Großmutter als kleines Mädchen spielen gelernt hatte. Sie war nicht älter als acht oder neun gewesen und klein für ihr Alter, so dass sie kaum fähig gewesen war, gleichzeitig Akkorde zu fingern und zu zupfen. Jetzt schmiegte sich die Mandoline perfekt an die Kurven ihres Körpers, so als wäre sie extra für sie angefertigt worden.

Ihre Finger spielten andere Lieder, hell und fröhlich oder langsam und so tief wie ein träumender Ozean. Ihre Gedanken schweiften ab, während sie spielte, zurück zu den Tagen, in denen sie Bardin gewesen war, neue Orte kennen gelernt hatte, mit ihrer Musik etwas Geld verdient hatte und dann weitergezogen war. Das war, bevor sie jemals von Jack Graystone oder Grace Beckett gehört hatte. Bevor Travis Wilder etwas anderes als ein netter Saloonwirt in einer kleinen Stadt in Colorado gewesen war, mit dem sie beinahe eine Affäre angefangen hätte. Bevor sie Hadrian Farr in jenem verrauchten Pub in Edinburgh kennen gelernt hatte, wie zahllose andere dumme Frauen dem Geheimnis seiner dunklen Augen zum Opfer gefallen war und ihren Weg zu den Suchern gefunden hatte.

Erst als sie darüber nachsann, wie seltsam und unerwartet die Reisen doch waren, auf die einen das Leben führen konnte, wurde ihr bewusst, dass sie ein Lied über Reisen spielte. Mit leiser Stimme sang sie zu den letzten Tönen.

»Wir leben unser Leben, als wär's ein Kreis,
wir wandern drauflos und voraus.
Dann, nach Feuer und Staunen,
enden wir wieder dort, wo alles begann.«

Ihre Finger glitten von den Saiten, und die Musik verklang. Ein Schauder überkam sie, und sie fröstelte. Wieso hatte sie gerade dieses Lied gespielt?

Sie hatte die Musik und den Text zwei Jahre zuvor in der Sucher-Akte über James Sarsin gefunden. Sarsin hatte im Mittelpunkt einer der berühmtesten Fälle der Sucher gestanden. Er hatte mehrere hundert Jahre in und um London gelebt, bevor er in den achtziger Jahren des neunzehnten Jahrhunderts plötzlich verschwand, nachdem seine Buchhandlung abgebrannt war. Danach hatten die Sucher jede Spur von ihm verloren. Erst kürzlich war durch Deirdres Arbeit entdeckt worden, dass James Sarsin in Wirklichkeit mit dem Antiquitätenhändler Jack Graystone identisch war, Travis Wilders Freund.

Unter den wenigen aus Sarsins Buchhandlung geretteten

Papieren hatten sich auch ein paar Notenblätter befunden. Eines davon war *Feuer und Staunen* gewesen. Die Musik war auf eine Weise transkribiert gewesen, die Deirdre nie zuvor gesehen hatte, aber es war ihr gelungen, den Code zu entziffern, und sie hatte das Lied gelernt. Sie hatte es in Travis Wilders Saloon gespielt, voller Neugier, ob sie damit bei ihm eine Reaktion erzeugen würde.

Und das hat es getan, Deirdre, wenn auch nicht aus dem Grund, den du angenommen hast. Er hat es nicht von Jack Graystone gehört. Er hat es von einem Barden auf einer anderen Welt gehört.

Seit jenem Tag hatte sie das Lied nicht mehr gespielt. Es war eine einfache Melodie, nett, aber ihr haftete eine Traurigkeit an, die ihr im Herzen wehtat. Sie schlug die letzten Akkorde noch einmal an. Die Worte erinnerten sie an etwas. Etwas, das in Castle City geschehen war, etwas, das sie vergessen hatte.

Sie stellte die Mandoline ab und ging zu dem Schrankkoffer, in dem sie ihre wenigen Besitztümer verstaut hatte. Nach kurzer Suche zog sie ein in Leder gebundenes Buch hervor – eines ihrer Tagebücher. Farr hatte ihr früh in ihrer Karriere als Sucherin beigebracht, sich Notizen zu machen. Viele Notizen. Sie überprüfte den Aufkleber auf dem Rücken, um sich zu vergewissern, dass es der richtige Band war, und ging zurück zum Sofa. Sie blätterte die Seiten durch und versuchte sich zu erinnern. Dann fiel ihr Blick auf drei Worte, und ihr Herz schlug schneller.

Feuer und Staunen ...

Schnell las sie den ganzen Eintrag. Jetzt erinnerte sie sich wieder. Es war an dem Tag gewesen, an dem sie allein zu dem Canyon oberhalb von Castle City gefahren war, um mit dem Satellitentelefon mit Farr zu sprechen. Dort war sie am Rand der verlassenen Straße einem blassen Mädchen in einem archaischen Kleid begegnet. Viel später hatte sie erfahren, dass sowohl Grace Beckett wie auch Travis Wilder diesem Mädchen ebenfalls begegnet waren, dass man es Kind Samanda nannte und dass es mit zwei anderen Leuten zu reisen schien: einem Prediger namens Bruder Cy und einer rothaarigen Frau namens Schwester Mirrim.

Die Sucher hatten es nicht geschafft, von diesen drei Individuen auch nur eine Spur zu finden, aber das überraschte Deirdre nicht. Vielleicht hatte Marji, die Wahrsagerin von der West Colfax Avenue, ja doch Recht gehabt. Vielleicht verfügte Deirdre teilweise über die Fähigkeiten einer Schamanin. Denn Deirdre hatte sofort gewusst, dass es sich hier nicht um ein normales Kind handelte.

Deirdre hielt das Tagebuch und fuhr mit dem Finger über die Unterhaltung, die sie vor über einem Jahr niedergeschrieben hatte.

Suche sie auf deiner Reise, hatte das Kind gesagt.

Wovon sprichst du?, hatte Deirdre gefragt. *Was soll ich suchen?*

Feuer und Staunen.

Damals war so viel geschehen – der Verbrannte, die Krankheit von Travis' Freund Max Byfield, Durateks Agenten in Castle City –, dass Deirdre der Zusammenhang nicht aufgefallen war. Aber jetzt war es endlich so weit. Welche Bedeutung hatten die Worte des geisterhaften Mädchens? Und warum war es ihr erschienen?

Sie legte das Tagebuch zur Seite und starrte wieder auf den Karton in der Ecke. Vielleicht war es eine Eingebung. Vielleicht war es auch das, was Marji als ihre Gabe bezeichnet hatte. Was nun auch zutraf, Deirdre begab sich zu dem Karton und kniete daneben nieder. Sie zerriss das Klebeband mit einem Schlüssel, wühlte sich durch Lagen aus Verpackungschips und zog etwas Kaltes und Hartes hervor. Einen Notebook-Computer. Er war schlank und leicht, mit einem brünierten Metallgehäuse.

Sie brachte den Computer zum Küchentisch, öffnete ihn und schaltete ihn ein. Ein Piepen ertönte, als er zum Leben erwachte. Auf dem Bildschirm erschien eine Log-in-Maske, aber sie war nicht groß genug, um ihren Agentennamen oder ihr Passwort einzutippen.

Sie drehte den Computer um, studierte ihn. In die Seite war ein silbriges, externes Modul eingesteckt. Das Modul wies einen schmalen Schlitz auf, der etwa die Breite und Dicke einer Kreditkarte hatte. Deirdre griff in die Tasche ihrer Jeans und holte ihre neue ID-Karte hervor. Sie rastete mit einem leisen Klicken ein.

Die Log-in-Maske verschwand und wurde von einem sich drehenden Rad ersetzt. Gerade als Deirdre dachte, sie hätte den Computer an die Telefonleitung anschließen sollen, verdunkelte sich der Bildschirm. Dann rollten wie von unsichtbaren Händen getippte Wörter nach oben:

DNA IDENTIFIZIERUNGS-SCAN AKZEPTIERT. SUCHER-AGENTIN DEIRDRE FALLING HAWK – IDENTITÄT BESTÄTIGT. MOMENT BITTE ...

Deirdre stieß einen leisen Pfiff aus. Also war dieses Ding drahtlos. Die nächsten Worte rollten über den Bildschirm.

WILLKOMMEN BEI ECHELON 7.
WAS MÖCHTEN SIE TUN?
>

Der Cursor blinkte erwartungsvoll. Deirdre lehnte sich auf dem Stuhl zurück und fuhr sich mit der Hand durch das rotschwarze Haar.

»Verdammt«, sagte sie.

Was erwartete man von ihr? Auf dem Bildschirm waren keine Menüs zu sehen, keine Fenster zu erforschen, keine Buttons, die man anklicken konnte. Nur die leuchtenden Wörter.

Es hat dir eine Frage gestellt, Deirdre. Warum beantwortest du sie nicht?

Sie schluckte ein nervöses Lachen herunter, dann beugte sie sich vor und tippte ein paar Wörter auf der Tastatur.

ICH MÖCHTE ETWAS FINDEN.

Sie drückte die Enter-Taste. Einen Augenblick später erschienen neue Wörter auf dem Bildschirm.

WAS MÖCHTEN SIE FINDEN?
>

Deirdre zögerte, ihre Finger schwebten über den Tasten. Dann tippte sie schnell drei Wörter.

FEUER UND STAUNEN.

Wieder hieb sie auf die Enter-Taste. Die Wörter blitzen auf, verschwanden. Deirdre kaute auf der Unterlippe. Hatte sie etwas falsch gemacht? Sie zielte nach einer weiteren Taste.

Bevor ihre Finger die Tastatur berühren konnten, explodierte der Bildschirm in einen Strudel aus Bewegung und Farben. Dutzende verschiedener Fenster öffneten sich. In einigen von ihnen strömte Text wie grüner Regen, während in anderen Bilder so schnell aufblitzten, dass sie zu einer einzigen, verschwommenen Montage aus runenbedeckten Steinen, mittelalterlichen Schwertern, Seiten beleuchteter Manuskripte und uralter Münzen verschmolzen.

Deirdre beugte sich näher an den Bildschirm heran. Ein paar der Datenfenster enthielten Menüs und Befehle, die sie erkannte; sie gehörten zu verschiedenen Systemen des Sucher-Netzwerks, auf die sie in der Vergangenheit zugegriffen hatte. Aber die meisten Fenster zeigten unbekannte Schnittstellen, deren nicht zu entziffernde Menüs sich aus glühenden, fremdartigen Symbolen zusammensetzten. Über allem blitzte ein Wort blutrot auf: Suche ... Mit zitternder Hand berührte sie den Computer.

Der Bildschirm wurde schwarz. Deirdre riss die Hand zurück. Hatte sie ihn irgendwie beschädigt? Dann schlug ihr Herz weiter, als glühende smaragdgrüne Wörter über den Bildschirm rollten.

SUCHE BEENDET.
1 ÜBEREINSTIMMUNG GEFUNDEN:
/ALBION/ARCHIV/ FALL999-1/MLA1684A.ARCH
>

Also hatte er etwas gefunden. Aber wo? Der Servername war Deirdre unbekannt; wo auch immer sich diese Datei befand, es handelte sich um keine ihr bekannte Datenbank.

Und warum auch? Das ist Echelon 7. Und wenn Hadrian Recht hat, dann ist das eine Datei, zu der kein Sucher Zugriff hat.

Sie holte tief Luft, dann tippte sie schnell einen Befehl.

GESUCHTE DATEI AUFZEIGEN. [ENTER]

Der Cursor blitzte auf, und der Computer gab ein akustisches Signal.

FEHLERMELDUNG. KEIN ZUGRIFF AUF DATEI MLA1684A.ARCH.
DATEI NICHT VORHANDEN.
>

Deirdre fluchte. »Was soll das heißen, die Datei ist nicht vorhanden? Du hast sie doch gerade gefunden, du blöder Computer.«

Sie zwang sich, tief durchzuatmen. Es war kein gutes Zeichen, wenn man anfing, leblose Gegenstände anzuschreien. Sie zwang ihre Finger zur Ruhe und gab einen weiteren Befehl ein.

WAS IST MIT DER GESUCHTEN DATEI PASSIERT? [ENTER]

DATEI MLA1684A.ARCH WURDE AUS DEM SYSTEM GELÖSCHT. ZEITPUNKT: HEUTE, 22:10:13
>

Ihr wurde kalt. Sie zwang den Blick auf die Wanduhr. Zwölf Minuten nach zehn. Vor zwei Minuten. Die Datei war vor zwei Minuten aus dem System gelöscht worden. Aber das bedeutete ...

»Nur wenige Sekunden, nachdem meine Suchanfrage sie gefunden hat«, flüsterte Deirdre.

Sie schob den Stuhl vom Tisch zurück und griff nach dem Telefon an der Wand. Sie tippte die Nummer des Apartments, in dem Farr wohnte. Es klingelte einmal, zweimal.

Jemand hatte die Datei gelöscht, nachdem sie sie gefunden hatte. Warum? Damit sie sie nicht lesen konnte, darum. Aber warum sie dann überhaupt auf dem Server lassen, auf dem sie sie finden konnte? Ihre Gedanken summten wie ein Computer.

Vielleicht wäre es aufgefallen, wenn man die Datei gelöscht hätte. Vielleicht wollte derjenige, der sie gelöscht hat, keine Aufmerksamkeit erregen, bis es absolut unumgänglich war – bis die Datei gefunden wurde. Aber wie haben sie sie im Auge behalten?

Sie musste mit Farr sprechen; er würde wissen, was zu tun war.

Es klingelte weiter. »Komm schon, Hadrian, geh ran. Verdammt noch mal ... mach schon.«

Ein Klicken ertönte. Das Rufsignal endete und wurde von einer künstlichen Stimme ersetzt. »Die Nummer, die sie gewählt haben, ist abgeschaltet worden. Wenn Sie sich verwählt haben sollten ...«

Deirdre knallte den Hörer zurück auf den Apparat an der Wand. Nein, sie hatte sich nicht verwählt. Farr war gegangen. Aber wohin? Da war etwas an ihm gewesen – eine Macht, eine lauernde Gefahr –, das ihr noch nie zuvor aufgefallen war. Dann fielen ihr seine letzten Worte wieder ein.

Wissen Sie, es gibt noch eine Begegnung der Klasse eins, die wir noch nicht hatten ...

Deirdre sackte auf dem Stuhl zusammen und starrte den Computerbildschirm an. Es war das Erste, was jeder Sucher bei seinem Eintritt in die Organisation lernte: die Klassifizierung außerweltlicher Begegnungen. Begegnungen der Klasse drei gab es häufig – Gerüchte und Geschichten außerweltlicher Natur. Begegnungen der Klasse zwei waren seltener, in der Geschichte der Sucher aber oft genug dokumentiert – Begegnungen mit Gegenständen und Orten, die Rückstände außerweltlicher Mächte trugen. Und Begegnungen der Klasse eins kamen am seltensten vor – die direkte Interaktion mit außerweltlichen Wesen und Reisenden.

Aber Farr hatte Recht. Es gab noch eine Klasse von Begegnungen, eine, die in den fünf Jahrhunderten der Existenz der

Sucher niemals dokumentiert worden war. Eine Begegnung der Klasse null. Die Versetzung in eine andere Welt.

Deirdre ballte die Hände zu Fäusten. »Was tust du da, Hadrian? Bei allen Göttern, was tust du da?«

Aber die einzige Antwort bestand aus dem unablässigen Summen des Computers.

14

Deirdre stieg die Stufen der U-Bahn-Station Blackfriars hinauf und betrat den belebten Bürgersteig, dabei fummelte sie an ihrer Sonnenbrille herum.

Bis jetzt hatte sie es für unmöglich gehalten, dass in London die Sonne zu hell sein könnte. Schließlich hatte sie den größten Teil ihres Lebens im wolkenlosen Westen Amerikas verbracht; verglichen mit dem strahlenden Flutlicht, das mehr als dreihundert Tage im Jahr über Colorado hing, war die Sonne in England eine Sechzig-Watt-Birne. Aber nachdem sie die ganze Nacht auf den leuchtenden Bildschirm des Computers gestarrt hatte, den ihr die Sucher geschickt hatten, schien selbst das schwache Morgenlicht (das sich ehrlich gesagt aus gleichen Teilen Dunst wie Sonne zusammensetzte) in ihren Augen zu stechen.

Sie erreichte den Bürgersteig und trat sofort in einen Kaugummi. Mit einer Hand stützte sie sich an einer Laterne ab und hob den Fuß. Klebrige Fasern dehnten sich vom Zement zur Stiefelsohle. Sie versuchte den Kaugummi abzureißen, aber er blieb bloß an ihren Fingern kleben.

»Das sieht nicht besonders hygienisch aus«, meinte eine ältere Frau fröhlich. Sie holte ein Papiertaschentuch aus der Tasche und hielt es ihr hin.

Deirdre schenkte ihr ein schmales Lächeln, nahm das Taschentuch und wischte sich die Hand ab, während die Frau weiterging. Der Kaugummi löste sich nicht, dafür blieben ein paar Fetzen Papier daran kleben und reduzierten die Klebrigkeit.

Zwanzig Minuten später trat sie aus dem mit Mahagoni verkleideten Aufzug in das Hauptbüro unter dem Stiftungshaus.

»Du bist spät dran«, sagte Sasha. »Nakamura hat dich schon vor zehn Minuten erwartet.«

Deirdre hob eine Braue. Vielleicht hatte Farr gar nicht so Unrecht: Sasha hatte die Neigung, Leute zu überfallen. Heute trug sie einen eng anliegenden weißen Pullover und schwarze Hosen. Der safrangelbe Schal um ihren Hals lag dort so perfekt, dass er nur festgesteckt sein konnte.

»Ich hatte ein Problem am Tor«, sagte Deirdre. »Der Kartenleser wollte meinen neuen Ausweis nicht anerkennen.«

Sie hatte die Karte ein halbes Dutzend Mal in das Lesegerät gesteckt. Aber es war immer nur das rote Licht aufgeflammt, und beim letzten Versuch hatte das Gerät ein weinerliches Geräusch von sich gegeben. In diesem Augenblick war ein Sicherheitsmann aus einem Seitentor gestürmt gekommen, bereit und willens, sie in Eisen zu legen, aber ein Fingerabdruck-Scan hatte ihre Identität bestätigt, und er hatte sie mürrisch ins Gebäude gebracht.

Sasha hob eine dunkle Hand ans Kinn. »Stimmt ja. Ich habe gar nicht mehr an deine neue ID-Karte gedacht. Und, hast du dich damit schon vergnügt?«

Deirdre gab sich alle Mühe, nicht schockiert auszusehen. Wusste Sasha von ihrer neuen Zugangsberechtigung für Echelon 7? Deirdre war eigentlich davon ausgegangen, dass diese Information nicht allgemein zugänglich war.

»Was will denn der Assistant Director von mir?«, fragte sie.

»Nun, du bist ein böses Mädchen, das Unsinn im Kopf hat, und Nakamura will das im Keim ersticken. Na gut, das ist bloß so eine Idee. Trotzdem solltest du dich beeilen.« Sasha stürmte los wie ein entfesseltes Model, dann blieb sie stehen, um über die Schulter zu schauen. »Übrigens, wo steckt denn heute der Ritter von der traurigen Gestalt?«

Deirdre gab sich alle Mühe, die Stimme neutral zu halten. »Ich habe wirklich keine Ahnung, wo Farr steckt.«

Sasha nickte, als hätte Deirdre etwas bestätigt, das sie schon längst wusste. Die Aufzugtüren öffneten und schlossen sich, und sie war verschwunden. Deirdre begab sich zur Anmeldung, hinter der eine Empfangsdame mit Mach-Geschwindigkeit tippte. Sie war mittleren Alters, trug eine Schildpattbrille und hatte einen unauffälligen Haarschnitt. Deirdre kannte sie nicht; dem Namensschild auf der Theke zufolge hieß sie *Madeleine.*

»Entschuldigung«, sagte Deirdre, als die Empfangsdame nicht von ihrer Arbeit aufschaute.

»Sie sind eine Sucherin, Miss Falling Hawk. Ich bin fest davon überzeugt, dass Sie des Lesens mächtig sind.« Die Empfangsdame tippte ungerührt weiter.

Deirdre starrte sie an, dann entdeckte sie das kleine Schild neben einem Klemmbrett. *Bitte eintragen, bevor Sie weitergehen.*

»Es tut mir Leid.« Deirdre griff nach dem Kugelschreiber, der an dem Klemmbrett befestigt war. »Früher mussten wir uns nicht eintragen.«

»Ich bin fest davon überzeugt, dass Sie sich an die Veränderung gewöhnen.«

Deirdre hatte nicht die geringste Ahnung, wie sie das nun wieder interpretieren sollte, also kritzelte sie ihren Namen hin und betrat den Korridor, der zum Büro des Assistant Director führte. Bei ihrem Eintreten stand Nakamura auf und lächelte, und ihre Befürchtung, gemaßregelt zu werden, verblasste etwas.

»Schließen Sie doch bitte die Tür, Agentin Falling Hawk, ja? Und nehmen Sie doch bitte Platz.«

Sie schloss die Tür und hockte sich auf die Kante des Lederstuhls, während der Assistant Director wieder hinter seinem Schreibtisch Platz nahm.

Richard Nakamura war Deirdres Wissen nach der höchstrangige Amerikaner in der Organisation der Sucher. Er war ein kleiner, stämmig gebauter Mann mit weißem Haar und einem ovalen Gesicht, das für seine siebzig Jahre überraschend glatt war. Er war in San Francisco zur Welt gekommen, der Sohn japanischer Immigranten, und während des Zweiten Weltkriegs waren er und seine Familie gezwungen gewesen, einige Zeit in Amache zu verbringen, einem Internierungslager im Osten von Colorado. Deirdre vermochte nicht zu sagen, ob es eine Ironie oder eher passend war, dass Nakamura einer der patriotischsten Männer war, die sie je kennen gelernt hatte. In der einen Ecke des Raumes stand eine amerikanische Flagge, genau gegenüber dem britischen Union Jack, und an der Mahagoniwand hing das Bild des amerikanischen Präsidenten neben römischen Totenmasken, mittelalterlichen Wandteppichen und Samuraischwertern.

Nakamura hatte sich Ende der fünfziger Jahre als junger Mann den Suchern angeschlossen, und auch wenn sein Aufstieg nicht so kometenhaft gewesen war wie der Hadrian Farrs, so hatte er doch beständig Karriere gemacht. Im Laufe der Jahrzehnte hatte er mit seinen Laborforschungen solide Fortschritte gemacht, vor allem auf dem Gebiet des Aufspürens und der Klassifizierung von Energiesignaturen. Fünf Jahre zuvor hatte man ihn zum Assistant Director befördert.

Das machte Nakamura zu einem der Dutzend mächtigsten Männer und Frauen bei den Suchern – ausgenommen die Philosophen. Die stellvertretenden Direktoren waren nur den Direktoren von Forschung, Operationen und Sicherheit verantwortlich. Und die Direktoren selbst waren allein den Philosophen verantwortlich.

Deirdre rutschte nervös auf der Stuhlkante herum; ihr war klar, dass sie besser damit aufgehört hätte, aber sie konnte es nicht. Warum wollte Nakamura sie sehen? Wollte er sie weiter über die Geschehnisse in Colorado befragen? Er legte die gefalteten Hände auf den Tisch und schwieg.

Deirdre konnte sich nicht länger zurückhalten. »Farr ist weg«, sagte sie.

Nakamuras reglose Miene veränderte sich nicht. »Ja, das wissen wir. Er hat uns vor seiner Abreise einen Brief zukommen lassen. Ich bin sicher, Sie haben Ihr Bestes getan, ihn zum Bleiben zu überreden.«

»Ich weiß nicht, wo er ist.« Deirdres Hals schmerzte.

»Natürlich nicht, Miss Falling Hawk. Das weiß keiner. Agent Farrs Talente sind so, dass wir ihn nicht finden werden, bis er gefunden werden will.«

Deirdres Herzschlag wurde langsamer, und erst jetzt wurde ihr klar, dass Nakamura mit voller Absicht geschwiegen hatte. Er hatte gewollt, dass sie zuerst das Wort ergriff, er hatte sehen wollen, was sie sagen würde. Aber es war ihr egal, wenn er wusste, was sie beschäftigte. Sie hatte nichts zu verbergen.

Ach, wirklich nicht? Was ist mit Glinda? Was ist mit dem Wald, den du gesehen hast, als du sie geküsst hast?

Sie faltete die Hände im Schoß und bedeckte den silbernen Ring an ihrem rechten Ringfinger. »Was wird mit ihm geschehen?«

Nakamuras Blick war ernst und vielleicht auch etwas traurig. »Ich schätze, das wird am Ende von Mr. Farr abhängen.«

Deirdre nickte, auch wenn sie sich nicht sicher war, ob sie da zustimmte. Sobald man eine Tür öffnete, konnte man danach wirklich kontrollieren, was hindurchkam? Vielleicht war Farr die letzte Person, die entscheiden konnte, was mit ihm geschehen würde.

»Ich habe alles gelesen«, sagte sie. »Alle Akten über Hadrian und mich. Die Berichte, die Einschätzungen, die Anmerkungen. Alles, das über uns geschrieben worden ist. Mein neuer Ausweis ...«

»Hat Ihnen den Zugang gestattet.« Nakamura nickte. »Ja, natürlich haben Sie die Akten gelesen. Wir haben uns gedacht, dass Sie das tun würden, sobald man Ihnen Echelon 7 gewährt. Möchten Sie einen Tee?«

Deirdre befeuchtete sich die Lippen. »Nein, vielen Dank.«

»Ich lasse Lucas eine zweite Tasse bringen für den Fall, dass Sie Ihre Meinung ändern.« Er berührte einen Knopf an seinem Telefon. »Lucas, bitte zwei Tassen Tee. Mit Honig und Zitrone. Und ein paar von diesen Biskuits – Sie wissen schon, die, von denen Abby behauptet, dass sie mir noch einen Herzinfarkt bescheren werden. Danke.«

Licht fiel durch das Fenster und ließ Nakamuras weißes Haar glänzen. Er erschien nett und großväterlich, aber Deirdre verwarf diesen Eindruck. Man stieg bei den Suchern nicht so hoch auf, indem man Tee und Kekse verteilte. Sämtliche Befehle, wie man mit ihr und Farr in Denver zu verfahren hatte, waren von diesem Schreibtisch gekommen.

»Sie haben uns benutzt«, sagte sie.

Er schaute über seine Bifokalbrille. »Natürlich, Miss Falling Hawk. Ihre Aktionen in Colorado haben uns viele Erkenntnisse gebracht. Ich weiß, dass man sie in eine gewisse Gefahr gebracht hat. Aber Sie und Farr waren willige Teilnehmer an dem Experiment, nicht wahr?«

Deirdre wusste nicht, was sie darauf erwidern sollte. Mit diesem Grad an Ehrlichkeit hatte sie nicht gerechnet. Vielleicht hatte ihr neuer Rang ihr mehr als nur den Zugang zu Echelon 7 gebracht.

»Ich glaube, Sie haben eine wertvolle Erfahrung gemacht«, fuhr Nakamura fort. »Es ist nützlich für den Beobachter, wenn er weiß, wie es sich anfühlt, das Objekt zu sein. Ich weiß, dass es meine Perspektive verändert hat. Gut, hier ist Lucas mit unserem Tee.«

Ein weißhaariger Mann mit einem silbernen Tablett kam ins Zimmer geschlurft. Es hieß, Lucas würde den Suchern bereits seit der Großen Depression dienen. Alt genug dafür sah er jedenfalls aus; er hatte nach vorn gekrümmte Schultern und eine Habichtsnase, und er schien in dem staubigen schwarzen Anzug, der offensichtlich schon vor Jahren von einem größeren Mann getragen worden war, zu verschwinden.

Lucas stellte das Tablett auf Nakamuras Schreibtisch ab, die Porzellantassen klirrten. Deirdre nahm kaum bewusst wahr, dass er mit einer zitternden, weiß behandschuhten Hand eine dampfende Tasse vor ihr abstellte. Was hatte Nakamura da gerade zu ihr gesagt?

Ich weiß, dass es meine Perspektive verändert hat ...

War Nakamura einst Gegenstand einer Beobachtung durch die Sucher gewesen, so wie sie und Farr in Denver?

»Danke, Lucas«, sagte Nakamura mit einem Lächeln.

Der alte Mann verbeugte sich steif und blieb so lange vornübergebeugt dort stehen, dass Deirdre plötzlich befürchtete, er könnte einen Schlaganfall erlitten haben. Aber schließlich richtete er sich wieder auf, schlurfte aus dem Zimmer und schloss die Tür.

»Ich bin sicher, Sie sind neugierig, welcher neue Auftrag Sie erwartet, Miss Falling Hawk, also will ich Sie nicht länger im Dunkeln lassen. Es ist zwar nicht ganz so glamourös wie Ihre letzten Aufträge, aber Sie werden mir bestimmt zustimmen, dass es eine wichtige Arbeit ist.«

Nakamura gab ihr eine Akte. Deirdre schlug sie auf und überflog die Anweisungen, die an einen schmalen Papierstapel geheftet waren, dann schlug sie den Deckel wieder zu.

Das hatte sie sich schon gedacht. Allem Anschein nach war es eine Übung in datenbankübergreifender Katalogisierung. Genau die Art von Arbeit, die sie vor zwei Jahren gemacht hatte, als sie die Verbindung zwischen den Fällen Graystone und Beckett entdeckt hatte. Wichtig? Ja. Langweilig? Das auch. Es war genauso, wie Sasha gesagt hatte. Die Sucher wollten sichergehen, dass sie sich aus allem Ärger heraushielt.

Bloß, dass das keinen Sinn macht, Deirdre. Warum befördert man dich und gibt dir eine Echelon-7-Vollmacht, wenn sie dir bloß einen sicheren und langweiligen Schreibtischjob geben wollen?

Andererseits eröffnete sich ihr mit Echelon 7 eine ganz neue Welt aus Akten und Informationen. Vielleicht würde es ja doch nicht so schrecklich langweilig werden.

»Danke«, sagte Deirdre und legte die Akte auf dem Schoß ab. »Es wird bestimmt eine interessante Arbeit, da bin ich mir sicher.«

Nakamura seufzte. »Nun, ich hätte wohl nicht mit ungezügelter Begeisterung rechnen sollen.« Er nippte an seinem Tee und schaute sie dann über den Tassenrand hinweg an. »Das ist keine Bestrafung, wissen Sie? Sie sind für die Sucher sehr wichtig, und ich meine das nicht als Objekt mit außerweltlichen Verbindungen. Sie haben das Talent, Muster, Symbole und Bedeutungen zu erkennen, das anderen völlig abgeht. Sie sind eine unserer besten Agentinnen – jetzt mehr als je zuvor.«

Deirdre fühlte einen inneren Schmerz. Sie hätte sich leicht vorstellen können, dass Nakamura seine Worte nicht ernst meinte, dass es sich um nichts weiter als ein zynisches Manöver handelte, um ihre Loyalität zur Organisation zu stärken. Aber irgendwie konnte sie sich nicht dazu überwinden, das zu glauben.

»Sie dürfen gehen, Miss Falling Hawk.«

Erst als er sprach, wurde ihr bewusst, dass sie ihn angestarrt hatte. »Natürlich«, sagte sie, nahm die Akte und stand auf. Sie eilte zur Tür.

»Bei Hermes, das hätte ich ja beinahe vergessen.« Nakamura nahm die Brille ab. »Er wird noch einen oder zwei Tage brauchen, um seine derzeitigen Aufträge abzuschließen, aber er wird sich bald mit Ihnen in Verbindung setzen.«

Deirdre schüttelte den Kopf. »Was?«

Nakamura griff nach seiner Tasse. »Das ist einfach unser Standardverfahren. Wir ziehen es wirklich vor, wenn die Sucher zu zweit arbeiten. Und keine Sorge – er ist keinesfalls Ihr Vorgesetzter. Mit Ihrer Beförderung werden diesmal Sie die Senioragentin sein.«

Deirdres Gedanken rasten; das hier war wichtig, davon war sie überzeugt, aber sie kam einfach nicht drauf, warum es das war. »Ich verstehe nicht. Von wem sprechen Sie?«

»Natürlich von Ihrem neuen Partner.«

Deirdres Kiefer klappte nach unten.

»Einen schönen Tag noch, Miss Falling Hawk«, sagte Nakamura und nahm einen Schluck Tee.

15

Es wurde Deirdre schnell klar, dass sie heute keine Arbeit mehr getan bekommen würde.

Nach der Unterhaltung mit Nakamura ging sie in ihr Büro – dasselbe, das sie sich die letzten drei Jahre mit Farr geteilt hatte. Es war dunkel, mit nur einem vergitterten Fenster in Bürgersteighöhe. Aber es war groß, und aus diesem Grund hatten sie es sich ausgesucht. In zahllosen Alkoven lauerten Bücherregale und Aktenschränke, und zwischen zwei revolvergrauen Schreibtischen stand ein abgenutzter Tisch mit Krallenfüßen, den Deirdre oft dazu benutzte, Karten, Dokumentenfaksimiles und andere Dokumente auszubreiten.

Als sie durch die Bürotür trat, stieß sie auf einen Arbeiter im blauen Overall, der gerade eine Leiter zusammenklappte.

»Ich habe alle Leuchtstoffröhren für Sie ersetzt, Miss Falling Hawk. Sie fingen an zu flackern. Und ich habe Naturlichtröhren genommen. Das sollte helfen, es hier weniger wie in einem Kerker aussehen zu lassen.« Durch seinen lockigen roten Bart schimmerte ein Lächeln. »Es sei denn, Sie stehen auf so etwas, dann könnte ich sie natürlich wieder austauschen.«

Sie lächelte. »Nein, die Lampen sind großartig. Vielen Dank, Fergus.«

Pfeifend trug er die Leiter hinaus. Deirdre schlenderte durch das Büro und schaute sich um, und bald erkannte sie, dass die Leuchtstoffröhren nicht alles waren, was sich verändert hatte. Die Aktenschränke und Regalbretter waren leer. Genau wie die Schreibtischschubladen. Sämtliche Bücher, Papiere, Notizen und Zeichnungen, die sie und Farr im Laufe der Jahre angesammelt hatten, waren weg. Aber warum hatten die Sucher ihre Akten weggenommen?

Um sie auseinander zu nehmen, Deirdre. Sie zu analysieren und zu sehen, ob sich dort irgendein Hinweis über eure außerweltlichen Verbindungen befindet, den ihr unterschlagen habt.

Eine tiefe Niedergeschlagenheit erfüllte sie. Sie hatten Jahre gebraucht, die Informationen in diesen Akten zusammenzutragen, ein Inhaltsverzeichnis und Querverweise zu erstellen. Jetzt würde sie wieder bei Null anfangen müssen.

Oder doch nicht? Deirdre griff in die Tasche und zog die neue ID-Karte hervor, drehte sie um. Die scharlachrote 7 leuchtete wie feuchtes Blut. Vielleicht war alles, was sie zuvor gehabt hatte, genau hier vor ihr – alles und noch mehr.

Sie schob die Karte zurück in die Tasche und begab sich zu einem der Schreibtische. Da standen ein Telefon, das angeschlossen war, ein Hefter, ein Bleistiftständer mit angespitzten Bleistiften und eine Schachtel Büroklammern. Das war alles. Sie hatte ihren neuen Computer zu Hause gelassen. Hier konnte sie nichts tun; also konnte sie genauso gut nach Hause gehen.

Auf dem Weg nach draußen hielt sie nach Sasha Ausschau, aber Madeleine, die Empfangsdame, sagte, sie sei in einer Besprechung. Eigentlich wusste Deirdre gar nicht so genau, welche Aufgaben Sasha bei den Suchern hatte. Sie betrieb keine Recherchen und machte auch keine Untersuchungen. Deirdre wusste bloß, dass Sasha eine Art Attaché des Operationsdirektors war. Aber was auch immer ihre Stellenbeschreibung beinhaltete, sie schien immer mehr als Deirdre zu wissen, was gerade hier passierte. Deirdre hatte gehofft, dass Sasha ihr sagen konnte, was mit ihren und Farrs Akten passiert war. Aber das konnte warten.

»Werden wir Sie morgen sehen, Miss Falling Hawk?«, fragte Madeleine und schaute von ihrem Computer hoch.

Deirdre betrat den Aufzug, dann drehte sie sich um. »Ich

bin um neun da«, sagte sie, und die silbernen Türen schlossen sich.

Als sie durch das Eingangstor des Stiftungshauses ging, fiel ihr Blick auf zwei Techniker in weißen Kitteln, die über den Ausweiskartenleser gebeugt standen. Die Vorderseite des Kartenlesers war geöffnet, und die Männer fummelten mit nadelspitzen Zangen darin herum. Sie sprachen mit ärgerlichem Tonfall, und Deirdre hörte die Worte »Kaugummi« und »Papiertaschentuch«. Sie schob die Hände in die Taschen und beschleunigte den Schritt.

Sie ging den Eisenzaun entlang, der den Gebäudekomplex der Sucher umgab, und ließ das Gespräch mit Nakamura noch einmal in Gedanken Revue passieren. Warum hatten sie ihr einen neuen Partner zugeteilt? Sie glaubte nicht daran, dass es sich bloß um ein Standardverfahren handelte.

Hör auf damit! Farr ist derjenige, der von Verschwörungstheorien besessen ist. Nakamura hat gesagt, dass du der Seniorpartner bist, also handelt es sich vermutlich bloß um einen Anfänger, den du ausbilden sollst, das wird alles sein.

Über ihr erscholl ein raues Krächzen, und Deirdre schaute auf. Auf dem Zaun hockte ein Rabe, der sie mit Augen wie Onyxperlen anstarrte. Ein Windstoß sträubte die schwarzen Federn, er öffnete den Schnabel und stieß einen weiteren krächzenden Ruf aus.

Deirdre blieb auf dem Bürgersteig stehen. In vielen Mythen der nordamerikanischen Ureinwohner war der Rabe ein Gauner – oftmals ein Unruhestifter, aber manchmal ein Schöpfer und gelegentlich sogar ein Held. In einer Geschichte war es der Rabe, der die Sonne rettete, nachdem man sie gestohlen hatte, und der der Welt ihr Licht wiederbrachte.

Auch in der nordischen Mythologie spielten Raben eine wichtige Rolle; hier waren sie Symbole der Schlacht und der Weisheit. Es hieß, zwei Raben mit den Namen Hugin und

Munin – Gedanke und Erinnerung – säßen auf den Schultern des Gottes Odin. Sie flogen jeden Tag über Midgard und suchten nach gefallenen Kriegern, die es wert waren, in Odins große Halle Walhall geholt zu werden.

Aber Deirdre wusste auch, dass Raben in vielen alten Mythen und Kulturen alles andere als edle Geschöpfe darstellten. Stattdessen betrachtete man sie als Aasfresser – Boten von Tod und Verfall, denen Streit und Zerstörung folgten. Aus irgendeinem Grund waren es diese Mythen und Geschichten, die ihr einfielen, als sie zu dem Vogel hochschaute. Er legte den Kopf schief, beobachtete sie.

»Geh weg«, flüsterte sie.

Mit einem lauten Krächzen breitete der Vogel die Schwingen aus und stürzte sich auf ein rot geflecktes Fellbündel mitten auf der Straße. Ein totes Eichhörnchen oder vielleicht auch eine Katze; es war zu platt gefahren, um es genau sagen zu können. Der Vogel hüpfte zu dem toten Ding und pickte danach.

Ein schriller Laut zerriss die Luft, und Deirdre stolperte einen Schritt zurück. Ein Lieferwagen, der so schwarz wie die Federn des Raben war, raste die Straße entlang. Der schattenhafte Fahrer hinter der Windschutzscheibe hupte erneut. Der Vogel breitete die Schwingen aus und sprang von der Fahrbahn.

Er war zu langsam. Der Lieferwagen traf den Raben. Es gab ein feuchtes, dumpfes Dröhnen, dann stoben schwarze Federn in alle Richtungen. Ohne langsamer zu werden, passierte der Lieferwagen Deirdre. Auf seine Seite war ein großes D gemalt, das mit einer weißen Mondsichel verschmolz.

Duratek. Es hatte den Anschein, als wären sie überall. Man sah sie ständig in den Nachrichten, und Deirdre sah die geisterhafte Mondsichel ein Dutzend Mal am Tag auf Autos, T-Shirts, Handys, Computerbildschirmen und Schaufenstern.

Jedes Mal, wenn sie den Fernseher einschaltete, dröhnte einer ihrer Werbespots – ein pompöses Schauspiel aus surrealen Landschaften, perfekten Häusern und Menschen mit einem leeren Lächeln, das zugleich für nichts und für alles warb.

Der Lieferwagen bog um die Ecke und war verschwunden. Auf der Straße lag ein kleiner schwarzer Haufen. Federn flatterten im Wind, aber ansonsten war das Ding reglos. Deirdre zwang sich dazu, den Blick von dem toten Raben zu wenden, und ging weiter.

Als sie die Stufen zur U-Bahn-Station Blackfriars erreichte, blieb sie stehen. Zu ihrem Apartment an der Südseite des Hyde Park waren es gute drei Meilen, aber welchen Grund gab es, sich zu beeilen? Sie ging weiter, und ihre Stiefel trommelten einen stetigen Rhythmus auf den Bürgersteig. In der Nähe von Charing Cross fiel ihr Blick auf einen einladend aussehenden Coffee-Shop, und sie gönnte sich ein spätes Frühstück. Zu ihrem Verdruss stellte sich heraus, dass der Laden zu einer Kette gehörte. Und es ärgerte sie nur noch mehr, dass der Kaffee auf perfekte Weise bitter und wohlschmeckend war und dass die Pfannkuchen, die man ihr hinstellte, mit einem Hauch echter Vanille gewürzt waren und ihr im Mund zergingen.

Das war die eigentliche Gefahr großer Konzernketten. Nicht, dass sie oft so furchtbar waren, sondern dass sie manchmal geradezu schrecklich gut waren.

So wird Duratek am Ende gewinnen. Selbst diejenigen von uns, die es besser wissen, werden verführt. Wir werden ihren perfekten Kaffee trinken, ihre luxuriösen Autos fahren und ihre modische Kleidung tragen, und in unserer Zufriedenheit werden wir vergessen, an die Menschen – die ganzen Welten – zu denken, die man ausgebeutet hat, damit wir diese Dinge bekommen.

Sie aß den Teller leer, trank die Tasse aus und hinterließ

dem in Khaki gekleideten Kellner ein großes Trinkgeld. Auf dem Weg nach draußen kam sie an einem Zeitungskasten vorbei, und die Schlagzeile sprang ihr ins Auge. Der Börsenmarkt in Amerika raste weiter steil in die Tiefe und zerrte die Weltwirtschaft mit. Aber eine Aktie stemmte sich gegen den Trend, wie eine Unterzeile verkündete, und kletterte weiter steil nach oben: Duratek. Deirdre wandte sich ab und ging weiter.

Etwas mehr als eine Stunde später betrat sie ihr Apartment und sah das Licht auf dem Anrufbeantworter blinken. Noch bevor sie die Nachrichtentaste drückte, wusste sie, dass Hadrian Farrs akzentlose Stimme aus der Maschine kommen würde.

»Es tut mir Leid, dass ich Sie verpasst habe, Deirdre. Vermutlich sind Sie im Stiftungshaus, als gute brave Sucherin, so wie sie es haben wollen. Aber tun Sie mir einen Gefallen, und seien Sie nicht so brav. Jemand muss die Philosophen zu Wutanfällen bringen, und ich glaube, Sie kriegen das mühelos hin. Deirdre, Sie müssen Ihre eigene Philosophin sein. Sie sind die Einzige, der Sie jetzt noch vertrauen können.«

Deirdre drückte die Hand aufs Herz und lehnte den Kopf an die Wand. Sie versuchte sich vorzustellen, wo er war. New York? Madrid? Istanbul?

»Ich bin nirgendwo dort, wo Sie denken«, fuhr Farrs Stimme fort, als wollte sie ihre Fragen beantworten. »Also versuchen Sie nicht, mich zu finden. Meine Reise hat schneller begonnen, als ich es mir hätte träumen lassen. Ich kann nicht sagen, wann ich das nächste Mal wieder mit Ihnen Kontakt aufnehmen kann oder ob ich die dazu nötige Zeit haben werde, aber ich werde mein Bestes tun. Das schulde ich Ihnen, und ...«

Im Hintergrund ertönte ein Klicken.

»Nun, ich glaube, das ist mein Zeichen, um zu gehen. Selbst wenn ich Ihnen mehr sagen könnte, fürchte ich, dass mir dazu keine Zeit bleibt. Meiner Uhr zufolge werden die Sucher in genau sieben Sekunden wissen, wo ich bin. Goodbye, Deirdre.«

Die synthetische Stimme des Anrufbeantworters ertönte und informierte sie, dass es keine weiteren Nachrichten mehr gab. Deirdre zögerte, dann nahm sie den Hörer und lauschte dem stetigen Summen des Freizeichens. Und schließlich hörte sie es deutlich: ein Klicken, genau wie das, das sie gehört hatte, als Farr gesprochen hatte.

»Wer ist da?«, fragte sie.

Ein weiteres Klicken ertönte. Sie knallte den Hörer auf die Gabel und ging. Also wurde ihr Anschluss abgehört. Nakamura hatte sie belogen – man beobachtete sie noch immer.

Nein. Sie beobachten nicht dich. Sondern Hadrian. Sie wussten, dass er vermutlich hier anrufen wird. Das kannst du ihnen nicht vorwerfen, oder? Du hättest das Gleiche getan.

Ihr Zorn kühlte ab. Wo auch immer Farr war, er hatte seine eigene Suche, genau wie sie selbst auch. Deirdre setzte sich an den Tisch und schaltete den Computer ein. Sie zog die ID-Karte aus der Tasche, wischte sie sauber und schob sie ein. Der Bildschirm flackerte, dann erschienen leuchtende grüne Wörter.

WILLKOMMEN BEI ECHELON 7.
WAS MÖCHTEN SIE TUN?
>

Deirdres Finger schwebten über der Tastatur. Was wollte sie tun? Nach etwas suchen – aber wonach? Es war sinnlos, eine weitere Suche nach den Worten zu starten, die das Kind Samanda gesagt hatte. Die einzige Datei, die diese Suchanfrage zu Tage gefördert hatte, war in dem Moment gelöscht worden, in dem sie sie gefunden hatte.

Sie fragte sich noch immer, was diese Datei enthalten hatte. Es musste wichtig gewesen sein – so wichtig, dass der Beobachter alles getan hätte, um zu verhindern, dass der Inhalt der Datei entdeckt wurde, dass er sogar das Risiko einer Entdeckung eingegangen war. Aber im Augenblick war da etwas anderes, das auf ihren Gedanken lastete.

Sie schaute auf den Ring an ihrer Hand – der Ring, den Glinda ihr kurz vor dem Feuer im *Surrender Dorothy* gegeben hatte. Deirdre hatte die auf der Innenseite eingravierte Schrift nie entziffern können. Sie dachte einen Augenblick lang nach, dann fing sie an zu tippen.

IDENTIFIZIERE ALLE FÄLLE, BEI DENEN ES PROBEN NICHTMENSCHLICHER DNA GIBT. QUERVERWEISE ZU ALLEN FÄLLEN, BEI DENEN ES ZEICHEN VON ÜBEREINSTIMMENDEN INSCHRIFTEN IN UNBEKANNTEN SPRACHEN GIBT. ZUSAMMENHÄNGENDE DATEIEN AUFLISTEN.
[ENTER]

Der Computer gab einen Glockenton von sich, als sich ein Dutzend Fenster öffneten. Deirdre beugte sich näher an den Schirm, während oben auf dem Schirm ein Wort pulsierte. *Suche ...*

Erst als sie bemerkte, dass das Licht des Computers das hellste Ding im Raum war, wurde ihr bewusst, wie viel Zeit vergangen war. Sie lehnte sich vom Tisch zurück und streckte sich, was ihr Rückgrat mit einem deutlich vernehmbaren Knacken kommentierte. Vor den Fenstern war die Abenddämmerung hereingebrochen. Tote Blätter flatterten am Glas vorbei und ließen die Lichter der Stadt wie Sterne flackern. Ihr knurrte der Magen; die Pfannkuchen hatte sie vor langer Zeit gegessen.

Sie stand auf und schaltete die Lampe am Sofa ein, die den Raum in bernsteinfarbenes Licht tauchte, dann schaute sie wieder zu dem Computerbildschirm. Sie war sich noch immer nicht sicher, was genau sie da gefunden hatte, nur dass alle ihre Instinkte als Ermittlerin ihr sagten, dass es wichtig war.

In einem der geöffneten Fenster schob sich eine Chromosomenkarte in die Höhe. Die Karte zeigte eine mitochondrische DNA-Sequenz; die miteinander verbundenen Genserien waren blau, orange und purpurn hervorgehoben. In einem anderen Fenster war das eingescannte Foto eines marmornen Schlusssteins, den man aus einem Torbogen entfernt hatte. Dort war eine Aufschrift eingemeißelt; jedoch war der Stein deutlich angestoßen und seine Oberfläche mit Ruß und einer anderen dunklen Substanz bedeckt, so dass die Inschrift beinahe nicht zu entziffern war.

Beinahe. Die Schrift auf dem Stein war nicht vollständig genug, um in die Sprachdateien der Sucher transkribiert worden zu sein. Darum hatte es auch vor Monaten keine Übereinstimmung gegeben, als Deirdre das erste Mal nach der Schrift auf Glindas Ring gesucht hatte. Aber sobald sie das Bild vergrößert und bearbeitet hatte, stachen ihr trotz der fragmentarischen Natur der Inschrift die Ähnlichkeiten sofort ins Auge. Die Schrift auf Glindas Ring und dem Schlussstein war eindeutig dieselbe – dieselben Symbole in derselben Reihenfolge.

Das war nicht die einzige Übereinstimmung. Genau wie die Inschrift auf dem Schlussstein war auch die DNA-Sequenz fragmentarisch. Sie entstammte einer Probe, die man vor fast zweihundert Jahren entnommen hatte, an demselben Ort in London, wo man auch den Schlussstein gefunden hatte. Die Probe war erst kürzlich analysiert worden als Bestandteil eines fortlaufenden Programms, sämtliche in den Archiven der Sucher gesammelten biologischen Proben – Haare, Blut und Knochen – zu sequenzieren, bevor die Zeit jegliche Anstrengungen in dieser Hinsicht zunichte machte.

Trotz des schlechten Zustands der Probe hatte die Computeranalyse ergeben, dass eine beträchtliche Ähnlichkeit zwischen der partiellen DNA-Sequenz und der Sequenz bestand, die Deirdre von Glindas Blutprobe hatte durchführen lassen. Der Fall, bei dem es eine Verbindung zwischen dem Schlussstein und der partiellen DNA-Sequenz gegeben hatte, war 1816 abgeschlossen worden. Und jetzt hatte Deirdre erneut eine Verbindung zwischen einem seit langem vergessenen Fall und einer neuen Untersuchung gefunden. Ohne jeden Zweifel stand der Fall von 1816 mit Glinda in Verbindung. Aber wieso?

»Vielleicht ist es ja einfacher, als du denkst.« Sie tippte schnell eine Frage ein.

IDENTIFIZIERE DEN ORT, AN DEM DIE BIOLOGISCHE PROBE UND DER SCHLUSSSTEIN VON FALL 1816-11A ENTNOMMEN WURDEN. STELLE DAS RESULTAT AUF EINER KARTE DES HEUTIGEN LONDON DAR.
[ENTER]

Der Computer piepte, und ein neues Fenster öffnete sich und verdeckte die anderen. Es zeigte eine Karte Londons. In der Mitte der Karte blinkte ein roter Stern. Deirdre beugte sich näher heran und las das Wort auf der Karte direkt unter dem Stern: Brixton.

Surrender Dorothy. Das musste es sein; es ergab zu viel Sinn. Im Jahre 1816 hatten die Sucher in einem Gebäude in Brixton Proben eingesammelt, die mit außerweltlichen Verbindungen in Zusammenhang standen – dasselbe Gebäude, das fast zwei Jahrhunderte später den Nachtclub beherbergt hatte.

Also wussten die Sucher vom Surrender Dorothy. *Das heißt, sie hatten zumindest einmal davon gewusst.*

Oder verhielt es sich genau andersherum? Vielleicht war es kein Zufall gewesen, dass Deirdre Glinda an jenem Tag im *Sign of the Green Fairy* getroffen hatte.

Sie wussten von den Suchern – Glinda, Arion, der Türsteher, sie alle –, und sie suchten verzweifelt nach Hilfe. Duratek hat sie in der Hoffnung benutzt, dass ihr Blut ein Tor nach Eldh aufstoßen würde. An wen sonst hätten sie sich wenden können?

Aber es war zu spät gewesen. Deirdre hatte ihnen nicht helfen können. In dieser Nacht war das *Surrender Dorothy* abgebrannt und hatte seine seltsamen Bewohner mit sich genommen.

Deirdre drehte den Silberring an ihrem Finger. »Wer seid ihr gewesen, Glinda? Du und die anderen? Ihr seid keine richtigen Elfen gewesen. Aber ihr seid auch keine richtigen Menschen gewesen. Also wo seid ihr hergekommen? Und warum wart ihr in London?«

Sie öffnete ein neues Fenster. In den Akten der Sucher musste es mehr Antworten geben. Und mit Echelon 7 würde sie sie finden. Sie begann eine neue Suchanfrage, eine, die sämtliche Außerwelt-Fälle in London in den vergangenen vierhundert Jahren aufrufen sollte, aber bevor sie zu Ende tippen konnte, wurde der Bildschirm schwarz.

Deirdre runzelte die Stirn. War der Akku leer? Sie wollte es überprüfen, dann erstarrte sie. Wörter rollten über den Bildschirm.

> AUF DIESE WEISE FINDEN SIE ES NIE HERAUS.

Sie starrte den Computer an. Das war nicht sie gewesen; ihre Hände waren nicht einmal in der Nähe der Tastatur. Die Wörter pulsierten langsam, wie ein behäbiges Lachen. Deirdre befeuchtete die Lippen, dann griff sie nach den Tasten.

WAS HERAUSFINDEN? [ENTER]

> WAS SIE SUCHEN.

Die Antwort war schnell gekommen, als hätte die Person am anderen Ende nur auf die Frage gewartet. Falls es sich überhaupt um eine Person handelte. Deirdre dachte einen Augenblick lang nach, dann tippte sie.

WER SIND SIE? [ENTER]

> EIN FREUND.
> SAGEN WIR, EIN HEIMLICHER FREUND.

Wieder kam die Antwort schnell, aber irgendwie waren diese Worte nicht beruhigend.

WENN SIE EIN FREUND SIND, WO KANN ICH SIE DANN FINDEN? [ENTER]

> SCHAUEN SIE AUS DEM FENSTER, MISS FALLING HAWK.

Etwas in Deirdre schien sich zusammenzuziehen. Ihr Körper schien sich aus eigenem Antrieb zu bewegen, als sie vom Stuhl aufstand und zum Fenster ging. Draußen war die Nacht hereingebrochen. Ein paar Autos fuhren durch die ruhige Seitenstraße; eine Katze lief den Bürgersteig entlang. Dann sah sie es auf der anderen Straßenseite: Direkt am Rand des Lichtkegels einer Straßenlampe stand eine dunkle Gestalt. Die Gestalt bewegte sich. Hatte sie genickt? Sie hielt etwas in den Händen.

»Warum beobachtest du mich?«, flüsterte sie. »Was willst du von mir?«

Hinter ihr ertönte ein Glockenton. Sie drehte sich um und schaute auf den Bildschirm.

> ICH WILL DAS GLEICHE WIE SIE.
> VERSTEHEN.

Also beobachtete der andere nicht nur, er hörte auch zu. Später wollte sie das Apartment auseinander reißen und die Wanze finden. Jetzt hielt sie dem Fenster den Rücken zugewandt. »Ich glaube Ihnen nicht«, sagte sie, und diesmal klangen die Worte scharf und zornig.

Weitere Wörter rollten über den Bildschirm.

> ER KOMMT.
> SIE SOLLTEN VORSICHTIG MIT DEM SEIN, WAS ANDERE AUGEN SEHEN KÖNNEN.

Es klopfte an der Tür. Deirdre musste sich auf die Zunge beißen, um keinen Schrei auszustoßen. Im gleichen Augenblick flackerte der Bildschirm auf; die Wörter verschwanden, und die Resultate von Deirdres Suchanfragen erschienen wieder – der Schlussstein und die DNA-Analyse. Sie schaute wieder aus dem Fenster. Der Lichtkranz unter der Straßenlaterne war leer.

Erneut klopfte es an der Tür, diesmal ungeduldiger als beim letzten Mal.

»Ich komme!«, rief Deirdre. Sie schlug den Computer zu und eilte zur Tür. Ihre Hände zitterten, und sie fummelte an dem Riegel herum, bevor sie die Tür aufriss.

Ein ihr völlig unbekannter Mann stand im Korridor. Im ersten Moment fragte sie sich, ob es der war, den sie eben noch unter der Straßenlampe gesehen hatte. Aber ihn hatte sie nur Sekunden vor dem ersten Klopfen gesehen; er konnte unmöglich den Weg in den zweiten Stock so schnell zurückgelegt haben. Außerdem war die dunkle Silhouette, die sie gesehen hatte, groß und schlank gewesen, beinahe schon gertenschlank.

Dagegen war der Mann vor ihr nicht besonders groß und alles andere als gertenschlank. Die eleganten Linien seines italienischen Anzugs wurden größtenteils von den Muskeln zerknautscht, die sich darunter wölbten und den Stoff anspannten. Sein weißblondes Haar war kurz geschnitten; nach dem kurzen, dunklen Bart zu urteilen, war das auch nicht seine ursprüngliche Farbe. Die Augen über den schroffen, zerklüfteten Wangen waren überraschenderweise blau.

Deirdre war zu überrascht, um etwas anderes sagen zu können als: »Kann ich Ihnen helfen?«

Der Mann lächelte, seine blauen Augen zwinkerten. Der Effekt war ziemlich beeindruckend.

»Ich bin Anders«, sagte er mit einer Stimme, die zugleich knirschend und anstößig fröhlich war. Deirdre konnte den Akzent nicht genau unterbringen. Neuseeland? Australien? »Mister Nakamura hat Ihnen bestimmt von mir erzählt. Ich bin früher in die Stadt geschneit als erwartet. Sie waren nicht im Büro, also dachte ich mir, ich schaue mal vorbei.«

Deirdre versuchte die Worte zu verstehen, scheiterte aber spektakulär. »Entschuldigen Sie, wer, zum Teufel, sind Sie?«

Noch immer lächelnd, streckte er eine große Hand aus.

»Kommen Sie schon, Deirdre. So begrüßt man doch nicht seinen neuen Partner.«

16

Falls Travis geglaubt hatte, die Rückkehr nach Denver wäre wie eine Heimkehr, dann hatte er sich geirrt. Sämtliche Gedanken und Gefühle, die sich normalerweise einstellten, wenn man an das Wort *Zuhause* dachte – Dinge wie Wärme und Behaglichkeit und Sicherheit –, waren hier nur Schatten. Sie waren dünne und nebelhafte Dinge, die jede Straßenecke heimsuchten und jedes helle Schaufenster beschlugen: Erinnerungen an das, was verloren gegangen und nie wieder erreicht werden konnte. Nein, das war nicht sein Zuhause, und er war alles andere als sicher.

Travis schob die rauen Hände in die Taschen seines mitgenommenen Parkas und schlurfte die Sixteenth Street entlang. Er hielt aus den Augenwinkeln Ausschau, schaute nach rechts und links, blieb immer auf der Hut. Der Himmel war so grau wie der Zement unter den mit Klebeband geflickten Turnschuhen, und vom Himmel fielen Eisstücke wie Glassplitter. Er schob die Schultern bis fast an die Ohren. Die freundlichen Chinook-Winde des Januars waren vor Wochen nach Osten über die Prärie geweht, und der schnell dahinschmelzende Schnee des Frühlings war noch immer einen Monat entfernt. Es war Februar, es war kalt, und er hatte für die kommende Nacht keine Unterkunft.

Er schaute im Vorbeigehen in die hell erleuchteten Geschäfte. Die Menschen, die sich in ihnen aufhielten, lächelten, als sie Designerschuhe kauften oder dampfenden Kaffee tranken. Wenn sie fertig waren, würden sie zu Autos hinauseilen, die vom wartenden Parkplatzpersonal bereits vorgewärmt waren, und nach Hause fahren. Niemand hielt sich auf der Straße auf, niemand bis auf jene, die nirgendwo anders hinkonnten. Travis blieb schlurfend stehen und starrte in ein

Männermodegeschäft, dachte darüber nach, einzutreten und sich einen Augenblick lang aufzuwärmen.

Aber nur einen Augenblick lang. Dann würden ein Verkäufer oder möglicherweise auch zwei auf ihn zueilen und ihm in leisem Tonfall sagen, dass er gehen müsse, wenn er nicht wolle, dass sie die Polizei riefen. Travis wusste aus Erfahrung, dass sie genau das tun würden. Dann würde er wieder draußen stehen, und der kurze Flirt mit der Wärme würde die Kälte nur noch bitterer machen. Es war besser, erst gar nicht hineinzugehen.

Als er sich abwandte, sah er kurz sein Spiegelbild im Schaufenster. Sein Bart und das Haar waren zottelig und ungekämmt, mit mehr Grau beflecktes Kupfer, als er sich je hätte träumen lassen. Sein Gesicht war viel zu hager für seine vierunddreißig Jahre, seine Jacke und die schlecht sitzenden Jeans waren verdreckt. Aber es waren die Augen, die die Verkäufer wirklich gestört hätten: grau, tief in ihren Höhlen liegend und so heimgesucht wie die Straßen dieser Stadt. Es waren die Augen eines Mannes, der nirgendwo mehr hinkonnte.

Er hatte nicht geplant, im Februar in Denver zum Obdachlosen zu werden. Aber das tat wohl niemand. Doch die Goldmünzen, die er von Eldh mitgebracht hatte, hatten in der Pfandleihe an der East Colfax, wo er sie endlich hatte verkaufen können, viel weniger als gedacht eingebracht.

Zuerst hatten alle Pfandleiher, an die er sich gewandt hatte, sie mit äußerstem Misstrauen betrachtet. Er und Grace hatten in Denver schon zuvor eldhische Münzen verkauft. Hatten Agenten von Duratek alle Läden der Gegend besucht und den Besitzern befohlen, nach einem Mann oder einer Frau Ausschau zu halten, die seltsame Münzen verkauften?

Travis vermochte es nicht zu sagen. Trotzdem ging er in einen Heimwerkermarkt, nahm sich hinter einem abseits stehenden Regal eine Feile und glättete die Aufschrift der Münzen.

Danach hatte er sie verkaufen können, aber für weniger als ein Drittel dessen, mit dem er gerechnet hatte. Dennoch war es genug Geld gewesen, um mehrere Wochen damit auszukommen, falls er sparsam war. Er brauchte nicht viel – nur genug, um herausfinden zu können, wo Duratek das Tor verborgen hatte, und dort hinzukommen.

Aber so konzentriert er auf den Duratek-Konzern war, hatte er vergessen, an alltägliche Gefahren zu denken. Er hatte nie erfahren, wer sie waren und wie sie das mit dem Geld herausgefunden hatten. Vielleicht hatten sie gesehen, wie er früher an dem Tag die Münzen in einer Pfandleihe verkaufte; vielleicht hatte es ihnen auch der Besitzer selbst verraten. Es spielte keine Rolle. An diesem Abend mietete er ein Zimmer in einem billigen Hotel. Er ging, um sich etwas zu essen zu holen, und bei seiner Rückkehr stand die Tür zu seinem Zimmer auf und war das Schloss aufgebrochen. Bett und Kommode waren auseinander genommen worden. Das Geld, das er unter die Bibel auf dem Nachttisch gelegt hatte, war weg. Er hatte nur noch die paar Dollar Wechselgeld in der Tasche, die ihm nach dem Essen geblieben waren.

Nachdem Travis die Motelmanagerin über den Einbruch informiert hatte, hatte sie die Polizei gerufen. Als der schwarzweiße Wagen auf den Parkplatz gerollt war, war Travis bereits mit gesenktem Kopf die Colfax entlanggegangen. Er wagte es einfach nicht, sich darauf zu verlassen, dass die Polizei nicht länger nach ihm und Grace suchte. Ohne Geld und einen Zufluchtsort hatte er die Nacht auf den kalten Straßen von Denver verbracht.

Und in dieser Nacht würde es nicht anders sein.

Travis kehrte dem Schaufenster den Rücken zu und setzte sich in Bewegung. Er konnte die zehn Blocks zu dem Obdachlosenasyl gehen, aber das war eigentlich sinnlos. So spät am Tag würden alle Betten bereits in Beschlag genommen sein.

Eigentlich hatte er früher zu dem Asyl gehen wollen, aber er hatte in der öffentlichen Bibliothek von Denver gelesen und die Zeit aus den Augen verloren.

Die Bibliothek war eine neoklassizistische Festung aus Gussstein, die den südlichen Rand der Innenstadt bewachte, und es war ein Etablissement, aus dem man Leute wie ihn nicht sofort hinauswarf – jedenfalls nicht, solange sie sich an die Regeln hielten. An den kältesten Tagen, an denen er es draußen einfach nicht aushielt, machte er sich auf der öffentlichen Toilette so gut zurecht, wie es ging, und so lange er an einem Tisch saß und still in Büchern las, konnte er dort so lange bleiben, wie er wollte.

Natürlich patrouillierten die Sicherheitsbeamten oft und warfen ihm scharfe Blicke zu, und er wusste, dass ganz egal, wie müde er auch war, ganz egal, wie sehr er auch den Kopf auf den Tisch legen oder noch besser, sich auf dem Teppich zusammenrollen wollte, der viel weicher war als alles, auf dem er in den vergangenen Wochen geschlafen hatte, er dieses Risiko nicht eingehen konnte. In dem Augenblick, in dem er schlief statt zu lesen, würde er herumlungern, und die Beamten würden ihn rauswerfen und ihn vielleicht aufschreiben, so dass er nie wieder würde eintreten dürfen. Also las er ein Buch nach dem anderen, und wenn sein Verstand die tanzenden Buchstaben nicht länger in eine verständliche Reihenfolge zwingen konnte, starrte er einfach mit offenen Augen auf die Seiten und schlug sie alle paar Minuten um. Nach diesem traurigen Ersatz von Ruhe blinzelte er dann, stand auf und suchte sich ein anderes Buch.

Für gewöhnlich verbrachte er seine Zeit in der Bibliothek in der Abteilung, die der Geschichte des Westens gewidmet war. Dort fand er eines Nachmittags in einer gebundenen Sammlung vergilbter Zeitungen endlich das, wonach er gesucht hatte. Es war eine Ausgabe des Castle City Clarion vom 26. Dezember 1887. Seine Sicht verschwamm, als er die Überschrift des ersten Eintrags der Todesanzeigen las:

> Maude Carlyle, Pensionswirtin, im Alter von 35 Jahren an Auszehrung gestorben.

Darunter stand ein zweiter Eintrag:

> Bartholomew Tanner, ehemaliger Sheriff, im Alter von 37 Jahren von eigener Hand gestorben, durch einen Revolverschuss in die Schläfe.

Travis fuhr mit zitterndem Finger über die Seite, als er die Todesanzeigen las, aber sie waren kurz und boten nur wenige Informationen, und es gab keine Bilder. Wer war als Erster gestorben? Aber das wusste er. Tanner hatte Maudies letzten Tage zusammen mit ihr verbringen wollen. Und als ihr Leben vorbei war, war es das seine auch. Travis starrte nicht begreifend auf das Papier, weil sich auf der Seite dunkle Flecken ausbreiteten, und erst nach einer Weile wurde ihm klar, dass es seine Tränen waren.

Er starrte das Buch noch immer an, als ein Sicherheitsbeamter ihn an der Schulter berührte und zum Gehen aufforderte. Zuerst glaubte Travis eingeschlafen zu sein und dass man ihn deswegen rauswarf. Dann ertönte über den Lautsprecher die Ankündigung, dass die Bibliothek schloss. Er stellte das Buch hastig an seinen Platz zurück und eilte hinaus in den zur Neige gehenden Tag.

Travis behielt Recht. Als er bei dem Obdachlosenasyl eintraf, wartete bereits eine Gruppe von Männern vor der Tür auf das letzte freie Bett. Ein paar der Männer starrten ihn mit schmalen Augen an, und er eilte weiter; hier würde er in dieser Nacht keine Unterkunft finden.

Er hätte es in einer der Kirchen versuchen können, aber die meisten waren weit weg, und in einer so kalten Nacht würden wahrscheinlich auch sie gefüllt sein – jedenfalls die wenigen, die Obdachlosen noch einen Unterschlupf boten. Jeden Tag brachten die Zeitungen, die Travis aus Papierkörben fischte, noch düsterere Nachrichten als am Vortag. Mehr Firmenschließungen und Massenentlassungen, mehr Bomben in Einkaufszentren und wahllose Schießereien auf den Straßen, mehr seltsame neue Krankheiten ohne Ursache oder Behandlungsmethoden. Die Flut der Wohltäter war zu einem Rinnsal geworden; die meisten Kirchen waren gezwungen gewesen, den Bedürftigen die Türen zu verschließen, und waren selbst Bettler geworden.

Die meisten, aber nicht alle. Travis schaute auf. Sie ragte gewaltig an der nördlichen Skyline der Innenstadt auf, auf der anderen Seite des Flusses, zeichnete sich so scharf und beeindruckend wie ein Berg von allem ab. Aber dieser Berg bestand nicht aus Stein, sondern aus Stahl und Glas. Als er sie das erste Mal gesehen hatte, war das Gebäude noch im Baustadium gewesen. Jetzt flutete Licht daraus hervor wie das Leuchten des Himmels, das golden und hart graue Wolkenbänke durchbrach – wunderschön, aber abschreckend.

Ein paar der Männer, mit denen sich Travis gelegentlich unterhielt, hatten behauptet, dass man in der Stahlkathedrale noch immer milde Gaben erhielt. Dazu musste man nur auf die Knie fallen, die Sünden bereuen und die Seele verpfänden, dann bekam man ein weiches Bett und so viel heißes Essen, wie man nur herunterschlingen konnte. Aber wenn das stimmte, warum stand dann vor dem Obdachlosenasyl eine Schlange? Vielleicht lag es daran, dass die meisten Leute es weder nötig hatten, gerettet zu werden, noch es wollten. Sie wollten nur etwas zu essen und einen sicheren Platz zum Schlafen. Denn Armut war keine Sünde, und seine Seele zu verpfänden schien ein schrecklich hoher Preis für eine Liege und einen Teller Suppe.

Aber vielleicht waren Seelen heutzutage auch billiger, als er glaubte – eine weitere Auswirkung der taumelnden Wirtschaft.

Er ging weiter, ohne eigentlich zu wissen, wohin, nur von dem Wissen angetrieben, dass es noch kälter sein würde, wenn er stehen blieb. Sein Magen knurrte, aber er hatte noch drei Dollar – Geld, das er mit dem Einsammeln von Flaschen und Dosen aus Mülleimern verdient hatte –, und das würde reichen, um sich einen Hamburger und eine Tasse Kaffee kaufen zu können. Das grelle Neonschild eines Fast-Food-Ladens ragte in der Nacht auf. Er würde essen – ganz langsam, um so lange wie möglich in der fluoreszierenden Wärme bleiben zu können –, danach würde er entscheiden, wo er hingehen konnte.

Das leuchtende gelbe Schild füllte sein Blickfeld, und er dachte an Calaveres Großen Saal, an das Feuer, das selbst jetzt in dem gewaltigen Kamin lodern würde, und an das gebratene Wildbret und die Weinkrüge, unter denen sich die Tische biegen würden. Aber es war nicht der Gedanke an Essen und Wärme, der seinen Atem in der Luft in Nebel verwandelte. Es waren die Gesichter, die er sich an der Hohen Tafel vorstellte. Grace und Aryn zu beiden Seiten eines polternden König Boreas. Lirith, Sareth und der gute, verlässliche Durge. Melia und Falken, die wie immer geheimnisvoll miteinander flüsterten. Und an den entgegengesetzten Enden des Tisches ein blonder Ritter mit grünen Augen und eine Frau in hautengem schwarzen Leder, deren Augen so golden wie Monde waren ...

Er biss die Zähne zusammen, starrte in das von Neonlicht erhellte Innere des Fast-Food-Ladens und ließ das Licht seine Visionen wegbrennen. Er konnte nicht zulassen, dass er an sie dachte. Das würde nur zu Verzweiflung führen. Oder noch schlimmer, zu Wahnsinn. Davon abgesehen hatten sowohl Beltan als auch Vani deutlich gemacht, dass sie ihn nicht länger brauchten. Irgendwie hatte er ihre Liebe gewonnen, um sie dann genauso unbegreiflicherweise wieder zu verlieren. Aber warum sollte ihn das überraschen? Er hatte Alice und Max verloren, und den Saloon. Wann war er in seinem Leben je fähig gewesen, an etwas Gutem festzuhalten?

Du behütest keine Dinge, Travis. Nicht wie ein Arzt, nicht wie Grace. Du zerstörst sie, und es ist Zeit, damit aufzuhören, das zu verleugnen. Außerdem müssen manche Dinge zerstört werden. Bruder Cy hat das gesagt – und Beltan auch.

Aber Travis würde keine Welt zerstören, nicht auf die Weise, wie es die Hexen und der Drache Sfithrisir glaubten. Er würde Duratek zerstören und auch das Tor, das sie erschaffen hatten, um nach Eldh zu gelangen. Und wenn er damit fertig war, gab es da noch etwas, das er zerstören würde. Manche Dinge ...

Plötzlich musste er an etwas denken. Sein alter Freund Jack Graystone war immer in seinem Bewusstsein zu spüren; er lauschte jedem seiner Gedanken. Aber Travis konnte nicht zulassen, dass Jack wusste, was er dachte; Jack würde bloß versuchen, ihn aufzuhalten. Travis verdrängte diese Gedanken gewaltsam, verließ den Bürgersteig und fing an, die Straße zu überqueren.

Er erstarrte, als ein schwarzer Lieferwagen ein Stück voraus lautlos um die Ecke bog. Die Mondsichel auf der Seite des Lieferwagens schimmerte im Licht der Straßenlaternen in einem krankhaften Orange. Travis stolperte zurück, duckte sich in die Schatten eines leeren Durchgangs und sah zu.

Der Wagen fuhr auf den Parkplatz des Fast-Food-Ladens. Die Tür öffnete sich, und der Fahrer stieg aus, ein junger Mann in einer schwarzen Uniform, auf deren Rücken die gleiche Mondsichel leuchtete. In den Händen hielt er einen schwarzen Handheld-Computer mit einem grünlich schimmernden Bildschirm. Der Fahrer blickte sich um und eilte dann auf das Restaurant zu.

Travis hatte sie diese Handhelds schon zuvor benutzen sehen. Der Mann war ein Techniker, der die elektronischen Systeme im Restaurant überprüfen sollte. Anscheinend arbeitete heutzutage so gut wie jeder Laden mit Duratek-Systemen für Lagerbestand, Kommunikation und Sicherheit. Niemand benutzte eine Kreditkarte, schaltete einen Computer ein oder machte einen Anruf, ohne dass Duratek davon erfuhr – das hatte Travis schnell mitbekommen.

An dem Morgen, nachdem er vor der Polizei aus dem Motel geflohen war, hatte er eine Zeitung aus einem Mülleimer gefischt und von dem Vertrag gelesen, den die Stadt Denver mit dem Duratek-Konzern abgeschlossen hatte. Obwohl man dem Artikel einen positiven Tonfall gegeben hatte, konnte sich Travis nur vorstellen, dass es ein Akt der Verzweiflung gewesen war, der die nervöse Einwohnerschaft von Denver hatte beschwichtigen sollen. Oder war der Bürgermeister von anderen Beweggründen angetrieben worden – von Geld oder Drohungen?

Welcher Grund auch immer dahinter steckte, die Stadtverwaltung hatte den Duratek-Konzern und seine Technologie damit beauftragt, die Polizei bei der Aufrechterhaltung der Sicherheit zu unterstützen. Und auch wenn das den Bürgern von Denver zweifellos ein sicheres Gefühl gab, bestand doch kein Zweifel, dass die Sicherheit einen Preis kostete, der über bloße Dollar hinausging. Travis konnte sich nicht zu dem Glauben durchringen, dass das Wohlergehen von Denvers Bürgern Durateks hauptsächliche Sorge war.

Danach hatte er darüber nachgedacht, so schnell wie nur möglich aus Denver herauszukommen. Er wollte das Tor finden, durch das Duratek seine Agenten durch das Nichts nach

Eldh schickte. Travis hatte keine Ahnung, wo sich das Tor befand. Duratek war ein multinationales Konglomerat; es konnte überall auf der Welt sein. Er wusste nur, dass er es irgendwie finden würde – und dann würde er es zerstören, und zwar so, dass sie nicht einmal hoffen konnten, jemals ein neues zu erschaffen.

Ein großartiger Plan hatte sich in seinem Kopf geformt. Er würde ihren Konzernhauptsitz aufsuchen, die auf Hochglanz polierten Türen zu ihrem Vorstandszimmer mit der Macht der Großen Steine aufsprengen, und Durateks höchste Präsidenten würden vor ihm auf die Knie gehen. Sie würden ihm verraten, wo sich das Tor befand, oder sie würden den Zorn seiner Runen zu spüren bekommen.

Bei diesem Plan gab es jedoch ein kleines Problem: Er war völlig aussichtslos.

Als sich Travis in den Busbahnhof wagte, entdeckte er schlanke Duratek-Computersysteme auf den Kartenschaltern. Es war das Gleiche auf den Bahnhöfen, und zweifellos sah es auf den Flugplätzen nicht anders aus. Sie überwachten alle Wege aus der Stadt. Hielten nach ihm und Grace Ausschau.

Nicht, dass das einen Unterschied gemacht hätte. Nach dem Raub im Motel hatte er nicht das Geld für eine Taxifahrt, geschweige denn für eine Busfahrt oder einen Flug. Es war auch unmöglich, einen Job zu bekommen, um sich das Geld zu verdienen. Dank des neuen Sicherheitsvertrages war jede Firma in Denver verpflichtet, neue Angestellte mit Duratek-Systemen zu überprüfen.

Der Plan löste sich in Wohlgefallen auf. Travis zermarterte sich das Hirn, er versuchte, eine Alternative zu ersinnen, aber es fiel ihm nichts ein. Er konnte das Tor nicht mit den Steinen zerstören, wenn er nicht zu ihm gelangte. Und so verlockend der Gedanke auch war, konnte er die Imsari nicht dazu benutzen, um nach Eldh zurückzukehren, denn das würde es dem

Fahlen König nur erleichtern, sie in seine Hände zu bekommen und dann Mohg zu übergeben.

Als die Tage vergingen, wurde es zusehends schwieriger, darüber nachzudenken, wie er das Tor zerstören und Duratek aufhalten sollte, und seine Gedanken wandten sich drängenderen Sorgen zu, so wie sich warm zu halten, wo er Essen für seinen vor Hunger schmerzenden Magen herbekam und wo er eine Unterkunft für die Nacht finden konnte. Duratek war jetzt nicht mehr sein einziger Feind. Da waren auch die Kälte, der Hunger und die Gefahren, die das Leben auf der Straße mit sich brachte.

Und diese Feinde waren am Gewinnen.

Im Restaurant zog der Techniker einen Stift aus dem Handheld und schrieb auf den Schirm, während er sich mit dem Angestellten hinter der Theke unterhielt. Jetzt war es unmöglich, den Hamburgerladen zu betreten. Der Techniker würde nicht so sehr auf seine Arbeit konzentriert sein, dass ihm nicht auffallen würde, dass ein Obdachloser den Laden betrat, und Travis hatte nicht den geringsten Zweifel, dass sein Foto und seine Beschreibung – genau wie Graces – an jeden Angestellten des Duratek-Konzerns verteilt worden waren. Sosehr er es auch wollte, konnte er sich nicht vorstellen, dass sie die Suche nach ihm eingestellt hatten. Was würden sie tun, wenn sie ihn und die beiden Steine in seiner Tasche fanden?

Travis verspürte nicht das geringste Verlangen, das herauszufinden. Trotz seines knurrenden Magens drehte er sich um und eilte die Straße entlang.

17

Eine halbe Stunde später stieß ein vom Marsch steifer und frierender Travis die Tür einer Bar in einem Gewerbegebiet auf, das gerade weit genug von der Innenstadt entfernt lag, um jede näher schleichende Sanierung abzuschrecken. Die Luft stank nach Qualm und Desinfizierungsmitteln, und die Einrichtung war nicht gemütlich, sondern klaustrophobisch. Aber das Etablissement hatte einen einladenden Zug; auf der Bar stand statt eines schlanken Computers eine Kasse, die aussah, als wäre sie in ihrer Jahrzehnte währenden Geschichte nicht ein einziges Mal abgewischt worden. Diese Bar benutzte keines von Durateks Systemen, und aus diesem Grund kam Travis gelegentlich her.

Das und die Tatsache, dass das Bier billig und die Erdnüsse kostenlos waren.

Das Lokal war fast menschenleer, und die wenigen Anwesenden schienen mehr an ihren Gläsern interessiert zu sein als an Travis. Er setzte sich an die Bar, schob dem Barkeeper sein Geld herüber und bestellte ein Bier. Der Mann donnerte ein Glas vor ihn hin, das dünne Gebräu schwappte über den Rand und auf das zerkratzte Holz der Theke. An diesem Ort hielt man sich nicht mit Nettigkeiten wie Cocktailservietten auf.

Der Barkeeper tupfte mit einem schmutzigen Lappen halbherzig an der Pfütze herum, dann wollte er sich abwenden.

Travis räusperte sich. »Erdnüsse?«

Der Barkeeper starrte ihn finster an, dann griff er nach einer großen Schüssel hinter der Bar und schob sie über die Theke. »Nur solange Sie trinken.«

Travis nickte. Er konnte langsam trinken.

Er nahm einen Schluck Bier – es war nicht gerade frisch –, dann schälte und aß er Erdnüsse mit ausgesuchter Langsamkeit. Es war keine tolle Mahlzeit, aber es war besser als nichts und besser als das, was er manche Tage bekommen hatte. Als der Barkeeper nicht hinsah, schaufelte er sich eine Hand voll Erdnüsse in die Jackentasche.

Ich muss sagen, Travis, das ist der helle Wahnsinn, ertönte Jacks Stimme in seinem Bewusstsein. *Du solltest nicht hier sein und nach Krümeln suchen. Bei Olrig, du bist ein Runenmeister – du solltest auf Eldh sein, an der Seite von Königin Grace gegen den Fahlen König antreten.*

Die Worte schmerzten Travis; er hasste das Gefühl, Grace im Stich gelassen zu haben, um sie ihrem Schicksal allein auszuliefern. Aber Jack irrte sich. Eldh war Graces Welt; sie gehörte dorthin. Aber das hier war seine Welt, und wenn es ihr bestimmt war, auf Eldh den Fahlen König zu bekämpfen, dann war es ihm bestimmt, hier auf der Erde Duratek aufzuhalten.

Bloß dass er nicht die geringste Möglichkeit dazu sah. Selbst nach allem, was er seit seiner Rückkehr nach Denver in Erfahrung gebracht hatte, hatte er sich doch bis zu diesem Abend noch immer an einen Funken Hoffnung geklammert. Aber jetzt war es, als hätte die erzwungene Flucht aus dem Hamburgerladen die letzte Entschlossenheit aus ihm herausgesaugt. Er war müde, ihm war kalt, und er fühlte sich in die Ecke getrieben, und wenn er nicht aus Denver herauskam, gab es nichts, das er tun konnte, um Duratek aufzuhalten.

Aber das bedeutete nicht, dass es gar nichts gab, das er tun konnte. Vielleicht konnte er Grace und Eldh ja doch noch helfen. Denn wenn Plan A nicht funktionierte, gab es immer noch Plan B ...

Was hast du vor, Travis? Jacks Stimme klang besorgt. *Du verbirgst doch wohl nicht etwas vor mir, oder? Ich nehme an, bei Plan A ging es darum, Durateks Tor zu zerstören. Also was in aller Welt ist dann Plan B?*

»Mach dir keine Sorgen, Jack«, sagte Travis.

Der Barkeeper warf ihm einen finsteren Blick zu, dann stellte er den Fernseher über der Bar lauter. Die Lokalnachrichten – die übliche Parade aus Unruhe, Gewalt und Katastrophen.

Travis ignorierte sie und schaute auf seine Hände nieder. Eine schmale Narbe verlief quer über den rechten Handrücken – die einzige Erinnerung an die Wunde, durch die der Tropfen Blut aus dem Skarabäus in ihn eingedrungen war. Die Macht der Blutzauber floss nun in seinen Adern, zusammen mit der Macht der Runenmagie. Travis vermochte nicht zu sagen, was das bedeutete, nur dass es eine Möglichkeit geben musste, diese Macht auch zu benutzen. Blutzauberei hatte ihre Quelle in den *Morndari,* den unersättlichen, körperlosen Geistern, die das Nichts zwischen den Welten bevölkerten. Ihre Macht bestand in der Zerstörung, dem Verschlingen; das hatte er in dem Moment gelernt, in dem er dem Dämon in der Etherion gegenübergetreten war – einem *Morndari,* der in einen Felsen gebunden gewesen war. Bestand die Möglichkeit, Zauberei einzusetzen, um das zu erreichen, was er vorhatte?

»... und ihr Bericht über weitere angebliche Fälle von Vermissten unter den Obdachlosen«, quäkte eine blecherne männliche Stimme.

Travis schaute auf. Der Barkeeper hatte den Ton noch lauter gestellt. Anna Ferraro, Reporterin des Lokalfernsehens mit Rehaugen, war auf dem Bildschirm zu sehen; sie stand vor der Union Station in der Innenstadt. Travis war schon zuvor aufgefallen, dass Männer dazu neigten, in allem innezuhalten und mit glasigem Blick auf den Bildschirm zu starren, wenn Anna Ferraro dort auftauchte, auch wenn er die Attraktion nicht ganz verstand. Sie war auf eine dünne und rehhafte Weise hübsch, aber da war etwas an ihr – eine berechnende Art und Weise –, das ihn kalt ließ. Sie berichtete über Tod und Katastrophen mit einem kalten Funkeln in den Augen, so als könnte sie während ihres Berichts die Einschaltquoten klettern sehen. Der Barkeeper starrte gebannt auf den Bildschirm, und Travis nutzte die Gelegenheit, die Schüssel zu leeren und eine weitere Hand voll Erdnüsse in die Jackentasche zu schmuggeln.

Im Fernsehen begann Anna Ferraro ihren Bericht mit offensichtlichem Vergnügen. »Das ist richtig, Dirk. Ich stehe heute Abend in der Innenstadt von Denver, wo ich mit Menschen spreche, die kein Zuhause so wie ich oder Sie haben, die tatsächlich auf der Straße leben.« Sie rümpfte die Nase zu einem Ausdruck, der zugleich mitleidsvoll und angewidert war. »Aber es ist nicht nur die Kälte, um die sich diese Männer und Frauen in dieser Nacht sorgen. Viele Obdachlose erzählen Geschichten, dass in letzter Zeit andere, die auf der Straße leben, spurlos verschwunden sind. Unbestätigte Berichte sprechen von mindestens sieben Vermissten, und die Anzahl könnte höher sein. Jedoch hat die Polizei von Denver noch nichts unternommen.«

Sie senkte das Mikrofon und sah erwartungsvoll in die Kamera. Nach einem unbeholfen langen Augenblick blendete der Bericht zu dem Video eines Polizeibeamten um – der Einblendung unten auf dem Bildschirm zufolge ein Sergeant Otero –, der vor dem Polizeipräsidium von Denver stand und dem man ein Mikrofon vor die Nase hielt. »... und wir unternehmen nichts, weil offiziell keinerlei Vermisstenmeldungen eingereicht wurden«, sagte er.

Ein Schnitt auf Anna Ferraro, auf deren stark geschminktem Gesicht ein schüchterner Ausdruck lag. »Aber entspricht es nicht den Tatsachen, dass eine Adresse und eine Telefonnummer erforderlich sind, um solch eine Meldung einzureichen? Und Obdachlose haben keine Adressen, wie Sie sicherlich wissen.«

Der Sergeant kniff offensichtlich verärgert die Augen zusammen. »Wir nehmen alle Berichte sehr ernst. Aber im Augenblick gibt es keinen Beweis, dass tatsächlich irgendjemand verschwunden ist ...«

Nach seinen Lippenbewegungen zu urteilen, hatte der Sergeant noch mehr gesagt, aber seine Worte wurden ausgeblendet, und das Bild wechselte wieder zu Anna Ferraro vor der Union Station.

»Sie haben es gehört«, sagte sie triumphierend. »Im Augenblick weigert sich die Polizei, in dieser Angelegenheit zu helfen, also können die Obdachlosen Denvers nichts tun, außer sich in dieser Nacht darüber zu wundern.« Sie schenkte der Kamera einen langen Blick. »Und sich zu fürchten. Das war Anna Ferraro aus der Innenstadt von Denver. Ich gebe zurück zum Sender, Dirk.«

Dirk, der Anchorman, sah überrascht aus, dann lächelte er leer in die Kamera. »Danke für diesen faszinierenden Bericht, Anna. Als Nächstes kommt ein Exklusivinterview mit der stellvertretenden Bürgermeisterin von Denver. Sie wird uns berichten, wie der Test des neuen Sicherheitsprogramms, das vergangenen Monat in Zusammenarbeit mit dem Duratek-Konzern gestartet wurde und die Stadt sicherer als je zuvor macht, verlaufen ist. Danach kommt der Wetterbericht. Wie es aussieht, wird es die nächsten Tage kalt, kalt, kalt, also ...«

Der Barkeeper stellte den Fernseher wieder leiser. Er drehte sich um und sah die leere Erdnussschale vor Travis misstrauisch an, dann tauschte er sie gegen eine volle aus. Travis lächelte und nahm einen Schluck von dem geschmacklosen Bier.

Er wusste nicht, ob die Berichte über das Verschwinden von Obdachlosen stimmten oder nicht. Im Obdachlosenasyl hatte er letztens eine Gruppe von Männern belauscht, die sich flüsternd über andere unterhielten, die verschwunden waren, aber die Geschichten stammten alle aus zweiter oder dritter

Hand. Ob die Gerüchte nun stimmten oder nicht, eines wusste Travis mit Sicherheit. Er war in Denver nicht sicher. Das war keiner.

Jeden Tag posaunten die Zeitungen die neuesten Schießereien, Kriege und biologischen Bedrohungen hinaus. Die Leute lebten in ständiger Angst – Angst vor allem und jedem, das seltsam oder fremd war. Wenn Leute Angst hatten, dann waren sie nur allzu bereit, ihre Freiheit gegen die Illusion von Sicherheit einzutauschen. So wie es die Bürger von Denver getan hatten, indem sie diesen Vertrag mit Duratek unterschrieben hatten. Sie glaubten, jetzt vor den Monstern sicher zu sein, aber das war ein Irrtum. Sie hatten die Monster mit sich zusammen im Zimmer eingeschlossen.

Travis konzentrierte sich wieder auf den Fernseher. Die Nachrichten waren vorbei, und jetzt war dort ein Mann im weißen Anzug zu sehen. Sein schwarzes Haar war aus der Stirn gekämmt und mit Haarspray zu einer funkelnden Welle frisiert. Der Ton war zu leise, um hören zu können, was er sagte, aber er wanderte auf der Bühne auf und ab und gestikulierte mit steifer Energie. Hinter ihm stand ein Chor aus jungen Männern und Frauen mit leeren Gesichtern aufgebaut, allerdings sang er nicht.

Das Bild blendete um auf ein hingerissenes Publikum. Münder standen offen, Tränen strömten Gesichter herunter. Die Kamera glitt über die sitzende Menge, und Travis sah Glas und bearbeitetes Metall, das sich zu einer Decke in solch Schwindel erregender Höhe erhob, das sie ihn an die Kuppel der Etherion in Tarras erinnerte.

Das war also die Stahlkathedrale, nur von innen gesehen. Travis war sich gar nicht bewusst gewesen, wie groß sie tatsächlich war. Das Publikum musste aus mindestens zweitausend Menschen bestehen. Das Bild wechselte wieder zu dem Mann auf der Bühne und ging so nahe an ihn heran, dass Travis sehen konnte, wie sein dick aufgetragenes Make-up Sprünge bekam, als er sprach. Der Mann erschien zugleich aufgeregt, wütend und triumphierend. Unten auf dem Schirm erschien eine computererzeugte Schrift: *Sage Carson, Pastor der Stahlkathedrale.*

In gewisser Weise erinnerte der Pastor Travis an Bruder Cy. Beide waren hoch gewachsen und beinahe schon dürr, und beide wussten offensichtlich, wie sie das Publikum in ihren Bann schlagen konnten. Allerdings war Sage Carsons weiße Kleidung im Gegensatz zu Bruder Cys staubigem schwarzen Beerdigungsanzug modern und hervorragend geschneidert. Und während Bruder Cys wütende Predigten immer von Trauer abgemildert gewesen waren, wusste Travis, dass dieser Sage Carson lediglich eine Botschaft verkündete: Tu, was ich sage, oder sei verdammt. Dazu musste er ihn nicht einmal hören. Den Gesichtern im Publikum nach zu urteilen, fraßen sie ihm aus der Hand. Tief im Inneren gefiel es den meisten Leuten, das zu tun, was man ihnen sagte. Es war so viel einfacher, als selbst nachzudenken.

»Bestellen Sie nun noch eines oder nicht?« Die knurrende Stimme des Barkeepers ließ Travis zusammenzucken.

»Nein, tut mir Leid«, murmelte er.

Sein Glas war leer. Er musste den letzten Schluck in Gedanken versunken ausgetrunken haben. Er stand auf und schob die Hände in die Taschen. Eine Erdnuss fiel heraus, und der Barkeeper warf ihm einen bösen Blick zu. Travis eilte in Richtung Tür.

»Kommen Sie ja nicht wieder, verstanden«, rief ihm der Barkeeper hinterher.

Travis eilte in die kalte Nacht hinaus. Die Tür zur Bar schloss sich hinter ihm: ein weiterer Weg, der ihm nun versperrt blieb.

Aber der Weg ist nicht versperrt. Du könntest nach Eldh

zurückkehren. Dazu musst du nur die Steine benutzen. Sie haben die Macht, dich dorthin zu bringen. Das hat Jack gesagt.

Einen Augenblick lang ließ er das Bild von Calaveres Großem Saal in seinen Gedanken aufsteigen. Er stellte sich Grace vor, wie sie ihn zum Feuer zog und ihm einen Becher mit gewürztem Wein reichte.

Dann stieg eine andere Vorstellung in ihm auf und verbarg das Bild der Freunde und des Feuers wie eine dunkle Wolke: Die Sonne verfinsterte sich, der Boden erbebte und klaffte auf, die Mauern von Calavere stürzten ein, und Finsternis verschlang die Welt.

Nein, das würde er nicht zulassen. Vielleicht kam er nicht an Duratek heran, aber er würde verhindern, dass Mohg die Großen Steine in die Hände fielen. Er umfasste das Eisenkästchen in seiner Tasche und eilte in die frostige Nacht hinaus.

Zehn Minuten später stand er an einem Ufer. Unter ihm floss das zur Hälfte gefrorene Wasser des Platte River an kleinen Inseln aus Sand und Geröll vorbei. Es gab in der Innenstadt keinen Ort, an dem man ungestört ein Feuer entzünden konnte; das rief sofort die Polizei auf den Plan – zusammen mit ihren Fingerabdruck-Scannern, die mit Durateks Datenbänken verbunden waren. Aber hier gab es ein paar Viadukte aus Stahl und Zement. Wenn er unter einem von ihnen ein Feuer machte, würde man das von oben nicht sehen können.

Er kletterte über eine Zementbrüstung und arbeitete sich halb gehend und halb rutschend zum mit Unkraut überwucherten Ufer herunter. Als er den Boden erreichte, ließen die Geräusche der Stadt nach und das träge Gemurmel des Wassers erfüllte die Luft. Kies und Eis knirschte unter seinen Turnschuhen, als er auf ein Viadukt zuging. Der Raum unter der Brücke wurde von einem Vorhang aus Schatten verhüllt, den nicht einmal seine unnatürlich scharfen Augen durchdringen konnten.

Das war gut; falls dort noch kein Feuer brannte, bedeutete das, dass kein anderer den Ort in Beschlag genommen hatte. Mit unter die Achseln geklemmten Händen schlurfte er über Unkraut und Kies und tauchte in die Dunkelheit unter dem Viadukt ein.

Die Dunkelheit bewegte sich. Bevor Travis reagieren konnte, legte sich ein Arm um seinen Hals und drückte sich eine Hand auf seinen Mund, die sowohl seinen überraschten Aufschrei dämpfte wie auch alle Runen, die er möglicherweise hätte sprechen können. Er griff nach oben und versuchte die Hände des unsichtbaren Angreifers wegzuzerren, erstarrte dann aber, als etwas Glitzerndes vor sein Gesicht gehalten wurde.

Es war ein Messer, das in einem verirrten Mondstrahl funkelte.

»Du gehörst nicht hierher«, zischte eine Männerstimme, und der Arm um seinen Hals drückte stärker zu, während das Messer näher herankam.

18

Sie mussten darauf gewartet haben, dass er die Schatten betrat. Im Lichterschein der Stadt hatten sie sehen können, wie er auf sie zukam, während er sie in der Dunkelheit des Viadukts nicht wahrnehmen konnte. Aber jetzt, wo er in der Dunkelheit stand, fingen seine Augen – die in den Flammen von Krondisar neu erschaffen und schärfer geworden waren – an, sich an die Lichtverhältnisse zu gewöhnen. Er konnte so gerade eben die Silhouette des Mannes mit dem Messer ausmachen. Travis schüttelte sich hart und hätte fast den Griff des Mannes, der ihn festhielt, aufgebrochen.

»Halt ihn doch fest!«

»Das versuche ich ja«, sagte eine raue Stimme hinter ihm. »Er ist stärker, als er aussieht.«

Trotz der kräftigen Arme, die ihn hielten, wäre Travis um ein Haar freigekommen, aber seine Schuhe traten auf Kies und rutschten unter ihm weg. Er fing an zu fallen, aber starke Hände rissen ihn wieder hoch. Ein Knirschen hallte durch seinen Schädel, als seine Halswirbel gequetscht wurden.

»Hast du mir nicht zugehört, du großer Ochse? Ich sagte, du sollst ihn festhalten!«

»Du willst ihn doch wohl nicht umbringen, oder?«

»Warum nicht? Er ist kein Cop. Er ist einer von uns. Ich habe die Nachrichten gesehen – der Polizei ist egal, was mit Leuten wie uns passiert. Was schert die schon ein Verschwundener mehr?«

»Was willst du mit der Leiche machen?«

»Zerstückeln wir ihn doch einfach. Hier unten am Fluss gibt es jede Menge wilder Hunde. Die kümmern sich schon darum.«

Travis' Herz übersprang einen Schlag, als er den Stahl an

der Wange spürte. Wild riss er den Kopf herum, und eine Sekunde lang löste sich eine Hand, bevor sie ihm wieder den Mund zuhalten wollte.

Eine Sekunde, mehr brauchte Travis nicht. *»Dur!«* stieß er zwischen den zusammengebissenen Zähnen hervor. Ein Schmerzenschrei ertönte; das Messer verschwand in der Finsternis, gefolgt von einem Platschen, als es im eisigen Wasser des Platte landete.

»Was zum Teufel ...« Der Schatten vor ihm schüttelte die Hand, als wäre sie gestochen worden.

Travis fühlte, wie die Arme um ihn etwas schlaffer wurden. Das war seine Chance. Er stieß die Ellbogen zurück und wurde mit einem überraschten und schmerzerfüllten Grunzen belohnt. Ein Ruck nach vorn befreite ihn endgültig, aber seine Beine waren zittriger, als er dachte. Er stolperte und fiel auf die Knie.

»Sar!«, keuchte er und presste beide Hände auf den Boden.

Die Rune war schwach, genau wie die Rune des Eisens. Die Steine waren in dem Eisenkästchen versiegelt; ihre Macht konnte ihm nicht helfen. Aber die Magie reichte aus, um ein Dutzend Kiesel vom Boden zu heben und sie durch die Luft sausen zu lassen. Dumpfe Geräusche verkündeten, dass Steine auf Haut auftrafen, und Schmerzenslaute ertönten.

Travis kam wieder auf die Füße. Seine Augen hatten sich endlich auf das vorhandene Licht eingestellt, und er konnte die beiden Männer sehen. Der, der das Messer gehalten hatte, drehte sich jammernd im Kreis; er war ein kleiner, dicker Mann mit runden Schultern. Der andere, der Travis von hinten festgehalten hatte, war hoch gewachsen und so dürr wie eine Vogelscheuche, seine langen Arme wirbelten wie Windmühlenflügel umher und versuchten, die fliegenden Steine abzuwehren. Travis wusste, dass er hätte rennen sollen, stattdessen musste er lachen.

»Hör auf damit!« Das schrie der kleinere der Männer mit schriller, atemloser Stimme. »Hör auf, mit Steinen zu werfen!«

»Habe ich schon«, sagte Travis. Der Magie war verblasst und hatte bloß ein Jucken in seiner rechten Hand hinterlassen.

»Oh.« Der kleine Mann blieb stehen.

»Wie hast du das gemacht?«, fragte der andere Mann und ließ die langen Arme an den Seiten herunterfallen. Seine Stimme hatte einen stockenden, dabei aber durchaus melodischen Tonfall. »Du hast die Steine nicht geworfen. Du hast etwas gesagt, und sie sind von selbst geflogen.«

Travis machte einen Schritt zurück. Er sollte hier verschwinden; diese Männer waren Killer. »Warum habt ihr mich mit dem Messer bedroht?«

Der kleine Mann spuckte aus. »Na, warum schon, du Idiot! Wir haben mit dir gespielt, das war alles ... wir wollten dir einen kleinen Schrecken einjagen, weil du an unseren Platz wolltest, dich vielleicht auf die Idee bringen, dass du der Nächste bist, der verschwindet.«

»Ich habe dir doch gesagt, dass das eine blöde Idee ist«, sagte der große Mann.

»Es ist ja wohl nicht meine Schuld, wenn dieser Blödmann keinen Sinn für Humor hat.« Der kleine Mann warf Travis einen bösen Blick zu. »Du musstest ja nicht gleich den Psycho raushängen lassen.«

Travis schob die rechte Hand in die Tasche. »Tut mir Leid. Ich wollte nicht ...« Jeder Erklärungsversuch war sinnlos. »Tut mir Leid.« Er drehte sich um und setzte sich in Bewegung.

»Warte!« Schwere Schritte knirschten auf dem Kies hinter ihm. »Warte doch mal. Du musst nicht gehen.«

Travis zögerte, dann drehte er sich wieder um. Der große Mann sah ihn aus milden braunen Augen an. Sein langes schwarzes Haar war voller grauer Strähnen. »Es ist kalt heute

Nacht, aber das Viadukt hält den Wind größtenteils ab. Du solltest bei uns bleiben.«

Der andere Mann führte auf dem Kies einen wütenden Tanz auf. »Scheiße, was soll das denn, Marty?«

»Vielleicht bringt er ja ein Feuer zu Stande«, gab Marty, der Hochgewachsene, zurück. Er lächelte Travis zu. »Wir hatten kein Glück. Das Holz ist so kalt, dass es kein Feuer fängt.«

»Und warum sollte ich es schaffen?«

»Du siehst wie ein Mann aus, der ein Feuer entzünden kann«, sagte Marty, dann drehte er sich um und ging auf das Viadukt zu.

Travis stand still da, unsicher, was er von diesen Worten halten sollte.

Du solltest gehen. Du kannst keinem trauen – du kannst nicht wissen, wer für Duratek arbeitet.

Er hatte den Gedanken noch nicht zu Ende gebracht, da pfiff ein kalter Wind über den Fluss und schnitt durch seinen Parka. Er holte tief Luft, dann nahm er den Kopf herunter und begab sich wieder in das Dämmerlicht des Viadukts.

Unter der Brücke gab es eine Nische in der Stützmauer aus Beton, dort hatten die Männer ihr provisorisches Lager aufgeschlagen. Allerdings war es alles andere als warm; ihr Atem bildete erstarrte Geister in der Luft. Marty stellte sich zusammen mit seinem Partner vor. Der Name des kleinen Mannes war Jay, und sein spärlicher schwarzer Bart schien einen permanenten mürrischen Ausdruck einzurahmen. Travis nannte ihnen seinen Vornamen und schüttelte Martys große Hand, aber Jay kehrte ihm den Rücken zu, als er die Geste wiederholen wollte.

»Beachte ihn einfach nicht«, sagte Marty. »Er hat was gegen bestimmte Leute.«

Travis nahm die Hand runter. »Welche Leute meinst du?«

»Die Lebenden.« Marty ging neben einem Haufen Stöcke in die Hocke. »Also, kriegst du die zum Brennen, ja?«

Travis schaute auf das Holz. »Ich schätze schon.«

Trotz der Dunkelheit und selbst mit abgewandtem Rücken war es unmöglich, das zu verbergen, was er tat. Er hielt den Stöcken die Hand entgegen und flüsterte die Rune des Feuers. Aus dem Holz stieg eine Qualmwolke, aber das war es auch schon. Hier auf der Erde war seine Runenmagie lächerlich schwach; sie wäre viel stärker gewesen, hätte er das Eisenkästchen geöffnet, aber das wagte er nicht. Möglicherweise hätte er am Ende sie alle in Brand gesteckt. Stattdessen sprach er die Rune lauter.

»Krond!« Helle und alles verschlingende Flammen sprangen in die Höhe.

Marty grinste, und die scharfen Züge seines Gesichts wurden von goldenem Lichtschein erhellt.

»Wie hast du das gemacht?« Jay stand über Travis gebeugt. »Du hast nicht mal ein Streichholz benutzt. Marty hat Recht – du musst bloß irgendwelchen Unsinn sagen, und schon passieren Dinge. Was hast du da für ein Wort gesagt? Sag es mir, damit ich auch Feuer machen kann.«

Travis starrte in die Flammen. »So einfach ist das nicht.«

»Du meinst, du willst es mir nicht verraten«, sagte Jay, und seine Miene wurde noch finsterer. »Du willst das Geheimnis für dich behalten, nicht wahr, du habgieriger Bastard.«

»Glaub mir, wenn ich es an dich weitergeben könnte, würde ich es tun.«

Diese Worte schienen Jay zu überraschen. Er öffnete den Mund, schloss ihn wieder, dann setzte er sich neben das Feuer.

Marty lachte. »Du musst wirklich ein Zauberer sein, Travis. Ich habe noch nie erlebt, dass jemand Jay sprachlos macht.«

Der kleine Mann starrte Marty böse an. »Und ich habe noch nie erlebt, dass du so ein Plappermaul bist, also ist es vielleicht ja Voodoo.« Er richtete den Blick auf Travis. »Du bist ganz gut mit Feuer. Kennst du auch irgendwelche Worte, die was zu essen herbeizaubern?«

Travis schüttelte den Kopf.

»Nun, zu was bist du dann zu gebrauchen?« Jay klang angewidert, aber in seinem struppigen Bart zeigte sich die Andeutung eines Lächelns, als er die Hände ans Feuer hielt und sie rieb.

»Mein Onkel hat mir mal eine Geschichte erzählt«, sagte Marty, »von einem Mann, der mit Stöcken verschwundenen Schmuck wiederfinden konnte, und ich kannte eine hübsche Frau, die mit Karten die Zukunft vorhersagen konnte. Aber ich habe noch nie gehört, dass man mit einem Wort Feuer machen kann.«

»Ich habe das Feuer nicht gemacht«, sagte Travis. »Feuer ist nur eine Transformation. Wenn etwas brennt, dann bewegt es sich von einem Zustand in den anderen. Die Hitze und das Licht waren die ganze Zeit in dem Holz eingesperrt. Ich habe sie nur herausgelassen.«

Jay schnaubte. »Großer Gott, das klingt wie der Blödsinn, den der alte Sparky jedem erzählt, der blöd genug ist, ihm zuzuhören. Noch immer ganz der Professor, dabei haben sie ihn schon vor Jahren aus dem College rausgeworfen. Etwas ist nichts, und nichts ist alles, und das Universum hatte einst die Größe einer Walnuss, aber jetzt fliegt es auseinander. Da kriege ich nur Kopfschmerzen.« Er zog seine Wollmütze herunter und rieb sich den kahlen Schädel.

Travis verspürte eine Enge in seiner Brust. »Wer ist dieser Sparky?«

»Ein kluger Mann«, sagte Marty, bevor Jay das Wort ergreifen konnte. »Morgens ist er für gewöhnlich im Civic Center

Park. Sollte es aber diese Nacht schneien, dann wird er nicht da sein. Sein Rollstuhl bleibt im Schnee stecken. Wenn du willst, bringen wir dich morgen Früh zu ihm.«

»Was meinst du mit wir?«, fauchte Jay. »Ich gehe nicht in die Nähe dieses Freaks. Er ... in seiner Nähe fühle ich mich immer komisch.«

»Warum?«, wollte Travis wissen.

Jay schüttelte den Kopf. »'Ne Menge Gründe. Den ganzen Quatsch, den er erzählt. Dass das Universum so verdammt groß ist, und wir sind bloß kleine blöde Funken darin. Aber hauptsächlich sind es seine Augen. Es ist, als würde er Dinge sehen, die kein anderer je gesehen hat. Dinge, die man vielleicht auch nicht sehen sollte.« Jay befeuchtete sich die Lippen. »Deine Augen sind so ähnlich.«

Travis öffnete den Mund, aber ihm fiel keine Erwiderung ein.

»Wir sollten noch etwas Holz für das Feuer holen«, sagte Marty und stand auf. »Wir wollen doch nicht, dass es in so einer Nacht ausgeht.«

Sie kehrten mit zwei geklauten Transportpaletten zurück – Travis half Jay, die eine zu schleppen, während Marty die andere ganz allein trug –, die sie zertrümmerten und dann eine kalte, aber erträgliche Nacht zusammengekauert in der Nähe des Feuers verbrachten. Eine Zeit lang unterhielten sie sich mit leisen Stimmen, und Travis erfuhr, dass sowohl Marty wie auch Jay im Sommer auf einem Zug aus Topeka in Denver angekommen waren. Die beiden Männer hatten sich vor ein paar Jahren in Ohio kennen gelernt und reisten seitdem zusammen; langsam schlugen sie sich nach Westen durch. Travis fragte sie, wie lange sie weiterreisen wollten.

»Bis das Land zu Ende ist«, sagte Jay, und das Feuer leuchtete in seinen Augen. »Dann verbringen wir unsere Tage an einem kalifornischen Strand, liegen im Sand, essen Austern und sehen den Mädchen nach. Das ist unser Plan, Marty, nicht wahr?«

Marty erwiderte nichts und brach mit seinen großen Händen mehr Holz von den Paletten ab. Schließlich wurde es zu spät und zu kalt, um sich weiter zu unterhalten. Auf Jays Vorschlag hin hielt jeder abwechselnd Wache, während die anderen dösten.

»Uns wird kein Arsch erwischen wie die anderen, die verschwunden sind«, sagte Jay. »Darum reisen Marty und ich auch zusammen. Das ist sicherer so.« Er stieß mit dem Finger nach Travis. »Es ist keine gute Idee, in dieser Welt allein gehen zu wollen. Wenn du das machen willst, solltest du noch mal drüber nachdenken.«

»Ich übernehme die erste Wache«, sagte Travis.

Während die beiden Männer neben dem Feuer auf zerlumpten Wolldecken schliefen, drückte Travis eine Hand auf das Betonviadukt und flüsterte immer wieder *Krond,* bis Hitzewellen von der Mauer strahlten und die eiskalte Luft noch ein paar Zentimeter weiter verdrängten.

Nach Mitternacht weckte er Marty, dann rollte er sich neben dem Feuer zusammen und wünschte sich, er hätte seinen alten Nebelumhang nicht vor einem Jahrhundert in Tarras verkauft.

Als Travis die Augen aufschlug, wurde die Welt von grauem Licht erfüllt.

»Sieh an, sieh an, anscheinend ist unser Zauberer endlich wach«, sagte eine Stimme sardonisch.

Einen Augenblick lang war Travis verwirrt. Alles hatte die sanfte Farbe von Nebel angenommen. War er wieder im Grauen Turm der Runensprecher? Meister Larad verspottete ihn und seine Macht ständig, sein Narbengesicht war zugleich angewidert und amüsiert. Aber das konnte nicht sein. Großmeister Oragien hatte Larad wegen seines Verrats aus dem Grauen Turm verbannt, und Travis hatte den scharfzüngigen Runensprecher seitdem nicht mehr gesehen.

Über ihnen donnerte es. Travis setzte sich auf, und die Welt nahm schärfere Konturen an. Marty rollte sich aus der Decke, und Jay stocherte mit einem Stock in der Asche des Feuers. Sonnenlicht verwandelte das mit Eisbrocken gefüllte Wasser des Platte in ein helles Rosa, und Betonflocken rieselten in die Tiefe, als oben ein weiterer Lastwagen über das Viadukt brauste.

»Ich nehme nicht an, dass du das Feuer wieder in Gang bringen kannst, Mr. Zauberer?«, sagte Jay.

Travis schüttelte den Kopf. »Das Holz ist aufgebraucht.« Das Sprechen fiel ihm schwer; sein Kiefer war so steif wie eine verrostete Türangel.

»Und was ist mit dem, was du mit der Mauer gemacht hast?«, fragte Marty.

Travis zuckte innerlich zusammen. Der große Mann hatte wohl nicht geschlafen, als er seine Magie gewirkt hatte.

»Was meinst du, was hat er mit der Mauer gemacht?«, wollte Jay wissen und starrte Marty misstrauisch an.

»Er meint das hier.« Travis drückte die Hand gegen die Mauer und murmelte mehrere Male hintereinander *Krond*, bis der heiße Beton eine tröstende Wärme ausstrahlte.

Jay drohten die Augen aus dem Kopf zu quellen. »Großer Gott, wie hast du denn das gemacht?«

»So wie ich letzte Nacht das Feuer gemacht habe.«

»Ich dachte, das Feuermachen wäre bloß ein Trick gewesen. Du weißt schon, wie ein Zauberer, der ein Kaninchen oder Ähnliches aus dem Hut zieht.« Jay zog die Mütze auf seinem Kopf tiefer, so als könnte die Macht seiner Überraschung sie davonfliegen lassen. »Ich wusste nicht, dass du wirklich zaubern kannst.«

Travis sah Marty an, aber der große Mann erschien so gelassen wie immer. »Jetzt weißt du es.«

»Mann, das fühlt sich gut an.« Jay hielt die Hände näher an die Wand. »Das muss ich jemandem erzählen.«

»Nein«, sagte Travis.

Er hatte nicht gewollt, dass das Wort so grob klang. Aber Jay machte einen überraschten Schritt zurück. Sogar Marty hob die Brauen.

»Klar, Mann«, sagte Jay und hob beide Hände. »Was immer du sagst. Mach nur nichts Verrücktes.«

Travis zuckte zusammen. »Nein, so habe ich das nicht gemeint. Ich werde nichts ... ich tue euch nichts.«

»Das weiß ich doch«, sagte Jay, aber die ganze Zeit, während sie ihre Sachen einsammelten, sah er immer wieder in Travis' Richtung.

»Es hat nicht geschneit«, sagte Marty und schulterte seinen abgenutzten Rucksack. »Sparky wird am Civic Center sein.«

»So früh?«, fragte Travis.

»Er sieht gern den Sonnenaufgang.«

»Ich habe es dir ja gesagt, er ist ein gottverdammter Verrückter«, sagte Jay. Der kleine Mann trug nichts; er hatte seine Decke in Martys Rucksack verstaut. »Aber wenn wir schon dahin gehen, dann los. Hast du Geld, Mr. Zauberer?«

Travis schüttelte den Kopf. Er hatte seine letzten drei Dollar in der Bar ausgegeben.

Jay schnaubte. »Warum überrascht mich das jetzt nicht? Nun, du hast in der Nacht für die Heizung gesorgt, also kaufe ich uns allen unterwegs einen Becher Kaffee. Dann sind wir quitt.«

Trotz seiner Müdigkeit musste Travis grinsen. Er kannte diese Männer nicht, und er bezweifelte, dass sie vertrauenswürdig waren, trotzdem war es gut, nicht allein auf der Welt zu sein. Auf *dieser* Welt. Die beiden Männer erklommen die Uferbank, Jay machte zwei Schritte, wo Marty einen machte, und Travis folgte ihnen.

19

Wie versprochen kaufte Jay ihnen allen bei einem Straßenverkäufer an der Ecke Colfax und Broadway einen Becher Kaffee, und sie gingen genau in dem Augenblick unter einer neoklassizistischen Kolonnade zu dem breiten Rund des Civic Center Parks, in dem die Sonne die goldene Kuppel des Capitol-Gebäudes in Brand setzte.

»Es sieht wie in Tarras aus«, murmelte Travis und beschattete seine Augen gegen den feurigen Glanz der Kuppel.

»Es sieht wie aus?«, sagte Jay und schaute ihn aus zusammengekniffenen Augen an.

Travis schüttelte den Kopf. »Nichts.« Er sah sich um. »Seht ihr euren Freund?«

»Zum Teufel noch mal, ich habe dir doch gesagt, dass er nicht unser Freund ist«, sagte Jay. Seine kleine Hand verkrampfte sich um den Becher, so dass Kaffee aus der Öffnung in dem Deckel hervorschoss.

»Ich glaube, er ist da drüben«, sagte Marty. Er betrat das braune Gras und bewegte seine Vogelscheuchenbeine so schnell, dass Travis ein ordentliches Tempo vorlegen musste, um mitzuhalten, während Jay zu einem Dauerlauf gezwungen war.

Travis sah ihn, als sie den Park zur Hälfte durchquert hatten. Er hatte den Rollstuhl in einem Flecken Sonne positioniert, und er badete mit geschlossenen Augen in der morgendlichen Helle. Sie blieben vor ihm stehen, aber er öffnete die Augen nicht. Er war ein grauhaariger Mann von etwa fünfzig Jahren. Sein Körper war ein formloser Klumpen, der in einen Segeltuchmantel über mehreren Pullovern gehüllt war, und seine Beine waren Stümpfe, die in der Mitte der Oberschenkel endeten und auf denen jeweils eine Skimütze der Denver

Broncos steckte. In seinem Schoß lag ein Metallkasten mit zahlreichen Anzeigen und Knöpfen. Ein leises statisches Zischen ging davon aus.

»Hey, Sparky«, sagte Jay. »Was schaust du dir an?«

»Sonnenaufgang«, sagte der Mann im Rollstuhl, und ein Grinsen voller schiefer Zähne blitzte durch den Bart auf.

Jay warf ihm einen finsteren Blick zu. »Das habe ich bemerkt.«

»Tatsächlich?«, erwiderte der Mann mit noch immer geschlossenen Augen. »Weißt du, Jay, es brauchte die Schriften Galileos, um die Welt ein für alle Mal davon zu überzeugen, dass nicht die Sonne den Himmel emporklomm, sondern sich die Erde um sich selbst drehte, während sie die Sonne umkreiste. Und der arme Galileo wurde vom Papst wegen des Verbrechens der Häresie eingesperrt. Sag mir, würdest du das auch tun – ins Gefängnis gehen, weil du dich weigerst, etwas zu widerrufen, von dem du weißt, dass es die Wahrheit ist?«

Jay schnaubte. »Scheiße auf einem Cracker, ich hab dir ja gesagt, er macht mir Kopfschmerzen.«

Der Mann im Rollstuhl lachte und öffnete die Augen. »Das ist ein gutes Zeichen, Jay. Es bedeutet, dass dein Verstand arbeitet. Hallo, Marty. Schön, dich zu sehen – du erinnerst mich immer daran, dass Schweigen der bessere Teil der Weisheit ist. Wer ist dein Freund?«

»Das ist Travis«, sagte Marty. »Er will mit dir sprechen.«

»Schön, dich kennen zu lernen, Travis.« Er streckte eine behandschuhte Hand aus. »Mein Name ist Caleb Sparkman.«

Jay schnaubte. »Sparkman, Sparky – wo ist da der Unterschied?«

Travis schüttelte ihm die Hand. »Ich hoffe, wir stören dich nicht.«

»Nicht im Mindesten. Ihr seid sogar eine nette Ablenkung.«

Travis schaute sich in dem verlassenen Park um. »Ablenkung? Von was?«

»Von den Stimmen«, sagte Marty.

Travis zog die Hand zurück. Sparkman lächelte zu ihm hoch. »Keine Sorge, mein Freund. Sie sind nicht real. Auch wenn sie ziemlich störend sein können.«

Jay lachte bellend. »Etwas mehr als nur etwas störend.« Er umrundete den Rollstuhl und lehnte sich auf die Griffe. »Folgende Geschichte, Travis. Der Professor hier hat auf einigen der Community Colleges in der Umgebung gelehrt. Physik und Mathe und so einen Scheiß. Aber dann haben die Stimmen in seinem Kopf angefangen zu reden, und sie haben ihm befohlen, Dinge zu tun.«

Sparkman faltete die Hände und nickte.

Jay erzählte weiter, rollte den Stuhl ein paar Zentimeter vor, dann wieder zurück. »Zuerst waren es bloß verrückte Kleinigkeiten, du weißt schon, seine sämtlichen Unterlagen in den Reißwolf zu stecken, damit niemand erfahren konnte, was er dachte, und eine Maschine aufzustellen, die eine Art Störwellen aussandte, damit die Überwachungskameras in seinem Klassenraum nicht funktionieren. Aber dann wurde es schlimmer, und die Stimmen sagten ihm, dass man Teile seines eigenen Körpers dazu benutzte, um ihn im Auge zu behalten. Stimmt das nicht, Sparky?«

»O ja«, sagte er in einem zustimmenden Tonfall.

»Und weißt du, was er als Nächstes getan hat?«, fragte Jay mit funkelnden Augen. »Er hat sich um jeden Oberschenkel einen Gürtel gebunden, als Aderpresse. Dann nahm er ein Beil, genau wie es ihm die Stimmen gesagt hatten, und hackte sich die Beine ab.«

Travis wich einen Schritt zurück. Er hätte versuchen sollen, das Entsetzen zu verbergen, von dem er wusste, dass es sich auf seinem Gesicht abzeichnete, aber er konnte es nicht.

»Das ist so nicht ganz richtig, Jay«, sagte Sparkman mit freundlich streitbarem Tonfall. »Das Beil erwies sich als zu klein für die Aufgabe – ich war ein guter Mathematiker, aber ein schlechter Handwerker. Ich verlor das Bewusstsein, bevor ich die Aufgabe vollendete, die mir die Stimmen gegeben hatten. Einer meiner Studenten fand mich in meinem Büro, und man brachte mich ins Krankenhaus, wo die Ärzte die Amputationen vollendeten.«

Jay lachte und klatschte in die Hände. Marty schwieg; er betrachtete die goldene Kuppel des Capitol.

Der bittere Kaffee wühlte Travis' Magen auf. »Du warst krank, nicht wahr?«

Sparkman nickte. »Sogar ziemlich krank. Aber die Ärzte halfen mir, die Auswirkungen meiner Psychose zu verstehen. Wissen ist eine mächtige Sache – ein Werkzeug, das einem helfen kann, jede Aufgabe zu meistern –, und es half mir dabei, meine Krankheit zu kontrollieren.«

Jay schlug ihm auf die Schultern. »Aber du hörst die Stimmen noch immer, oder, Sparky?«

»Das werde ich auch immer. Aber ich habe gelernt, nicht zuzuhören.« Er lächelte zu Travis hoch. »Doch selbst nach all diesen Jahren fällt es schwer, sie zu ignorieren. Sie hassen es, wenn man ihnen nicht zuhört, und sie können sehr laut werden. Aus diesem Grund ist die Ablenkung durch eine Unterhaltung auch sehr willkommen.«

Travis wandte den Kopf und ließ sich vom Morgenlicht blenden. Sein Entsetzen verwandelte sich in Trauer und Begreifen, und er seufzte. Was würden sie denken, wenn sie wüssten, dass auch er Stimmen hörte – die Stimmen von Jack und allen Runenmeistern, die es vor ihm gegeben hatte?

Marty berührte Travis am Arm. »Du solltest Sparkman von deiner Magie erzählen.«

»Das stimmt«, schlug Jay in dieselbe Kerbe. »Du hättest das

sehen sollen, Sparky. Es war verflucht erstaunlich. Er hat Feuer gemacht, indem er bloß ein Wort gesagt hat.«

»Wirklich?« Sparkman erschien interessiert, aber nicht überrascht. Er schaute zu Travis hoch. »Du bist also ein Magier. Hast du einen Trick benutzt?«

Jay zog die Brauen zusammen. »Das war kein Trick, Sparky. Ich habe es mit meinen eigenen Augen gesehen.«

»Ich fürchte, unsere Augen können uns wie auch unsere anderen Sinne einen Streich spielen«, sagte Sparkman.

Travis seufzte. Es war falsch, er sollte keine Magie ausüben, solange er nicht in Not war. Aber vielleicht war es ja doch wichtig. Er streckte die Hand aus, drehte die Handfläche nach oben und flüsterte eine Rune. *»Lir.«*

Sie kondensierte augenblicklich aus der Luft, um über seiner Handfläche zu schweben: eine kleine Lichtkugel, nicht golden wie die Morgensonne, sondern silberblau. Mit einem Fingerschnippen ließ er sie durch die Luft sausen. Die Kugel flog zwischen Marty und Jay hindurch, und der kleine Mann fluchte. Sie drehte mehrere Kreise um Sparkmans Kopf, dann kehrte sie zu Travis' Hand zurück. Er schloss die Finger darum, und das Licht verschwand.

Sparkman riss die Augen weit auf. Er rollte seinen Stuhl näher an Travis heran. »Absolut faszinierend. Es sah wie ein Hologramm aus, aber du konntest es mit deinem Willen lenken. Und solange du keinen Laser im Ärmel versteckt hast, habe ich keine Ahnung, wie du das erschaffen hast.«

Travis zuckte mit den Schultern. »Ich bin mir da auch nicht so sicher. Aber im Moment spielt das auch keine Rolle. Darüber will ich nicht mit dir sprechen.«

»Und worüber willst du mit mir sprechen?«

Travis befeuchtete sich die Lippen. »Wie man etwas zerstört.«

Jay warf Marty und Sparkman einen besorgten Blick zu.

»Zum Teufel, Travis – du willst doch wohl nicht etwas in die Luft sprengen, oder? Dabei könnte jemand verletzt werden.«

»Nein«, sagte Travis und blinzelte. Sein Kopf schmerzte von dem billigen Koffein und Angst. »Ich will niemanden verletzen. Das versuche ich ja gerade zu verhindern. Und darum muss ich sie zerstören.«

»Was zerstören?«, fragte Marty.

Travis legte die Finger um das Eisenkästchen in seiner Tasche. »Das kann ich euch nicht sagen.«

Martys Gesicht war ernst. »Ist es etwas Böses?«

Travis schüttelte den Kopf. »Nein, im Grunde genommen nicht. Aber man könnte sie dazu benutzen, großes Unheil anzurichten, wenn der Fahle ... wenn sie in die falschen Hände fielen.«

Jay warf ihm einen schiefen Blick zu. »Das klingt wie etwas, das der alte Sparky hier sagen würde. Bist du sicher, dass du nicht auch Stimmen hörst?«

Beinahe hätte Travis gelacht. Er war sich ziemlich sicher, dass Jack mit seinem Vorhaben nicht einverstanden sein würde.

Und was genau hast du vor, wenn ich fragen darf?, ertönte Jacks gereizte Stimme. *Du bist in letzter Zeit schrecklich geheimnisvoll.*

Travis ignorierte ihn.

Sparkman strich sich mit nachdenklicher Miene den Bart. »Dinge zerstören ist ein gefährliches Vorhaben. Einstein hat uns gezeigt, dass eine kleine Masse das Äquivalent einer gewaltigen Menge an Energie ist. Hast du zum Beispiel gewusst, dass der Nukleus eines Atoms über weniger Masse verfügt als die Summe aller seiner Partikel?«

Travis fing an, Jay zuzustimmen. Sich mit Sparkman zu unterhalten machte Kopfschmerzen. »Aber das erscheint unmöglich. Wo ist die fehlende Masse?«

»Sie fehlt gar nicht«, sagte Sparkman, er lächelte und klatschte in die Hände. »Du musst wissen, wenn man Materie auseinander bricht, entlässt man damit die Kraft, die diese Materie zusammenhält. Die Differenz der Masse ist die potenzielle Energie, die man entlassen würde, wenn der Nukleus zerbrochen wird.« Er nahm die Hände auseinander. »Natürlich kann man nicht nur einen Nukleus zerbrechen. Freie Partikel würden benachbarte Atome treffen und eine Kettenreaktion auslösen. Und wenn diese Reaktion unkontrolliert ist, hat man ...«

»... eine Nuklearbombe«, sagte Travis.

Sparkman nickte. »Mindestens. Aber selbst die heutigen Nuklearwaffen erschaffen unvollkommene Kettenreaktionen. Wäre die Reaktion perfekt, könnte sie nichts davon abhalten, die Welt zu zerstören. Oder sogar das Universum.«

Travis verspürte Übelkeit. An dem, was Sparkman gerade gesagt hatte, war etwas überaus wichtig. Aber bevor er die Antwort fand, zerriss ein scharfes statisches Zischen die Stille, gefolgt von Piepen und Klicken.

»Oh, gut«, sagte Sparkman mit leuchtenden Augen. »Da sind sie ja.« Er fummelte an einigen Knöpfen des Metallkastens auf seinem Schoß herum. Die Statik nahm ab, und die Piepser und das Klicken wurden klarer. »Sie waren den ganzen Morgen still. Ich glaubte schon, sie wären weg, aber sie müssen noch immer hier sein.«

Travis schüttelte den Kopf. »Wer muss noch hier sein?«

»Nun, natürlich die Aliens.«

»Die Aliens?«

»Die, die Obdachlose für ihre Experimente entführen.« Sparkman tätschelte den Kasten. »Ich habe dieses spezielle Radio gebastelt, damit ich ihre Transmissionen überwachen kann, und ich höre ihnen jetzt schon seit Wochen zu. Aber keine Sorge, ich habe dafür gesorgt, dass sie diesen Empfänger nicht orten können. Oder meine Gedanken.« Er nahm die Wollmütze ab. Sein kahler Schädel war mit einer zerknitterten Kuppel aus Aluminiumfolie bedeckt.

Jay lachte krächzend. »Siehst du, Travis? Ich habe dir doch gesagt, dass der alte Sparky ein Verrückter ist.«

»Worüber reden die Aliens jetzt?«, fragte Marty ernst.

Sparkman beugte den Kopf über den Empfänger und lauschte. »Ich bin mir nicht sicher. Das scheint eine Art von verschlüsselter Sendung zu sein.«

Travis' Mund wurde trocken. Er kniete neben dem Rollstuhl nieder. »Wenn sie in einem Kode kommunizieren, woher willst du dann wissen, dass sie es sind, die in Denver Leute entführen?«

»Dieser Empfänger verfügt nicht über viel Energie«, erwiderte Sparkman. »Seine Reichweite ist ziemlich begrenzt, daher weiß ich, dass die Aliens nicht mehr als ein paar Meilen weit weg sein können. Außerdem habe ich etwas von dem verstehen können, was sie gesagt haben. Sie müssen hier Kollaborateure haben, denn sie sprechen auch oft Englisch, obwohl sie Kodewörter in ihrer fremden Sprache benutzen. Aber ich habe genug gehört, um sicher zu sein, dass die Aliens hinter den Entführungen stecken.«

Travis wollte Jay und Marty sagen, dass es Zeit zu gehen war, aber bevor er etwas sagen konnte, drangen gedämpfte Stimmen aus dem Empfänger.

Sparkmans Augen fingen an zu leuchten. »Es geht los! Hört zu!«

Er drehte an einem Knopf, und die Worte wurden klarer. » ... sind zur Basis zurückbefohlen worden. Erstatten Sie Bericht, sobald Sie können. Ich glaube, wir erhalten bald neue ...« Die Stimme des Mannes verlor sich in einem weiteren Knistern aus Interferenz.

»Da.« Sparkman sah lächelnd auf. »Habt ihr das gehört?«

Jay verdrehte die Augen. »Was gehört? Die Hälfte davon war nicht zu verstehen. Hast du was verstanden, Marty?«

Der große Mann schüttelte den Kopf. »Nur wenig. Sie haben Wörter benutzt, die ich noch nie zuvor gehört habe.«

»Das ist ihre fremde Sprache«, sagte Sparkman und nickte.

Travis starrte den Empfänger an. Wenn die Hälfte davon in einer fremden Sprache gesagt worden war, warum hatte er dann alles verstanden? Er suchte in der Tasche herum, zog die halbe Silbermünze hervor und legte sie auf den Boden.

Jay beobachtete ihn stirnrunzelnd. »Was tust du da, Mr. Zauberer?«

»Mach es lauter«, sagte Travis.

Sparkman spielte an den Knöpfen herum. Wieder verwandelte sich die Statik in Worte, nur diesmal verstand Travis nicht alles.

« ... bewegen sich jetzt in Richtung *Taldaka.*«

Eine andere Stimme antwortete, eine Frauenstimme. »Irgendwelche Anzeichen, dass der *Senlath* ...«

Die Worte verloren sich in einem leisen Zischen. Aber es hatte gereicht. Travis nahm die Münze und steckte sie in die Tasche, während er aufstand. Er hatte die fremden Wörter nicht verstehen können; im Gegensatz zu Grace hatte er keine Anstrengungen unternommen, die Sprache zu lernen. Aber selbst ohne die Magie der Münzhälfte hatten sie vertraut geklungen – vertraut genug, um zu erkennen, dass es Eldhisch war. Aber wer würde auf der Erde eldhische Wörter benutzen?

Du hast Sparkman gehört. Sie benutzen die Wörter als Kode. Und welch besseren Kode könnte es geben als die Sprache einer anderen Welt? Niemand würde sie je entschlüsseln können!

Aber Travis war sich sicher, dass die Stimmen nicht zu Aliens gehörten. Es waren Menschen von der Erde. Sie hatten

Agenten in die Domänen geschickt; sicherlich hatten sie dort viel über die Kultur und die Sprache erfahren.

Es ist Duratek, Travis. Sie sind es, die Sparkman hört. Sie sind die Entführer.

Aber das ergab keinen Sinn. Was sollte ein multinationales Unternehmen mit einem Haufen Obdachloser anstellen? Davon abgesehen, so klug Sparkman auch sein mochte, war er doch mit Sicherheit verrückt. Travis versuchte nachzudenken, aber da ergriff Marty das Wort.

»Wir sollten zum Asyl gehen«, sagte der große Mann. »Wenn wir jetzt nicht gehen, wird es dort kein Frühstück mehr geben.«

Jay schob den Ärmel hoch, um eine Timex-Armbanduhr zu enthüllen, deren Zifferblatt unter dem beschlagenen Glas kaum zu sehen war. »Verdammt, wir müssen los. Komm schon, Travis.«

Die Vorstellung von Essen drehte Travis den Magen um, aber er hatte nicht die Energie, sich Jay zu widersetzen, der an seinem Ärmel zerrte. »Professor Sparkman?«, sagte er.

Sparkman griff in die Tasche und holte einen Bagel hervor. »Ich bin versorgt. Und seht.« Er schob einen Finger durch das Loch. »Das ist wie die fehlende Masse im Nukleus eines Atoms.«

Travis machte den Mund zu, und Jay fing an, ihn hinter Marty herzuzerren. Sparkman winkte ihnen nach, dann biss er in seinen Bagel und beugte den Kopf über seinen Empfänger.

»Komm schon«, fauchte Jay. »Ich kann nicht fassen, dass wir so viel Zeit mit Sparky verschwendet haben. Dieses ganze Nachdenken macht mir schlechte Laune.«

»Mich macht es hungrig«, sagte Marty.

Jay boxte ihn gegen den Arm. »Dich macht doch alles hungrig.«

20

Die Morgendämmerung war noch eine Stunde entfernt, und im Schloss war es still, als Grace durch leere Korridore ging. Die steinernen Mauern verströmten Kälte, und sie hatte sich nur ein Schultertuch über das Nachthemd geworfen, bevor sie sich aus dem Gemach geschlichen hatte.

Das ist dumm, Frau Doktor. Wie sollst du ein Heer anführen, wenn du dir eine Lungenentzündung holst?

Sie sollte später am Morgen von Calavere aufbrechen, um die Reise nach Norden zu beginnen – nach Burg Todesfaust. Ihr würde die kläglich kleine Streitmacht folgen, die Boreas' Mobilmachung gefolgt war. Als wüsste Grace etwas darüber, wie man ein Heer anführte.

Vielleicht ist es besser, dass so wenige dem Ruf gefolgt sind. So führst du bloß fünfhundert Mann in den sicheren Tod statt fünftausend.

Die ganze Nacht hatte sie schlaflos im Bett gelegen, und sie hatte geglaubt, dass es einfach die Furcht vor dieser Aufgabe war, die Schlaf unmöglich machte. Aber als das graue Licht durch die Schlagläden sickerte, erkannte sie plötzlich, dass ihr etwas anderes auf der Seele lag, etwas, das mit ihrem Vorstoß in den Dämmerwald vor drei Tagen zu tun hatte. Und als sich das graue Licht schließlich silbern färbte, fiel es ihr ein.

Du suchst einen Schlüssel, nicht wahr, hatte die Waldkönigin gesagt, *der dir in dem Krieg helfen kann, in den du ziehen musst. Setze dich in den Stuhl, der allen anderen verboten ist, und der Schlüssel wird sich dir enthüllen ...*

Sie war aus dem Bett geschlüpft, ganz behutsam, um Tira nicht zu wecken, die sich unter der Decke zu einer Kugel zusammengekrümmt hatte, und hatte die Tür ohne einen Laut geöffnet und wieder geschlossen.

Jetzt durchquerte sie die Eingangshalle des Schlosses und betrat einen Korridor, der sie zu einer gewaltigen Eichentür brachte, auf der das Wappen von Calavere eingeschnitzt war: zwei gekreuzte Schwerter unter einer Krone mit neun Zacken. Nur dass die Krone eigentlich keine neun Zacken mehr hätte haben dürfen. Zwei der Schlosstürme waren nur noch Trümmer. Würden sie je Zeit haben, sie wieder aufzubauen?

Nicht, wenn sie das hier nicht schaffte. Grace öffnete die Tür gerade weit genug, um hindurchschlüpfen zu können. Drinnen stemmte sie sich dagegen, um sie wieder zu schließen, froh darüber, dass ein Diener die Angeln erst kürzlich geölt haben musste.

Durch die hohen Fenster drang genug Licht, dass sie die kreisförmigen Sitzreihen ausmachen konnte sowie den runden Tisch, der die Mitte des Gemachs dominierte. An diesem Ort war vor über einem Jahr der Rat der Könige abgehalten worden. Seitdem hatte man das Gemach nur selten benutzt, und die Luft war kalt und moderig. Grace eilte zu dem Tisch, schaute dann über die Schulter. Sie kam sich wie ein Teenager vor, der sich nach Unterrichtsschluss in die Schule schlich.

Das ist doch lächerlich. Wenn die Waldkönigin Recht hatte, dann gehörst du hierher.

Sie ging um den Tisch herum. In seiner Mitte war die Rune der Hoffnung eingelegt, die Travis gebunden hatte, nachdem er zuvor die Rune des Friedens zerbrochen hatte. Acht kunstvoll verzierte Stühle umgaben den Tisch, in deren Rücken königliche Wappen eingeschnitzt waren. Dort stand Stuhl Calavan neben Stuhl Toloria und Stühle für die restlichen sieben Domänen.

Hinter dem letzten Stuhl blieb Grace stehen. Er sah neuer als die anderen aus, glänzender. Andererseits hatte im Laufe der Jahrhunderte niemand darauf gesessen, oder? Die Legende erzählte, dass eine Hexe den Stuhl mit einem Zauber belegt hatte und dass nur der wahre Erbe des Throns von Malachor es wagen konnte, sich darauf zu setzen, denn jeder Unwürdige würde sofort zu Tode kommen.

Gelächter stieg in Grace auf. Falken und die anderen waren absolut davon überzeugt, dass sie der letzte Abkömmling des Königlichen Hauses von Malachor war. Was war, wenn sie sich auf den Stuhl setzte und zu einem Häufchen Asche verbrannt wurde?

»Das würde es ihnen sicher beweisen, nicht wahr?«, murmelte sie und musste sich auf die Lippe beißen, um nicht laut zu lachen.

Grace fuhr über das Symbol auf dem Stuhlrücken: ein stilisierter Knoten mit vier Schlaufen, der einen vierzackigen Stern umgab. Sie verspürte keinen Stich der Magie. Ihre Finger waren bloß staubig, nicht verbrannt. Langsam rückte sie an die Vorderseite des Stuhls heran.

»Nun, alles oder nichts.«

Grace setzte sich. Falls auf Stuhl Malachor ein Fluch lag, dann bloß der, dass er außerordentlich unbequem war. Der Sitz war hart, und die Schnitzereien in der Lehne bohrten sich ihr in den Rücken. Davon abgesehen – und von der Tatsache, dass er für jemanden konstruiert zu sein schien, der fast einen Meter größer als sie war – schien nichts Besonderes an ihm zu sein.

Aber es musste etwas geben. *Setze dich in den Stuhl, der allen anderen verboten ist,* hatte die Waldkönigin gesagt, *und der Schlüssel wird sich dir enthüllen.*

Grace konnte nichts an dem Stuhl entdecken, das herausragte und wie ein Schlüssel aussah; sämtliche Vorsprünge waren fest mit ihm verbunden. Vielleicht war es eine Art Rätsel – vielleicht gab es etwas, das man nur sehen konnte, wenn man in diesem Stuhl saß. Aber das Gemach sah aus dieser Perspektive genauso aus wie aus jeder anderen.

Nun gut, dann war es vielleicht etwas an dem Tisch vor dem Stuhl. Sie tastete mit einer Hand die Unterseiten des Tisches ab und rechnete beinahe damit, auf ein Stück Kaugummi zu stoßen, das jemand dort hingeklebt hatte, aber es gab nichts. Grace seufzte; ihr war kalt und mehr als nur etwas übel, von ihrer Müdigkeit ganz zu schweigen. Was hatte sie denn erwartet? Es war bloß ein Stuhl, und sie bezweifelte, dass die Geschichte von der Hexe und dem Fluch der Wahrheit entsprach.

»Erzähl das dem Grafen von Wetterly«, sagte eine krächzende Stimme. »Er hielt sich für einen Nachkommen König Ulthers, und er hat vor ein paar Jahrhunderten versucht, sich auf den Stuhl zu setzen. Alles, was sie am nächsten Morgen von ihm gefunden haben, waren seine Zähne. Seitdem hat niemand mehr den Stuhl berührt. Bis jetzt.«

Grace keuchte auf und blickte sich um, aber sie konnte die Sprecherin nirgendwo entdecken. »Wer ist da? Zeigt Euch!«

»Ich bin doch direkt hier, Euer Majestät.« Eine in graue Fetzen gekleidete, unförmige Gestalt schlurfte hinter dem Stuhl hervor.

»Vayla«, sagte Grace. Sie legte den Kopf schief und dachte an die alte Vettel, die sie in König Kels Lager kennen gelernt hatte. »Oder seid Ihr Grisla?«

Die Alte zuckte mit den messerscharfen Schultern. »Warum entscheidest du das nicht, Euer Majestät.«

»Bleiben wir im Augenblick bei Vayla. Sie ist weniger ...«

»Lustig?«, sagte die Alte.

Grace lächelte. »Ich wollte sagen impertinent.«

Vayla stieß ein Schnauben aus. »Wie du willst, Euer Majestät. Aber vielleicht wäre es besser, Grisla wäre hier und nicht ich. Denn weißt du, sie würde keine Sekunde zögern, dir zu sagen, was für ein großer Dummkopf du doch bist.«

»Was meint Ihr?«

»Du weißt, was ich meine.« Vayla tippte ihr mit einem knochigen Finger gegen die Brust. »Du bist dir immer so sicher, dass alles hoffnungslos ist. Nach all dem, was du gesehen hast, hältst du wirklich so wenig von Magie? So wenig vom Leben? Beim Ersten und beim Letzten, manchmal lässt du diesen embarranischen Burschen wie einen Sonnenstrahl aussehen. Vielleicht solltest du deinen Namen in Lady Jammerlise umändern?«

Grace kniff die Augen zusammen. »Seid Ihr sicher, dass Ihr nicht doch Grisla seid?«

»Wir haben alle unterschiedliche Gesichter. Es ist bloß die Frage, welches Gesicht wir für den Moment aussuchen.« Die Alte starrte Grace mit ihrem hervorquellenden Auge an. »Und welches Gesicht wirst du heute aufsetzen?«

Grace wollte sagen, dass sie keine verschiedenen Gesichter hatte, aber das stimmte nicht, oder? Sie war Ärztin und Hexe. Und, ob sie nun wollte oder nicht, Königin. Und sie war eine Frau, allein und verängstigt. Aber was davon war wirklich sie?

»Ich weiß nicht, was ich sein werde.«

»Pfff«, machte Vayla, die Hände in die formlosen Hüften gestemmt. »Du solltest dich lieber entscheiden.«

»Was wird geschehen, wenn ich es nicht tue?«

»Wahnsinn, das wird geschehen. Unheil und Tod.« Die Alte beugte sich näher an den Stuhl heran; sie roch nach alten Blättern. »Wir haben viele Gesichter, aber wir können immer nur eines tragen. Wenn du versuchst, für jeden alles zu sein, dann wirst du am Ende gar nichts sein. Also such dir eines aus und bleib dabei.«

»Selbst, wenn es nicht das Richtige ist?«

»Und wenn das, was du wählst, aus deinem Inneren kommt, Tochter, wie in aller Welt kann das dann falsch sein?«

Diese Worte überraschten Grace – und erfüllten sie zugleich

mit einer seltsamen Aufregung. Seit man ihre Herkunft enthüllt hatte, hatte sie sich gegen die Vorstellung gewehrt, Königin zu sein. Aber was war der wahre Grund dafür?

Königinnen sollten stolz und majestätisch und furchtlos sein, Grace. Sie kommandieren Leute mit einem Fingerschnippen herum. Und sie wissen immer ganz genau, was sie tun.

Oder war das nur eine alberne Vorstellung von dem, wie eine Königin sein sollte – etwas aus Filmen und Büchern? Vielleicht musste sie ja nichts von dem sein, um Königin zu sein. Vielleicht musste sie nur diese unerreichbaren Ideen zur Seite legen und ihre eigene Art von Königin sein – eine mit einem schlechten Haarschnitt, einer ernsthaften *Maddok*-Sucht und der völligen Unfähigkeit zum Hofknicks. Und eine, die mit wundervollen Freunden gesegnet war, die ihr durch alles hindurchhelfen konnten. Vielleicht, nur vielleicht, konnte sie wirklich eine Königin sein.

Sie stieß die angehaltene Luft aus – es war ein Laut der Erkenntnis und des Loslassens.

Vayla tätschelte Grace mit einer verkrümmten Hand die Wange. »Das ist es, Tochter – niemand kann dir sagen, was du sein sollst. Weder Barden noch Götter noch Fahle Könige. Du bist diejenige, die entscheidet.«

Die alte Vettel drehte sich um und schlurfte in Richtung Tür.

Grace starrte ihr nach, dann wurde sie von Panik ergriffen. »Wartet! Ich brauche Euch. Ich muss den Schlüssel finden!«

»Dafür brauchst du mich nicht«, rief die Alte mürrisch über die Schulter zurück. »Er ist die ganze Zeit unter deinem Daumen gewesen.«

Unter dem Daumen? Grace schaute auf ihre Hände, die auf den Armlehnen ruhten. Das Holz unter beiden Daumen war glatt, obwohl direkt neben dem rechten die kleine Schnitzerei eines ... was? Sie beugte sich näher heran, und das Herz klopfte ihr bis zum Hals.

Es war die Schnitzerei einer von Mauern umgebenen Festung oben auf einem hohen Berg.

Unwillkürlich drückte sie gegen die Schnitzerei. Ein Klicken ertönte, und ein kleines Stück Holz unter ihrem Daumen schob sich nach innen. Überrascht nahm sie die Hand zurück, und eine kleine Schublade schoss aus der Lehne.

Nachdem sich ihr Herz entschieden hatte, wieder zu schlagen, schaute Grace in die Schublade. Dort lag eine milchfarbene Steinscheibe von der Größe einer Vierteldollarmünze, aber wesentlich dicker. Sie zögerte, dann ergriff sie sie. Sie sah sofort, dass es sich um eine Rune handelte. Drei parallele Linien verliefen oben auf der Scheibe; sie waren identisch mit der Rune in der Mitte des Ratstisches. Grace erkannte das Symbol. Es war Hoffnung.

Natürlich. War Hoffnung nicht immer der Schlüssel? Mit Hoffnung war alles möglich.

»Und wie benutze ich sie?«

Schweigen. Sie schaute auf. Vayla war nirgendwo zu sehen. Aber die Alte hatte nur einen Weg nehmen können. Grace stand auf und schob die Rune in eine Tasche, dann schlüpfte sie durch den Spalt in der Tür. Mit wehendem Schultertuch lief sie den Korridor entlang, bis sie zu einer Abzweigung kam. Welcher Weg?

Im Augenwinkel sah Grace eine Bewegung und drehte sich noch rechtzeitig um, um ein Stück graues Tuch um die Ecke verschwinden zu sehen. Sie rannte den Korridor entlang und umrundete die Ecke. Ein unförmiger Schatten tauchte gerade in einen vorausliegenden Torbogen ein. Grace eilte ihm nach.

Sie fand sich in einem halbdunklen Saal wieder, der von Rüstungen gesäumt wurde. Am anderen Ende war eine Tür, aus der goldenes Licht schimmerte. Einen Augenblick lang zeichnete sich eine formlose Silhouette im Licht ab, dann trat sie hinein. Grace beugte sich vor, raste den Saal entlang und rannte durch die Tür.

»Wohin des Weges?«, sagte eine Stimme. Sie war sanft und ruhig, leicht amüsiert, eine Frauenstimme.

Grace kam rutschend zum Stehen und blieb nur ein Stück vor einem Speer stehen, den eine Rüstung in einem entschieden gefährlichen Winkel hielt. Sie war in einem kleinen Vorraum. Es gab ein paar Stühle und mehrere von der Zeit dunkel angelaufene Porträts von Herzögen, Grafen und Prinzen an den Wänden. Durch ein Fenster drang safrangelbes Licht; draußen war die Sonne aufgegangen.

»Alles in Ordnung, Schwester?«

Grace drehte sich um. Die Frau war nicht groß, aber dennoch elegant; sie trug ein Gewand, das das Morgenlicht einzufangen und in ein Dutzend verschiedene Farbtöne aus Purpur, Grün und Pfauenblau zu verwandeln schien. Ihr schwarzes Haar wurde von einer einzigen weißen Strähne gezeichnet, und weise Fältchen betonten ihre mandelförmigen Augen. War sie eine Adlige? Vermutlich, auch wenn ihre Kleidung etwas ungewöhnlich erschien.

Grace wurde sich bewusst, dass sie besser etwas sagen sollte, also holte sie Luft. »Ich suche jemanden. Sie kam hier vorbei.«

»Wirklich?« Die Frau hob eine Braue. »Das ist merkwürdig. Denn wie Ihr sehen könnt, bin ich hier außer Euch die einzige Anwesende, und es gibt zu diesem Gemach keine anderen Türen außer der, durch die Ihr gekommen seid.«

Grace runzelte die Stirn. Wo konnte Vayla hingegangen sein?

Vermutlich an jeden Ort. Man kann unmöglich sagen, wer Vayla wirklich ist. Oder Grisla, oder wie auch immer sie sich nennt. Aber an ihr ist mehr dran, als der äußere Anschein vermuten lässt. Du wirst sie nicht wieder sehen, bis sie es will.

»Ich frage Euch erneut, geht es Euch gut, Schwester?«, sagte die Frau mit mütterlicher Stimme und trat einen Schritt näher heran.

Grace nickte. »Alles in Ordnung, wirklich. Ich habe nur gerade viel um die Ohren, das ist alles. Es tut mir Leid, Euch gestört zu haben.« Sie ging auf die Tür zu.

Die Frau lächelte. »Ihr stört nicht. Ich bin eben erst im Schloss angekommen, und ich habe bloß darauf gewartet, dass die Leute erwachen.«

Grace zögerte. »Welche Leute?«

Das Lächeln der anderen wurde breiter. »Nun, Leute wie Ihr, Schwester.«

Grace machte einen Schritt zurück in den Raum. Aus irgendeinem Grund erinnerte sie die Frau an Vayla, obwohl sie nun bestimmt keine alte Vettel war. Sie war wunderschön, eine Frau in der Blüte ihres Lebens.

»Entschuldigt«, sagte Grace, »aber sind wir uns schon einmal begegnet?«

Die andere nickte. »Im Geiste, ja, aber nicht in Person.«

Grace starrte sie an, dann traf es sie wie ein Blitzschlag. Als sie auf dem Schwarzen Schiff gegen den Runenmeister Kelephon gekämpft hatte, hatte Aryn über zahllose Meilen gereicht und ihr geholfen, einen Zauber zu weben. Aber da war neben Aryn noch ein anderes Bewusstsein gewesen, es war tief, ruhig und weise gewesen. Es war ...

»Ihr!«, stieß Grace hervor. »Aryn und Lirith haben mir alles von Euch erzählt. Euer Name ist Mirda, und Ihr seid die Hexe, die geholfen hat, auf Ar-Tolor das Weben des Musters zu verändern. Und Ihr seid die, die Aryn überzeugt hat, sich dem ...« Grace senkte die Stimme zu einem Flüstern »... Schattenzirkel anzuschließen.«

Mirda nickte mit wissendem Ausdruck. »Wie ich sehe, hat Schwester Aryn Euch viel erzählt.«

»Nein, keine Sorge«, sagte Grace und setzte sich in Bewegung. »Ihr müsst wissen, wir haben uns auch dem Schattenzirkel angeschlossen. Lirith und ich.«

Mirda drückte eine Hand auf die Brust. »Ich weiß nicht, Schwester, ob ich froh sein oder Angst um Euch haben soll. Es ist keine einfache Sache, sich einem Zirkel wie dem unseren anzuschließen. Die Schattenzirkel sind vor über einem Jahrhundert verboten worden, und sollte man uns je entdecken, wird man uns alle auf ewige Zeiten von der Weltenkraft abschneiden.«

»Aryn hat uns die Risiken erklärt«, meinte Grace und versuchte, zuversichtlich zu klingen. »Aber wir haben uns ihm angeschlossen, und was getan wurde, wurde getan.«

Mirdas Lächeln kehrte zurück, und dann – was Grace total verblüffte – eilte die ältere Hexe los und umarmte sie. Trotz dieser unangenehmen Überraschung bemerkte Grace, dass auch sie lächelte.

»Wir haben Glück«, sagte Mirda und trat zurück, »dass sich uns drei Hexen wie Ihr und Eure Schwestern anschließen. Jede von Euch ist auf Ihre Weise so talentiert.«

Grace versteifte sich und wollte sich lösen, aber Mirda hielt ihre Hände fest.

»Nein, Schwester, Ihr dürft Eure Fähigkeiten nicht verleugnen, nicht wenn sie am meisten gebraucht werden. Ihr seid eine große Heilerin, und Ihr habt Fähigkeiten, wie ich sie noch nie zuvor gesehen habe. Ihr webt die Weltenkraft auf neue und wunderbare Weise.«

Endlich konnte sich Grace losmachen. »Das ist nichts verglichen mit Lirith und Aryn.«

»Das würde ich nicht sagen. Aber es ist richtig, dass Schwester Lirith stark in der Sicht ist, und Schwester Aryns Macht ist groß – größer als die einer jeden anderen. Mit Euch dreien besteht doch noch Hoffnung für unsere unmögliche Aufgabe.«

Hoffnung. Grace berührte die Tasche, in die sie die Rune gesteckt hatte.

»Wo seid Ihr gewesen, Mirda?«, fragte Grace. »Aryn sagte, Ihr wärt kurz vor unserer Ankunft auf Calavere abgereist.«

Mirda wandte sich dem Fenster zu. »Eine dringende Aufgabe hat mich fortgerufen. Aber sie ist erledigt, und ich bin zurückgekehrt, und ich werde nicht wieder gehen.« Sie drehte sich wieder um. »Im Gegensatz zu Euch, Schwester.«

Grace ließ sich auf einen der Stühle sinken. »Ich muss nach Norden gehen, nach Burg Todesfaust. Wenn sich das Runentor öffnet, soll ich den Fahlen König davon abhalten, hinauszureiten. Aber ich weiß nicht, wie in aller Welt ich das machen soll. Ich habe doch nichts weiter als ein altes Schwert und fünfhundert Mann. Und das hier.« Sie zog die Rune aus der Tasche.

Mirda studierte die Rune, berührte sie aber nicht. »Ich finde, Ihr habt sehr viel. Vergesst nicht, dass Ihr den Fahlen König nicht besiegen müsst. Euer Teil in dem Schattenzirkel besteht darin, ihn aufzuhalten, bis der Runenbrecher sein Schicksal erfüllen kann.«

Grace fröstelte. »Ihr meint, bis er die Welt zerstört.«

»Oder sie rettet«, sagte Mirda und erwiderte ihren Blick.

Wie konnte beides möglich sein? Grace verstand es noch immer nicht. Aber eine Sache wusste sie – auf keiner Welt gab es eine Person, die sanftmütiger oder wahrhaftiger als Travis Wilder war. Er würde Eldh nicht schaden; sie konnte einfach nicht glauben, dass er dazu fähig war.

»Er ist gegangen, müsst Ihr wissen.« Grace lehnte den Kopf gegen die Lehne des staubigen Stuhls.

»Er wird zurückkehren«, erwiderte Mirda.

Grace schloss die Augen. »Aber wie könnt Ihr da so sicher sein?«

»Weil es die Prophezeiung so verlangt. Runenbrecher wird am Ende da sein.«

»Aber was, wenn es nicht Travis ist? Was, wenn es der andere Runenbrecher ist, der am Ende da ist?«

»Dann ist die ganze Welt zum Untergang verurteilt«, sagte Mirda, und ihre Worte waren so hart wie Steine.

Grace seufzte und schlug die Augen auf. Sie konnte nicht wissen, wer die Erste Rune als Erster erreichen würde – Travis oder Mohg oder der andere Runenbrecher. Aber selbst wenn es Travis gelang, die Welt zu retten, es würde nichts mehr übrig sein, um gerettet zu werden, falls der Fahle König zuvor darüber hinweggaloppiert war und die Menschen versklavt hatte. Sie musste sich Berash stellen. Nicht weil sie besser als alle anderen war oder gar stärker. Sondern schlicht, weil jemand dem Fahlen König Widerstand leisten musste, und das konnte genauso gut sie sein.

Ihre Gedanken mussten ihr deutlich im Gesicht gestanden haben.

»Ist es nicht Zeit für Euren Aufbruch, Schwester?«

Grace stand auf; sie fühlte sich ein bisschen wackelig auf den Beinen, aber davon abgesehen überraschend stark. »Ich schätze, das ist es.«

Mirda berührte ihre Wange. »Habt keine Angst. Wir werden während Eurer Abwesenheit die Stellung halten. Schwester Liendra und die anderen Hexen werden daran arbeiten, die Krieger von Vathris zu behindern, also ist es die Aufgabe von Schwester Aryn, Schwester Lirith und mir, dafür zu sorgen, dass das nicht geschieht. Sobald die Krieger König Boreas' Ruf gefolgt sind, werden sie nach Norden marschieren, und Ihr werdet ein großes Heer zur Verfügung haben.«

Grace wusste nicht, ob sie dieser Gedanke beruhigen oder ängstigen sollte. Sie wandte sich ab, aber dann fiel ihr noch etwas ein. Mirdas Wissen war so groß. Vielleicht würde sie eine Antwort für den anderen Schatten haben, der so schwer auf Grace lastete.

»Schwester Mirda«, sagte sie. »Mein Freund, der Ritter Durge – mit ihm stimmt etwas nicht.«

»Es gibt niemanden, die größere Fähigkeiten im Heilen hat als Ihr, Schwester«, sagte Mirda. »Könnt Ihr nichts für ihn tun?«

Grace fühlte ein Schluchzen in sich aufsteigen, aber sie schluckte es herunter. »Nein, das kann ich nicht. Das heißt, ich wüsste nicht, wie, aber vielleicht könnt Ihr mir helfen. Ihr müsst wissen, es ist sein Herz.« Sie zwang sich zu einem klinischen Tonfall und beschrieb, was man mit Durge gemacht hatte.

Mirda schwieg einen Augenblick lang, dann entfuhr ihr ein Seufzen. »So arbeitet das Böse – indem es alles nimmt, was gut und wahrhaftig ist, und es verdirbt. Dass Euer Freund dem so lange widerstanden hat, verrät mir, dass sein Geist von unnachahmlicher Stärke und Güte sein muss.«

»Dann besteht also Hoffnung für ihn«, sagte Grace heiser.

Mirda schüttelte den Kopf. »Ich fürchte nicht, Schwester. Am Ende wird der Splitter seine Magie wirken. All das Gute in seinem Herzen, sämtliche Loyalität und Freundlichkeit wird von dem Schatten ersetzt werden. Es gibt nichts, was man für ihn tun kann. Außer einer Sache.«

Grace versteifte sich. »Wovon sprecht Ihr?«

»Nehmt das hier.« Mirda drückte ihr ein kleines Fläschchen in die Hand. »Es ist eine Tinktur aus Weidenwurzel. Ein einzelner Tropfen bringt ein schnelles und schmerzloses Ende. Behaltet Euren Freund im Auge, und Ihr müsst ihm das geben, bevor es zu spät ist.«

Grace konnte sie nur anstarren, von eisigem Entsetzen erfüllt. »Das kann ich nicht«, sagte sie erstickt. »Das werde ich nicht.«

Mirda schloss Graces Finger um das Fläschchen. »Schwester, das müsst Ihr, wenn Ihr ihn so liebt, wie Ihr behauptet. Er würde niemals zu dem werden wollen, in das ihn der Splitter verwandeln wird.«

Es war zu viel. Grace konnte nicht atmen. Sie stolperte der Tür entgegen. »Ich muss gehen.«

»Das müsst Ihr, Schwester«, sagte Mirda und nickte. »Ich werde da sein, um Euch zu verabschieden, wenn ihr aus dem Schloss reitet.«

Grace nahm sie kaum wahr. In ihrem Kopf schwamm alles, sie zitterte am ganzen Körper. Sie wollte das Fläschchen wegwerfen, aber irgendwie wollte ihre Hand es nicht loslassen. *Ein einzelner Tropfen bringt ein schnelles und schmerzloses Ende ...*

Sie ging durch die Tür und rannte durch den Saal, vorbei an den Rüstungen. Sie schienen sie anzustarren, wie aus kaltem Eisen geformte Geister. Das Nachthemd geriet ihr zwischen die Füße, sie stolperte und stürzte.

Starke Arme ergriffen sie und stellten sie wieder aufrecht hin.

»Mylady, was ist?«, fragte eine tiefe, vertraute Stimme.

Sie blinzelte und sah Durges zerklüftetes Gesicht in dem Halbdunkel. Der Ritter trug Reitkleidung und ein Kettenhemd. Panik ergriff sie. Wie lange hatte er schon draußen in dem Saal gestanden? Hatte er gehört, worüber Mirda und sie gesprochen hatten? Sie hielt das Fläschchen so fest umklammert, dass sie glaubte, es müsse jeden Augenblick zerbrechen. Aber das tat es nicht.

»Durge«, schaffte sie zu krächzen. »Was tut Ihr hier?«

»Nach Euch suchen, Mylady. Und ich hatte Glück, Euch zu finden, denn ich passierte gerade die Tür zu diesem Saal, als ich Euch angelaufen kommen sah.«

Grace versuchte, nicht zu offensichtlich erleichtert aufzuatmen. Er hatte den Saal erst betreten, als sie den Vorraum schon verlassen hatte. Das bedeutete, dass er ihre Unterhaltung mit Mirda unmöglich gehört haben konnte.

»Ich bin bei Sonnenaufgang zu Eurem Gemach gegangen«, fuhr Durge fort. »Aber ich fand nur Tira, die mit einer Dienerin spielte, also habe ich mich nach Euch auf die Suche gemacht. Euer Heer versammelt sich in dieser Minute auf dem Unteren Burghof. Wir sollen in einer Stunde aufbrechen.« Sein Schnurrbart senkte sich missbilligend nach unten, als er ihr Nachthemd betrachtete. »Ich muss sagen, Mylady, das ist kaum angemessene Reitkleidung. Ihr werdet erfroren sein, noch bevor wir eine Meile geritten sind.«

»Es tut mir Leid«, sagte sie. »Ich ziehe mich um.«

Und trotz ihrer Angst musste sie lachen. Was auch immer der Eisensplitter aus ihm machen würde, im Augenblick war er noch immer Durge – der gute, liebe, düstere Durge. So lange sie den Embarraner an ihrer Seite hatte, würde sie jeden Augenblick davon genießen. Zu seiner offensichtlichen Überraschung warf sie die Arme um seine gekrümmten Schultern.

»Danke, Durge.«

Er zögerte, dann legte er die starken Arme um sie. »Wofür, Mylady?«

»Dafür, dass Ihr so seid, wie Ihr seid.«

Er stieß den Atem aus. »Nun, ich kann nicht behaupten, dass ich mir viel Gedanken mache oder Mühe gebe, ich zu sein. Aber trotzdem, vielen Dank, Mylady.«

21

Eine Stunde später schaute Grace aus dem Fenster ihres Gemachs, um zu sehen, wie sich die Sonne über die Zinnen des Schlosses schob. In den letzten paar Minuten hatte Durge zweimal nach ihr gesehen und Sir Tarus einmal, und die Diener hatten ihr Gepäck bereits geholt. Jeder würde auf dem Unteren Burghof auf sie warten.

»Ich muss jetzt gehen, Tira«, sagte sie.

Das Mädchen saß vor dem Feuer und spielte mit einer seiner halb verbrannten Puppen. Grace kniete sich neben sie, auch wenn die Schwertscheide an ihrer Seite das mühsam machte. Fellrings Griff bohrte sich in ihre Nieren, und mit einer Grimasse schob sie das Schwert zurecht. Wie konnte Beltan nur ständig eines dieser verdammten Dinger tragen?

»Tira, verstehst du, was ich sage?«

Es fiel immer so schwer zu wissen, ob sie zu ihr durchdrang. Tira hatte noch immer kein Wort gesagt, seit sie den Schwarzen Turm verlassen hatten. Grace glättete das zerzauste rote Haar des Mädchens und berührte sein Kinn, so dass es aufhörte zu spielen und aufschaute.

»Ich gehe auf eine Reise, an einen Ort, der sehr weit von hier entfernt ist, und ich fürchte, du kannst nicht mitkommen. Es ist nicht, dass ich es nicht möchte.« Grace holte tief Luft, darüber aufgebracht, wie schwierig das hier war. »Ich werde dich so sehr vermissen. Aber da, wo ich hingehe, das ist ... das ist kein Ort für Kinder. Aber es ist schon in Ordnung – Aryn und Lirith und Sareth werden sich um dich kümmern, also wirst du in Sicherheit sein. Und ich komme bald zu dir zurück. Ich verspreche es.«

Tira lächelte – auch wenn der Ausdruck die vernarbte Seite

ihres Gesichts nicht erreichte –, dann beugte sie sich wieder über ihre Puppe. Grace seufzte und hoffte, dass das gereicht hatte. Sie umarmte das Mädchen fest, wiegte es, küsste seinen Kopf. Als sie dann fürchtete, gleich in Tränen ausbrechen zu müssen, stand sie schnell auf und verließ den Raum.

Draußen wartete ein schlanker Mann mit einem blonden Spitzbart und einem silbergrauen Umhang.

»Aldeth«, stieß Grace hervor und hielt eine Hand an die Brust. »Ihr habt mich erschreckt.«

Der Spinnenmann lächelte und entblößte verfaulte Zähne. »Königin Inara mag mich wie ein schmutziges Taschentuch fortgeworfen haben, aber anscheinend kann ich es noch immer.«

Grace runzelte die Stirn. »Durge schickt Euch, oder?«

»Eigentlich war es Tarus. Durge war viel zu sehr damit beschäftigt, einen Schlaganfall zu haben. Irgendwas darüber, dass wenn wir nicht sofort aufbrechen, das Heer keine Meile vom Schloss entfernt sein wird, wenn es Zeit ist, das Nachtlager aufzuschlagen. Den Rest habe ich nicht verstanden. Er war zu sehr damit beschäftigt, rot anzulaufen und sich aufzublasen. Glaubt Ihr, dass Embarraner platzen können?«

»Wir sollten es besser nicht herausfinden«, sagte Grace mit schlechtem Gewissen. »Ich bin bereit. Ich musste mich nur noch von jemandem verabschieden.«

Der Spinnenmann schnaubte. »Ihr solltet es so machen wie ich, Mylady, vermeidet es, andere Leute zu mögen. So fällt es nie schwer, Auf Wiedersehen zu sagen.«

Irgendwie waren das die traurigsten Worte, die Grace je gehört hatte. Vielleicht, weil sie sie an sie selbst erinnerten, vor gar nicht langer Zeit.

»O Aldeth«, sagte sie und berührte seine Wange.

Als sie den Unteren Burghof des Schlosses erreichten, fanden sie ihn bis auf ein paar Schafe und Bauern leer vor. Einen absurden Augenblick lang fragte sich Grace, ob sie das Abrücken ihres eigenen Heeres verpasst hatte. Aber nein, da waren Durge und Tarus, die ihr schnell entgegenkamen.

»Eure Streitmacht erwartet Euch unterhalb des Schlosses, Mylady«, sagte Durge. Aldeth hatte Recht. Seine Wangen und der Hals waren so rot wie Beeren.

»Ich ziehe den Gedanken vor, dass es unser aller Streitmacht ist, Durge«, sagte sie mit einem trockenen Lächeln.

Er schaute sie finster an und wurde noch eine Spur roter.

Tarus ergriff ihren Arm und steuerte sie auf das Schlosstor zu. »Nehmt es mir nicht übel, wenn ich das sage, meine Königin, aber ich würde auf die Späße verzichten. Zumindest, bis wir unterwegs sind.«

»Verstanden«, sagte Grace mit einem Nicken.

Sie passierten die Überreste des zerstörten Wachturms – der Wiederaufbau war noch ganz am Anfang – und gingen durch das Schlosstor. Als sie die andere Seite erreichten, setzte Graces Herz einen Schlag lang aus. Vielleicht hatte Aldeth ja doch Recht; vielleicht war es den Abschiedsschmerz nicht wert, Leute lieben zu lernen.

Aber das war es doch, ganz egal, wie sehr es auch schmerzte. Lirith und Aryn stürzten ihr entgegen und rissen sie in eine Umarmung.

Schwestern, sagte sie in Gedanken.

Pst, Grace, kam Aryns Stimme über die Stränge der Weltenkraft. *Du musst nichts sagen. Wir sind nur gekommen, um dich wissen zu lassen, wie stolz wir auf dich sind.*

Du bist tapfer, Schwester, sagte Lirith, und ihre Stimme war so wahrhaftig und warm wie das Sonnenlicht. *Tapferer als wir alle zusammen. Wir werden jeden Augenblick deiner Abwesenheit an dich denken, und wir werden bei Sia um deine Sicherheit beten.*

Und wir werden mit dir sprechen, sagte Aryn. *Ich weiß,*

dass ich dich nun immer finden werde, ganz egal, wo du bist. Die Weltenkraft wird mich zu dir führen.

Grace lachte trotz ihrer Tränen. *Dann werde ich nie allein sein, oder?*

Zögernd löste sie sich von den beiden Hexen. Tarus warf ihnen einen misstrauischen Blick zu.

»Haben sie gerade einen Zauber gewoben?«, fragte der rothaarige Ritter.

Sareth grinste. »Das ist so gut wie sicher.« Der Mournisch trat näher heran und küsste Grace auf die Wange. Er duftete nach Gewürzen. »Lasst das Schicksal Euch leiten.«

Sie erwiderte den Blick aus seinen dunklen Augen und nickte. »Ich werde es versuchen.«

»Mein Bruder hat Recht«, sagte Vani und kam heran. »Das Schicksal wird dich dorthin führen, wo du hingehen musst, wenn du es zulässt.«

Grace lächelte und ergriff die Hand der *T'gol.* Dann erblickte sie über ihre Schulter hinweg eine hoch gewachsene, sehnige Gestalt. Beltan.

Sprich mit ihm, Vani, webte sie mit der Weltenkraft, und an den weit aufgerissenen goldenen Augen der *T'gol* erkannte Grace, dass sie es verstanden hatte.

Vani sagte kein Wort, aber sie nickte, bevor sie sich abwandte. Dann war Beltan da und umarmte Grace so fest, dass es wehtat, aber das war ihr egal, und sie drückte so fest zurück, wie sie konnte.

»Das fühlt sich falsch an«, sagte er. »Mir ist egal, was König Boreas sagt. Ich sollte dich jetzt begleiten und nicht warten, bis der Rest der Krieger von Vathris dem Waffenruf folgt.«

»Boreas braucht dich als Befehlshaber.«

»Mein Platz ist an deiner Seite, Grace.«

Sie brauchte nur einen kurzen Augenblick, um darüber

nachzudenken. »Ist das wirklich wahr, Beltan? Ist dein Platz nicht an der Seite von jemand ganz anderem?«

Sie fühlte, wie er sich anspannte. War das richtig? Arbeitete sie dem Schicksal entgegen, oder tat sie genau das Falsche? Sie wusste es nicht; sie wusste nur, dass sie das hier tun musste.

Grace ging so nah an ihn heran, bis ihre Lippen fast sein Ohr berührten. »Es gibt eine Möglichkeit, wie du und Vani zu ihm könnt. Du musst ihn finden und zurückbringen. Eldh braucht ihn. Wir alle brauchen ihn.«

Beltan zitterte jetzt am ganzen Körper. »Travis«, flüsterte er. »Du sprichst von Travis.«

»Ja. Du musst wissen, ich habe ...«

»Das reicht, Beltan«, sagte eine polternde Stimme. »Jetzt bin ich an der Reihe.«

Grace und Beltan fuhren auseinander, als König Boreas auf sie zuschritt. Beltans Gesichtsausdruck zeigte Staunen und Verwirrung. Vani warf ihm einen scharfen Blick zu, und Beltan erwiderte ihn, aber der König schien nichts davon zu bemerken.

»Mylady«, sagte König Boreas zu Grace. »Oder sollte ich besser sagen meine Königin – Ihr vollbringt heute eine tapfere Sache für die Domänen und für ganz Eldh. Und ich werde Euch auch nicht beleidigen, indem ich so tue, als wäre es kein gefährliches Unternehmen.«

Sie brachte ein schwaches Lächeln zu Stande. »Wisst Ihr, das ist alles nicht besonders tröstlich, Euer Majestät.«

Er ließ ein breites Grinsen aufblitzen. »Nicht wahr? Nun, nur Mut, Mylady. Auch wenn es schwierig werden wird, Ihr müsst Burg Todesfaust nur für kurze Zeit halten. Die Männer von Vathris haben meinen Ruf gehört. Es wird nicht lange dauern, bis sich hier ein großes Heer versammelt. Und dann werden die Krieger so schnell sie können nach Norden marschieren, um Euch zur Hilfe zu kommen.«

Grace nickte und hoffte, dass man ihr das Entsetzen nicht zu deutlich vom Gesicht ablesen konnte. Aber vielleicht konnte man das doch, denn er kam näher und nahm ihre Hand.

»Es war ein glücklicher Tag, als Sir Durge Euch im Dämmerwald fand, Lady Grace.« Seine Stimme war leise und schroff, so dass allein sie sie hören konnte. »Glücklich für Eldh und glücklich für mich.«

Er lächelte, und diesmal war der Ausdruck gar nicht mehr so wild. »Ich habe Königin Narenya geliebt, und als ich sie verlor, glaubte ich, keine Frau mehr zu brauchen, dass die Herrschaft über die Domäne ausreichen würde, um mich zu beschäftigen. Aber im vergangenen Winter, als Ihr das Schloss betreten und seine Säle erhellt habt, erkannte ich, wie sehr ich mich geirrt hatte. Es gibt Augenblicke, in denen ich mich einem Tagtraum hingegebe, Mylady. Und es ist ein äußerst verführerischer Tagtraum. Denn darin sitzt Ihr und ich Seite an Seite auf dem Thron von Calavere und herrschen weise. Zusammen.«

Grace war es unmöglich, ihre Überraschung zu verbergen, als ihr plötzlich sämtliche Worte, sämtliche Bewegungsmöglichkeiten fehlten. Der König beugte den Kopf, und seine Lippen fuhren an ihrem Mund vorbei, berührten ihn fast. Sie wich nicht zurück. Aber dann, im letzten Augenblick, wandte er den Kopf und küsste sie auf die Wange – sanft und keusch –, bevor er wieder zurücktrat.

Grace zitterte. In diesem Augenblick erkannte sie, wie sehr Boreas dem Gott ähnelte, dem er folgte. Wie Vathris war er ein so starker, so mächtiger Mann, dass sich keiner seinen Wünschen verwehren konnte. Wie sollte sie ihm jemals widerstehen, wenn er den Wunsch hegte, sie zu der seinen zu machen? Dennoch, er hatte sie gehen lassen, doch war das nicht mächtiger als selbst der strengste Befehl?

Grace hob das Kinn und erwiderte seinen Blick. »Euer

Majestät, für Eure Freundlichkeit stehe ich in Eurer Schuld. Mehr als das, ich habe Euch gern, also werde ich Euch nicht anlügen. Tatsache ist, ich weiß nicht, ob ich dazu fähig bin, jemanden so zu lieben, wie Ihr Königin Narenya geliebt habt. Und ich bin ziemlich sicher, dass ich keine gute Ehefrau abgeben würde. Aber wenn Ihr je eine Königin an Eurer Seite braucht, braucht Ihr nur zu fragen, und ich werde da sein.«

Grace war über ihre eigenen Worte erstaunt, aber sie wusste, dass sie die Wahrheit waren. Doch der König nahm ihr Angebot nicht an. Stattdessen verblich sein Lächeln, und ein seltsames Funkeln trat in seine Augen, aber was es war – Freude? Bedauern? –, das konnte Grace nicht mit Sicherheit sagen.

Er berührte ihre Wange mit einer rauen Hand. »Mögen die Götter mit Euch sein, Mylady.« Dann ging er. Er verharrte, um für das kleine Heer unter ihnen die Faust zu heben, was einen Jubelruf zur Folge hatte, dann verschwand der bullige König von Calavan im Schlosstor.

»Worum ging es?«, wollte Falken wissen. Der Barde kam mit Melia an der Seite näher. Beide trugen dicke Reitumhänge.

»Er hat mir Glück gewünscht, das ist alles.« Grace zog den Umhang enger. Die Sonne war hell, aber die Luft war kalt. Das Frühlingsfest war nur noch einen Monat entfernt, aber noch hatte der Winter nicht seinen Griff um die Welt gelockert.

»Sag mir, Liebes«, sagte Melia. »Hast du auf dem Weg hierher irgendwo Prinz Teravian gesehen?«

»Ich fürchte nicht. Vermutlich lauert er hier irgendwo.«

»Bestimmt.« Die Lady mit den Bernsteinaugen seufzte. »Das ist nicht schön. Ich hatte gehofft, mich von ihm verabschieden zu können.«

Die Kälte musste Graces Verstand gelähmt haben. »Was meinst du, Melia? Teravian reitet nirgendwo hin.«

»Nein, Liebes«, erwiderte Melia. »Aber wir.«

Grace starrte die Lady und den Barden an. »Du meinst, ihr begleitet uns nach Burg Todesfaust?« In ihr stieg Hoffnung auf, die sofort wieder zunichte gemacht wurde, als Falken den Kopf schüttelte.

»Uns steht unsere eigene Reise bevor. Shemal ist noch immer irgendwo auf der Welt verborgen, und das gilt auch für den anderen Runenbrecher. Ich vermute, finden wir die eine, finden wir auch den anderen.«

Melia ergriff Graces Hand. »Es tut mir Leid, dass wir nicht mit dir kommen können, Ralena. Aber du hast deine Aufgabe, und wir haben die unsrige. Jetzt, da mein geliebter Bruder Tome nicht mehr ist, bin ich die Letzte meiner Art, und Shemal ist die Letzte der ihren. Es ist richtig, dass wir uns einander stellen, jetzt, wo das Ende naht, und Falken hat sich netterweise bereit erklärt, mich zu begleiten.«

Grace wusste nicht, was sie sagen sollte, also begnügte sie sich mit: »Ich werde euch beide so vermissen.« Dann warf sie sich in ihre Arme.

»Weine nicht, Liebes«, sagte Melia, als sie Grace fest umarmte. »Wir werden uns vor dem Ende wieder sehen. Davon bin ich überzeugt.«

»Vergiss nie deine Herkunft, Grace«, sagte Falken und küsste sie auf die Stirn. »Du bist die Königin von Malachor. Burg Todesfaust wird dich erkennen.«

Durge kam heran und räusperte sich; Zeit zu gehen. Zögernd löste sich Grace von Melia und Falken, dann drehte sie sich um und suchte nach Beltan und Vani. Aber bevor sie zu ihnen gehen konnte, rauschte eine Frau mit einem bunten Umhang heran. Sie nickte Lirith und Aryn zu, dann blieb sie vor Grace stehen.

»Ich kann Euch nicht ohne Sias Segen ziehen lassen«, sagte Mirda mit ihrer ruhigen Stimme. »Möge sie Euch in all ihren Verkörperungen leiten: Jungfrau, Mutter und Greisin.«

Von der eleganten Hexe ging eine Aura des Friedens aus, die Graces angespannte Nerven beschwichtigte. Dann fiel ihr wieder das kleine Fläschchen ein, das Mirda ihr gegeben hatte und das jetzt in dem Lederbeutel an ihrer Taille ruhte, und das Gefühl verschwand.

»Entschuldigt, aber kenne ich Euch?«, fragte Falken und legte den Kopf schief, während er Mirda anschaute.

Sie richtete ihren weisen Blick auf ihn. »Das weiß ich nicht, Falken Schwarzhand. Tut Ihr es?«

Er schaute auf die schwarz behandschuhte Hand. »In gewisser Weise erinnert Ihr mich an sie. Aber das ist unmöglich, oder?«

»Vielleicht«, sagte Mirda. »Aber sagt mir, wie war sie, an die ich Euch erinnere?«

Falkens Stimme war leise. »Sie war kaum älter als ein Mädchen, aber ihre Macht war stark. Ihr Haar hatte die Farbe von Gold, und ihre Augen waren wie blaue Kornblumen.«

Mirda lächelte. »Nun, das hört sich so gar nicht nach mir an.«

»Nein, ich schätze, das tut es nicht.« Er schaute die stattliche, dunkelhaarige Hexe wieder an. »Auch wenn ich zugeben muss, dass Ihr mehr meinem Geschmack entsprecht. Ich hatte nie viel für den mädchenhaften Typ übrig.«

Melia starrte den Barden empört an. »Falken!«

Der Barde schenkte ihr ein schiefes Grinsen, das aber schnell verschwand. »Ich hatte nie Gelegenheit, ihr zu danken. Ich glaube, sie hat mir das Leben gerettet.«

Mirda berührte die Hand mit dem Handschuh. »Wenn Ihr ihr danken wollt, dann versteckt das Geschenk nicht, das sie Euch gemacht hat.«

»Woher wisst Ihr …?« Falken schüttelte den Kopf. »Aber Ihr habt Recht. Ich glaube, es ist Zeit, dass ich damit aufhöre, meine Vergangenheit verstecken zu wollen, und anfange, mich ihr zu stellen.« Er zog den schwarzen Handschuh herunter, und seine rechte Hand schimmerte im Morgenlicht. »Von jetzt an heiße ich Falken Silberhand.«

Mirda lächelte. »Sie würde sich freuen, das zu wissen.« Die Hexe sah Grace an. »Vergesst nicht, dass Ihr nie allein seid. Haltet auf der Straße nach Hilfe Ausschau – sie wird Euch auf der Reise finden.«

»Danke«, schaffte es Grace zu sagen.

Mirda nickte, dann stellte sie sich mit wehendem Umhang neben Lirith und Aryn.

Melia hob eine Braue. »Das war merkwürdig.«

Falken sagte nichts, während er die silberne Hand zur Faust ballte.

Grace verspürte eine Kälte in sich aufsteigen. Das war es also. Keiner mehr, bei dem sie sich verabschieden musste. Durge sagte etwas zu Tarus, und der rothaarige Ritter stieg auf sein Pferd und ritt den Hügel hinunter. Der Spinnenmann Aldeth folgte auf einem Pferd, das so grau wie sein Nebelmantel war. Durge schwang sich auf den Sattel seines Schlachtrosses Schwarzlocke, und auch Melia und Falken saßen auf. In der Nähe hielt ein Wächter die Zügel von Shandis, Graces honigfarbener Stute. Mit schwerem Herzen drehte sich Grace um, um ebenfalls aufzusitzen ...

... und blieb stehen. Eine kleine Gestalt saß auf Shandis' Sattel, und der Wind spielte mit ihrem flammend roten Haar. Sie trug nur ein dünnes Kleidchen, und ihre Füße waren nackt.

»Tira«, stieß Grace hervor. »Wie bist du denn hergekommen?«

Nach dem verblüfften Gesichtsausdruck des Wächters zu urteilen, stellte er sich dieselbe Frage. Er hätte beinahe Shandis' Zügel fallen gelassen. Aber die Stute stand ganz ruhig da und stieß ein leises Wiehern aus, als Tira lachte und die Hände in der Mähne vergrub.

Falken warf Grace einen scharfen Blick zu. »Ich glaube, da will dich jemand begleiten.«

Grace glaubte, ihr Herz würde gleich zerbrechen. »Aber das geht nicht. Es ist zu gefährlich. Sie ist doch bloß ein Kind.«

»Nein«, sagte Melia nachdenklich. »Das ist sie nicht.«

Das war die Wahrheit. Krondisar hatte Tira in eine Göttin verwandelt. Grace hatte keine Ahnung, welchen Zweck sie erfüllen sollte, aber sie hatte das Gefühl, dass sie Tira nicht hätte davon abhalten können, sie zu begleiten, selbst wenn sie es gewollt hätte. Und Grace konnte auch nicht sagen, dass es ihr Leid tat.

Mit Hilfe des Wächters stieg Grace hinter Tira auf den Sattel. Das Mädchen schmiegte sich eng an sie.

»Grace«, sagte da eine heisere Stimme.

Beltan stand neben dem Pferd. In den Augen des Ritters lag ein verzweifelter, fragender Blick. Hastig griff Grace in den Beutel an ihrer Seite und holte ein zusammengeknülltes Stück Stoff hervor. Es war mit dunkelbraunen Flecken übersät.

»Nimm das.«

Er drehte es in den Fingern. »Was ist das?«

»Ein Verband. Ich habe ihn von Travis' Hand.«

Unglauben huschte über sein Gesicht, dann Verstehen. Der Stoff enthielt nur eine winzige Menge von Travis' Blut, aber es reichte aus. Und Vani besaß noch immer das Tor-Artefakt.

»Bring ihn uns zurück, Beltan. Zurück nach Eldh.«

Der Ritter schaute entschlossen zu ihr hoch. »Das werde ich. Das werden wir beide.«

»Jetzt, Mylady!«, sagte Durge und zog Schwarzlocke herum.

Grace hatte alles getan, was in ihrer Macht stand; der Augenblick des Aufbruchs war gekommen. Aus einem Impuls heraus zog sie Fellring und hob es hoch über den Kopf. Die

Morgensonne spiegelte sich funkelnd auf der Klinge und setzte sie in Flammen.

»Nach Burg Todesfaust!«, rief eine mutige Stimme, und Grace war erstaunt, als ihr klar wurde, dass es die ihre war.

Tira lachte. »Klingenheilerin«, sagte sie.

Und Grace ritt den Hügel hinunter, um zu ihrem Heer zu stoßen, und ein Jubelschrei stieg in die kalte Luft empor.

22

Sie marschierten nach Osten und folgten derselben Straße, auf der Grace im vergangenen Sommer zum Grauen Turm gereist war. Sie ritt an der Spitze der kleinen Streitmacht, Durge zu ihrer Rechten und Tarus zu ihre Linken. Hinter ihr kamen die Ritter der Domänen, denen die calavanischen Fußsoldaten und die Gruppe Runensprecher auf Maultieren folgten. Den Abschluss bildete die einsame Kompanie aus Tarras, deren bronzene Brustpanzer funkelten. Was Königin Inaras Spinnenmänner anging, konnte Grace nie mit Sicherheit sagen, wo sie waren, auch wenn sie nicht den geringsten Zweifel hatte, dass sie sich in der Nähe befanden – und Wache hielten.

Das Wetter war frisch und hell. Sonnenlicht zersplitterte in Regenbogen, wenn es Eisprismen traf, und das Klirren von Kettenhemden stieg wie Glockengeläut in die kalte Luft. Trotz der Kälte war es Grace in ihrem pelzgefütterten Umhang auf Shandis schön warm. Allerdings hatte sie den Verdacht, dass das weder an ihrer Kleidung noch an dem Pferd lag.

»Danke«, sagte sie, als das Schloss hinter ihr aus der Sicht verschwand. Sie drückte die Wange gegen Tiras ungebändigtes rotes Haar. Wie immer fühlte sich das Mädchen trotz seiner nackten Arme und Beine warm an.

Tira ignorierte Grace, während sie ihre Puppe über Shandis' Mähne tanzen ließ, als würde sie durch ein Weizenfeld rennen.

Danach gab Grace ihren ersten Befehl als Anführerin des Heeres. Sie befahl Tarus, dass jeder Mann – und jede Frau, da sie auch zwei Spinnenfrauen dabeihatten –, der die Kälte nicht mehr aushalten konnte, an ihrer Seite reiten sollte.

Tarus warf ihr einen seltsamen Blick zu. »Und wie genau soll das helfen, Euer Majestät?«

»Seit Ihr neben mir reitet, da war Euch doch nicht mehr kalt, oder?«

»Jetzt, da Ihr es erwähnt, nein.«

Sie umarmte Tira und lächelte. »Wusste ich es doch.«

Tarus sah sie verblüfft an, dann drehte er das Pferd, um den Befehl weiterzugeben.

Grace wusste, dass ihr das kein Vergnügen hätte bereiten sollen – sie ritten in den Krieg und nicht zu einem Picknick auf dem Land –, trotzdem konnte sie nicht ignorieren, dass sich ihre Laune hob. Vielleicht würde das anders sein, wenn sie hundert Meilen gereist und müde und durchnässt waren, aber in diesem Augenblick kam ihr die Pracht ihrer Armee zu Bewusstsein. Alle Männer sahen hart, fähig und tapfer aus, ihre Helme funkelten in der Sonne. Über ihren Köpfen flatterten helle Banner: Weiß auf Blau für Calavan, Gold auf Grün für Toloria, Dunkelviolett für Perridon und Braun für die Männer aus Galt. Die tarrasische Streitmacht trug die Standarte des Imperiums – fünf Sterne über drei Bäumen –, und die grauen Roben der Runensprecher waren wie ein eigenes Banner.

Grace stieß eine neblige Atemwolke aus. »Anscheinend bin ich hier die Einzige ohne Flagge.«

Durge schlug sich mit der Hand vor die Stirn. »Vergebt mir, Euer Majestät, in der Hast des Aufbruchs habe ich ganz vergessen, Euch das hier zu überreichen. Das müssen die ersten Anzeichen für Senilität sein.«

Sie schenkte ihm ein warmherziges Lächeln. »Das bezweifle ich, Durge.«

Der Embarraner wühlte in einer Satteltasche herum und zog ein in gewachstes Tuch eingeschlagenes Bündel hervor. Er gab es ihr.

»Was ist das?«

»Ein Geschenk von Falken und Melia. Sie baten mich, es Euch zu geben, sobald wir unterwegs sind.«

Sie öffnete das Bündel, darin befand sich ein zusammengefaltetes Stück Stoff. Sie fasste es an zwei Ecken an und schüttelte es aus.

Es war ein Banner. Die Farben ähnelten denen von Calavan, allerdings war das Blau dunkler, und das mit silbernem Garn aufgestickte Symbol stellte nicht Krone und Schwerter von Calavan dar. Stattdessen war es ein Stern, der von einem Knoten mit vier Schlaufen umgeben wurde. Grace kannte das Symbol gut. Falken schloss immer seinen Umhang mit einer Brosche, die das gleiche Muster aufwies.

»Das ist das Emblem von Malachor«, sagte sie erstaunt.

»Ihr müsst einen Mann aussuchen, der Euer Standartenträger sein soll, Euer Majestät«, sagte Durge mit nachdenklichem Blick. »Es muss ein Mann sein, dem Ihr mehr als allen anderen vertraut, dessen Herz Euch nie im Stich lassen wird. Denn sollte Eure Standarte jemals fallen, dann ist alles verloren.«

Grace musste nicht einmal darüber nachdenken. »Ihr, Durge. Ich möchte, dass Ihr sie tragt.«

Sein Zögern war deutlich zu sehen. »Mylady, ich kann ... das heißt, sicherlich gibt es jemanden, der besser dafür geeignet wäre.«

Einen Augenblick lang durchfuhr ein Eissplitter der Furcht Graces Herz. Durge hatte sich noch vor keiner Pflicht gedrückt, um die sie ihn gebeten hatte. Warum zögerte er jetzt? Sie dachte über seine Worte nach, dass die Standarte von jemandem getragen werden musste, dessen Herz sie niemals im Stich ließ ...

Aber er kann nicht über den Eisensplitter Bescheid wissen. Er ist bescheiden, das ist alles.

Sie lenkte Shandis näher an Schwarzlocke heran und drückte ihm das Banner in die Hand. »Bitte, Durge. Für mich.«

Er holte tief Luft, dann nahm er das Banner entgegen. »Wie Ihr wünscht, Euer Majestät. Ich werde es mit meinem Leben schützen.«

Durge rief nach einer Lanze. Er befestigte das Banner an der Spitze, dann richtete er sie auf und steckte das stumpfe Ende in seinen Steigbügel. In diesem Augenblick fuhr eine Böe über den Fluss, und das Banner entfaltete sich und der aufgestickte Stern funkelte. Hinter ihnen ertönte Gemurmel. Grace hielt den Blick nach vorn gerichtet, aber sie wusste, dass wenn sie nach hinten geblickt hätte, sie das Staunen in ihren Augen gelesen hätte. Für diese Männer war Malachor ihr ganzes Leben lang eine Legende gewesen – die Geschichte eines seit langer Zeit verlorenen, goldenen Zeitalters. Indem sie dieses Banner entfaltet hatte, hatte sie diese Legende gerade zu neuem Leben erweckt.

»Seht jetzt nicht hin, Euer Majestät«, sagte Tarus leise und beugte sich auf seinem Sattel herüber, »aber alle starren Euch an.«

»Dann falle ich wohl besser nicht von meinem Pferd.«

Am späten Nachmittag dieses ersten Tages nach dem Aufbruch vom Schloss lenkte Großmeister Oragien sein braunes Maultier neben Shandis.

»Entschuldigt, Euer Majestät, aber darf ich Euer Angebot annehmen und eine Zeit lang an Eurer Seite reiten?«

Die Ehrfurcht in seiner Stimme ließ Grace innerlich zusammenzucken. Jeder nahm diese Sache mit der Königin viel zu ernst, aber vermutlich führte daran kein Weg vorbei.

»Ihr dürft mit mir reiten, wann immer Ihr wollt, Großmeister.«

»Danke, Euer Majestät. Ich fürchte, die Kälte ist für diese alten Knochen ein schlimmer Gefährte, auch wenn der junge

Meister Graedin eifrig die Rune des Feuers spricht. Habt Ihr ihn kennen gelernt? In all den Jahren im Grauen Turm ist mir kein so viel versprechender Schüler begegnet. Natürlich mit Ausnahme von Meister Wilder.«

»Ich freue mich darauf, ihn kennen zu lernen«, erwiderte Grace.

Oragien lachte. »Da habt Ihr aber Glück, Euer Majestät, denn da kommt Meister Graedin. Ich denke, er ist begeistert, Euch kennen lernen zu dürfen, und zweifellos hat er meinen Ritt an Eure Seite als Gelegenheit erkannt. Er ist wagemutig.«

»Dann wird er es bestimmt weit bringen.« *Wenn ich ihn vorher nicht in den Tod schicke,* fügte Grace in Gedanken hinzu.

Der Mann, der auf dem Maultier auf- und abhüpfte, sah so jung aus, dass Grace ihn auf der Erde für einen Collegestudenten gehalten hätte. Der Bart auf seinen Wangen war kaum mehr als ein Flaum, und seine dünnen Arme und Beine fuchtelten wild durch die Gegend, während er ritt. Einen Moment lang befürchtete Grace, sein Maultier würde gegen sie und Shandis stoßen, aber im letzten Augenblick gelang es dem jungen Mann, das Tier zu zügeln.

»Ich hoffe doch, dass Ihr Eure Runen besser unter Kontrolle habt als Euer Tier, Meister Graedin«, sagte sie scharf, auch wenn sie ein Lächeln nicht unterdrücken konnte, weil sich sein jungenhaftes Gesicht rot verfärbte.

»Vergebt mir, Euer Majestät«, sagte er zerknirscht. »Ich habe heute erst gelernt, dass es keine Rune für Maultier gibt. Und jetzt weiß ich auch, warum. Diese Bestie ist nicht zu kontrollieren.«

Jetzt, da Graedin nicht länger an den Zügeln herumriss, sah das Maultier ganz friedlich aus, sogar erleichtert, wie Grace fand. »Ich halte es für gewöhnlich am besten, Shandis die Entscheidung zu überlassen, wo sie hingehen will und wie schnell. Ihr solltet das auch versuchen, Meister Graedin.«

Der junge Runensprecher grinste. »Eine erstaunliche Idee, Euer Majestät. Ihr seid wirklich weise.«

»Nein. Ich ziehe es nur vor, mich wegen der Dinge zu sorgen, die ich kontrollieren kann, und nicht wegen denen, über die ich keine Kontrolle habe.«

»Das ist eine Lektion, die Meister Graedin lieber befolgen sollte«, sagte Oragien und warf dem jungen Runensprecher einen bezeichnenden Blick zu. »Er neigt dazu, nach den Runen zu greifen, die außerhalb seiner Reichweite sind.«

»Aber woher weiß man, dass sie außer Reichweite sind, wenn man es nicht versucht?«, fragte Graedin.

Grace biss sich auf die Lippe, konnte aber ein Lachen nicht unterdrücken. »Ich fürchte, da hat er Euch erwischt, Großmeister.«

Oragien schüttelte den Kopf. Es war offensichtlich, dass der alte Runensprecher viel für seinen Schüler übrig hatte.

»Ich wünschte, wir hätten mehr Zeit, Euer Majestät«, sagte er. »Seit letztem Sommer, als Ihr und Meister Wilder uns verlassen habt, haben wir viel gelernt – mehr, als ich es mir je hätte träumen lassen. Wir haben mehrere Splitter des Runensteins wieder zusammenfügen können, was größtenteils den Bemühungen von Meister Graedin zu verdanken ist. Und doch gibt es noch so viel, das wir nicht wissen.«

»Wir müssen eben lernen, während wir uns damit beschäftigen«, sagte der junge Runensprecher.

Grace lächelte ihn an. »Diese Idee gefällt mir. Ich glaube, wir alle werden auf dieser Reise etwas lernen.«

Eine Zeit lang ritten sie schweigend weiter, und die Schatten vor ihnen wurden länger.

»Und Ihr seid wirklich eine Hexe, Euer Majestät«, sagte Graedin ohne jede Vorwarnung, als sie durch ein Gehölz voller blattloser Bäume ritten.

»Meister Graedin!«, rief Oragien empört aus.

Grace hielt eine Hand hoch. »Schon in Ordnung.« Vermutlich hatten viele Männer in ihrem Heer über ihre Kräfte getuschelt. Da konnte sie die Gerüchte auch genauso gut beenden. »Ich nehme an, man könnte schon sagen, dass ich eine Hexe bin, aber ich fürchte, keine besonders gute.«

»Das bezweifle ich, Euer Majestät«, sagte Graedin mit funkelnden Augen. »Könnt Ihr einen Zauber weben? Hexenmagie hat mich schon immer interessiert, ob es Ähnlichkeiten zum Runensprechen gibt. Ihr müsst wissen, ich habe da eine Theorie, die ...«

»Das reicht nun wirklich, Meister Graedin«, sagte Oragien streng. »Es ist Zeit, dass wir zu unseren Brüdern zurückkehren. Wir danken Euch für Eure Geduld, Euer Majestät.«

Der Großmeister warf Graedin einen bedeutsamen Blick zu, dann wendete er sein Maultier und ritt zurück zu den anderen Runensprechern. Graedin winkte Grace zu, dann trat er sein Maultier, so dass das Tier erst einmal bockte, bevor es hinter dem Großmeister hertrabte. Grace tat es Leid, ihn ziehen zu sehen. Der junge Runensprecher gefiel ihr, und seine Theorie über Runenmagie und Hexenmagie interessierte sie. Sie hatte beides für unvereinbar gehalten, aber dann hatte sie gesehen, wie die Vettel Grisla – die mit Sicherheit eine Hexe war – in König Kels Lager einen Runenzauber gewirkt hatte.

»Bei Jorus, ich dachte schon, die beiden würden nie gehen.«

Beim Ertönen der Stimme zu ihrer Rechten wäre Grace beinahe aus dem Sattel gefallen. Sie schaute in die Richtung. Die nackten, ineinander verzweigten Äste über ihren Köpfen verursachten ein vorzeitiges Zwielicht, und es dauerte einen Augenblick lang, bis sie Aldeth keine zwei Meter entfernt reiten sah. Sein Pferd war so grau wie der Nebelmantel, so dass beide mit dem Zwielicht verschmolzen; jede Schnalle und jeder Ring waren mit weichem Filz eingewickelt, so dass das Pferd kaum einen Laut machte, während es über den moosigen Boden stapfte.

»Aldeth, ich habe Euch dort gar nicht gesehen.«

»Das war irgendwie auch die Absicht, Euer Majestät.«

Sie warf ihm einen, wie sie hoffte, durchbohrenden Blick zu. »Ihr seid mein Spion, Aldeth. Vor mir habt Ihr nichts zu verbergen, nur vor allen anderen.«

»Ich finde es besser, keine Ausnahmen zu machen. So bin ich immer abgesichert.«

Grace gab es auf. »Was ist los? Etwas nicht in Ordnung?«

»Ganz im Gegenteil, Euer Majestät. Ich hatte einen Lagerplatz für heute Abend im Sinn, aber ich befürchtete, dass wir ihn durch die späte Abreise nicht erreichen würden. Aber wir sind gut vorangekommen, und wir sind fast da. Direkt hinter dieser Biegung ist eine große, von Bäumen umgebene Senke. Es gibt dort eine Quelle, und sie ist windgeschützt. Samatha und Leris – zwei aus meiner Schar – erkunden sie gerade, um sich zu vergewissern, dass sie auch sicher ist.«

Das war eine willkommene Nachricht. Graces Beine und Rücken schmerzten; es würde eine Erleichterung sein, für die Nacht anzuhalten. »Danke, Aldeth. Informiert Sir Tarus, dass wir das Lager aufschlagen.«

Die Senke war lang und schmal, zu beiden Seiten von bewaldeten Anhöhen eingeschlossen, und groß genug, die ganze Streitmacht aufzunehmen. Kommandant Paladus – der Anführer der tarrasischen Kompanie – gab seine Zustimmung kund. Wie alle Tarraser war er klein, mit olivefarbener Haut, muskulös und mit braunen Augen versehen, die streng über hervorstehende Wangenknochen blickten. Obwohl Grace ihn einen halben Kopf überragte, fand sie ihn einschüchternd, auch wenn er jedem ihrer Vorschläge folgte, als handele es sich um einen Befehl. Andererseits betrachtete Kaiser Ephesian sie als Kusine, also hatte man

Paladus zweifellos den Befehl erteilt, ihr ohne Widerrede zu gehorchen.

Grace stand herum und kam sich nutzlos vor, während Tarus Befehle brüllte und die Männer die Wagen und Packpferde entluden, Zelte aufbauten und eine Küchenecke.

»Wir stellen Euer Zelt hier auf, Euer Majestät«, sagte Durge und stieß die Standarte von Malachor zwischen zwei anmutigen *Valsindar*-Bäumen in die Erde.

Als die Nacht hereinbrach, informierte Tarus sie, dass man ihr das Abendessen ins Zelt bringen würde, und obwohl der Gedanke an Privatsphäre verlockend war – sie fühlte sich, als hätte man sie den ganzen Tag zur Schau gestellt, wie ein Schmuckstück, das den ganzen Tag im Schaufenster rotierte –, entschied sich Grace, das Essen mit den Männern einzunehmen. Als sie mit Tira die Küchenecke betrat, kehrte Schweigen ein, und sie hatte das Gefühl, dass mitten im Erzählen schlüpfriger Witze fest auf einige Zungen gebissen worden war.

»Lasst mich euch nicht den Spaß verderben«, sagte sie mit einem Lächeln. »Ich will mir nur etwas zu trinken holen.«

Ein Pokal wurde schnell mit Wein gefüllt und ihr angeboten, aber Grace ergriff stattdessen einen mit wässrigem Bier gefüllten Holzbecher und trank die Hälfte in einem langen Zug. Das rief bei den versammelten Männern donnernde Zustimmung hervor, und viele Hundert Becher wurden in ihre Richtung gehoben zusammen mit Rufen wie »Euer Majestät!« und »Auf die Gesundheit der Königin«.

Grace hob den Becher zur Erwiderung, dann neigte sie den Kopf zur Seite in Tarus' Richtung. »Sie werden doch nicht jeden Abend so trinken, oder?«

»Keine Sorge, Euer Majestät. In ein oder zwei Tagen wird das Bier alle sein, aber lasst ihnen für jetzt ihren Spaß. Vor ihnen liegt ein harter Weg.«

Da konnte Grace nicht widersprechen.

Das Abendessen war eine zwanglose Sache. Jeder Soldat verfügte über seinen eigenen Becher und Messer und stellte sich an, um eine Portion gesalzenes Fleisch und Käse auf einer Unterlage aus hartem Brot in Empfang zu nehmen, das dann auf dem Boden sitzend gegessen wurde. Grace begnügte sich damit, sich auf einen flachen Felsen zu setzen und sich von Durge das Essen holen zu lassen, aber sie aß dasselbe wie der Rest von ihnen.

»Das habt Ihr gut gemacht, Euer Majestät«, sagte Durge leise, als er ihren leeren Becher in Empfang nahm. »Falls es einen Mann gab, dessen Loyalität Ihr vor heute Abend noch nicht hattet, dann habt Ihr sie jetzt.«

»Ich hoffe, ich verdiene sie, Durge.«

Grace schaute zu den Männern hinüber, die im Licht der Lagerfeuer lachten und Lieder sangen. Würde auch nur einer von ihnen noch lachen, wenn sie Burg Todesfaust erreicht hatten?

»Kommt, Mylady, es ist Zeit zum Schlafengehen.«

Durge führte sie zu ihrem Zelt zurück, das etwas luxuriöser als die anderen war, aber Grace beschwerte sich nicht, als sie sich auf eine Pritsche legte und sich eng an Tiras warmen Körper kuschelte.

Es war dunkel im Zelt, als eine Hand ihren Körper berührte und sie aufweckte. Grace setzte sich auf, aber sie konnte nichts sehen. Dann wurde die Zinnblende einer Laterne verschoben, und ein Lichtstrahl schoss hervor. Eine Frau stand über Graces Bett gebeugt. Sie trug einen grauen Umhang.

»Wer seid Ihr?«, flüsterte Grace, da sie Tira nicht wecken wollte.

»Mein Name ist Samatha, Euer Majestät«. Die Frau hatte ein langes, schmales Gesicht mit scharfen Zügen. Sie erinnerte Grace an ein Frettchen – klein, schlank und gefährlich. »Aldeth bat mich, Euch zu wecken.«

Sie war eine der Spinnenfrauen. Grace schob sich das zerzauste Haar aus der Stirn und zwang ihr schlaftrunkenes Gehirn, wieder zu funktionieren. »Ist etwas nicht in Ordnung?«

»Es sind ... Eindringlinge im Lager.«

Eine kalte Nadel der Furcht stach in Graces Herz. In ihrem Kopf blitzten Bilder auf: knurrende *Feydrim* und die geisterhaften Gestalten von Phantomschatten. »Holt Durge und Tarus«, sagte sie und tastete nach dem Schwert. »Wir müssen die Männer wecken und gegen sie kämpfen.«

»Nein, Euer Majestät. Diese Eindringlinge sind keine Diener des Fahlen Königs. Sie sind nicht gekommen, um zu kämpfen.«

Die Furcht wich Verwirrung. »Was wollen sie denn dann?«

»Mit Euch sprechen, Euer Majestät.«

Minuten später folgte Grace, den Umhang hastig über das Nachthemd geworfen, Samatha zu einem Hain aus blattlosen *Valsindar.* Die helle Baumrinde schimmerte im Mondlicht wie Knochen. Durge und Tarus traten zu ihr und schlossen sich ihr an.

»Worum geht es, Mylady?«, grollte Durge, aber bevor sie antworten konnte, trat Aldeth aus einem Schatten.

»Sie erwarten Euch auf der Lichtung, Euer Majestät.«

»Wer?«, schaffte sie zu sagen. Es war kalt, und ihr klapperten die Zähne.

»Ich glaube, das solltet Ihr Euch besser selbst ansehen.«

»Ihr dürft nicht allein gehen«, sagte Durge.

Grace nickte – sie würde kaum deswegen streiten.

»Wir halten hier Wache.« Tarus legte die Hand auf den Schwertgriff. »Wenn Ihr Hilfe braucht, müsst Ihr nur rufen, und wir sind an Eurer Seite.«

Grace schenkte dem Ritter ein, wie sie hoffte, tapferes Lächeln, dann ging sie dem Hain entgegen. Durge blieb an ihrer Seite, als sie zwischen zwei Bäume trat.

Sie ist gekommen, Schwestern, sagte da eine Stimme in Graces Bewusstsein.

Grace blieb stehen. Durge neben ihr stieß einen leisen Fluch aus. In dem Hain gab es eine kleine Lichtung, und dort stand eine Gruppe von Frauen – man konnte schwer sagen, wie viele es genau waren. Zwischen den Ästen hingen grüne Lichtkugeln, die flackerten und seltsame Schatten warfen. Grace war sich entfernt bewusst, dass es in dem Hain nicht kalt war; die Luft war so warm wie im Frühling.

Die Frauen waren ein seltsamer Haufen. Da waren alte Vetteln mit verfilztem grauem Haar in formlosen Kleidern, an denen Moos und getrocknete Blätter klebten, und mütterliche Frauen mit praktischen Umhängen und zu Hause gewebten Gewändern. Andere waren eher in Graces Alter und hielten Wanderstäbe oder Weidenkörbe. Und es waren mindestens zwei darunter, die kaum die Schwelle zum Erwachsenenalter erreicht haben konnten und Grace mit Augen anblickten, die zu wissend und weise für ihre pausbäckigen Gesichter waren.

Grace war sofort klar, dass die Frauen Hexen waren. Ein Zirkel? Nicht ganz – als sich ihre Augen an das Licht gewöhnten, zählte sie nur zwölf. Benötigte ein voller Zirkel nicht dreizehn?

»Das tut er«, sagte eine der jüngeren Frauen. »Darum sind wir gekommen.«

Grace blinzelte. »Entschuldigung?«

Eine der ältesten Hexen humpelte nach vorn und stützte sich dabei auf einen krummen Stab. »Ihr bereist eine lange Straße, die zum Herzen des Schattens führt.«

Durge runzelte die Stirn. »Was geht es dich an, wo wir hinreisen, Frau?«

Die Alte lachte. Sie hatte kaum noch Zähne. »Das geht uns alle an, Herr Ritter. Glaubt nur nicht, wir könnten es nicht sehen, denn unsere Sicht ist scharf. Ihr marschiert zur Letzten

Schlacht, und bald werden alle Krieger von Vathris euch folgen.«

Durge verschränkte die Arme. »Und wollt ihr uns aufhalten? Da habt ihr keine Chance.«

Die junge Hexe, die gesprochen hatte, trat näher. Sie trug das eintönige Braun einer Bäuerin, und ihr langes Gesicht war unscheinbar, aber ihrer Haltung haftete eine gewisse Eleganz an. »Wir wollen euch nicht aufhalten, Herr Ritter.«

»Aber müsst ihr das nicht?« Grace befeuchtete sich die Lippen. »Seid ihr kein Teil des Musters?«

Die Hexen wisperten, und die Alte warf der jungen Frau einen durchtriebenen Blick zu. »Wir haben unser eigenes Muster gemacht, es in diesen letzten Jahren im Geheimen gewebt.«

Grace verspürte Aufregung. Und Furcht. »Ihr seid ein Schattenzirkel.«

Durge sah Grace stirnrunzelnd an – er konnte unmöglich wissen, was das zu bedeuten hatte –, aber sowohl die Alte wie auch die junge Frau nickten.

Die Worte sprudelten förmlich aus Grace. »Die Schattenzirkel sind verboten worden. Wenn man euch entdeckt, wird man eure Fäden von der Weltenkraft abtrennen.«

Das faltige Gesicht der Alten war traurig, aber resolut. »Dann sollen sie es tun. Trotzdem sind wir zusammengekommen. Ihr müsst wissen, wir haben die ältesten Prophezeiungen nicht ignoriert, so wie es die anderen Hexen taten. Wir wissen, dass Runenbrecher die Welt zerstören wird und dass er sie retten wird. Wir wissen auch, dass die Krieger von Vathris dabei eine Rolle spielen werden, bevor alles vorbei ist, und dass Ihr, Schwester, sowohl mit den Kriegern wie auch mit dem Runenbrecher persönlich verbunden seid.«

Durge kniff die Augen zusammen. »Ich halte nichts von diesen Hexen, Mylady. Wenn sie ihre eigenen Schwestern verraten haben, wie können wir ihnen dann vertrauen? Wir sollten sie aus dem Lager jagen, bevor sie uns mit einem Zauber belegen.«

»Pst, Durge«, sagte Grace, legte ihm die Hand auf den Arm, und er verstummte, auch wenn er die Hexen weiterhin finster anstarrte. Grace trat vor die junge und die alte Frau. »Warum seid ihr gekommen?«

»Unser Zirkel ist nicht komplett«, sagte die jüngere Hexe. »Wir brauchen eine mehr, wenn wir dreizehn und unser geheimes Muster komplett sein sollen.«

Grace schüttelte den Kopf. »Es tut mir Leid, aber ich muss nach Norden. Ich kann nicht mit euch kommen.«

Die Alte lachte, es klang wie das Krächzen einer Krähe. »Natürlich nicht, Schwester. Darum werden wir mit Euch kommen.«

23

Zwei Tage später erreichte das zusammengewürfelte Heer die Brücke über den Fluss Dunkelwein und damit die Grenze nach Toloria. »Diese Brücke kann unmöglich da sein.«

Grace richtete sich im Sattel auf. »Nun, in meinen Augen sieht sie ziemlich echt aus.«

Tarus fuhr sich mit der Hand durch das rote Haar. »Das meinte ich nicht, Euer Majestät. Ich kenne diese Gegend gut. Ich habe hier viel Zeit auf Patrouille verbracht, als ich im Orden von Malachor war. Man braucht eine Woche von Calavere nach Ar-Tolor, das nur wenige Meilen jenseits dieser Brücke liegt. Aber wir sind erst vor drei Tagen von König Boreas' Schloss aufgebrochen.«

»Dann sind wir außerordentlich gut vorangekommen, nicht wahr?«, sagte Grace mit einem Lächeln.

»Aber Euer Majestät ...«

Grace warf ihm einen scharfen Blick zu. »Manchmal ist es besser, sein Glück nicht in Frage zu stellen, Sir Tarus.«

Der Ritter biss sich auf die Lippe, dann nickte er. »Wie Ihr meint, Euer Majestät. Ich werde den Befehl geben, die Brücke zu überqueren. Wir schlagen auf der anderen Seite das Lager auf.« Er ritt los.

»Danke, dass du unsere Reise beschleunigt hast«, murmelte Grace und schlang die Arme um Tira, als sie der Brücke näher kamen. Das Mädchen wand sich in ihren Armen und gab einen leisen Laut wie ein Wimmern von sich. Was war los? Dann, als Shandis' Hufe auf der Brücke klapperten, begriff Grace.

Sie schaute nach unten und sah die Fußabdrücke, die in den Stein der Brücke geschmolzen waren. Genau hier auf dieser Brücke hatten die *Krondrim*, die Verbrannten, sie vergangenes Jahr auf ihrer Reise nach Osten in die Falle gelockt. Nur der Zauber, den Grace zusammen mit Aryn und Lirith gewebt hatte – und der Mut von Sir Meridar, der ihn das Leben gekostet hatte –, hatte sie gerettet. Trotzdem waren Tira und der blinde Junge Daynen auf der Brücke gefangen gewesen, deren Steine durch die Berührung der Feuerwesen zur Hälfte geschmolzen waren. Beide Kinder wären gestorben. Aber noch während Grace und die anderen in hilflosem Entsetzen zusahen, hatte Daynen Tira über die glühenden Steine der Brücke getragen und sie gerettet – und sich selbst geopfert.

Grace stieß die angehaltene Luft aus, als sie die andere Seite erreichten, und Tira in ihren Armen wurde wieder ganz still.

Silbernes Zwielicht senkte sich herab. Grace konnte Durge kaum erkennen, als er sein Schlachtross Schwarzlocke neben Shandis lenkte. Der Embarraner und sein Kriegspferd sahen aus wie Schatten.

»Das gefällt mir nicht«, knurrte Durge.

Sie folgte seinem Blick und sah, dass die Hexen, die sich ihnen vor zwei Tagen angeschlossen hatten, gerade die Brücke überquerten – die Jüngeren zu Fuß, die Ältesten auf zotteligen Ponys.

»Wir reiten jetzt in die Ländereien der Hexenkönigin von Toloria«, sagte Durge grimmig. »Werden sie uns nicht an sie verraten? Ihr selbst habt gesagt, dass die Hexen die Letzte Schlacht verhindern wollen.«

Grace betrachtete die Hexen. »Nein, Durge. Sie werden uns nicht an Ivalaine verraten. Außerdem glaube ich, dass Ihr die Königin falsch eingeschätzt habt. Einige ihrer eigenen Ritter reiten mit uns. Und ganz egal, auf welcher Seite sie steht, alle Gesetze verlangen, dass ich sie um die Erlaubnis bitte, ihr Land durchqueren zu dürfen.«

Dagegen konnte Durge nichts sagen; der Embarraner war ein unerschütterlicher Verfechter der Gesetze. Trotzdem betrachtete er die Hexen finster. »Mir gefällt das trotzdem nicht. Wir wissen nichts über diese Frauen. Es wäre besser gewesen, sie ihrer Wege zu schicken.«

»Unsinn«, sagte Grace flott. »Hier sind viel zu viele Männer. Ein paar Frauen werden diesem Heer gut tun.«

Während der beiden vergangenen Tage hatte Grace erfahren, dass sie zwar diese Hexen nicht kannte, die sie aber schon. Die Greisin des Zirkels hieß Senrael und die Jungfrau Lursa; das waren die beiden Frauen, mit denen Grace zuerst gesprochen hatte. Wie sich herausgestellt hatte, hatten sowohl Senrael wie auch Lursa vergangenes Jahr am Großen Hexenzirkel auf Ar-Tolor teilgenommen. Beide hatten dort Aryn und Lirith kennen gelernt und durch die beiden von Grace erfahren.

Das erklärte also, woher sie wussten, wer Grace war. Aber es erklärte in keinster Weise, wie die Hexen gewusst hatten, wo sie sie auf der Straße außerhalb von Calavere finden konnten oder wohin sie unterwegs war. Aber sie *hatten* es gewusst. Was bedeutete, dass eine von ihnen über die *Sicht* verfügte.

Senrael hatte das letzte Nacht bestätigt, als sie und Lursa Grace in ihrem Zelt einen Besuch abgestattet hatten. Sie hatten erklärt, wie sie, nachdem sich der Große Hexenzirkel auf die Seite der Hexe Liendra und jener, die den Runenbrecher vernichten wollten, geschlagen hatte, einen Schattenzirkel gegründet und nach einer Rolle gesucht hatten, die sie in der Letzten Schlacht spielen konnten, wie sie dem Runenbrecher dabei helfen konnten, sein Schicksal zu erfüllen. Dann, vor zwei Wochen, hatte Lursa beim Ansehen einer Kerze eine Eingebung gehabt.

»Ich wusste nicht einmal, dass ich über die Sicht verfüge«,

sagte die junge Embarranerin. Sie war sehr zurückhaltend, aber in ihren braunen Augen lag Intelligenz und Humor.

»Manchmal enthüllt sich Macht nur in Zeiten großer Not«, sagte Senrael. »Und ich würde mal behaupten, dass sich diese Zeit dafür qualifiziert.« Die zahnlose alte Frau war zugleich lebhaft und großmütterlich. Grace hatte sie auf Anhieb sympathisch gefunden.

Lursa nickte. »Es war ganz anders als ein Traum – es war ganz klar, als würde ich es erleben. Ich wusste, dass wir uns Euch anschließen werden und dass wir Euch zur Schattenkluft begleiten.«

Grace schenkte der jungen Frau ein trübes Lächeln. »Ihr habt nicht zufällig gesehen, wie sich die Dinge entwickeln, wenn wir dort sind, oder?«

Lursa schüttelte den Kopf und lächelte zurück. »Magie scheint nie so praktisch zu sein, nicht wahr?«

»Nein«, erwiderte Grace. »Das ist sie nicht.«

Bevor die beiden Frauen das Zelt verließen, fragten sie Grace, ob sie die Rolle der Mutter in ihrem Zirkel übernehmen würde.

»Ich bin die Älteste und Kratzbürstigste«, sagte Senrael, »also bin ich die Greisin. Und Lursa ist eine gute Jungfrau.«

Lursa runzelte die Stirn. »Eigentlich bin ich zu alt für diese Rolle. Ich bin vierundzwanzig Winter alt.«

»Aber Ihr wart die beste Wahl, und das wisst Ihr auch«, sagte Senrael. »Und macht Euch wegen Eures Status als Jungfrau keine Sorgen. Ich werde schon dafür sorgen, dass kein Mann aus diesem Heer wagt, Euch auch nur zu berühren. Wenn doch, wird er entdecken müssen, dass seine edlen Teile wie Rosinen geschrumpelt sind.«

Grace bezweifelte, dass unsittliche Avancen ein Problem darstellen würden. Ihr waren die finsteren Blicke nicht entgangen, die die Männer den Hexen zuwarfen, oder die Zeichen, die sie mit hinter dem Rücken versteckten Fingern machten. Durge war nicht der Einzige, der misstrauisch war.

»Wenn Ihr mich braucht, dann werde ich das tun«, sagte Grace und verzog dann das Gesicht. »Aber ich weiß eigentlich nicht, was die Mutter eines Zirkels überhaupt zu tun hat. Ich fürchte, ich bin nicht gerade der mütterliche Typ.«

»Nein?«, hatte Senrael gesagt und einen Blick auf die Pritsche geworfen, auf der Tira zusammengerollt lag, eine ihrer angesengten Puppen unter den Arm geklemmt.

Nun sah Grace zu, wie der Rest ihres Heeres über die Brücke marschierte. Sir Tarus brüllte Befehle, genau wie Kommandant Paladus, und das Lager wurde schnell in Nähe des Flussufers errichtet. Die Nacht brach herein, sie war klar und kalt, und Meister Graedin und die anderen Runensprecher gingen durchs Lager, berührten Steine und sprachen die Rune des Feuers. Die Morgendämmerung schien wenige Augenblicke, nachdem Grace sich hingelegt hatte, hereinzubrechen, und es war Zeit zum Aufstehen und Weiterreisen.

Am Vormittag kamen die sieben Türme von Ar-Tolor in Sicht, auf denen die grünen Banner flatterten. Grace ging davon aus, das Schloss betreten zu müssen, um sich mit Ivalaine zu treffen, aber beim Näherkommen entdeckten sie einen Pavillon außerhalb der Schlossmauern. Das Segeltuch wies grüne und goldene Streifen auf, und oben auf der Mittelstange wehte das Königliche Banner von Toloria. Also war die Königin ihr entgegengekommen. Aber warum?

Vielleicht will sie neugierigen Augen und Ohren entgehen. Ist Schwester Liendra nicht noch immer auf Ar-Tolor?

Ein Pony trabte Grace entgegen; es trug ein braunes Bündel auf dem Rücken, das niemand anders als Senrael war, wie sie dann erkannte.

»Die Königin darf meine Schwestern und mich nicht sehen«, sagte die alte Hexe. »Wir warten in dem Hain da auf Euch.«

Grace sah zu dem Pavillon und seufzte. »Wisst Ihr, ich glaube, dass sie uns in ihrem Herzen unterstützt.«

»Das mag schon sein«, erwiderte Senrael. »Trotzdem war sie die Mutter des Großen Hexenzirkels, und bis sie diese Rolle aufgibt, ist sie durch das dort gewebte Muster gebunden. Würde sie uns an Eurer Seite reiten sehen, wüsste sie, dass wir die Hexen verraten haben.«

»Was ist mit mir?«, sagte Grace. »Wird sie nicht wissen, dass auch ich die Hexen verraten habe?«

Senrael stieß ein Gackern aus. »Ihr könnt sie nicht verraten, Liebes, Ihr wart ja kein Teil des Musters.«

Grace legte eine Hand auf die Brust und versuchte, den plötzlich dort aufsteigenden Schmerz zu unterdrücken. »Zu welchem Muster gehöre ich denn dann?«

»Das müsst Ihr selbst weben«, sagte die Alte, wendete das Pony und ritt zu den anderen Hexen. Gemeinsam hielten die zwölf Frauen auf den Hain aus blattlosen Bäumen zu. Aber sie waren noch keine zweihundert Meter weit weg, da schimmerte die Luft um sie herum und ihre Umrisse verblichen, bis sie völlig mit der braunen Landschaft verschmolzen waren.

»Euer Majestät«, rief Durge und ritt auf sie zu. »Die Königin wartet.«

Trotz ihrer vielen vorherigen Begegnungen begrüßte Königin Ivalaine Grace kühl und formell – nicht wie eine Frau oder Hexe die andere, sondern wie von Herrscherin zu Herrscherin. Sie berührten sich nicht und hielten immer etwas Abstand. Die Königin saß in einem Klappstuhl aus vergoldetem, mit aufwändigen Schnitzereien versehenem Holz, und sie bedeutete, dass Grace sich auf einen nur unbedeutend weniger kostbaren Stuhl setzen sollte. Grace trug ihre Bitte vor, das Land der Königin mit ihrem Heer durchqueren zu dürfen. Danach brachten Diener dampfende Pokale mit gewürztem Wein und schürten die Kohlebecken, die den Pavillon wärmten, dann zogen sie sich zurück und ließen die beiden Frauen allein. Nicht einmal Tressa, die engste Beraterin der Königin, war zu sehen.

Sie muss im Schloss sein und ein Auge auf Schwester Liendra haben.

»Ihr müsst Eure Gedanken hüten«, sagte Ivalaine, den Blick ihrer eisfarbenen Augen fest auf Grace gerichtet. »Nicht nur laut gesprochene Worte können belauscht werden.«

Grace fasste ihren Pokal fester. »Und wer könnte uns hören?«

»Ich würde viel darum geben, die Antwort auf diese Frage zu kennen, Schwester. Ich weiß einfach, dass ich beobachtet werde. Das Gefühl kommt und geht, wie Wolken an einem Sommertag. Aber die Wolken kommen nun viel öfter als das Licht. Der Sturm nähert sich, und ich fürchte, er wird uns alle mit sich reißen.«

Darauf wusste Grace keine Antwort, allerdings war ihr nicht entgangen, dass Ivalaine sie als *Schwester* bezeichnet hatte. Unterhielten sie sich nicht länger als Königinnen, sondern als Hexen? Es gab nur eine Möglichkeit, das herauszufinden.

»Ihr habt mich nicht gefragt, warum ich mit einem Heer Euer Land durchquere, Schwester.«

Ivalaine winkte ab. »Das geht mich nichts an.«

Grace stellte den Pokal zur Seite. »Nein, das geht Euch sehr wohl etwas an. Jeder, mit dem ich spreche, erzählt mir, dass die Letzte Schlacht naht, und ich habe keinen Grund zu der Annahme, dass sie sich irren. Also reite ich nach Burg Todesfaust, die sich in der Schattenkluft befindet, direkt vor den Toren von Imbrifale. Dort werde ich auf die Krieger von Vathris warten, die von König Boreas angeführt werden.«

Die Königin zeigte weder Entsetzen noch Überraschung. Sie saß reglos auf ihrem Stuhl. Aber in ihren Augen lag ein Funkeln, das Grace in der Notaufnahme als ein Anzeichen für Fieber gedeutet hätte – genau wie die roten Punkte auf ihren blassen Wangen.

»Was ist mit meinem ... was ist mit Prinz Teravian?«, sagte Ivalaine leise. »Wird er an der Seite seines Vaters reiten?«

»Ich glaube schon.«

»Aber natürlich wird er das.« Ivalaine murmelte die Worte, so als würde sie mit sich selbst sprechen statt mit Grace. »Er muss gehen, oder etwa nicht? Denn nicht der Vater wird diese Schlacht schlagen, sondern der Sohn.«

Grace runzelte die Stirn. »Schwester?«

Ivalaine stand auf, und ihr Pokal fiel auf die Binsen, mit denen der Boden bestreut lag. Der vergossene Wein färbte die Unterlage blutrot. Die Königin starrte die scharlachrote Lache an.

»Ein Omen«, sagte Ivalaine heiser. »Blut wird vergossen werden. Königliches Blut. Aber ich werde vor dem Ende zu ihm gehen. Ich werde ihn sehen, bevor dieser Stier ihn wie ein Schwert zerbrechen kann. Ich werde nicht länger Königin sein. Und auch nicht länger die Mutter. Mir ist egal, was passiert – das alles liegt jetzt hinter mir. Für mich gibt es nur noch eine letzte Rolle zu spielen.«

Grace konnte das Entsetzen auf ihrem Gesicht nicht verbergen. Während der ganzen Zeit, die sie Ivalaine gekannt hatte, war die Hexenkönigin von Toloria das Musterbild von Autorität und kühler Kontrolle gewesen. Ivalaine hatte stets scheinbar über den Geschehnissen geschwebt, die andere Sterbliche in den Abgrund gezogen hatten; sie war stolz und wunderschön gewesen, unberührt von Furcht oder Sorge. Aber die Frau, die jetzt vor Grace stand, schien nur noch ein Schatten ihrer selbst zu sein. Sie ging gebeugt, das blonde Haar zerzaust, ihre Schönheit von Furcht zersplittert, als wäre sie ein einst makelloses Kristallglas, das nun von feinen Sprüngen durchzogen wurde.

»Schwester?«, sagte Grace und stand auf, aber die Königin starrte noch immer den vergossenen Wein an. »Euer Majestät?«

Ivalaine riss den Kopf hoch. »Geht!«, befahl sie mit zischender Stimme und weit aufgerissenen, blutunterlaufenen Augen. »Das ist die letzte Tat, die ich als Königin tun werde – Ihr habt meine Erlaubnis, durch mein Reich zu reiten. Aber beeilt Euch, bevor man Euch und euren Schattenzirkel entdeckt. Ihr Illusionszauber wird sie nicht lange verbergen, nicht vor jenen, die Wache halten. Und wenn man euch entdeckt, kann und werde ich nichts tun, um euch zu beschützen.«

Mit diesen Worten drehte sich Ivalaine um und verschwand durch einen Schlitz in der Zeltwand. Grace starrte hinter ihr her und versuchte zu verstehen, was gerade hier passiert war. *Für mich gibt es nur noch eine letzte Rolle zu spielen*, hatte Ivalaine gesagt. Aber welche Rolle meinte sie? Und wo wollte sie hin?

»Euer Majestät«, sagte eine tiefe Stimme hinter ihr.

Sie drehte sich um und stieß die angehaltene Luft aus. »Durge.«

Der Embarraner stand am Zelteingang. »Wir haben die Königin gesehen, wie sie mit ihren Dienern zurück zum Schloss ritt, und nahmen an, dass Eure Audienz beendet ist. Haben wir ihre Erlaubnis, Toloria zu durchqueren?«

Grace brachte ein steifes Nicken zu Stande. Sie stolperte und griff auf der Suche nach Halt nach der Stuhllehne.

Durge eilte an ihre Seite und stützte sie mit seiner starken Hand. »Geht es Euch gut, Mylady?«

In ihrer Brust wühlte der Schmerz. Er war nicht derjenige,

der sie das fragen sollte, nicht mit dem, was sich auf sein eigenes Herz zuarbeitete. Aber Grace nickte, dann zwang sie sich zu einer aufrechten Haltung. Wie Königin Ivalaine hatte sie nur noch eine Rolle zu spielen.

»Kommt, Durge. Lasst uns hier verschwinden.«

24

Auf dem Marsch nach Osten durch die Hügel von Toloria legten sie auch weiterhin ein sagenhaftes Tempo vor. Am späten Nachmittag des zweiten Tages nach der Flussüberquerung kam die Spitze des Grauen Turms in Sicht. So gern Oragien und die anderen Runensprecher auch nach ihren Brüdern gesehen hätten, machte das Heer dennoch nicht Halt. Am Abend des nächsten Tages hatten sie den Rand der Wildnis zwischen Toloria und Perridon erreicht.

»Morgen wenden wir uns nach Norden«, sagte Tarus, als Grace und ihre Befehlshaber am Feuer zu Abend aßen.

Paladus blickte zu den kalten Sternen hinauf. »Ich habe noch nie erlebt, dass ein Heer so schnell marschiert. Sicherlich müssen uns die Götter zur Seite stehen.«

Grace umarmte Tira. »Ich bin mir ziemlich sicher, dass zumindest eine von ihnen das tut.«

Am nächsten Morgen ließen sie Toloria hinter sich und marschierten in die Wildnis. Als sie im vergangenen Sommer auf dem Weg nach Schloss Spardis durch diese Region gereist waren, hatte Falken sie Dun-Dordurun genannt, was in der Sprache der Maugrim *Das-Land-dazwischen* bedeutete. Aber die Maugrim waren vor einem Zeitalter verschwunden, und jetzt lebte hier niemand mehr.

Die Landschaft war von quälender Einsamkeit: eine Reihe nebelverhangener Täler und mit Büschen bewachsener Anhöhen, die sich so weit das Auge sehen konnte in alle Richtungen erstreckten. Die einzigen Laute, die gelegentlich die Stille brachen, waren die Rufe von Falken, und das Heer kam an keinen menschlichen Ansiedlungen vorbei, auch wenn Grace mehrere Male auf fernen Hügeln unregelmäßige Steinkreise entdeckte.

Die Sonne näherte sich im Westen dem Horizont, als sie das gigantische Bild von Mohg auf der Seite eines Hügels erreichten.

»Also ist es noch da«, murmelte Grace und zügelte Shandis auf einem dem Bildnis gegenüberliegenden Hügelkamm. Aber es war seit Jahrhunderten da. Sie fröstelte trotz der Wärme, die von Tiras Körper ausging.

»Was ist das?«, fragte Meister Graedin. Der redegewandte junge Runensprecher war die letzten Meilen neben Grace auf seinem Maultier auf- und abgehüpft und hatte begeistert ihre Fragen über die Bemühungen zur Reparatur des Runensteins beantwortet.

»Es ist Mohg«, erwiderte Grace, aber der kalte Wind raubte ihr den Atem, so dass die Worte kaum mehr als ein Flüstern waren.

Graedins fröhliche Miene verschwand. »Der Herr des Sonnenuntergangs. Der gefürchtetste aller Alten Götter und der Mächtigste von ihnen, ausgenommen vielleicht Olrig.«

Tarus stieß ein leises Pfeifen aus. »Er sieht nicht gerade wie ein freundlicher Bursche aus, oder?«

Grace konnte den Blick nicht von der primitiven, aber ausdrucksvollen Gestalt wenden, deren Umrisse auf der Hügelseite von Steinen gebildet wurden. Schiefe Zähne füllten den offen stehenden Rachen, und das eine Auge schien direkt in ihr Herz zu starren. Es war mindestens dreißig Meter hoch.

»Es ist anders als beim letzten Mal«, sagte Durge stirnrunzelnd. »Einige der Steine sind verändert worden. Seht Ihr? Er hält keine Menschen mehr in der rechten Hand. Stattdessen nur drei große Felsen auf seiner Handfläche. Und sämtliche Steine sind anders. Sie waren weiß.«

Durge hatte Recht. Grace erinnerte sich, dass die riesenhafte Gestalt von weißen Steinen gebildet worden war. Aber jetzt wiesen die meisten Steine eine rostige Farbe auf.

»Blut«, sagte sie, und den weit aufgerissenen Augen der anderen nach zu urteilen, waren sie zu demselben Schluss gekommen. »Die Steine sind mit Blut bestrichen worden. Jemand muss ...«

Ein ferner Ruf hallte durch die Luft, und Grace verstummte. Im ersten Augenblick hielt sie es wieder für einen Falken, aber der Himmel war leer, und es klang anders – es war ein Laut voller Qual. Oder vielleicht Hunger.

»Das ist nur der Ruf eines wilden Tiers, Euer Majestät«, sagte Meister Graedin und lächelte beruhigend.

»Ja, aber was für ein Tier?«, sagte Durge und schaute sich um.

Grace schluckte den Kloß in ihrem Hals herunter. »Lasst uns reiten.«

»Verzeihung, Euer Majestät«, sagte Tarus, »aber die Sonne geht bald unter. Wir müssen das Lager aufschlagen, und in diesem Tal ist eine Quelle. Es scheint ein idealer Ort zu sein.«

»Nein«, sagte Grace scharf. »Wir bleiben nicht hier. Nicht in der Dunkelheit. Wir müssen gehen – jetzt sofort.«

Das Heer marschierte weiter, während die Schatten länger wurden. Sie erklommen einen weiteren Hügel und kamen in ein felsiges Tal. In diesem Moment verschwand die Sonne hinter dem Hügelkamm und tauchte das Tal in vorzeitiges Dämmerlicht. Das Flüstern des Windes in dem trockenen Gras war der einzige Laut, den es gab.

»Etwas stimmt nicht«, sagte Durge leise zu Grace. »Die Nacht bricht bald herein. Vögel müssten singen, aber ich höre rein gar nichts.«

Dieses eine Mal glaubte Grace, dass der Embarraner nicht übertrieben pessimistisch war. Hier stimmte *tatsächlich* etwas nicht – sie konnte es in der Weltenkraft fühlen.

Wir auch, Schwester, erklang Senraels Stimme in ihrem Bewusstsein. Grace blickte über die Schulter; die alte Frau ritt nicht weit hinter ihr zusammen mit Lursa und den anderen Hexen. *Es ist, als würden die Stränge der Weltenkraft vor Ekel zurückzucken.*

In diesem Augenblick durchschnitt ein weiterer Schrei die Luft – schrill, trillernd. Hasserfüllt.

»Habt ihr das gehört?«, sagte Tarus, als sie ihre nervösen Pferde zügelten. »Das ist kein normales Tier.«

Meister Graedin schaute sich um. »Was ist es dann?«

»Ihr meint, was sind sie?«, sagte Aldeth und warf seinen silbrigen Mantel zurück, als er aus einem Schatten trat.

Tarus senkte das Schwert. »Dürfte ich vorschlagen, dass Ihr Euch nicht auf diese Weise an uns heranschleicht – jedenfalls nicht, wenn Ihr kein Schwert im Bauch haben wollt.«

Der Spinnenmann starrte zu ihm hoch. »Steckt diese Klinge noch nicht weg, Ritter von Calavan. Ihr könntet sie noch brauchen.«

Grace schluckte den Schrei herunter, der in ihr aufstieg. »Was ist da draußen, Aldeth?«

»*Feydrim,* Euer Majestät. Ich bin mir nicht sicher, wie viele es sind, aber sie kommen hinter uns den Kamm hinauf.«

In dem hereinbrechenden Zwielicht konnte Grace nichts sehen, aber wieder ertönte ein Schrei, und er wurde von anderen beantwortet, einige in der Ferne, andere in der Nähe. Tira, die vor ihr auf dem Sattel saß, gab ein Wimmern von sich.

»Warum greifen sie nicht an?«, fragte Grace und hielt sich an dem Mädchen fest.

Aldeth schüttelte den Kopf. »Ich bin mir nicht sicher. Es ist fast so, als würden sie auf etwas warten.«

»Aber worauf?«, wollte Meister Graedin wissen, dessen Gesicht im Zwielicht blass schimmerte.

Er hatte noch nicht zu Ende gesprochen, als ein Licht so kalt wie das Mondlicht den Kamm hinter ihnen erklomm.

Aber bis zum Mondaufgang waren es noch Stunden, und er würde im Osten aufgehen und nicht im Westen.

»Phantomschatten«, sagte Grace.

Sie schauten einander einen Augenblick lang an, in dem matten Licht leuchtete das Weiße ihrer Augen. Dann galoppierten sie los.

»Wir müssen es bis oben auf den Kamm schaffen«, brüllte Durge über das Trommeln der Hufe hinweg. »Wir dürfen uns in dieser Senke nicht von ihnen umzingeln lassen.«

Tarus fiel zurück und brüllte Befehle. Das Heer zerfiel in eine präzise Formation und eilte durch die Talsenke und die Anhöhe auf der anderen Seite hinauf. Grace klammerte sich am Sattel fest, als Shandis die steinige Höhe hinaufpreschte.

Sie erreichten den Hügelkamm, doch da war die Sonne bereits hinter dem Rand der Welt verschwunden, und purpurnes Zwielicht fiel vom Himmel. Grace wendete Shandis und schaute in das schattenerfüllte Tal. Dutzende gelber Funken flitzen hin und her. Sie sahen aus wie ein Schwarm Glühwürmchen, aber Grace wusste, dass es die glühenden Augen von *Feydrim* waren.

»Seht!«, stieß Aldeth heiser hervor.

Das Meer aus gelben Funken teilte sich, ein geisterhaftes Licht flutete über den Talboden. Grace konnte die spindeldürre Gestalt im Zentrum der hellen Kugel nur mühsam ausmachen. Durge fasste sich mit schmerzverzerrtem Gesicht an die Brust.

Grace wollte nach ihm greifen, aber in diesem Augenblick trieb Sir Tarus sein Schlachtross heran. »Euer Majestät, wir haben wenig Zeit. Wie lauten Eure Befehle?«

Sie öffnete den Mund, aber es kamen keine Worte heraus. In diesem Augenblick erkannte sie, was für einen närrischen Unsinn sie da betrieb, so zu tun, als wäre sie eine Königin. Sie war Ärztin, keine Soldatin; sie hatte keine Ahnung, was sie tun sollten.

»Wie viele sind es?«, schaffte sie hervorzustoßen.

»Da unten sind mindestens dreißig von den *Maltheru*«, sagte Kommandant Paladus, als er sein elegantes tarrasisches Pferd neben ihr zügelte.

»Es sind fünfzig«, sagte Samatha und trat aus einem Schatten in der Nähe. Der silberne Umhang der Spinnenfrau schimmerte wie aus Sternenlicht gewoben. »Und das ist nicht alles.«

Aldeth ging zu ihr. »Was hast du gesehen, Sam?«

»Es war Leris. Er berichtete, dass sich aus dem Norden noch weitere zwanzig *Feydrim* nähern. Und ich sage das wirklich nicht gern, aber es sieht so aus, als hätten sie einen weiteren Phantomschatten dabei.«

Paladus ballte die Faust. »Gegen fünfzig *Maltheru* könnten wir ohne eigene Verluste kämpfen, wäre da nicht der *Siltheri*. Ich habe alte Berichte über die Schlachten im Norden gelesen. Die Berührung der Bleichen bedeutet einen kalten und schnellen Tod.«

Meister Graedin zitterte sichtlich am ganzen Körper. »Aber warum sind sie überhaupt hier, so tief in den Domänen?«

»Das ist keine große Streitmacht«, sagte Samatha und strich über ihr spitzes Kinn. »Ich vermute, sie sind durch die Fal Erenn nach Süden gekommen und haben sich einen Weg durch die Berge gesucht.«

»Euer Majestät«, sagte Durge und trieb Schwarzlocke näher an Shandis heran. »Ihr müsst uns Eure Befehle geben. Was sollen wir tun?«

Entweder waren die Schmerzen in seiner Brust verschwunden oder er wusste sie perfekt zu verbergen. Unten kam das bleiche Licht näher, die gelben Funken direkt dahinter.

»Mylady«, sagte Durge und schaute ihr beschwörend in die Augen. »Eure Befehle.«

Ein Rauschen erfüllte Graces Kopf. Sie wollte etwas sagen, aber ihr fehlten die Worte.

»Wir müssen hier bleiben und kämpfen«, sagte Paladus. »Wir können sie nicht hinter uns lassen, nicht, wo unsere halbe Streitmacht zu Fuß unterwegs ist, und wir können auch nicht hoffen, dass sie uns in der Dunkelheit verfehlen. Was meint Ihr, Euer Majestät?«

Grace hielt sich die Stirn. Das Denken war so schwer.

Tarus riss sein Pferd herum. »Wir sind auf dem höchsten Punkt des Kammes. Das sollte uns einen Vorteil geben. Wir stellen die Fußsoldaten mit den Piken im Zentrum auf, die Berittenen auf beiden Flanken und die Bogenschützen darüber. Wir müssen die Königin beschützen, koste es, was es wolle.« Er sah Grace an. »Ihr müsst nur ein Wort sagen, Euer Majestät, und es wird so geschehen.«

Sie wollte das Wort sagen, wollte *Ja* sagen. Das waren Männer vom Militär; sie wussten, was zu tun war. Aber selbst dieses eine Wort schien für sie unerreichbar zu sein.

Tarus' Pferd tänzelte nervös umher. »Euer Majestät, es ist keine Zeit mehr. Gebt uns Eure Zustimmung, damit wir es tun können.«

Die hellsilbrigen und gelben Lichter wimmelten die Anhöhe hinauf.

»Sicherlich erkennt die Königin die Vernunft dieses Plans«, sagte Paladus. »Ihr Schweigen ist Ihre Zustimmung. Machen wir es.«

Tarus nickte. »Gebt Eurer Kompanie den Befehl, Paladus. Ich überbringe den Rittern der Domänen die Befehle. Wir nehmen die Positionen ein, wie ich ...«

»Nein«, sagte da eine Stimme energisch. Es war Graces Stimme.

Tarus und Paladus starrten sie ungläubig an.

»Euer Majestät«, sagte Tarus verwirrt.

»Ich habe Nein gesagt.« Ihre Furcht verwandelte sich in Entschlossenheit. Sie war bloß Ärztin, aber das hier war nur eine Art von Operation, und sie wusste mit der Sicherheit einer korrekten Diagnose, dass das, was Tarus und Paladus entschieden hatten, falsch war.

Es gab keine Möglichkeit, die Phantomschatten zu bekämpfen, jedenfalls nicht direkt; selbst ein einzelner Bleicher reichte aus, um ein ganzes Heer auszulöschen, und es kamen zwei der Kreaturen. Grace wusste, dass sie eine andere Taktik finden mussten, und Paladus' eigene Worte hatten ihr den Weg gezeigt. Ihre Gedanken rasten, brachten die letzten Puzzlestücke an Ort und Stelle.

»Wir werden hier nicht stehen bleiben. Wir werden den Kamm überqueren und die andere Seite hinunterreiten.«

Tarus riss die Augen weit auf. »Euer Majestät, das dürfen wir nicht tun. Die höhere Position ist unser einziger Vorteil.«

Grace wischte seine Worte beiseite. Es blieb keine Zeit für Erklärungen. »Meister Graedin«, wandte sie sich an den jungen Runensprecher, »wie erfahren seid Ihr und Eure Brüder im Sprechen der Runen von Stein und Licht?«

Der harte Tonfall schien ihn aus seiner Furcht zu reißen. Er setzte sich aufrecht hin. »Das sind zwei unserer besten Runen, Euer Majestät. Zusammen können wir ein helles Licht werfen und sogar einem großen Felsen befehlen.«

»Ihr werdet mehr als einem befehlen müssen.« Grace drehte sich um, um die anderen herbeizubefehlen, die sie brauchte, aber die zwölf in Braun und Grau gekleideten Frauen ritten bereits auf sie zu.

»Wir sind da, Schwester«, sagte Lursa, Entschlossenheit auf dem unscheinbaren Gesicht. »Was sollen wir tun?«

»Ihr müsst einen Zauber weben«, sagte Grace. »Einen Illusionszauber.« Worte waren zu langsam. Sie sammelte ihre Gedanken und schickte sie die Stränge der Weltenkraft entlang.

Senrael gackerte. »Und was für ein feiner Zauber dies sein wird, Schwester. Aber unser Zirkel muss komplett sein, um ihn weben zu können. Ihr müsst Euch als die Mutter zu uns gesellen.«

»Das werde ich.« Sie richtete den Blick auf Tarus und Paladus. »Sammelt alle Männer und geht die Anhöhe hundert Meter hinunter. Ihr müsst alle, ob beritten oder zu Fuß, sich zu einem Kreis zusammenstellen lassen, so eng wie nur möglich.«

»Aber das ist keine anständige Formation«, stotterte Paladus hervor. »Sie werden uns im Handumdrehen flankiert haben.«

Tarus schüttelte den Kopf. »Euer Majestät, ich ...«

»Ihr habt die Königin gehört«, grollte Durge und drängte Schwarzlocke zwischen die beiden Soldaten und Grace. »Führt ihre Befehle aus. Sofort.«

Tarus und Paladus starrten Durge an, dann sie, dann einander. Einen schrecklichen Augenblick lang dachte Grace, sie würden sich ihr widersetzen. Dann rissen beide die Pferde herum und fingen an, Befehle zu brüllen.

»Die andere Hügelseite herunter!«, rief Tarus.

»Bleibt dicht beisammen!«, ertönte Paladus' strenge Stimme. »Mir ist egal, ob ihr aufeinander klettern müsst – zwischen euch darf nicht genug Platz für eine Messerklinge sein.«

Grace schwankte im Sattel, aber eine starke Hand stützte sie. »Durge«, sagte sie mit belegter Stimme, voller Dankbarkeit.

»Was sind meine Befehle, Euer Majestät?«

»Passt auf Tira auf.« Sie glitt aus dem Sattel, nahm das kleine Mädchen und hielt es zu Durge hoch, der es in die Arme nahm.

»Ich werde sie mit meinem Leben schützen«, sagte Durge.

Er setzte Tira vor sich auf den Sattel und fing Shandis' Zügel auf, dann galoppierte Schwarzlocke den Hügel hinunter, gefolgt von Shandis. Grace fand sich mit nur zwanzig

Runensprechern und zwölf Hexen auf dem Kamm wieder, alle zu Fuß.

»Ich muss zugeben, das scheint eine interessante Taktik zu sein, Euer Majestät«, sagte Oragien, der sich auf seinen Stab stützte. Er musterte die kleine Gruppe aus Männern und Frauen – einige in seinem Alter, andere furchtbar jung.

»Wir werden nicht gegen sie kämpfen, Großmeister.« Grace holte tief Luft. »Jedenfalls nicht mit Schwertern.«

Knurren hallte durch die Luft, begleitet von einem metallischen Summen. Im Norden entdeckte Grace einen Lichtschimmer, der den Hügelkamm erklomm. Ihnen blieben nur Augenblicke.

»Folgt mir, ihr alle«, sagte sie und eilte die letzten Meter der Anhöhe hinauf zu einer unbewachsenen Stelle aus Granit.

»Was sollen wir tun, Euer Majestät?«, sagte Graedin keuchend.

Grace berührte seine Schulter mit der Hand, und legte die andere auf Oragiens Arm. Worte flossen aus ihr, die Stränge der Weltenkraft entlang. Den überraschten Blicken nach zu urteilen, hatten beide Runensprecher sie verstanden.

»Instruiert eure Brüder«, sagte sie. Beide wandten sich an die anderen Männer in grauen Kutten und murmelten ihnen etwas zu.

Was ist mit uns, Schwester?, fragte Lursa in ihrem Bewusstsein.

Webt mit mir, sagte Grace.

Sie schloss die Augen, und zwölf schimmernde Fäden verbanden sich mit dem ihren. Es war keine Zeit für Erklärungen, und sie war auch nicht nötig. Grace fing an, die Stränge der Weltenkraft zu einem neuen Muster zu verweben, und zwölf leuchtende Hände folgten ihrem Beispiel, als wären es Verlängerungen ihres Körpers.

Einen Moment lang war das Gefühl der Nähe, der Zusammengehörigkeit beinahe überwältigend. Grace hatte schon zuvor Zauber mit Aryn und Lirith gewoben, aber noch nie mit einem ganzen Zirkel. Eine Schwindel erregende Wärme erfüllte sie ...

Die Stränge – sie gleiten mir durch die Finger!, sagte die verängstigte Stimme einer der jüngeren Hexen und holte Grace zurück.

Seid stark, Schwestern. Das war Senrael mit ihrer weisen, krächzenden Stimme. *Die Anwesenheit der Diener des Fahlen Königs beschmutzt die Weltenkraft und verwirrt ihre Fäden, aber selbst die Phantomschatten sind nicht so stark wie die Magie des Lebens. Die Weltenkraft wird standhaft bleiben, solange ihr nur ohne Furcht webt.*

Grace webte mit erneuerter Schnelligkeit und Sicherheit, und sie fühlte, wie die anderen Hexen das Gleiche taten. Dann ertönte ein Ton wie ein Glockenschlag in ihrem Bewusstsein. Das neue Muster leuchtete schimmernd und perfekt in der Luft. Grace öffnete die Augen.

Zwanzig Meter entfernt erklommen die ersten *Feydrim* den Kamm und schlichen auf spindeldürren Gliedmaßen über die Steine. Die verkrümmten Kreaturen zischten, ihre gelben Augen blitzten auf, als sie ihre Opfer erblickten. Grace riskierte einen Blick über die Schulter. Hundert Meter den Hang hinunter, wo sich noch vor Augenblicken das Heer versammelt hatte, stand jetzt ein dichter Hain, dessen kahle Äste im Zwielicht schimmerten.

Unser Illusionszauber ist fertig! Lursa webte die Worte die Weltenkraft entlang. *Die Kreaturen sehen das Heer nicht.*

Aber sie sehen uns, gab Grace zurück. *Bleibt zurück.*

Sie zog mit einer Hand Fellring, dann bückte sie sich und hob mit der anderen zwei Steine auf. Mit einem Gedanken webte sie eine letzte Illusion. Die Steine in ihrer Hand fingen an zu glühen – der eine in einem feurigen Rot und der andere in kühlem Silber. Grace stellte sich vor die Hexen und Runensprecher und hielt die beiden glühenden Steine in die Höhe.

Die *Feydrim* zischten freudig und stürzten sich auf sie. Grace schlug die erste Welle mit einem Hieb von Fellring zurück, aber dahinter kamen noch mehr. Die restlichen Kreaturen hatten den Kamm erklommen und schwärmten auf Grace zu. Die *Feydrim* mieden ihr Schwert und kamen näher ...

... dann kreischten sie auf und wichen zurück, duckten sich zusammen und pissten auf den Boden. Zwei geisterhafte Lichter kamen das letzte Stück der Anhöhe hinauf und trieben auf Grace zu. In dem Licht bewegten sich spindeldürre Gestalten, die die Steine in Graces Hand mit lidlosen Augen anstarrten und mit schlanken Fingern zugriffen.

»So ist es richtig, ihr Bastarde«, stieß Grace durch die zusammengebissenen Zähne hervor. »Holt euch eure kostbaren Steine. Das glaubt ihr doch, oder? Die beiden Großen Steine, die euer Herr sucht. Aber ich habe eine andere Art von Stein für euch.«

Das metallische Summen steigerte sich zu seinem Wimmern, der Geruch nach Blitzen stieg Grace in die Nase. Sämtliche Instinkte befahlen ihr, die Steine zu Boden zu werfen und zu fliehen. Aber sie konnte noch immer die zwölf Lebensfäden spüren, die mit ihrem eigenen verbunden waren und ihr Stärke verliehen. Die Phantomschatten glitten an den wimmernden *Feydrim* vorbei, direkt auf Grace zu.

»Jetzt«, flüsterte sie.

Zwanzig Männerstimmen sangen ein einzelnes Wort, verschmolzen zu einer tiefen und perfekten Harmonie. *»Sar!«*

Grace fühlte den Magiestrom wie einen Windstoß. Ein Laut wie ein Donner ertönte, und unter den beiden Phantomschatten klaffte ein drei Meter langer und anderthalb Meter breiter Spalt im Granitboden auf. So konzentriert, wie die beiden Wesen auf die Steine in Graces Hand waren, bemerkten sie es erst, als es zu spät war. Der Stein unter ihren Füßen verschwand, und der Spalt verschlang die beiden Bleichen wie ein Rachen. Zwei schrille Aufschreie durchschnitten die Luft – und brachen ab, als die Runensprecher verstummten. Mit einem Knirschen schnappte der Spalt in der Erde wieder zu.

Die *Feydrim* knurrten und grunzten verwirrt. Sie verteilten sich, kratzten am Boden. Dann fiel der Blick ihrer hungrigen Augen auf Grace und die anderen. Jetzt, wo die Bleichen, die sie fürchteten, weg waren, wurden sie wieder von ihrem Hunger beherrscht.

Grace warf die Steine weg – die nun wieder matt und leblos waren. »Jetzt, Oragien!«

»Lir!«, sagten die Runensprecher, und hinter den *Feydrim* blitzten ein halbes Dutzend Lichtsphären auf. Die Sphären waren groß und silbrig – genau wie die Lichtkugeln, in denen die Phantomschatten immer kamen.

Die Runensprecher machten mit ihrem Chorgesang weiter, und die Lichtersphären trieben näher heran. Die *Feydrim* stießen wieder ein entsetztes Kreischen aus. Sie wichen vor den Lichtern zurück, stürmten auf allen vieren den Hügel hinunter, vorbei an Grace, an den Hexen. Die Lichter verfolgten sie, trieben sie vor sich her, obwohl sie zu flackern anfingen.

»Hört nicht auf!«, rief Grace den Runensprechern zu, und trotz der vor Anstrengung verzerrten Gesichter hielten sie die Harmonie aufrecht und sangen die Rune des Lichts.

Die Leuchtsphären trieben die erschreckten *Feydrim* weiter, den Hang hinunter und an dem Hain vorbei. Grace wartete, bis der letzte *Feydrim* an den Bäumen vorbei war, dann gab sie das Signal. Die Runensprecher beendeten ihren Singsang in genau dem Augenblick, in dem die Hexen die Fäden des von ihnen erzeugten Illusionszaubers auseinander rissen. Die Illusion löste sich auf, und die Bäume verschwanden, um von einem Heer aus fast fünfhundert Männern ersetzt zu werden.

Grace war so müde, dass ihr die Kraft zu einem Ruf fehlte. Stattdessen schickte sie ein Wort durch die Weltenkraft, und hoffte, es würde ausreichen. *Angriff!*

Mit dröhnenden Fanfaren stürmte das Heer los und griff die fliehenden *Feydrim* von hinten an. So verstreut und verängstigt, wie sie waren, hatten die Kreaturen keine Chance. Schlachtrösser donnerten über sie hinweg und trampelten sie in den Boden. Andere stürzten mit Pfeilen in den krummen Rücken, und noch mehr kreischten aufgespießt an den Enden der Piken.

Es war in wenigen Augenblicken vorbei – fünfzig *Feydrim* lagen tot und zerschmettert am Boden, ihre Kadaver waren so grau wie Geister im Zwielicht. Grace schloss die Augen, tastete die Weltenkraft ab und öffnete die Augen wieder. In ihr stieg ein Gefühl von Stolz auf, und sie nickte zufrieden. Nicht nur hatte ihr Heer nicht einen Mann verloren, keiner hatte eine Verletzung, die schlimmer als ein Kratzer war.

In der Tiefe stießen die Männer Jubelrufe aus. Tarus hob das Schwert, und Paladus blies in seine Signaltrompete. Ein schwarzes Schlachtross donnerte die Anhöhe hinauf. Es war Durge, der Tira vor sich auf dem Sattel sitzen hatte. Shandis trabte hinter ihm her.

»Das habt Ihr gut gemacht, Euer Majestät«, sagte der Embarraner, als er Schwarzlocke vor Grace zügelte. Zu ihrer Überraschung grinste der sonst immer so ernste Ritter. »Sogar sehr gut gemacht. Diese Männer werden Euch jetzt überallhin folgen, und wenn es in das dunkle Tor von Imbrifale selbst ist.«

Diese Worte ließen Grace frösteln, aber sie konnten das glückliche Gefühl des Sieges nicht völlig unterdrücken. Sicher, das war nur eine kleine gegnerische Streitmacht gewesen, aber sie hatten sich ihr gestellt, und sie hatten überlebt.

Grace schob Fellring in die Schwertscheide und schwang sich in Shandis' Sattel. Die Sterne am Himmel waren hell, und sie war noch nicht bereit, für die Nacht anzuhalten.

»Kommt, Durge«, sagte sie und erwiderte sein Lächeln. »Lasst uns zur Schattenkluft reiten.«

DRITTER TEIL

Schatten ziehen herauf

25

Am nächsten Morgen, an ihrem ersten offiziellen Tag als wieder eingestellte Sucherin, kam Deirdre zu spät zur Arbeit.

Der grelle Schein der Deckenleuchten ließ sie die Augen beschatten; die Uhr an der Wand zeigte 9:32, als sie aus dem Aufzug trat. Das war gar nicht so übel, vor allem, wenn man die vom Scotch verursachten Kopfschmerzen in Betracht zog, mit denen sie erwacht war.

»Direktor Nakamura erwartet Sie«, sagte Madeleine und schaute über den Rand des Computers. »Wollten Sie nicht schon um neun hier sein?«

Deirdre verzog das Gesicht zu einem, wie sie hoffte, fröhlichen Lächeln. »Meine U-Bahn wurde von U-Bahn-Gnomen entführt.«

»Das dachte ich mir schon.« Madeleine nahm einen Bleistift, der scharf genug aussah, um damit Kevlar durchbohren zu können, und machte einen präzisen Haken auf ein Stück Papier.

»Was tun Sie da?«, wollte Deirdre wissen.

»Sie auf meine Liste setzen.«

Die Empfangsdame wandte ihre Aufmerksamkeit wieder dem Computer zu und fing an zu tippen, als wollte sie mit der Tastatur durch Reibung ein Feuer entzünden. Deirdre schwang sich ihre Umhängetasche über die Schulter und eilte den Korridor hinunter in Richtung von Nakamuras Büro. Warum wollte er sie schon wieder sprechen? Er hatte ihr erst gestern einen Auftrag gegeben. Sie fand ihn hinter seinem Schreibtisch sitzen; das Gesicht vor Konzentration verzogen, versuchte er gerade, eine Marionette über die Schreibtischunterlage gehen zu lassen. Aber die Fäden verhedderten sich, und die Marionette brach zusammen, als hätte sie einen epileptischen Anfall.

»Deirdre, da sind Sie ja«, sagte Nakamura und schaute auf.

Sie konnte den Blick nicht von der zusammengebrochenen Marionette nehmen.

Der Assistant Director seufzte. »Der Verkäufer hat es so einfach aussehen lassen. Aber ich vermute, es ist keine einfache Sache, eine andere Person zu kontrollieren – selbst eine aus Holz.«

Deirdre ließ sich in einen der Stühle vor dem Tisch sinken. »Soll das eine Lektion sein?«

»Alles ist eine Lektion, Miss Falling Hawk, wenn wir es nur lange genug betrachten. Aber das hier ist bloß ein Spielzeug. Ich kann es wegräumen, wenn ich keine Lust mehr darauf habe.« Er öffnete eine Schublade, nahm die Marionette und ließ sie hineinfallen.

Deirdre lehnte sich in dem Stuhl zurück und sann über die Worte nach. Sollten sie sie aufmuntern oder warnen? Vielleicht bedeutete ihr Nakamura, dass sie sich keine Sorgen machen sollte, dass die Sucher nicht versuchen würden, sie zu kontrollieren, so wie Farr es befürchtet hatte. Aber vielleicht war Nakamura auch nur ein neugieriger und exzentrischer älterer Gentleman, der ein neues Spielzeug gekauft hatte. Was nun auch stimmte, er hatte Recht. Man konnte in allem eine Botschaft finden, wenn man lange genug danach suchte, selbst wenn es in Wirklichkeit gar keine gab.

Aber es gibt eine Botschaft. Sie steht auf Glindas Ring und ist auf dem alten Schlussstein, der aus einem Gebäude stammt, das Jahrhunderte später das Surrender Dorothy *beherbergte.*

Wer auch immer vergangene Nacht der Fremde gewesen war – der vor ihrem Fenster gestanden und mit ihr über ihren Computer kommuniziert hatte –, er kannte die Botschaft. Oder hatte zumindest eine Idee, wie man sie entschlüsseln konnte. Aber wer war der andere? Und warum wollte er – oder sie – sich überhaupt einmischen?

Eines war sicher – diese Person gehörte zu den Suchern, und zwar in einer hohen Position. Wie sonst hätte der Mann Botschaften an ihren Computer schicken können? Davon abgesehen konnte es kein Zufall sein, dass der Kontakt so bald erfolgt war, nachdem man ihr den Zugang zu Echelon 7 gewährt hatte. Vielleicht war der schattenhafte Sucher derselbe, der die von ihr gefundene Datei gelöscht hatte. Aber das machte keinen Sinn. Warum die Datei löschen, um jede Entdeckung zu verhindern, und sich ihr dann am nächsten Tag zu nähern?

Deirdre überlegte, Nakamura zu informieren. Der Assistant Director wusste weit mehr über Abläufe bei den Suchern als sie. Er hatte vielleicht eine Idee, wer auf solch merkwürdige Weise Kontakt mit ihr aufnehmen würde. Aber als sie den Mund öffnete, brachte sie kein Wort hervor.

»Was denn, Deirdre? Ich habe Sie nicht ganz verstanden.«

»Ich habe gestern Abend Anders kennen gelernt«, sagte sie und platzte mit dem Ersten hervor, was ihr in den Sinn kam.

Nakamura lächelte. »Ja, Agent Anders. Ich bin ihm heute Morgen als Erstes begegnet. Darum habe ich Madeleine gebeten, Sie zu mir schicken, wenn Sie da sind.«

Deirdre biss die Zähne zusammen. Anders' Besuch am vergangenen Abend war kurz gewesen – und unerträglich überschwänglich. Er hatte ihr die Hand geschüttelt, ihr mit seinem Griff die Finger zerquetscht, hatte wiederholt gesagt, wie sehr es ihn freute, mit ihr zusammenarbeiten zu dürfen, und bei mindestens zwei Gelegenheiten die Worte *Verflixt noch mal* einfließen lassen. Nachdem er gegangen war, hatte sie ein ganzes Wasserglas Scotch gebraucht, um ihre Nerven zu beruhigen.

»Natürlich ist er kein Hadrian Farr«, fuhr Nakamura fort. »Aber ich glaube, er könnte viel von Ihnen lernen. Ich hoffe, Sie geben ihm eine Chance.«

»Natürlich«, sagte sie und fühlte sich plötzlich schuldig. Warum hatte sie es so eilig, jemanden zu verdammen, den sie gerade erst kennen gelernt hatte? Ohne jeden Zweifel war Anders ein guter Mann, der einfach bloß etwas übereifrig war. Dennoch, es fiel schwer, nicht an die Worte zu denken, die direkt vor dem Pochen an ihrer Tür auf dem Bildschirm aufgeflammt waren.

Er kommt ...

Nicht *Etwas kommt* und auch nicht *Ein Mann kommt.* Sondern *Er kommt.* Es war, als hätte der Schattenmann Anders gemeint.

»Deirdre?«

Sie setzte sich aufrecht hin. »Es tut mir Leid. Mein Kopf ist heute Morgen etwas benebelt, das ist alles.«

»Machen Sie sich nichts draus. Wir fangen langsam mit Ihnen an. Sie können den Auftrag vergessen, den ich Ihnen gestern gegeben habe. Anders hat bereits damit angefangen. Nehmen Sie stattdessen das hier, und lassen Sie es mich wissen, wenn Sie etwas brauchen. Einen schönen Tag noch, Miss Falling Hawk.«

Sie starrte den Ordner an, den Nakamura ihr in die Hand gedrückt hatte, dann erhob sie sich mit der Anmut und Entschlossenheit der Marionette des Assistant Director und stolperte aus der Tür.

Als sie ihr Büro erreichte, saß Anders an einem der Schreibtische und tippte so hart auf ein Notebook ein, dass sie sich wunderte, dass die Tasten nicht durch die Luft flogen. Bei ihrem Eintreten schaute er auf, die blauen Augen so durchdringend wie zuvor, dann lächelte er, was seine zerklüfteten Wangen noch betonte.

»Guten Morgen, Deirdre.«

Er sprach ihren Namen wie *DEER-dree* aus. Mit Koffein in ihrem Kreislauf hätte sie es vielleicht durchaus reizend gefunden; aber da war keines.

»Hallo, Anders.«

Sie warf ihre Tasche auf den Tisch und schlüpfte aus der Lederjacke, dann schaute sie auf den voluminösen Pullover und die verblichenen Jeans, in die sie auf dem eiligen Weg zur Tür geschlüpft war. Anders trug einen anderen eleganten dunklen Anzug, der kaum Platz genug für seine Schultern ließ.

»Ich hoffe, Sie haben nichts dagegen – ich habe mit diesem Kreuzindex-Auftrag angefangen, den Nakamura Ihnen gegeben hat. Ich wusste nicht, welcher Schreibtisch wem gehört, und der Auftrag lag da, also dachte ich, verflixt noch mal, vielleicht sollte ich besser damit anfangen.«

Deirdre zwang sich zu einem Lächeln und hielt den Ordner hoch, den Nakamura ihr gegeben hatte. »Keine Sorge, ich habe zu tun.«

Anders tippte weiter. »Ich kann Ihnen sagen, ich hätte nie gedacht, dass ich so gut mit der Arbeit am Computer klarkomme. Ich hatte mir deswegen schon Sorgen gemacht, als ich mich entschied, hier anzufangen. Aber verflixt noch mal, es hat sich herausgestellt, dass ich ein echter Computerteufel bin. Ich war um Viertel vor sieben hier, nur um mich einzuarbeiten.«

Sie legte die Finger an ihre pochende Schläfe. »Das kann ich mir vorstellen.«

»Da drüben auf dem Aktenschrank steht Kaffee. Bedienen Sie sich.«

Deirdre konnte nicht dem Lockruf des Koffeins widerstehen und ging los, um sich die Sache anzusehen. Da waren eine rostfreie Stahlkanne, mehrere Tassen und ein Karton echte

Milch. Sie füllte eine Tasse, gab einen ordentlichen Schuss Milch hinzu und nahm einen Schluck. Der Kaffee war göttlich.

Sie hob die Brauen und sah Anders über den Tassenrand hinweg an. »Wer hat den gemacht?«

»Ich. Die Bohnen sind eine Kenia-Mischung. Ich habe sie bei meinem letzten Besuch zu Hause mitgebracht. Der Kaffee ist vom besten Feld der Familienplantage.«

Das war also die Quelle des Akzents, den sie nicht genau hatte unterbringen können. Er war Kenianer, ein Abkömmling britischer Kolonisten. Als sie zu ihrem Tisch ging, fiel ihr der Blumenstrauß in der Mitte des Tisches mit den Krallenfüßen auf.

»Hat Ihnen jemand Blumen geschickt?«, fragte sie und nahm noch einen belebenden Schluck.

»Von wegen«, sagte Anders mit einem ernsten Lachen. »Falls es Ihnen noch nicht aufgefallen sein sollte, ich habe ein Gesicht, das nur eine Mutter lieben kann. Und selbst meine Mutter kneift die Augen zusammen, wenn sie mich ansieht. Die Blumen habe ich mitgebracht. Ich dachte, die würden den Raum freundlicher aussehen lassen.«

Deirdre setzte sich an ihren Platz. Aus irgendeinem Grund störte es sie, Anders' Kaffee zu trinken, aber hier ging es um ihr Überleben. Bei der dritte Tasse fing ihr Gehirn endlich an zu funktionieren, und sie war in der Lage, sich auf die Papiere zu konzentrieren, die Nakamura ihr gegeben hatte.

Sie vermochte nicht zu sagen, ob es nun Ironie oder einfach nur passend war, aber ihr Auftrag bestand darin, historische Fälle aus dem siebzehnten und achtzehnten Jahrhundert zu sichten und festzustellen, ob bei ihnen eines der neun Desiderate verletzt worden war. Das Ziel der Studie bestand darin, herauszufinden, ob die modernen Definitionen der Desiderate auf irgendeine Weise dem widersprachen, wie man die neun Regeln in den ersten beiden Jahrhunderten der Sucher angewendet hatte. Es war eine interessante Thematik, das musste Deirdre zugeben. Trotzdem war es doch reichlich akademisch.

Sei froh, dass du überhaupt was zu tun hast. Sie hätten dich auch rauswerfen können. Außerdem ist Forschung im Augenblick genau das Richtige für dich.

Aber im Laufe des Tages bot sich keine Gelegenheit, weiter über die Botschaften auf dem Schlüsselstein und Glindas Ring nachzuforschen. So, wie die Tische zueinander standen, musste Anders nur leicht den Kopf drehen, um sie beobachten zu können – und den Inhalt ihres Bildschirms.

Und das tat er scheinbar alle zehn Minuten, stellte ihr Fragen, wie man am besten Suchläufe konstruierte oder was ihre liebsten Indexingtechniken waren. Deirdre gab sich alle Mühe, seine Fragen zu beantworten, und jedes Mal zeigte er eine überquellende Dankbarkeit, die sie zusammenzucken ließ, bevor er ihr wieder den breiten Rücken zuwandte, um seinen Computer weiter zu bestrafen.

Am Nachmittag war sie trotz der Warnung des Schattenmannes am vergangenen Abend zu dem Schluss gekommen, dass Anders wirklich nichts anderes als ein fader Anfänger war. Sicher, für einen neuen Rekruten erschien er etwas zu alt. Sie schätzte ihn auf Ende dreißig. Andererseits kamen Leute jeglichen Alters zu den Suchern, und alle mit dem unterschiedlichsten Hintergrund. Sie hatten nur eines gemeinsam, und zwar eine unstillbare Neugier – und den Glauben, dass es außer der Erde noch andere Welten gab.

Um fünf Uhr konnte Deirdre es nicht länger ertragen. Ihr Schreibtisch sah aus wie nach einer Schlacht zweier Bibliotheken; Papiere und offene Bücher lagen zu chaotischen Stapeln aufgeschichtet. Sie nahm einen letzten Schluck Kaffee und verzog das Gesicht, er war eiskalt. Ihre Kopfschmerzen waren zurückgekehrt – diesmal das Resultat von zu viel

Koffein. Das Einzige, das dagegen helfen würde, war ein Glas Bier.

Und so geht ein Laster übergangslos in das nächste über. Vielleicht ist der Pub doch keine so gute Idee.

Andererseits, die Erkenntnis, ein Problem zu haben, war der erste Schritt, es ignorieren zu können. Sie schaltete den Computer aus, schob ihn in ihre Tasche und stand auf.

»Dann bis morgen, Anders. Danke für den Kaffee.«

Anders schaute von seinem Computer auf und grinste. »Kein Problem, Kollegin. Wir sehen uns.«

Deirdre entging nicht, dass seine Papiere alle zu ordentlichen Stapeln angeordnet waren. Sie wandte sich um, bevor er ihre Grimasse sehen konnte, und eilte aus der Tür. Erst da fiel ihr ein, dass sie Anders in den Pub hätte einladen können. Mit Farr hatte es eine stillschweigende Übereinkunft gegeben, nach einem Tag im Büro noch ein Bier trinken zu gehen. Aber bevor sie umkehren konnte, kam Sasha um die Ecke, hakte sich bei ihr ein und führte sie den Korridor entlang.

»Also, wer ist der Neandertaler mit dem flaschenblonden Haar?«, fragte sie mit funkelndem Blick. Heute war sie wie ein Skihüttenhäschen gekleidet, von dem viel zu engen Pulli bis zu den pinkfarbenen Beinwärmern.

»Was denn?« Deirdre täuschte spöttisch Überraschung vor. »Das weißt du noch nicht? Das ist mein neuer Partner, Anders.«

Sasha runzelte die Stirn. »Ist das sein Vor- oder Nachname?«

»Das kann ich ehrlich nicht sagen.«

»Dann musst du mal heimlich einen Blick auf seine ID-Karte werfen. Ich wette, sein Vorname ist Leslie oder Carol. Du weißt schon, etwas, was nicht zu dem rauen Image passt.«

»So wie Designeranzüge, Blumen und Gourmetkaffee?«, sagte Deirdre mit einem scharfen Lächeln.

Sasha schien sie nicht gehört zu haben. »Er sieht etwas unheimlich aus, um es freundlich auszudrücken. Aber diese babyblauen Augen. Und diese Muskeln, aber das versteht sich natürlich von selbst.«

»Er ist mein neuer Partner, Sasha, nicht Motorrad-Daddy.«

»O ja, ich wette, er hat schwarze Lederklamotten im Schrank«, fuhr Sasha eifrig fort, jetzt in Fahrt. »Du weißt schon, Lederhose, Peitsche – das ganze Zeug. Wenn du auf so etwas stehst. O Deirdre, das tust du doch wohl nicht, oder?«

Deirdre starrte die andere Frau an. »Nein!«

»Zu schade«, schnurrte Sasha. »Farr war meiner Meinung nach viel zu nett. Ich glaube, ein bisschen Gefahr würde dir gut tun. Ist gut für die Haut.« Sie tätschelte Deirdre die Wange. »Wir sehen uns, Darling.«

26

Travis, Jay und Marty trafen gerade noch rechtzeitig im Obdachlosenasyl ein, um den Rest von der halb verbrannten Hafergrütze und den Eiern zu bekommen. Sie aßen es heißhungrig, sogar Travis. Er musste essen, um warm zu bleiben und um die Energie zu haben, die er brauchte, um seine Pläne in die Tat umzusetzen.

Nur dass dieser Gedanke eine Welle der Übelkeit mit sich brachte, und er wünschte sich, er hätte nicht so viel von dem bitteren schwarzen Kaffee getrunken, den sie im Asyl servierten. Etwas von dem, was Professor Sparkman an diesem Morgen im Park gesagt hatte, war wichtig gewesen, davon war Travis überzeugt, aber sein Kopf dröhnte und verhinderte jedes Nachdenken. Es hatte mit Materie und Energie zu tun, und die fehlende Masse in einem Atom ...

»Das hat wie Scheiße geschmeckt«, sagte Jay und stieß seinen Pappteller weg, von dem er auch den letzten Krümel Essen vertilgt hatte.

»Was machen wir heute?«, fragte Marty.

Jay rülpste. »Wir brauchen Geld. Ich glaube, es ist Zeit für etwas Büchsensammeln. Was meinst du, Travis?«

Er stand auf. »Ich kann nicht. Ich muss ... da gibt es etwas, das ich erledigen muss.«

Jay sah ihn misstrauisch an. »Das haben dir doch wohl keine Stimmen gesagt, oder?«

Travis musste trotz des Summens in seinem Schädel grinsen. »Nein, da bin ich ganz allein drauf gekommen. Wie wäre es, wenn wir uns später im Park treffen?«

»Solange wir nicht mehr mit Sparkman reden müssen«, sagte Jay. »Treffen wir uns dort, bevor es dunkel wird. Die Warteliste des Asyls ist noch immer eine Meile lang, vielleicht können wir ja heute einen anderen Ort für die Nacht finden, an dem du deinen kleinen Heißer-Zement-Trick machen kannst.«

Marty nickte enthusiastisch. »Das würde mir gefallen.«

Travis versprach es ihnen. Die beiden Männer winkten zum Abschied, dann gingen sie zur Tür. Travis starrte seinen leeren Teller an, nahm ihn und warf ihn auf dem Weg nach draußen in die Mülltonne.

Er verbrachte den Tag damit, durch die grauen Straßen der Innenstadt zu wandern und genug Mut zu fassen, um seinen Plan zu vollenden.

Und worum genau handelt es sich bei diesem Plan, der so viel Mut erfordert?, ertönte Jacks fragende Stimme. *Ich konnte dich noch nie verstehen, Travis, aber ich muss sagen, dein derzeitiges Verhalten ist verwirrender als gewöhnlich.*

Travis wollte Jack befehlen, den Mund zu halten, aber er vergaß die Worte. Ein rotes Flugblatt, das auf einen Zeitungsverkaufskasten geklebt war, hatte seine Aufmerksamkeit erregt. Er ging zu dem Kasten und riss das Flugblatt ab. Darauf war das fotokopierte Bild eines Mannes. Er war ansehnlich und lächelte in seinem Smoking – ein Hochzeitsbild. Unter dem Bild waren ein Name und eine Adresse, aber es war das darüber befindliche, in einem größeren Schriftsatz gedruckte Wort, das Travis immer wieder las. *Vermisst.*

Der Wind riss ihm das Blatt aus der Hand, und es flatterte davon. Er ging in die Hocke und schaute durch die zerkratzte Scheibe des Zeitungskastens auf die Schlagzeile, aber der Aufmacher hatte die Verbrechensrate zum Thema, die um 32 Prozent gesunken war, seit die Stadt Denver ihren Vertrag mit dem Duratek-Konzern abgeschlossen hatte.

In dieser Stadt kontrollieren sie alles. Das muss auch die Zeitungen mit einschließen. Du wirst keine Artikel über die Entführungen lesen.

Und doch hatte Anna Ferraro im Fernsehen eine Reportage über die Verschwundenen gebracht. Vielleicht kontrollierte Duratek ja doch nicht alles.

Jedenfalls noch nicht. Travis stand wieder auf; er zitterte in seinem Parka. Er hatte keine Ahnung, warum Duratek Menschen entführte, aber es war kaum eine Überraschung. Was bedeutete ihnen schon das Leben eines Obdachlosen, wenn sie davon profitieren konnten?

Nur dass jetzt nicht nur die Obdachlosen verschwanden. Der Mann auf dem Flugblatt war glücklich gewesen, er war geliebt worden. Jemand vermisste ihn. Travis wusste nicht, was das zu bedeuten hatte. Er drehte dem Zeitungskasten den Rücken zu und ging weiter.

Als sich die spätnachmittägliche Sonne den Bergen entgegenneigte, betrat er den Confluence Park. Genau hier, wo der Cherry Creek in den Platte floss, war 1858 das erste Gold gefunden worden. Vielleicht würde auch er hier das finden, was er suchte. Er ging einen Fahrradweg entlang und fand unter der Brücke des Speer Boulevards ein schattiges Plätzchen. Auf der anderen Flussseite erhoben sich die Türme der Stahlkathedrale, und sie sahen scharf genug aus, um in den Himmel zu schneiden.

Er schaute nach unten. In den Händen hielt er das Eisenkästchen. Er konnte sich nicht daran erinnern, es herausgeholt zu haben.

Tat er wirklich das Richtige? Vielleicht nicht, aber es schien das Einzige zu sein, was er machen konnte. Er wusste nicht, wo auf der Welt Durateks Tor verborgen lag, und selbst wenn er es gewusst hätte, gab es für ihn keine Möglichkeit, aus Denver herauszukommen und dort hinzufahren. Doch es gab etwas, das er für Eldh tun konnte. Er konnte verhindern, dass Mohg jemals die Erste Rune brach.

Er konnte Krondisar und Sinfathisar zerstören.

Ich wusste, dass du etwas planst, sagte Jack, und seine Worte summten wütend in Travis' Schädel. *Und ich muss sagen, das ist sehr voreilig. Ich wünschte, du wärst früher mit dieser dummen Idee herausgerückt. Denn du musst wissen ...*

Travis stellte sich im Geiste *Sirith* vor, die Rune der Stille, und Jacks Stimme brach ab. Er hatte gewusst, dass Jack gegen den Plan sein würde, aber er durfte sich durch nichts aufhalten lassen.

Er öffnete das Kästchen, nahm die Steine heraus und hielt sie in der rechten Hand, fühlte ihre Macht auf der Haut kribbeln. Es wäre so einfach gewesen. Er war ein Runenmeister – er brauchte nur ihre Macht anzurufen, und er konnte alles tun, was er sich vorstellte. Die Barriere zwischen den Welten würde wie ein Vorhang fallen, und er würde seine Freunde vor ihm stehen sehen, wie sie mit ausgestreckten Armen lächelten ...

Nein. Das war genau der Grund, warum es so gefährlich war, die Steine zu benutzen. Weil es *einfach* war.

Ich werde nicht wie Mohg werden. Das wird nicht passieren.

Travis spürte Jacks gedämpften Protest, aber er ignorierte ihn. Er schloss die Finger um die Steine und sprach das eine Wort, das ihn retten konnte.

»Reth.«

Macht kam aus dem Nichts, traf ihn, raste durch Knochen und Fleisch, als wäre sein Körper ein Blitzableiter. Er erstarrte, konnte nicht mal blinzeln oder atmen, als die Magie durch ihn hindurchraste – seinen Arm entlang in seine Hand, wo sie wie das rächende blaue Feuer des Himmels die beiden Steine einhüllte.

Die Flammen brannten sich aus. Schwitzend und am ganzen Körper zitternd sackte Travis gegen einen Betonpfeiler und schaute nach unten. Er rechnete mit einem verkohlten

Stumpf, aber seine Hand war unversehrt, makellos bis auf die dünne weiße Narbe auf dem Rücken. Steif drehte er sich herum und entspannte die Finger.

Die Steine glitzerten glatt und perfekt auf seiner Hand. Krondisar erschien im Zwielicht unter der Brücke klein und matt, während Sinfathisar einen weichen, graugrünen Schimmer verbreitete. Eine Zeit lang konnte er sie nur anstarren. Dann stieg ein Lachen in ihm auf, aber als es seine Lippen erreichte, hatte es sich in ein Schluchzen verwandelt. Nichts war passiert. Die Steine wiesen nicht einmal einen Kratzer auf.

»Vielleicht liegt es ja daran, dass ich auf der Erde bin«, sagte er. Ein vorbeifahrender Fahrradfahrer warf ihm einen Blick zu und trat dann härter in die Pedale. »Hier ist die Runenmagie schwach. Das muss es sein.«

Du irrst dich, Travis.

Travis versuchte Jacks wütende Stimme auszublenden. »Magie funktioniert in Denver nicht richtig. Es ist gefährlich, aber ich muss die Rückkehr nach Eldh wagen, um die Steine zu zerstören.«

Aber du kannst sie nicht zerstören. Das wollte ich dir sagen, aber du warst zu stur, um zuzuhören.

»Ich will das nicht glauben. Es muss eine Möglichkeit geben.«

Die gibt es nicht. Die Steine können nicht zerstört werden.

Travis fühlte, wie in ihm die Wut hochstieg. »Und woher willst das wissen?«

Weil wir bereits vor langer Zeit versucht haben, sie zu zerstören.

Travis' Wut verwandelte sich in einen Seufzer, der in der kalten Luft zu einem weißen Schemen wurde, bevor er sich auflöste. »Was?«

Das war in den Jahren nach dem Krieg der Steine, sagte

Jack in seinem Bewusstsein. *In den ersten Tagen von Malachor. Nachdem Ulther sie dem Fahlen König abgerungen hatte, übergab man die Großen Steine den Runenmeistern.*

»Um sie sicher aufzubewahren«, krächzte Travis.

Nein, nicht zur sicheren Aufbewahrung. Mit den Steinen hätte der Fahle König die Herrschaft über ganz Eldh erringen können, und sein Herr, Mohg, hätte sie dazu benutzt, die Erste Rune zu brechen. Man traf die Entscheidung, dass es besser für die Welt sein würde, wenn es die Steine nicht mehr gab, also bestand der erste Auftrag für die Runenmeister – der eigentliche Zweck, für den der Orden gegründet wurde – darin, die Großen Steine zu zerstören, damit sie nie wieder für das Böse eingesetzt werden konnten.

Travis konnte nicht glauben, was er da hörte. Die Großen Steine ermöglichten Wunder der Runenmagie. Hätten die Runenmeister diese Macht so einfach aufgegeben?

Es gab Meinungsverschiedenheiten, beantwortete Jacks Stimme diese Frage. *Ein paar vertraten die Meinung, die Steine für das Gute zu benutzen, statt sie zu zerstören. Vor allem Kelephon war dafür. Ich glaube, schon da plante er, die Steine in seine Hände zu bekommen. Aber obwohl er der Mächtigste von uns war, wagte nicht einmal er, sich gegen den Willen von König Ulther und Kaiserin Elsara zu stellen. Viele Jahre schufteten wir, bemühten alle unsere Fertigkeiten, um die Großen Steine zu zerstören. Aber ganz egal, wie viele von uns zusammenkamen, ganz egal, welche Runen wir sangen oder brachen, wir konnten den Steinen keinen Schaden zufügen. Am Ende gab es nur noch eine Möglichkeit, die Steine zu beschädigen, wir schickten nach den Blutzauberern aus dem fernen Süden. Drei kamen mit uns zurück nach Malachor, eingehüllt in Gold, und gemeinsam gelang es ihnen, einen einzigen Splitter von Gelthisar abzutrennen. Aber bei diesem Unterfangen wurden alle drei getötet. Und als der Splitter, den sie entfernt hatten, mit Gelthisar in Kontakt kam, verschmolz er wieder mit dem Stein.*

Travis legte die Finger um die Steine und drückte zu. Also so hatte Dakarreth zwei Splitter von Krondisar abtrennen können. Die Magie des Nekromanten kam – wie die Magie aller Neuen Götter – aus dem Süden und entstammte letztlich der Blutzauberei.

Verstehst du, dass es sinnlos ist, Travis? Die Steine sind größer als ein jeder von uns. Du kannst sie nicht zerstören.

Konnte das wirklich die Wahrheit sein? Travis fiel eine Geschichte ein, die er vor langer Zeit gelesen hatte, über schreckliche Ringe der Macht, die nur vom Hauch eines Drachen zerstört werden konnten.

Nein, Travis – die Drachen haben es von jeher verabscheut, auch nur in die Nähe der Großen Steine zu kommen. Die Gordrim sind älter als die Welt, aber die Imsari sind noch älter. Die Drachen haben keine Macht über sie. Und das ist auch gut so. Du hast gehört, was der Gelehrte gesagt hat, mit dem du heute Morgen gesprochen hast. Dinge zu zerstören ist gefährlich, und es gibt nichts Urtümlicheres, Mächtigeres als die Imsari. Was würde passieren, wenn du sie wirklich zerstören könntest?

Travis verspürte einen Stich der Furcht. Was hatte Professor Sparkman noch einmal gesagt? Etwas über eine Kettenreaktion, die, wenn sie nicht aufgehalten würde, für alle Zeiten weitergehen konnte ...

Travis schluckte den schlechten Geschmack in seinem Mund herunter, dann legte er die Steine in ihr Eisenkästchen zurück und schob es in die Tasche. Er trat auf den Fahrradweg.

Was willst du jetzt tun, Travis?

»Ich weiß es nicht, Jack.« Er fühlte sich müde und leer. »Ich kann die Steine nicht zerstören, und ich kann sie nicht mit zurück nach Eldh nehmen. Und wenn ich versuche, Denver zu verlassen, um das Tor zu finden, das sie geschaffen haben, wird mich Duratek fangen.«

Bei Durnachs Hammer, wovon redest du da, Travis? Hast du nicht die Stimmen aus dem Gerät gehört, dem dein Freund, der Gelehrte, heute Morgen zugehört hat?

Travis schüttelte den Kopf. Worauf wollte Jack hinaus? Die Stimmen in Sparkmans Empfänger hatten nichts gesagt, das ihm hätte helfen können, obwohl es sich um Duratek-Agenten gehandelt hatte – davon war er überzeugt. Niemand sonst auf der Erde würde einen Kode aus eldhischen Wörtern erstellen ...

Er blieb wie angewurzelt stehen.

Eldhische Wörter. Er hatte die Silbermünze abgelegt und dann gehört, wie sie in einer Mischung aus Englisch und Eldhisch gesprochen hatten. Er zermarterte sich das Gehirn, versuchte sich zu erinnern.

Sie sagten, sie würden zum Standort des Taldaka *gehen,* flüsterte Jack. *Außerdem erwähnten sie einen* Senlath.

Die halbierte Silbermünze, die jetzt in seiner Tasche steckte, wirkte ihre Magie und übersetzte die eldhischen Wörter. *Senlath* bedeutete Priester. Und *Taldaka* war ...

»Tor«, murmelte Travis. »Sie sprachen über das Tor. Es steht nicht irgendwo auf der Welt. Es ist hier, in Denver.«

Was bedeutete, dass es doch eine Möglichkeit gab, Duratek aufzuhalten.

In Travis erwachte neue Hoffnung, die neue Energie mit sich brachte. Er setzte sich sofort in Bewegung und joggte den Weg am Fluss entlang. »Ich muss noch einmal mit Sparkman sprechen, Jack. Ich muss seinem Empfänger zuhören und ihre Sendungen überwachen. Vielleicht kann ich auf diese Weise erfahren, wo in Denver sie das Tor verborgen haben.«

Sehr gut, Travis. Aber sei vorsichtig. Bald bricht die Nacht herein, und in dieser Stadt ist es nicht sicher, sich allein draußen aufzuhalten.

»Schon gut, Jack. Ich treffe mich mit ...« Was waren Marty und Jay? Er hatte sie erst vergangene Nacht kennen gelernt, also konnten sie keine Freunde sein, oder doch? »... mit ein paar Leuten, die ich kenne. Wir bleiben zusammen.«

Das schien die Stimme in Travis' Bewusstsein zufrieden zu stellen, und sie schwieg, während er zurück in Richtung Innenstadt ging und den kostenlosen Bus erwischte, der die Sixteenth Street entlangfuhr. Als er den Civic Center Park erreichte, brach gerade die Dämmerung herein. Säulen schimmerten wie die Trümmer eines zerstörten griechischen Tempels im schwächer werdenden Licht. Nach einigem Suchen entdeckte er etwa in der Parkmitte zwei Gestalten – eine groß und eine klein. Travis eilte zu ihnen.

»Verdammt!« Jay zuckte zusammen. »Du solltest dich nicht so anschleichen. Vor allem nicht, wo Leute verschwinden. Ich bin beinahe aus meiner Haut gefahren.«

»Entschuldigung«, murmelte Travis. Er vergaß immer, dass andere nicht so gut im Zwielicht sehen konnten wie er.

»Und?«, fragte Jay. »Hast du deine Sache erledigen können, was zum Teufel das auch immer war?«

»Nicht ganz.« Travis sah sich um. »Wo ist Professor Sparkman?«

Jay schob die Hände in die Taschen. »Es ist mir scheißegal, wo dieser Bekloppte steckt. Vielleicht haben ihm die Stimmen diesmal befohlen, sich den Kopf abzuhacken. Das wird eine kalte Nacht, also lasst uns aufbrechen, bevor alle guten Stellen belegt sind.«

Travis schaute sich in dem schattenhaften Park um, konnte aber kein Zeichen des Rollstuhls entdecken.

»Wir können ihn ja morgen suchen«, sagte Marty in seinem langsamen Tonfall. »Vielleicht ist er ja hier, wenn die Sonne aufgeht.«

Sie gingen zu dem Viadukt am Fluss, wo sie die vergangene

Nacht verbracht hatten, fanden es aber bereits belegt vor – obwohl die neuen Besetzer genauso wenig Glück hatten, ein Feuer in Gang zu bringen, wie zuvor Jay und Marty. Travis wollte zu ihnen gehen und helfen, aber Jay schnappte sich seinen Arm.

»Du kennst die Typen nicht, Travis. Sie könnten gefährlich sein.«

»Du meinst, sie könnten ein Messer ziehen?«, sagte Travis und warf dem kleinen Mann einen bezeichnenden Blick zu.

Marty schüttelte den Kopf. »Ich habe dir doch gesagt, dass es blöder Witz war.«

»Haltet die Klappe, ihr Maden, alle beide«, sagte Jay und stapfte die Uferböschung hoch.

Sie endeten in einer schmalen Gasse zwischen zwei Lagerhäusern, abseits der Kalamath Street. Sie machten wieder ein Feuer aus gestohlen Paletten, und Travis drückte die Hände gegen die Betonwand und murmelte so lange *Krond,* bis sie Wärme abstrahlte. Jay lachte und drückte den Rücken gegen die Wand. Marty öffnete den Rucksack und zog einen Laib Weißbrot und Packungen mit Dauerwurst und amerikanischem Käse hervor – das alles hatten sie mit dem Geld für die gesammelten Büchsen in einem 7-Eleven gekauft.

Travis versuchte, das Essen nicht anzustarren, während Marty ein dickes Sandwich machte, aber zu seiner Überraschung und Entzücken hielt Marty ihm das Sandwich entgegen.

»Du sorgst für die Wärme, wir sorgen für das Essen«, sagte er grinsend.

»Das stimmt«, sagte Jay und rieb sich die Hände vor dem Feuer. »Es ist verdammt praktisch, einen Zauberer dabeizuhaben.«

Travis akzeptierte das Sandwich mit zitternden Händen – er hatte seit dem Frühstück im Asyl nichts mehr gegessen – und schaffte es zu warten, bis auch Jay und Marty ihre Sandwichs hatten, bevor er es gierig aß. Sie unterhielten sich und aßen, bis alles aufgegessen war, dann legten sie sich auf den zerlumpten Wolldecken ganz nahe ans Feuer, während Travis immer wieder *Krond* flüsterte. Es dauerte nicht lange, und die Wärme und das Essen taten ihre Arbeit, und er dämmerte in einen Traum herüber, in dem Anna Ferraro über ihm stand, das Fernsehreporterinnenlächeln unerschütterlich auf den roten Lippen.

»Wie fühlen Sie sich, da Sie wissen, dass Sie die Welt zerstören werden?«, fragte sie und hielt ihm das Mikrofon vor die Nase.

Travis suchte nach Worten. »Ich ... ich will sie nicht zerstören.«

»Das bedeutet also, Sie glauben, dass Sie es schaffen werden«, sagte sie mit einem Funkeln in ihrem Blick.

»Nein, das meinte ich nicht ...«

»Unsere Zeit ist um.« Sie nahm das Mikrofon weg. »Wissen Sie, Sie sollten nicht alle zur gleichen Zeit schlafen. Es sei denn, Sie wollen, dass als Nächstes einer von ihnen verschwindet. Es ist gefährlich hier draußen.«

Travis fuhr hoch, und danach hielt er mehrere Stunden lang Wache und starrte in die Finsternis, bis er die Augen nicht mehr aufhalten konnte. An diesem Punkt weckte er Marty. Der große Mann willigte ein, Wache zu halten und dann Jay zu wecken, um die letzte Wache zu übernehmen. Travis rollte sich neben dem ersterbenden Feuer zusammen und flüsterte *Krond*, bis ihn der Schlaf wieder übermannte.

Als er erwachte, war der Himmel so weiß und flach wie ein Blatt Papier, und Jay und Marty rollten bereits ihre Decken zusammen. Das Feuer war erloschen, und es war bitterlich kalt.

»Ich will heute nicht der Letzte beim Frühstück sein«, sagte

Jay, »und ich nahm an, dass du uns wieder in den Park zu Sparkman schleppst. Also los.«

Obwohl sie in der vergangenen Nacht so viel gegessen hatten, ließ der Gedanke an Essen Travis' Magen knurren. Der Versuch, sich warm zu halten, verbrauchte eine Menge Energie. Oder war es die Magie, die ihn so hungrig machte?

Der Civic Center Park lag auf dem Weg zurück in die Innenstadt. Sie betraten den Park zwischen der Bibliothek und dem Kunstmuseum, und in diesem Moment setzte die aufgehende Sonne die goldene Kuppel des Capitol förmlich in Flammen. Sparkman würde da sein.

Travis sah sich um, dann sah er ihn – einen Rollstuhl, schräg vor ihnen. Aber er stand neben einem Baum im Schatten. Das war seltsam. Er eilte darauf zu, verfolgt von Marty und Jay.

»Professor Sparkman«, sagte er und trat näher an den Rollstuhl heran. »Ich muss noch einmal den Empfänger ...«

Er blieb wie angewurzelt stehen, starrte den Rollstuhl an. Er war leer. Einen Augenblick lang glaubte Travis, er würde einer anderen Person gehören. Dann sah er den verblichenen Aufkleber, der an der Lehne klebte. $E=mc^2$. Von dem Empfänger war keine Spur zu sehen.

Jay schob seine Wollmütze tiefer. »Verdammt, das mit dem Kopf kürzer machen war doch ein Witz.«

»Er hat sich nicht geköpft«, sagte Marty mit einem traurigen Blick in den braunen Augen.

Travis erschauderte. Es war genau wie in seinem Traum über die Fernsehreporterin. *Es ist gefährlich hier draußen*, hatte sie gesagt. Er berührte Professor Sparkmans leeren Rollstuhl und stieß ein nebliges Seufzen aus. »Sie haben ihn sich geschnappt.«

»Die Aliens«, sagte Marty.

Travis hatte nicht die Energie, ihm zu widersprechen. Er

stützte sich auf die Rollstuhlgriffe. Wie sollte er jetzt erfahren, wo in Denver sie das Tor versteckt hatten?

»Nun«, sagte Jay schulterzuckend, »da wir nicht mit Sparky reden werden, können wir genauso gut zum Frühstück gehen.«

27

Aryn stand auf den Zinnen von Calavere und sah zu, wie die Reiter auf das Schloss zuhielten.

Das erste Mal waren sie ihr aufgefallen, als sie einen mehr als eine Meile von Calavere entfernten Hügel erklommen, und jetzt bewegten sie sich wie eine dunkle Wolke über die Straße. Sie fragte sich, aus welchem Land sie wohl kamen? Aus einer der Freien Städte? Der Domäne Embarr? Sie würde es bald herausfinden, davon abgesehen war es eine kleine Gruppe – nicht mehr als zwanzig Mann.

Andererseits, wenn man geduldig war, füllte sich selbst ein großer Eimer tröpfchenweise.

Die Ersten waren an dem Tag eingetroffen, nachdem Grace Calavere verlassen hatte. Es war eine Gruppe aus dreißig Männern gewesen, die zottelige Pferde über die Dunkelwein-Brücke trieben. Es waren halbe Wilde, die in Leder und nicht zueinander passende Rüstungsteile gekleidet waren. Aber zu Aryns Überraschung stellte sich ihr Anführer dem König auf dem Unteren Burghof in dem höflichen Tonfall eines Edelmannes vor. Er war Herzog von Eredane, und die, die ihm folgten, waren Grafen und Ritter. Sie waren vor über einem Jahr von schwarzen Rittern aus ihren Festungen vertrieben worden; seitdem hatten sie an den Grenzen der Domäne gelebt, sich vor ihren Feinden verborgen und ihnen zugesetzt, wenn sich eine Gelegenheit bot.

»In Eredane stehen die Dinge schlimmer, als Ihr ahnt«, hatte der Herzog gesagt, nachdem er zur Begrüßung Boreas' Arm umfangen hatte. »Die dunklen Ritter herrschen mit Schwert und Feuer, aber nicht einmal sie wagen es, sich gegen den Rabenkult zu stellen. Jeden Tag fallen mehr unter den Schatten des Raben – ganze Dörfer werden mit seinem Zeichen gebrandmarkt, und sie lassen Felder und Häuser im Stich, gehen zur Straße und marschieren was weiß ich wohin. Ich fürchte, sie begeben sich auf eine schreckliche Pilgerfahrt.«

Jeden Tag trafen mehr Männer im Schloss ein, einige zu Pferde, einige zu Fuß. Sie kamen allein oder in kleinen Gruppen oder auch in Abteilungen zu hundert Mann und mehr. Ein paar von ihnen waren Adlige wie der Herzog und seine Gefolgsleute, aber viel mehr waren Bauern und Freisassen, oder Kaufleute und Handwerker. Manche waren, ihrem rauen Aussehen und ihren noch raueren Manieren nach zu urteilen, kaum besser als Söldner und Diebe. Boreas hieß sie alle willkommen.

Aus allen Richtungen strömten sie herbei. Manche erzählten von der knappen Flucht aus Brelegond, das wie Eredane von den schwarzen Rittern beherrscht und vom Rabenkult heimgesucht wurde. Andere hatten Bauernhöfe und Familien in Calavan, Galt, Toloria und Perridon verlassen. Sie hatten Pflüge und Spaten niedergelegt und sie gegen alte Schwerter eingetauscht, die seit Jahren vergessen in Truhen ruhten.

Die einzige Domäne, die bis jetzt nicht repräsentiert war, war Embarr, was Schlimmes für das Land befürchten ließ. Allerdings lag Embarr von allen Domänen am weitesten von Calavan entfernt. Vielleicht würden die Männer von dort noch eintreffen. Davon abgesehen würden die meisten Männer nicht aus den Domänen kommen. Wie alle Mysterienkulte hatte auch der Kult von Vathris Stiertöter seinen Ursprung in den alten Ländern des Südens, und König Boreas schaute auch nach Süden.

Die ersten Männer aus Gendarra und den anderen Freien Städten waren vor mehreren Tagen eingetroffen. Sie waren mit prächtigen Rüstungen und guten Schwertern ausgestattet, denn einige der wohlhabendsten Kaufleute der Freien Städte waren Gönner von Vathris. Auch die Männer aus Tarras trafen nun ein, und am Vortag hatte die erste Gruppe aus Al-Amún auf weißen Pferden mit schlanken Hälsen das Schloss erreicht.

Die Männer waren so stolz und exotisch wie die Pferde, die sie ritten. Ihr Haar war lang und schwarz, auf ihrer dunklen Haut schimmerte Gold und Lapislazuli. Aryn hielt sie für genauso wild, wie sie ansehnlich waren. Sie salutierten König Boreas mit Krummschwertern, und er lud sie ins Schloss ein.

Wenn sich der König mit seinen Kriegern im Großen Saal traf, waren Frauen unerwünscht, und Aryn ging davon aus, dass das doppelt für Hexen galt. Sie verfügte auch nicht länger über Aldeth als Spion. Aber ihr standen andere Möglichkeiten zur Verfügung, wenn sie etwas beobachten wollte. Sie hatte einen kleinen Amethyst mit einem Zauber belegt und ihn in einem günstigen Augenblick in einer Nische in der Nähe des Königsthrons zurückgelassen.

Spät in der Nacht, als sie sich sicher gewesen war, von niemandem gesehen zu werden, hatte sie sich in den Großen Saal geschlichen und den Edelstein geholt. In ihrem Gemach hatte sie ihn dann vor eine Kerze gehalten, und in seinen vielen Facetten hatte sie nicht ihr Spiegelbild gesehen, sondern den Großen Saal.

Sie sah zu, wie die Männer aus Al-Amún vor den Thron traten, und der Edelstein schien in ihrer Hand zu summen, als die Worte, die sie und der König austauschten, in ihrem Bewusstsein erklangen.

Ihr seid meinem Ruf schneller gefolgt, als ich gehofft hatte, sagte König Boreas.

Einer der Männer verbeugte sich vor ihm, dann sprach er mit einem starken Akzent. *Ich muss gestehen, Großer Mann von Vathris, ursprünglich haben wir die Straße nach Norden nicht wegen Eures Rufes betreten.*

Boreas hob eine Braue, und ein anderer Mann trat vor.

Eine Vision trat in unsere Träume, sagte er. *Darin erschien Vathris und sagte uns, dass die Letzte Schlacht naht und dass sie nicht im Süden stattfindet, sondern in den eisigen Ländern des Nordens. So begannen wir unsere Reise, und Eure Botschaft erreichte uns erst, als wir die Segel setzten, um das Sommermeer zu überqueren, und da wussten wir, dass unsere Visionen die Wahrheit verkündeten.*

Und wie viele mehr kommen noch von euch?, fragte Boreas.

Der Mann, der als Erster gesprochen hatte, lachte. *Wir sind nur die Ersten von vielen. Sie versammeln sich bereits schneller in den Häfen, als die Schiffe sie über das Meer tragen können, und so bauen sie mehr Schiffe. Uns folgt ein gewaltiges Heer, ein Heer so groß, wie es die Welt nie zuvor gesehen hat. Das Ende aller Dinge naht, und jeder wahre Anhänger Vathris' würde eher sterben, als den Ruf zum Krieg zu ignorieren. Was macht es schon, wenn Scheitern unser Schicksal ist? Im Kampf werden wir einen Ruhm erfahren, der größer als alles andere ist.*

Diese Worte erfüllten Aryn mit Ehrfurcht und Entsetzen, und der Amethyst rutschte aus ihren Fingern und zerbrach, als er auf dem Boden landete. Es spielte keine Rolle; sie hatte genug gehört. Die Prophezeiungen stimmten. Die Krieger von Vathris würden kommen, sie würden zur Letzten Schlacht marschieren. Und sie würden geschlagen werden.

Aber wieso soll das überhaupt einen Unterschied machen, wenn sie dazu verdammt sind, sowieso zu verlieren?

»Da seid Ihr ja, Schwester«, sagte eine warme Stimme und riss sie zurück in die Gegenwart. »Ich dachte mir schon, dass ich Euch hier finde.«

Aryn schaute auf und sah Mirda den Wehrgang entlanggehen. Die Hexe trug nur einen dünnen Umhang gegen die Kälte, und ihr buntes Gewand flatterte im Wind. Sie blieb neben ihr stehen. Aryn lächelte, aber dann verblasste ihr Lächeln.

»Was ist, Schwester?«

»Ich weiß es nicht. Ich glaube, trotz allem, was passiert ist, wollte ich noch immer glauben, dass alles nichts weiter als eine Geschichte ist. Aber es ist keine Geschichte, oder? Die Letzte Schlacht kommt, wenn sie nicht schon bereits begonnen hat.« Aryn streckte den Arm aus. »Seht – da kommen noch mehr Krieger zum Schloss.«

Mirda seufzte. »Ihr habt Recht, Schwester. Es ist nicht nur eine Geschichte, sosehr Ihr oder ich uns das vielleicht auch wünschen. Vor uns liegen finstere Zeiten, aber noch besteht Hoffnung, dass wir auf der anderen Seite das Licht finden.« Eine Lächeln umspielte ihre Lippen. »Seid Ihr so sicher, dass da eine Gruppe Krieger auf das Schloss zukommt? Eure Augen sind scharf, aber Ihr verfügt über noch schärfere Sinne.«

Aryn schloss die Augen und griff mit der Gabe zu. Sie ließ ihr Bewusstsein schnell wie eine Schwalbe die Fäden der Weltenkraft entlangrasen, den Reitern entgegen. Jetzt konnte sie sie viel deutlicher sehen, ihre Umrisse schimmerten grün ...

Aryn keuchte auf. »Wir müssen sofort Lirith finden.«

Mirda nickte, ihr Lächeln war verschwunden.

Wie sich herausstellte, fand Lirith sie zuerst; sie eilte ihnen im Korridor entgegen. Aryn erwiderte ihren Blick und sah das Wissen in ihm.

»Du weißt es schon«, sagte Aryn. »Du hast eine Vision gehabt, nicht wahr?«

Lirith nickte. »Es ist Königin Ivalaine. Ich habe in ihr Bewusstsein geblickt. Sie wird das Schloss in wenigen Minuten erreichen.«

Aryn fühlte, wie sich in ihrer Brust etwas zusammenzog. »Glaubst du, sie weiß über uns Bescheid? Über unseren ...?« Sie wagte es nicht, das Wort *Schattenzirkel* auszusprechen.

Mirda setzte sich in Bewegung. »Kommt, Schwestern. Hoffen

wir, dass wir die Königin abfangen können, bevor sie eine Audienz bei König Boreas erhält.«

Als sie die gewaltige Flügeltür erreichten, die in den Großen Saal führte, stieß Aryn einen Seufzer der Erleichterung aus. Beide Flügel standen offen. Sie hob den Saum ihres Gewandes an und hielt darauf zu.

»Das ist ja mal ein amüsanter Anblick«, sagte da eine Stimme zu ihrer Linken. »Ich dachte immer, Hexen wären so geheimnisvoll und mächtig, aber ihr seht eher wie drei Feldmäuse aus, die gerade den Schatten eines Falken erblickt haben.«

Aryn schlug eine Hand vor die Brust. Aus der Dunkelheit eines Alkovens löste sich ein Schatten und kam langsam auf sie zu.

»Prinz Teravian!«, sagte sie, und ihre Überraschung verwandelte sich in Wut.

Ein höhnisches Lächeln huschte über seine Züge und entstellte ihre Attraktivität. »Das war großartig. Ich glaubte, Ihr würdet gleich in Ohnmacht fallen.«

Sie erwies ihm eine steife Verbeugung. »Alles, um Euch eine Freude zu machen, Euer Hoheit. Soll ich hinfallen und mir auf den Steinen den Kopf anschlagen, damit Ihr etwas zu lachen habt?«

Er verdrehte die Augen. »Bei den Göttern, Aryn. Ich dachte, Ihr hättet gelernt, einen Witz zu verstehen.«

»Vielleicht wäre es hilfreich, wenn Ihr lernen würdet, wie man einen richtig erzählt, Euer Hoheit«, sagte Lirith. »Ihr scheint eine eher abnorme Sorte von Humor zu bevorzugen. Ich kann Euch einen Trank zubereiten, der Euch davon heilen wird, wenn Ihr wollt.«

Teravian grinste. »Na, das ist witzig.«

Aryn warf Lirith einen dankbaren Blick zu. Die dunkeläugige Hexe wusste mit dem Prinzen umzugehen. Natürlich half die Tatsache, dass er für sie schwärmte. Aryn wünschte sich, sie könnte so gut mit ihm umgehen, vor allem, da er bald ihr Ehemann sein würde. Sie hatten Fortschritte in ihrer Beziehung gemacht, das schon, Teravian hatte ihr sogar einmal geholfen. Dennoch waren Unterhaltungen wie diese hier noch immer die Regel und nicht die Ausnahme, und die ganze vergangene Woche war er noch mürrischer und verschlossener gewesen als gewöhnlich.

Aryn beschloss, von vorn anzufangen. »Was tut Ihr hier, Euer Hoheit?«

Er runzelte die Stirn. »Ihr wisst ganz genau, warum ich hier bin. Königin Ivalaine wird nach mir verlangen – das tut sie immer. Schließlich bin ich an ihrem Hof aufgewachsen.«

Mirda warf ihm einen scharfen Blick zu. »Und woher habt Ihr gewusst, dass die Königin kommt?«

Auf seinem Gesicht zeigte sich kurz Überraschung, aber sie wurde so schnell durch Zorn ersetzt, dass Aryn sich nicht sicher war, es richtig gedeutet zu haben.

»Warum fragt Ihr mich das?«, sagte er und starrte die ältere Hexe böse an. »Könnt Ihr nicht einen Zauber anwenden und mein Hirn auseinander nehmen, um die Antwort selbst zu finden?«

Mirda schaute ihn nur mit ihren klugen Augen an.

Teravian blickte als Erster zur Seite. »Ich werde an der Seite meines Vaters warten.« Er drehte sich um und stolzierte in den Großen Saal – und zwar so schnell, dass ihm nicht auffiel, dass etwas zu Boden fiel. Aryn bückte sich, um es aufzuheben. Es war ein Handschuh; er musste ein Paar in den Gürtel gesteckt haben. Aber warum hatte er im Schloss Handschuhe getragen?

Aryn war es egal. Sie würde ihn ihm später zurückgeben. »Jedes Mal, wenn ich glaube, dass er vielleicht doch gar nicht so furchtbar ist, wie ich dachte, tut er etwas, um mich vom Gegenteil zu überzeugen.«

»Richtet nicht zu streng über ihn, Schwester«, sagte Mirda und berührte Aryns Schulter. »Es gibt viel, das ihm zu schaffen macht.«

»Ja, aber was? Er hat sich in letzter Zeit merkwürdig verhalten. Merkwürdiger als sonst, meine ich. Ich sehe ihn oft, wie er allein ausreitet. Ich glaube, er hat etwas vor.«

Lirith lachte aus vollem Hals. »Ich glaube, der Prinz hat immer irgendetwas vor. Das ist seine Natur.« Sie sah Mirda an. »Aber Aryn hat Recht. Er hat sich in der letzten Zeit verändert, und seine Macht wächst. Er scheint willentlich in den Schatten verschwinden zu können, und ich würde eine Monatsration *Maddok* wetten, dass er einen Illusionszauber webt, um das zu erreichen.«

Mirda sah dem Prinzen nach. »Am Ende ist er vielleicht stärker als wir alle.« Sie wandte sich Aryn zu. »Oder fast alle. Aber er wird erst dann Zugang zu seiner vollen Macht haben, wenn er ein Mann ist.«

Aryn runzelte die Stirn. »Aber der Prinz ist achtzehn. Das ist doch sicher alt genug, um ihn als Mann zu betrachten.«

»Ich habe nicht von seinem Alter gesprochen«, sagte Mirda.

Lirith hob die Brauen. »Ich verstehe. Aber er ist ein Prinz. Viele unternehmungslustige junge Frauen im Schloss würden sich ihm gern zur Verfügung stellen. Ich bin überrascht, dass er seine Jungfräulichkeit nicht schon längst verloren hat.«

»Vielleicht weiß er, was das mit ihm machen wird«, meinte Mirda.

Bevor Aryn fragen konnte, was sie damit meinte, kam einer der Wachsoldaten den Korridor hinuntergestürmt und rannte in den Großen Saal. Augenblicke später bog Königin Ivalaine in Begleitung zweiter Ritter um die Ecke. Sie trug noch immer ihr schlammbespritztes Reitgewand, und ihr blondes Haar war vom Wind zerzaust. Was auch immer sie herführte, es musste in der Tat dringend sein.

Ivalaine schritt den Korridor schnell entlang, die Augen auf die Türflügel des Großen Saals gerichtet. Es hatte den Anschein, als würde sie einfach an den drei Frauen vorbeigehen.

»Euer Majestät, bitte!«, stieß Aryn hervor.

Ivalaine zögerte, dann drehte sie sich um und sah Aryn an. Der Blick der Königin war fiebrig und unstet, er konzentrierte sich auf nichts länger als einen Moment.

»Nähert euch mir nie wieder«, sagte Ivalaine in kaltem und ausdruckslosem Tonfall. Ihre Finger schienen sich in den Stoff ihres Gewandes krallen zu wollen; ihre Fingernägel waren schmutzig und abgekaut. »Ich habe mit keiner von euch etwas zu bereden. Ich bin nur wegen einer Person gekommen, allein wegen einem.«

Aryn fühlte, wie sich Lirith neben ihr versteifte. »Aber Schwester, wir bitten Euch doch nur …«

»Nennt mich nie wieder so«, zischte Ivalaine. »Ich bin niemandes Schwester mehr. Ich bin auch nicht mehr die Mutter. Obwohl, vielleicht, sollte es noch nicht zu spät sein, sollte ich mit meiner Dummheit noch nicht alles ruiniert haben, werde ich vielleicht doch noch Mutter sein.«

Mit diesen Worten betrat die Königin den Großen Saal. Die Türflügel schlugen hinter ihr wie mit einem Donnerhall zu und ließen die drei Frauen verwirrt dort stehen.

Aryn hoffte, am Abend eine weitere Gelegenheit zu bekommen, mit Ivalaine beim Essen sprechen zu können. Aber der Sitz neben König Boreas an der Hohen Tafel blieb leer; von der Königin war keine Spur zu entdecken. Oder von Prinz Teravian, auch wenn das keine Überraschung war. Er war nur selten auf dem Platz zu Boreas' Rechter anzutreffen, obwohl dieser stets für ihn reserviert blieb.

Der König saß in der Mitte der Hohen Tafel und schaute finster drein. Obwohl ununterbrochen Krieger in das stetig wachsende Lager unterhalb des Schlosses strömten, war Boreas seit dem Tag, an dem Lady Grace abgereist war, düsterer Laune. Und es war nicht allein Graces Abwesenheit, die ihm zu schaffen machte, denn später am selben Tag war Beltan verschwunden und Vani auch. Zweifellos vermisste Boreas seinen Neffen als fähigen Befehlshaber.

»Sie wollen den Runenbrecher finden«, hatte Mirda gesagt. »Sie werden ihn zurück nach Eldh bringen.«

Das Tor-Artefakt war zusammen mit Beltan und Vani verschwunden. Sie mussten eine Möglichkeit gefunden haben, es irgendwie zu aktivieren, und sie waren gegangen, ohne es jemandem zu sagen, auch wenn außer Frage stand, wo sie hingegangen waren. Beide liebten Travis Wilder. Sicherlich waren sie zu ihm gegangen, genau wie Mirda gesagt hatte.

Aryn seufzte, und sie war selbst in einer so düsteren Stimmung, dass auch sie kaum Appetit hatte. Lirith und Sareth hatten sich für ein ruhiges Abendessen unter vier Augen entschieden, und Aryn wünschte sich, sie wäre ihrem Beispiel gefolgt. Als die Diener den Nachtisch auftrugen, starrte sie ihn freudlos an. Die süße Masse war in die verschiedensten Formen gestaltet worden. Aryn hatte einen Drachen bekommen.

Eine Erinnerung geisterte durch ihren Kopf. *Und hier sind zwei Töchter Sias, beide dazu verdammt, ihre Schwestern und ihre Herrin zu verraten ...*

Wusste Ivalaine, dass sie das Muster verraten hatten? Hatte sie sie deshalb abgewiesen? Aryn zerschlug den Drachen mit einem Löffel, dann verließ sie die Tafel.

Sie wanderte eine Zeit lang durch die Schlosskorridore und fand sich schließlich vor Sareths Gemach wieder.

Du solltest sie nicht stören.

Aber sie hatte den Gedanken noch nicht zu Ende gebracht, da öffnete sich die Tür, und sie stand Lirith gegenüber.

»Was ist, Schwester?«, fragte die Hexe. »Stimmt etwas nicht?«

»Nein, alles in Ordnung.« Aryn verzog das Gesicht. »Mal davon abgesehen, dass Grace in die Letzte Schlacht gezogen ist, Beltan und Vani aufgebrochen sind, um Travis Runenbrecher zurück nach Eldh zu holen, und Königin Ivalaine nicht mal mit uns spricht. Oh, und ich werde mit einem Prinzen verheiratet, der mich nicht ausstehen kann. Aber sonst ist alles in bester Ordnung.«

Sareth – der am Feuer saß – lachte. »Nun, Ihr könntet genauso gut reinkommen und eine Tasse *Maddok* trinken. Es hört sich nicht so an, als würdet Ihr diese Nacht auch nur eine Minute Schlaf finden.«

Aryn glaubte das auch nicht. Sie trat ein, blickte sich dabei aber um. »Ich ... störe doch bei nichts, oder?«

»Nur bei meinem Abschied für den Abend«, sagte Lirith energisch. »Aber du kennst mich – mich kann man immer zu noch einer Tasse *Maddok* überreden.«

Es wurden zwei Tassen, nicht nur eine, und Aryn war froh um die Gesellschaft. Sareth bot ihr den Stuhl am Feuer an, und Aryn setzte sich und trank die heiße, würzige Flüssigkeit. Das Letzte, worüber sie sich unterhalten wollte, waren die aktuellen Geschehnisse, also erzählte Sareth Geschichten aus dem alten Amún und der sagenhaften Stadt seiner Vorfahren, Morindu der Finsteren. Aryn versuchte sie sich vorzustellen – eine Stadt, in der nur Zauberer wohnten. Was für ein seltsamer, schattenbeladener und wunderbarer Ort es gewesen sein musste.

Es wurde spät. Die Frauen verabschiedeten sich von Sareth, dann gingen sie gemeinsam zu ihren Gemächern. Aber Aryn fand es merkwürdig, dass Lirith nicht bei ihm blieb.

Ihre Gedanken mussten lauter als beabsichtigt gewesen sein.

»Es gibt keinen Grund für mich, bei ihm zu bleiben«, sagte Lirith leise.

Aryn sah sie schockiert an. »Ich verstehe nicht. Liebst du ihn denn nicht so, wie er dich liebt?«

»Das tue ich, aber ...« Lirith zögerte, dann ergriff sie Aryns Hand. *Für uns gibt es keine Hoffnung, Schwester. Ich kann ihm kein Kind schenken, wie es eine Frau sollte. Und seit der Dämon ihm das Bein genommen hat, ist er nicht mehr zu dem im Stande, was ein Mann mit einer Frau im Bett tun sollte.*

Das versetzte Aryn einen Stich. *Gibt es denn keinen Zauber, der euch helfen könnte?*

Ich habe es mit allem versucht, aber falls es eine Magie gibt, die einem von uns helfen könnte, so liegt sie jenseits meiner Fähigkeit.

Das spielt doch keine Rolle, Lirith. Ihr liebt euch, und sicherlich bedeutet Liebe mehr, als zusammen zu liegen oder Kinder zu machen. Sie muss es einfach.

Lirith ließ Aryns Hand los und lachte bitter. »Bei seinem Volk spielt die Liebe keine Rolle. Seine Gesetze verbieten ihm, außerhalb seines Clans zu heiraten. Eines Tages wird er zu ihm zurückkehren. Und an dem Tag wird er mich verlassen. Gute Nacht, Schwester.«

Lirith betrat ihr Gemach und schloss die Tür. Aryn konnte nichts tun, als zu ihrem eigenen Gemach zu gehen.

Sie machte sich Vorwürfe. *Du bist kleinlich und selbstsüchtig, Aryn von Elsandry. Verglichen mit dem, was Lirith und Sareth durchmachen, sind deine Probleme lächerlich. Du wirst also Prinz Teravian heiraten, und? Er ist mürrisch, ja, aber du könntest es viel schlimmer treffen. Davon abgesehen ist es ja nicht so, dass du in jemand anderen verliebt wärst.*

Aber aus irgendeinem Grund verursachte dieser letzte Gedanke ein seltsames Gefühl in ihr, und ihre Hand zitterte, als sie nach dem Türriegel ihres Gemachs griff. Der *Maddok* war daran Schuld, keine Frage. Sie hätte nicht so viel davon trinken sollen; jetzt würde sie niemals einschlafen können.

Ihr Gemach war dunkel – das Feuer war niedergebrannt –, aber durch einen Spalt in den Vorhängen fiel ein Splitter Mondlicht. Sie stolperte auf dem Weg zum Fenster und zog die Vorhänge zur Seite, um mehr von dem silbrigen Licht ins Zimmer zu lassen.

Aryn erstarrte. Unten auf dem Oberen Burghof schlich eine schlanke, in Schwarz gekleidete Gestalt umher. Die Gestalt trat in einen Schatten und verschwand, aber Aryn hatte genug gesehen, um zu wissen, wer das war.

»Was hast du nur vor, Teravian?«, flüsterte sie. Das konnte sie nur herausfinden, wenn sie ihm folgte, aber bis sie unten auf dem Burghof wäre, würde er schon lange fort sein.

Vielleicht gibt es einen schnelleren Weg, Schwester.

Aryn erlaubte sich keinen Augenblick, darüber nachzudenken, aus Furcht, dann ihre Meinung zu ändern. Sie ging zur Kommode und nahm den Handschuh, den Teravian früher am Tag verloren hatte, dann setzte sie sich auf einen Stuhl.

Das war albern und gefährlich. Als Grace diesen Zauber einmal ausgeführt hatte, hätte sie beinahe für alle Zeit ihren Geist verloren. Ohne Ivalaines Eingreifen wäre Grace gestorben. Aryn wusste, dass sie Lirith hätte holen sollen.

Nein, dazu ist keine Zeit. Alle behaupten immer, dass du so stark bist. Nun, jetzt ist die Zeit gekommen, es zu beweisen. Wenn sie Recht haben, dann kannst du das schaffen.

Sie nahm den Handschuh mit beiden Händen, dann griff sie mit der Gabe zu, webte einen Faden entlang der Weltenkraft und hüllte damit den Handschuh ein.

Im nächsten Augenblick flog sie. Sie schaute über die Schulter und sah sich durch das Fenster zu ihrem Gemach, wie sie mit offenen, blicklos starrenden Augen in einem Teich Mondlicht saß. Ein silberner Faden erstreckte sich zu ihrem Körper. Sie wusste, sollte dieser Faden durchtrennt werden, dann würde sie sterben. Sie verdrängte den Gedanken, schaute nach vorn und ließ sich von der Magie ziehen.

Der Zauber führte sie auf den Oberen Burghof. Sie passierte die Schatten des Bergfrieds, dann erhoben sich federhafte Umrisse vor ihr, die das Licht des Mondes umspielte. Aryn fühlte ein Ziehen, als der Zauber sie durch ein schmiedeisernes Tor in den Schlossgarten zog.

Sie raste die gewundenen Pfade entlang, und ihr wurde schwindelig; es war schrecklich kalt. Starb sie? Sie schaute zurück, aber der Lebensfaden erstreckte sich noch immer hinter ihr. Der Zauber führte sie weiter, tiefer in den Garten hinein.

»Ich wusste, dass du kommst«, sagte eine Frauenstimme.

Wäre es Aryn möglich gewesen, hätte sie aufgeschrien. War sie irgendwie gesehen worden?

»Es ist nicht so, als hätte ich wirklich eine Wahl gehabt, oder?«, erwiderte eine andere Stimme höhnisch, die Aryn sofort als die Teravians erkannte. Die Frau hatte nicht sie angesprochen, sondern den Prinzen.

Aryn schwebte die Pfadbiegung entlang und verharrte. Vor ihr war eine von *Valsindar*-Bäumen umgebene kleine Lichtung. Teravian stand in der Mitte; seine dunkle Kleidung verschmolz mit der Nacht, sein Gesicht schimmerte bleich im Mondlicht. Die Frau, die gesprochen hatte, stand ein paar Schritte von ihm entfernt, aber Aryn konnte sie nicht erkennen, denn sie wurde von Kopf bis Fuß von einem Umhang verhüllt.

»Du bist gehorsam«, sagte die Frau mit heiserer Stimme zu Teravian. »So wie es ein Sohn sein sollte.«

Er lachte scharf. »Ich bin auch sein Sohn, nicht wahr? Trotzdem bin ich hier.«

Aryn war verwirrt. Wovon sprachen sie da? Teravian war allein Boreas' Sohn. Seine Mutter, Königin Narenya, war vor vielen Jahren gestorben.

»Du weißt, was man von dir verlangen wird, nicht wahr?«, sagte die Frau.

Er starrte in die Finsternis. »Ich habe es gesehen. Jedenfalls Teile davon. Es sind blitzartige Bilder. Da ist ein Schlachtfeld, zwei Heere stehen einander gegenüber. Beide Heere führen Banner mit der Krone und den Schwertern von Calavere, aber das eine ist grün und gelb statt silbern und blau.«

Die Frau trat näher an ihn heran. »Und was siehst du sonst noch? Welches Heer wird siegen?«

»Ich weiß es nicht. Danach ist alles nur noch nebelhaft – ich kann es nicht sehen.« Er kniff die Augen zusammen. »Und warum interessiert dich das überhaupt? Du hast dich doch von ihnen getrennt, oder nicht?«

»Interessiert? Warum es mich interessiert?« Die Frau murmelte die Worte, als wollte sie ihre Bedeutung ergründen. »Ich glaube, mich interessiert gar nichts mehr, abgesehen davon, ihn davon abzuhalten, dich zu benutzen.«

Seine Lippen verzogen sich zu einem höhnischen Grinsen. »Was denn, damit du mich benutzen kannst, ist es das, was du meinst? Ich weiß, dass du mich die ganzen Jahre beobachtet hast, dass du versucht hast, eine Möglichkeit zu finden, wie du mich für deine Zwecke benutzen konntest.«

Die Frau legte eine Hand auf die Brust. »Du weißt viel. Und doch so viel weniger, als du glaubst. Vielleicht wollte ich dich einst benutzen, auch wenn meine Absichten ehrenvoll waren. Aber das ist vorbei. Meine Gedanken gelten allein noch dir. Ich will, dass du diese Sache nicht für sie tust, sondern nur für dich selbst. Darum bin ich gekommen.«

»Ich wünschte, ich könnte das glauben.«

Sie streckte die Hand nach ihm aus. »Du musst mir vertrauen.«

»Dir vertrauen?« Sein Gesicht verzerrte sich vor Wut, er ballte die Faust. »Wie kann ich dir vertrauen, wo du mich die ganzen Jahre darüber belogen hast, wer du wirklich bist, wer ich wirklich bin? Du bist nicht besser als er. Warum sollte ich einem von euch vertrauen, Mutter?«

Aryn erstarrte. Mutter? Wovon sprach er da bloß? Bevor sie weiter rätseln konnte, griff die Frau mit zitternden Händen nach oben und warf die Kapuze des Umhangs zurück. Im Mondlicht war ihr flachsfarbenes Haar farblos, Tränen strömten ihre glatten Wangen hinunter.

»Vertraue mir, weil ich dich liebe, mein Sohn«, sagte Königin Ivalaine. »So, wie ich dich immer geliebt habe, selbst wenn ich dir nicht die Wahrheit sagen konnte.«

Teravian lachte. »Jetzt lügst du schon wieder. Aber ich bin kein Kind mehr. Du kannst mich nicht mehr täuschen so wie früher.«

»Bitte«, sagte Ivalaine. »Bitte wende dich nicht von mir ab, Teravian. Du bist alles, was ich noch habe.«

Er sah sie berechnend an. »Dann hast du nichts, Mutter.«

Der Prinz drehte sich um und verließ die Lichtung. Er ging direkt an Aryn vorbei, und er zögerte nicht. Die Schatten nahmen ihn auf, und er war verschwunden.

»Geht«, zischte Ivalaine, deren Tränen trockneten.

Sie starrte Aryn direkt an. Aber das war unmöglich. Sie musste Teravian gemeint haben.

»Ich sehe Euch, Hexe«, sagte Ivalaine schneeweiß vor Wut. Sie zeigte mit einem zitternden Finger auf Aryn. »Geht und spinnt Eure bösen Fäden mit Eurem Schattenzirkel und lasst mich in Ruhe!«

Entsetzen durchflutete Aryn. Die Welt wurde zu einem dunklen Schemen, sie fühlte einen scharfen Ruck in ihrem Inneren. Sie riss die Augen weit auf. Der Garten war verschwunden; sie war wieder in ihrem Gemach, und ihr war schrecklich kalt.

Aryn zwang ihre steifen Muskeln zur Bewegung und

stemmte sich aus dem Stuhl heraus. Sie musste Lirith und Mirda finden und ihnen berichten, dass Königin Ivalaine wahnsinnig geworden war.

28

Nach dem Kampf gegen *Feydrim* und Phantomschatten wandte sich das Heer nach Norden. Es hielt sich nahe an die zerklüfteten Hügel der Fal Erenn und marschierte direkt außerhalb der Grenzen von Perridon, um nicht Königin Inaras Erlaubnis einholen zu müssen, ihre Domäne betreten zu dürfen.

Nicht, dass Grace etwas dagegen gehabt hätte, die junge Königin und ihren Sohn zu besuchen. Sie hatte sie seit dem vergangenen Sommer nicht mehr gesehen, als sie alle auf Schloss Spardis dem Nekromanten Dakarreth entgegengetreten waren. Aber dank des guten Wetters und Tiras Manipulation der Entfernungen kamen sie schnell voran, und sie konnten sich den langen Umweg bis nach Spardis nicht erlauben.

Die Aufregung, die sie am Beginn der Reise verspürt hatten, war lange verflogen. Die letzten Reste waren zusammen mit den *Feydrim* und den Phantomschatten auf dem felsigen Hügel der Dun-Dordurun gestorben. In der Nacht herrschte im Lager Stille; das Bier war vor über einer Woche ausgegangen, und die Lebensmittelvorräte wurden streng rationiert. Bis nach Burg Todesfaust waren es noch viele Tage, und wenn sie dort eingetroffen waren, wer vermochte schon zu sagen, wie lange ihre Vorräte reichen mussten?

Vielleicht gar nicht so lange, Grace, wenn wir keine Möglichkeit finden, die Verteidigungsanlagen der Festung wieder in Gang zu setzen.

Aber sie hatten noch immer Hoffnung. Sie berührte den Lederbeutel an ihrer Taille, der die kleine weiße Steinscheibe enthielt, die sie in der Armlehne von Stuhl Malachor gefunden hatte. Die Männer um sie herum waren grimmiger als zuvor, von der Straße gehärtet, aber noch nicht von ihr ermüdet.

Ihr Sieg gegen die Streitkräfte des Fahlen Königs in Dun-Dordurun hatten ihnen ein Selbstvertrauen gegeben, das ihnen vorher gefehlt hatte. Sie wussten jetzt, dass sie gegen den Feind bestehen konnten.

Nicht übermütig werden. Diese Schlacht zu gewinnen war eine Leistung, aber fünfzig Feydrim und zwei Phantomschatten sind nur ein Tropfen im Ozean. Wie viele tausend mehr werden in der Schattenkluft auf uns warten?

Sie betrachtete die dunklen Wolken, die sich am nördlichen Horizont sammelten. Sie pulsierten mit einem kränklichen, grün-gelben Schimmer, als würden sie von schwefelhaltigen Feuern erhellt.

»Was ist, Euer Majestät?«, fragte Durge.

Erst bei seinen Worten wurde ihr bewusst, dass sie geseufzt hatte. Sie sah den Ritter an, der in der Nähe ritt.

»Wir reiten nach Norden, Durge. Jeder Schritt bringt uns näher an Imbrifale heran. Näher an *seine* Domäne.«

»Das bringen Reisen so mit sich.«

Sie schüttelte den Kopf. »Was denn?«

»Einen an sein Ziel zu bringen.« Durge wollte sich an die Brust greifen, dann senkte er die Hand wieder und legte sie auf den Oberschenkel.

Grace befeuchtete sich die Lippen. »Es ist wieder dieser Schmerz.«

»Es ist nichts, Mylady.«

Sie wollte mehr sagen, aber in diesem Augenblick donnerte Sir Tarus auf seinem Schlachtross auf sie zu.

»Ich wollte Euch nur Bescheid sagen, dass wir bald unser Lager aufschlagen, Euer Majestät«, sagte der rothaarige Ritter. »Aldeth hat gesagt, dass die Spinnenleute bereits nach einem brauchbaren Platz suchen.«

Grace legte die Arme um Tiras warmen Körper vor ihr. »Ich glaube, dass in dieser Gegend kein Platz passend ist, Tarus.«

Das Land um sie herum war zerklüftet und unfruchtbar, eine Reihe flacher Ebenen, die von tiefen Schluchten durchzogen wurden. Den ganzen Tag wehte ein bösartiger Wind aus den Bergen zu ihrer Linken und schnitt wie ein kaltes Messer durch Wolle und Leder. Grace freute sich darauf, so nahe an einem prasselnden Feuer sitzen zu können, wie es möglich war, ohne selbst die Flammen zu füttern.

Kurze Zeit später trat Aldeth aus einem Schatten und ließ sie wissen, dass man einen Lagerplatz gefunden hatte. Sie erreichten ihn in dem Augenblick, in dem die Sonne hinter den Bergen versank: eine flache Ebene hinter einer Klippe, die einen guten Schutz vor dem Wind bot. Die Männer waren bereits dabei, Zelte aufzubauen und Latrinen zu graben. Eine Gruppe hielt in ihrer Arbeit inne, hob die Fäuste und jubelte, als Grace vorbeiritt. Die Männer taten das oft in letzter Zeit, seit dem Kampf, und Grace wusste nie genau, wie sie darauf reagieren sollte. Sie entschied sich für ein schiefes Lächeln und ein unbehagliches schüchternes Winken.

Durge half Grace von Shandis' Rücken herunter, und Tarus hob Tira aus dem Sattel. Er wollte sie absetzen, aber das Mädchen warf die Arme um seinen Hals und hielt ihn fest.

»Ich glaube, sie mag Euch, Sir Tarus«, sagte Durge.

Grace kam näher. »Nein, seht sie euch an. Sie hat Angst – darum will sie nicht abgesetzt werden.« Sie berührte Tiras Wange. »Was ist denn, mein Schatz?« Aber das stumme Mädchen konnte – wollte – nicht antworten. Es vergrub bloß das Gesicht an Tarus' Schulter und hielt ihn nur noch fester.

Grace erwiderte Durges Blick. »Etwas stimmt nicht.«

»Ich glaube, da habt Ihr Recht, Euer Majestät«, sagte da eine Frau.

Grace keuchte auf, als Samatha mit einem Schwung ihres silbrigen Umhangs mitten aus dem Nichts zu erscheinen schien.

»Was ist los, Sam?«, sagte Grace und gab sich alle Mühe, ihr Herz wieder herunterzuschlucken, damit es zurück an Ort und Stelle kam.

Das mausähnliche Gesicht der Spinnenfrau war vor Sorge ganz verkniffen. »Zwei unserer Brüder werden vermisst. Wir alle sind vor ein paar Stunden aufgebrochen, um einen Lagerplatz zum Übernachten zu finden, aber Henrin und Wulther sind nicht zurückgekehrt.«

Das waren ungewöhnliche Neuigkeiten. Es sah einem Spinnenmann nicht ähnlich, verloren zu gehen, nicht einmal in so unwegsamem Gelände, und Grace konnte sich nicht vorstellen, dass einer von ihnen in eine Schlucht fiel.

»Wo ist Aldeth?«, fragte sie.

»Er hat sich auf die Suche nach den Vermissten gemacht. Leris und Karthi helfen ihm. Ich wollte Euch darüber informieren, was passiert ist, aber jetzt muss ich Aldeth bei der Suche helfen.«

Grace nickte, und Samatha setzte sich in Bewegung, aber bevor sie sich in den Nebelmantel hüllen konnte, ertönte auf der anderen Seite des Lagers ein Schrei. Mehrere Männer hatten sich versammelt und riefen. Grace warf den anderen einen Blick zu, dann liefen sie auch schon los.

Die versammelten Männer machten Grace Platz. Sie eilte weiter, Durge und Tarus auf den Fersen, dann blieb sie abrupt stehen und schlug eine Hand vor den Mund.

Die beiden Männer lagen in einem Brombeerstrauch und starrten mit toten Augen in die Höhe, die silbergrauen Umhänge waren verrutscht und die Glieder ineinander verschlungen wie bei einer letzten Umarmung. In der Brust des einen steckte ein Messer. Der andere hatte aus einem langen Schnitt in der Kehle geblutet.

»Bei Jorus, nein«, keuchte Samatha mit blassem Gesicht. Sie fiel auf die Knie und griff nach ihren blutigen Umhängen.

Tarus ballte die Fäuste. »Bei allen Göttern, wer hat ihnen das angetan?«

»Sie haben es selbst getan«, sagte Paladus.

Die anderen starrten den tarrasischen Kommandanten an. Er stand bei den Männern, die sich um die Leichen versammelt hatten.

»Seht ihr es denn nicht?« Paladus zeigte auf die Toten. »Seht, wie sie gefallen sind und wie der eine noch immer ein Messer hält. Diese Männer haben sich gegenseitig umgebracht.«

»Aber warum sollten sie etwas so Schreckliches tun?«, fragte Tarus und bedeckte Tiras Augen mit der Hand.

»Vielleicht haben sie akzeptiert, was wir alle verdrängt haben«, sagte Samatha, die in ihrer Trauer hin- und herschaukelte. »Vielleicht wussten sie, dass wir alle dem Untergang geweiht sind.«

»Ja«, sagte Durge leise und schaute die Toten an. Seine Hand näherte sich seiner Brust. »Dem Untergang geweiht.«

Paladus fuhr mit gerötetem Gesicht herum. »Von einem Wiesel und einer Spionin wie ihr habe ich solches Gerede ja erwartet, aber nicht von einem Mann des Krieges. Sagt so etwas noch einmal, Sir, und ich zeige Euch, was ein Untergang ist.« Er griff zum Schwert.

Tarus ging auf dem Kommandanten zu. »Haltet Eure Zunge im Zaum, Paladus. Ihr habt kein Recht, auf solch unverschämte Weise mit einem Ritter der Domänen zu sprechen.«

Tira machte sich von Tarus frei und lief zu Grace. Sie klammerte sich an ihren Röcken fest. Grace hob das Mädchen hoch und starrte alle an; sie konnte nicht glauben, was hier geschah.

Paladus kniff die Augen zusammen. »Ich sage das, von dem ich weiß, dass es stimmt. Ihr Nordlinge seid ein Haufen Schwächlinge und Feiglinge. Ohne uns wärt ihr doch schon tot.«

Tarus bleckte die Zähne. »Solches Gerede werden wir uns nicht gefallen lassen, oder, Durge?« Durge starrte bloß die Leichen an, aber Tarus schien das nicht zu bemerken. Er ging auf den Kommandanten zu. »Wir brauchen keine Hilfe von einem Rudel räudiger Hunde aus dem Süden.«

Paladus' Miene verfinsterte sich, aber bevor er etwas sagen konnte, sprang Samatha auf die Füße. »Verschwindet!« Ihre Stimme wurde zu einem Kreischen. »Ihr alle, verschwindet! Meine Brüder sind tot, und ihr kreist wie Geier um ihre Leichen.«

Aldeth trat aus einem Nebelschwaden; aus dem Boden stieg nun kalter, feuchter Nebel auf. Er sah die Toten, die wütenden Gesichter und riss die Augen auf. »Bei den Sieben, was geht denn hier vor?«

Das war eine gute Frage. Grace schloss die Augen und griff mit der Gabe zu.

Es klaffte wie ein Rachen in der Weltenkraft auf, schwarz und hungrig, und es verschluckte alles Licht und alles Leben, das in seine Nähe kam.

Sie war eine Närrin. Im Westen von Perridon waren sie das erste Mal so einem Ding begegnet. Sie hätte wissen müssen, dass sie möglicherweise auf ein anderes stießen. Sie riss die Augen auf.

»Durge«, sagte sie und zeigte mit einem zitternden Finger auf den Brombeerstrauch. »Da drin.«

Ihre Stimme schien den Ritter aus seiner Benommenheit zu reißen. Er trat über die Leichen und schob die Brombeersträucher mit seinen behandschuhten Händen zur Seite. Seine Arbeit enthüllte eine etwa anderthalb Meter hohe Steinsäule, deren drei Seiten schwarz glänzten und mit eingeschnitzten Symbolen versehen waren.

Durge schaute mit grauem Gesicht zu Grace herüber. »Es ist ein Pylon, Euer Majestät.«

Paladus und Samatha sahen ihn verwirrt an. Tarus hielt sich den Kopf und taumelte. »Was ist ein Pylon?«

»Das Böse«, sagte Grace durch zusammengebissene Zähne. »Geht davon weg – ihr alle. Wir können hier kein Lager aufschlagen. Wir müssen diesen Ort verlassen. Sofort!«

Als wären ihre Worte ein Zauber – und sie war sich in der Tat nicht sicher, ob sie nicht unbewusst Magie in sie hineingewebt hatte –, schienen sie die dunkle Wolke zu vertreiben, die ihren Verstand vernebelte. Paladus und Tarus wechselten erstaunte Blicke, dann machten sie auf dem Absatz kehrt und brüllten Befehle. Aldeth half Samatha auf die Füße.

»Wir müssen sie begraben«, sagte Aldeth und betrachtete die toten Spinnenmänner.

Samathas Wangen waren feucht von Tränen. »Aber das können wir nicht, oder?«, fragte sie Grace.

Grace zögerte, dann schüttelte sie den Kopf. »Ihre Körper sind von der Magie des Pylonen verseucht. Wir dürfen sie nicht berühren. Es tut mir so Leid, Sam.«

»Dann nehmen wir Feuer«, sagte Aldeth und fasste die trockenen Büsche um die Toten und den Pylonen ins Auge.

Samatha nickte grimmig. »Ich hole Fackeln.«

»Kommt, Mylady«, sagte Durge heiser. »Lasst uns von diesem Ding weggehen.«

Die Nacht hüllte die Welt ein, und sie marschierten weiter. Glücklicherweise war es sternenklar und ein Viertelmond hing am Himmel, sonst wären sie direkt in eine der Schluchten hineingeritten, die die Landschaft durchzogen. Sie kamen nur langsam voran, suchten sich stolpernd ihren Weg über Heide und Stein und verließen sich auf die Spinnenmänner, die ihnen als Augen dienten.

Grace konnte nicht aufhören, an den Pylonen zu denken und wie er seine schwarzen Tentakel über die Welt geschickt hatte. Vergangenes Jahr hatten sie, ohne es zu wissen, in der

Nähe eines Pylonen kampiert, und er hatte sie alle an den Rand der Verzweiflung und des Wahnsinns getrieben. Aber der Stein hatte Stunden gebraucht, um sie zu beeinflussen, während dieser Pylon seine schreckliche Wirkung in wenigen Augenblicken auszuüben schien.

Er liegt nicht länger still wie die anderen. Er ist erwacht, und er funktioniert.

Falken hatte gesagt, dass die Pylonen während des Krieges der Steine vor tausend Jahren erschaffen worden waren und dass der Fahle König sie dazu benutzt hatte, um mit seinen Sklaven zu kommunizieren. Hatte er sie beobachtet, während sie sich vor ihm stritten?

Am Horizont schimmerte es silbrig, als Durge neben sie ritt und ihr sagte, dass sie anhalten mussten. Die Fußsoldaten waren von dem langen Marsch ohne Rast und Essen erschöpft, und einige der Pferde standen am Rand des Zusammenbruchs. Grace selbst war so müde, dass sie kein Wort herausbrachte, also nickte sie bloß.

Bis sie das Lager aufgeschlagen hatten, war die Morgendämmerung hereingebrochen, und sosehr Grace die Verzögerung auch verabscheute, wusste sie dennoch, dass das Heer an diesem Tag nicht weiterziehen würde. Nach einem kalten Frühstück kam Durge zu ihrem Zelt, um ihr Bescheid zu geben, dass alles in Ordnung war, obwohl mit einigen das Temperament durchgegangen war. Es war zu Streit unter den Männern gekommen, ein paar hatten sich sogar geprügelt, aber es hatte keine ernsthaften Verletzungen gegeben.

Die Gewalt war ein Nebeneffekt des Pylonen, das war Grace klar. Sie konnte noch immer seine Gegenwart fühlen, er war wie eine Ölschicht auf ihrer Haut, die sie nicht abwaschen konnte. Grace ließ Tira im Zelt zurück und suchte nach Senrael und Lursa, und gemeinsam webten sie einen Zauber, der es ihnen erlaubte, meilenweit in die Weltenkraft zu schauen, aber sie fanden keinen weiteren Pylonen.

Danach stattete Grace Großmeister Oragien und dem jungen Meister Graedin einen Besuch ab, und kurz darauf durchstreiften alle Runensprecher das Lager und sprachen die Rune des Friedens. Das hatte den beruhigenden Effekt, den Grace erhofft hatte, und danach wurde es still im Lager, weil die Männer endlich zur Ruhe kamen.

Als sie in ihr Zelt zurückkehrte, wartet Durge bereits mit einer Hand voll Männer auf sie. Einige starrten mit leeren Gesichtern zu Boden, während andere nicht zu schluchzen aufhören konnten.

»Diese Fußsoldaten haben in unmittelbarer Nähe des Pylonen gearbeitet«, sagte Durge leise zu Grace.

Sie nickte, dann untersuchte sie sie nacheinander.

»Ich weiß nicht, was mit mir los ist, Euer Majestät«, sagte einer der Männer, als sie seine Stirn berührte. »Ich habe in meinem ganzen Leben noch nie den Schwanz eingekniffen und bin vor einem Kampf davongelaufen.«

Grace lächelte. »Das kann ich mir vorstellen.« Er war ein stämmiger Bursche mit großen, narbigen Händen.

Diese Hände zitterten jetzt. »Bei Vathris, seht mich an. Ich zittere wie ein verängstigtes Lamm, und es ist nicht mal ein Wolf in Sicht. Es ist albern, Euer Majestät, wo Ihr doch eine so wilde Kriegerin seid und noch eine große Magierin dazu – aber in meinem Inneren ist alles kalt und feucht, als hätten wir keine Chance mehr.«

»Es gibt immer Hoffnung«, sagte sie energisch. »Und mach dir keine Sorgen darüber, wie du dich fühlst. Das ist eine Auswirkung des Pylonen. Tatsächlich bist du erstaunlich mutig. Die meisten Leute, die so lange in seiner Nähe gestanden hätten wie du, wären zu Wackelpudding geworden.«

Oder würden einander in blindwütigem Zorn erschlagen.

Aber das behielt sie für sich, und ihre Worte schienen den Burschen aufzumuntern. Sie sprach den anderen auf ähnliche Weise Mut zu, und sie untersuchte bei jedem den Lebensfaden. Aber sie konnte keinerlei Anzeichen für eine dauerhafte Schädigung finden. Sie entließ die Männer und gab jedem einen Kräutertrank, der ihnen beim Schlafen helfen sollte, und befreite sie für diesen Tag von allen Pflichten, damit sie sich ausruhen konnte.

»Ihr habt heilende Hände, Euer Majestät«, sagte Durge, nachdem sie gegangen waren.

Und warum kann ich dann nicht den Eisensplitter aus deiner Brust holen? Aber das waren weitere Worte, die sie nicht aussprechen konnte.

»Ruht Euch aus, Durge«, sagte sie stattdessen.

»Wie Ihr wünscht, Euer Majestät«, sagte er und verließ das Zelt. Aber sie wusste, dass er es nicht tun würde. Der unermüdliche Ritter würde weiterarbeiten, damit sich die anderen an seiner Stelle ausruhen konnten. Grace wusste nicht, wie er das schaffte. Eine vernichtende Müdigkeit überwältigte sie, und sie rollte sich neben der tief schlafenden Tira auf der Pritsche zusammen.

Grace, kannst du mich hören?

Die Stimme war vertraut, tröstend. Grace musste träumen.

Bitte, Grace. Bist du da?

Grace öffnete die Augen, dann setzte sie sich auf. »Aryn?«

Ja, Grace, ich bin es. Sia sei Dank, dass ich dich gefunden habe. Nicht weit von dir ist ein Schatten in der Weltenkraft. Ich musste anderen Strängen folgen, die einen großen Umweg machen. Lirith hatte das schreckliche Gefühl, dass etwas passiert ist. Bist du in Ordnung?

Grace seufzte. *Jetzt sind wir es. Das heißt, zumindest die meisten von uns.*

Schnell erklärte sie, was passiert war: die toten Spinnenmänner und der Pylon. Sie erzählte auch von der Schlacht in Dun-Dordurun und ihrer seltsamen Begegnung mit Königin Ivalaine.

O Grace, es tut mir so Leid. Ich hätte nicht so lange damit warten sollen, mich mit dir in Verbindung zu setzen. Ich glaube, ich hatte Angst, dass deine Abwesenheit dann noch unerträglicher sein würde.

Grace lächelte, die strahlende Energie ihrer Freundin erfüllte sie, und die Müdigkeit verschwand. *Wie stehen die Dinge auf Calavere?*

Die Krieger treffen nun scharenweise ein, selbst die aus dem fernen Süden. Bald wird Boreas mit einem großen Heer nach Norden ziehen. Aber da ist noch etwas anderes, und deine Geschichte hilft mir, es etwas besser zu verstehen. Trotzdem kann ich nicht umhin zu glauben, dass sie den Verstand verliert.

Grace fröstelte. *Wovon sprichst du, Aryn? Wer verliert den Verstand?*

Königin Ivalaine ...

Grace hüllte sich in ein Schultertuch, während Aryn von Ivalaines unerwarteter Ankunft auf Calavere erzählte und wie die Königin sie, Lirith und Mirda zurückgewiesen hatte.

Sie sagte, sie wollte nichts mit uns zu tun haben, dass sie nur wegen einem gekommen sei. Ich konnte mir nicht vorstellen, wovon sie da spricht. Dann, vergangene Nacht, habe ich einen Zauber gewebt. Es war gefährlich, ich weiß, aber ich habe gesehen, wie sich Prinz Teravian im Garten mit Ivalaine unterhalten hat.

Aber was auf Eldh kann sie von dem Prinzen wollen?, fragte Grace voller Unbehagen.

Die Worte schossen förmlich durch die Weltenkraft. *Er ist ihr Sohn, Grace. Königin Ivalaine ist Prinz Teravians Mutter.*

Sie sprachen noch ein paar Minuten durch das Netz der Weltenkraft, so lange bis die Anstrengung für Aryn zu viel wurde.

Ich muss gehen, Grace. Ich werde müde, und ich kann unseren Strang nicht länger beschützen. Ich kann mir nicht sicher sein, dass sie ... dass uns niemand belauscht. Wir alle lieben dich, und ich nehme bald wieder Kontakt zu dir auf. Möge Sia mit dir sein.

Leb wohl!, rief Grace in Gedanken, aber Aryn war bereits weg. Grace saß zitternd da, allein bis auf Tira, die noch immer tief und fest schlief.

Es erleichterte Grace, dass die Männer von Vathris dem Ruf zum Krieg folgten. Aber was hatte Ivalaine vor, und wieso konnte der Prinz ihr Sohn sein? Bevor sie darüber nachdenken konnte, öffnete sich die Eingangsplane.

»Verzeiht, Euer Majestät«, sagte Samatha und steckte den Kopf ins Zelt. »Aber Ihr müsst sofort mit mir kommen.«

Grace erwiderte ihren Blick, dann schnappte sie sich den Umhang und eilte nach draußen. Die Sonne stand im Zenit, und der Tag war hell und kalt. Sie befahl dem Wachtposten vor dem Zelt, ein Auge auf Tira zu werfen, dann folgte sie der Spinnenfrau durch das Lager.

»Was ist los, Sam?«

»Ich fand die Spuren nicht weit entfernt von hier, und Leris und Aldeth konnten sie überraschen. Aber sie reagierten schnell. Irgendeine Magie bewachte ihr Versteck. Einer von ihnen wurde getötet, aber den anderen haben wir lebend gefangen.«

Grace griff nach dem Arm der Spinnenfrau. »Wovon sprecht Ihr? Wen habt Ihr gefangen?«

Die Spinnenfrau streckte die Hand aus. Ein kleiner schwarzer Gegenstand auf ihrer Handfläche absorbierte das Sonnenlicht. Aus dem Lautsprecher des Geräts drang zischende

Statik. Grace riss es der Spinnenfrau aus der Hand, dann liefen sie beide los.

Sie kamen zu einem Zelt am Rand des Lagers. Leris stand davor. Der Spinnenmann war so schmächtig, dass Grace ihn auf der Erde mit einem zwölfjährigen Jungen verwechselt hätte. Das wäre ein tödlicher Fehler gewesen. Leris nickte, und die beiden Frauen traten ein.

In dem Zelt war es dunkel. Grace konzentrierte sich, berührte die Stränge der Weltenkraft, und eine Kugel grünes Hexenlicht flammte über ihr auf und vertrieb die Schatten. Der Mann saß auf dem Boden, Hände und Beine mit Stricken gefesselt. Aus einem Riss in seiner Wange tropfte Blut. Sie erkannte ihn. Er trug die Lumpen eines Bauern, aber seine Haut war rein, und stehend wäre er sehr groß gewesen.

»Deine Mission ist zu Ende«, sagte Grace. »Dein einziger Daseinszweck besteht darin, mir meine Fragen zu beantworten. Du wirst präzise, wahrheitsgemäß und ohne zu zögern antworten. Hast du verstanden?«

Das grelle Hexenlicht ließ den Mann blinzeln, und Grace wusste, dass er sie nicht sehen konnte. »Bitte, Mylady.« Seine Stimme zitterte. »Ich bin nur ein einfacher Bauer. Ich weiß nicht, wovon Ihr sprecht. Ich bitte nur, dass ich in mein Dorf zurückkehren darf.«

Die Vorstellung war überzeugend. Er sprach Eldhisch, und sein Akzent war der eines Bauern. Sie hatten in den vergangenen Monaten mehr gelernt, als sie gedacht hätte; kein Wunder, dass sie sich so gut angepasst hatten.

»Ich weiß, wer Sie sind«, sagte sie auf Englisch.

Der Mann riss den Kopf hoch, und seine Augen wurden ganz groß – aber nur einen Augenblick lang, dann kniff er sie wieder zusammen.

»Und ich weiß jetzt, wer Sie sind«, sagte er mit heiserer,

aber trotziger Stimme. »Es ist hoffnungslos, Dr. Beckett. Wir haben es fast geschafft – wir sind näher dran, als Sie sich überhaupt vorstellen können. Sie können nichts tun, um uns daran zu hindern, uns das zu nehmen, was wir haben wollen.«

»Ist das so? Ich fand, ich hätte es bis jetzt ganz gut gemacht.«

Er starrte sie böse an und kämpfte gegen seine Fesseln an; sie knarrten, hielten aber.

»Schluss mit den Nettigkeiten«, sagte Grace nun wieder auf Eldhisch. »Jetzt ist der Augenblick gekommen, in dem du redest. Du sagst mir, was deine Mission ist, wer dich geschickt hat und wie du hergekommen bist.«

Auch er verfiel wieder ins Eldhische und sprach mit dem Akzent eines kriecherischen Bauern, nur dass sein Tonfall diesmal spöttisch war. »Von mir kriegt Ihr gar nichts, Mylady. Ihr habt nur die Wahl, mich zu töten, so wie Eure Sklaven meinen Partner getötet haben.«

Aldeth trat aus einer schattenverhüllten Ecke des Zeltes, kniete nieder und drückte ein Messer gegen die Kehle des Mannes. »Dafür kann ich sorgen, wenn du willst.«

»Das ist nicht fair, Aldeth«, sagte Samatha und trat mit gezücktem Messer vor. »Du und Leris habt den Letzten töten können. Der gehört mir, und ich werde jeden Augenblick genießen.«

Grace machte eine energische Handbewegung. »Nein, Sam, Aldeth – keine Messer. Ich kümmere mich darum.«

Der Spinnenmann und die Spinnenfrau steckten zögernd die Waffen weg und traten zurück.

Grace überragte den Gefangenen. »Wenn du nicht aus freiem Willen reden willst, mir stehen noch andere Möglichkeiten zur Verfügung.«

»Und was?«, fragte er höhnisch.

Sie hatte keine Zeit für Spielchen. »Das hier.«

Grace griff mit der Gabe zu und packte seinen Lebensfaden. Er kämpfte dagegen an, aber sein Wille gab schnell nach. Zweifellos machte ihn seine Ausbildung widerstandsfähig gegen alle Arten von Folter, aber hierauf hätte ihn nichts vorbereiten können. Sie tastete tief in sein Bewusstsein und suchte nach allem Wissen, das sie herausschneiden konnte.

Der Gefangene schrie auf. »Aufhören! Verschwinde aus meinem Kopf!«

Grace ließ seinen Lebensfaden los. Der Gefangene sackte schluchzend und am ganzen Leib zitternd zusammen. Aus seiner Nase lief Rotz.

»Das also hat Duratek in dem Labor in Denver gemacht«, sagte Grace; ihr war kalt und übel. »Sie erschufen ein Tor. Zuerst fanden sie eine Möglichkeit, Botschaften hindurchzuschicken, dann Gegenstände. So habt ihr mit den Scirathi kommuniziert, so habt ihr sie mit den Gewehren versorgt. Und jetzt hat Duratek den letzten Schritt herausgefunden. Sie haben gelernt, wie man Menschen durch das Tor schickt, Agent Hudson. Menschen wie dich.«

Der Gefangene wälzte sich auf dem Boden umher und sprach mit schriller Stimme. Sie wusste, dass das Loch, das sie in seinem Bewusstsein zurückgelassen hatte, ihn bald in den Wahnsinn treiben würde.

»Die Ersten ... sind gestorben. Sie wurden in dem Augenblick in Fetzen gerissen, in dem sie durch das Tor getreten sind. Aber die Wissenschaftler haben weitergearbeitet, und danach haben andere es geschafft, und sie schickten Berichte von der anderen Seite, Berichte über Sprachen und Kulturen und Geografie. Aber bei dem Versetzungsprozess ging etwas schief. Die Wissenschaftler nannten es zellulare Disruption. Ich weiß nur, dass ihre Körper ... nach ein paar Tagen zerflossen sie zu Brei. Trotzdem meldete ich mich freiwillig, als sich mir die Gelegenheit bot, zusammen mit Meeks und

Stocker. Wir waren die Ersten, die den Durchgang überlebten.« Ein Schauder durchfuhr ihn. »Aber Meeks hat sich vor einiger Zeit etwas eingefangen – eine Krankheit, gegen die die Medikamente nicht halfen. Er ist letzte Woche gestorben. Und Eure Männer haben Stocker getötet. Ich bin der Letzte. Ich bin der Einzige ...«

Grace stolperte zurück und wäre vielleicht gefallen, hätte Samatha sie nicht gestützt. »Aber es kommen mehr. Ich habe es gesehen. Sie glauben, dass sie das Tor jetzt weit aufstoßen können.«

Das Zittern des Gefangenen ließ nach, seine Lippen verzerrten sich zu einem Grinsen. »Das stimmt, Dr. Beckett. Wir haben es hindurchgeschafft, und wir haben es überlebt. Das bedeutet, dass die Wissenschaftler die Kalibrierung des Tores richtig hinbekommen haben. Sie brauchen jetzt nur noch mehr von der Flüssigkeit, die es antreibt, und wie ich gehört habe, haben sie sie bald fässerweise.«

»Ja«, sagte Grace und sah die Informationen durch, die sie seinem Bewusstsein entrissen hatte. »Elfenblut. Sie versuchen, es in ihren Laboratorien zu synthetisieren. Und sie stehen kurz vor dem Erfolg. Aber wie sieht der Plan aus, sobald sie darüber verfügen?«

Der Gefangene schaute hasserfüllt auf. »Schluss mit den Antworten, Dr. Beckett.«

Er biss fest zu. Als Grace das Knirschen zerbrechenden Porzellans hörte, wusste sie, was er getan hatte. Seine Augen rollten nach oben, dann erschlaffte sein Körper.

»Verflucht, nein!« Grace warf sich neben ihm auf die Knie.

»Was ist, Euer Majestät?«, fragte Aldeth.

Sie bog seinen Mund auf. »Er hatte einen falschen Zahn. Er hat ihn zerbissen.«

Samatha nickte. »Ein Spion erhält oft Gift, um es zu benutzen, wenn er von seinen Feinden gefangen genommen wird.«

Seine Atemzüge wurden flacher, und sein Lebensfaden verlor an Leuchtkraft. Das Gift breitete sich bereits in ihm aus. Sein Herzschlag verlangsamte sich. Es würde ein schneller Tod sein und schmerzlos.

Nicht, solange ich etwas dagegen unternehmen kann.

Grace studierte das Gift, das durch seine Adern floss. Sie schaute immer tiefer, so als wäre ihr Bewusstsein ein Mikroskop, bis sie seine Molekularstruktur wie eine Reihe bunter Kugeln wahrnehmen konnte. Es war einfacher, als sie gedacht hätte. Ein flüchtiger Gedanke, und die Struktur war verändert. Die Veränderung verbreitete sich wie eine Kettenreaktion durch sein Blut.

Hudson schrie auf, ein Ausdruck reiner, unverfälschter Qual. Sein Körper wurde starr, dann bekam er Krämpfe. Er bog den Rücken durch, seine Halssehnen traten hervor. Seine Haut überzog sich mit purpurnen Flecken, ihm trat gelber Schaum vor den Mund.

Seine Schreie wurden zu Worten. »Hilfe! O Gott, es brennt!«

Einen Augenblick lang verspürte Grace einen Stich Mitleid. Sie war Ärztin, oder war es zumindest einmal gewesen. Aber jetzt war sie mehr als das. Sie war Hexe, Königin und Frau. Und dieser Mann hatte die Bomben gelegt, die Calaveres Türme zerstört hatten.

»Bitte!«, kreischte er. »Helft mir!«

Sie beugte sich über ihn und berührte sanft seine heiße Stirn. »Nein«, murmelte sie.

Er wand sich auf dem Boden, jetzt keinen Worten mehr zugänglich. Seine schwarze und angeschwollene Zunge ragte aus dem Mund. Es dauerte noch mehrere Minuten. Dann entrang sich ihm ein letzter Schrei, dem die plötzliche Stille des Todes folgte.

Grace erhob sich und trat von der Leiche weg. Samathas Gesicht war bleich, und Aldeth starrte sie an.

Der Spinnenmann rieb sich den Hals. »Erinnert mich daran, niemals gegen Eure Befehle zu verstoßen, Euer Majestät.«

»Ich glaube, das ist unnötig, Aldeth«, sagte Grace und verließ das Zelt in den zu Ende gehenden Tag hinein.

29

Als Deirdre endlich aus dem Gebäudekomplex der Sucher heraus war, sehnte sie sich nach Stille und Einsamkeit statt nach dem öffentlichen Lärm eines Pubs. Sie nahm die U-Bahn nach South Kensington, kaufte in einem Laden, der einen Häuserblock von ihrem Apartment entfernt war, eine Flasche Stout und igelte sich für den Rest des Abends ein.

Gegen Mitternacht hockte sie am Küchentisch vor dem leuchtenden Computerbildschirm. Leider hatte die stundenlange Suche nicht mehr Informationen erbracht, als sie bereits in der vergangenen Nacht entdeckt hatte. Trotz ihrer Lücken stimmte die Botschaft auf dem zerfallenen Schlussstein mit Sicherheit mit der aus Glindas Ring überein. Aber es blieb ein Geheimnis, in welcher Sprache diese Botschaft geschrieben worden war. Die Datenbank der Sucher enthielt Formen und Muster sämtlicher bekannter geschriebener Sprachen, moderne und uralte, aber sämtliche Suchen erbrachten keine Übereinstimmungen. Nicht mal die Runensprache von AU-3 – von Eldh – war ähnlich.

Falls sie gehofft hatte, dass der geheimnisvolle Besucher sich ihr an diesem Abend wieder offenbaren würde, erlebte sie eine Enttäuschung. Der Lichtkreis unter der Straßenlampe gegenüber ihrem Fenster blieb leer, und der einzige Text auf dem Bildschirm blieb der, den sie selbst schrieb. Als sie schließlich zu Bett ging, war ihr Schlaf unruhig, sie träumte von Wörtern, die vor ihr schimmerten und tanzten. Die Wörter bildeten eine dringende Botschaft, davon war sie überzeugt, aber sie konnte nicht lesen, was sie besagten.

Der nächste Morgen war besser als der vorherige, wenn auch nicht viel. Sie hatte immer noch Kopfschmerzen, auch wenn sie nicht mehr so schlimm waren, und sie war um fünf vor neun am Arbeitsplatz. Anders war bereits da. Ihm musste entspannter zumute sein, denn er hatte das Jackett ausgezogen und die Ärmel seines silbrigen Hemdes aufgerollt.

Er hämmerte weiter auf seine Tastatur ein, während er aufschaute. »Der Kaffee wartet.«

Deirdre seufzte, als sie sich eine dampfende Tasse eingoss. Vielleicht konnte sie sich ja doch an diese Sache mit dem neuen Partner gewöhnen.

Heute konnte sie sich besser auf ihre Arbeit konzentrieren, und gegen Mittag hatte sie tatsächlich damit angefangen, Daten zu sammeln. Den offiziellen Berichten zufolge war der früheste dokumentierte Verstoß gegen eines der Desiderate im Jahre 1637 erfolgt, man wies einem Meistersucher nach, opiumsüchtig zu sein – ein klarer Verstoß gegen das sechste Desiderat: *Ein Sucher darf nicht zulassen, dass sein Urteilsvermögen kompromittiert wird.* Aber in einem noch älteren Journal war sie auf einen noch früheren Fall gestoßen, der nach heutigen Standards so gut wie mit absoluter Sicherheit das siebte Desiderat verletzt hätte: *Das Wort der Philosophen ist der Wille der Sucher.*

Es geschah 1619, gerade mal vier Jahre nach der Gründung der Sucher. Ein junger Sucher-Anwärter namens Thomas Atwater erhielt von den Philosophen den Befehl, niemals wieder den Laden aufzusuchen, in dem er vor seinem Beitritt zu den Suchern gearbeitet hatte. Später entdeckte man, dass der junge Mann das verbotene Haus sehr wohl wieder besucht hatte, aber soweit Deirdre es feststellen konnte, gab es keinerlei Aufzeichnungen einer Strafe, die dem Zwischenfall folgte. Es wurde auch nicht ersichtlich, warum man ihm verboten hatte, seine frühere Arbeitsstelle zu besuchen.

Die Dokumente, die sie bis jetzt über diesen Fall gefunden hatte, waren fragmentarisch und schwierig zu lesen. Das moderne Englisch bildete sich im frühen siebzehnten Jahrhundert heraus, aber die Schreibweise war noch immer eine äußerst kreative Kunst, und in den Faksimiles stand vieles, das Deirdre nicht entziffern konnte. Aber es war ein interessanter Anfang, also entschied sie sich, ihn damit zu feiern, indem sie Anders zum Mittagessen einlud.

»Waren Sie schon im *Merry Executioner?«*, fragte sie und zog die Jacke an.

»Noch nie davon gehört«, erwiderte Anders. »Klingt ja unheilvoll, der Fröhliche Scharfrichter. Was ist das?«

»Das ist ein Pub.«

»Es ist doch hoffentlich nicht das Essen, das tötet, oder?«

»Es gibt nur eine Möglichkeit, das rauszufinden, Partner«, sagte Deirdre mit einem Lächeln, das sie überraschte.

Sie verließen den Raum – Anders blieb stehen, um die Tür abzuschließen, was vermutlich eine vernünftige Idee war, auch wenn Deirdre sich noch nie die Mühe gemacht hatte –, dann gingen sie ins Pub.

Das *Merry Executioner* erwies sich als entspannende Umgebung, auch wenn es Deirdre merkwürdig vorkam, nicht mit Farr hier zu sitzen. Sie bestellte eine Fleischpastete, Anders nahm einen Salat. Es überraschte sie, dass man hier grünes, blättriges Zeugs servierte, aber Anders' Salat war groß und sah frisch aus.

Entschlossen, ein schlechter Einfluss zu sein, brachte sie ihn dazu, ein zweites Bier zu bestellen, um mit ihr mitzuhalten, und während sie tranken, erzählte er Geschichten über Kenia, über seine dortige Jugend und die Arbeit in den Kaffeeplantagen. Am besten gefiel ihr die Geschichte über die Affenherde, die eines Tages in eines der Lagerhäuser eindrang. Sie konnte sich das Chaos, das ein Dutzend mit Koffein aufgeputschter Primaten verursachte, lebhaft vorstellen.

»Erklären Sie mir etwas«, sagte sie. »Wenn Kenia so schön ist, warum es dann verlassen, um ein Sucher zu werden?«

Anders trank sein Bier aus. »Wir sollten lieber wieder zurückgehen, oder?«

Er stand auf und ging zur Tür, und er bewegte sich so schnell, dass sie laufen musste, um mitzuhalten. Als sie den Korridor zu ihrem Büro entlanggingen, schnappte sie nach Luft.

»Ich bin in schlechterer Verfassung, als ich ...«

Anders hielt eine Hand hoch und unterbrach sie. Sie warf ihm einen verblüfften Blick zu. Er deutete mit dem Kopf auf ihre Bürotür, dann sah sie es selbst: Die Tür stand einen Spalt breit offen.

Wer würde den Schlüssel zu ihrem Büro haben? Sicherlich Nakamura. Und natürlich Fergus und Madeleine. Vielleicht hatte die Empfangsdame ein Formular gebraucht, das einer von ihnen vergessen hatte auszufüllen, und sich selbst eingelassen. Deirdre würde sie danach fragen, wenn sie sie ...

Anders griff unter die Jacke und zog eine schmale Pistole hervor. Er drückte sich mit dem Rücken an die Wand und spähte durch den Spalt, die Pistole in Wangenhöhe gehalten. Deirdre starrte ihn an. Was machte Anders mit einer Waffe? Die Regeln der Sucher verboten, dass Agenten bewaffnet waren. Darum benutzten sie bei gefährlichen Missionen Sicherheitsleute.

Anders stieß die Tür ein Stück auf. Er schlüpfte mit einer fließenden Bewegung in den Spalt, schwang die Waffe nach links, auf die nächste Zimmerecke zu. Dann öffnete er die Tür weiter, wandte der Ecke, die er gerade kontrolliert hatte, den Rücken zu und ging ein Stück weiter in das Büro hinein.

Deirdre sah von ihrer Position neben der Tür zu. Trotz seiner Masse bewegte sich Anders mit einer löwenartigen Lautlosigkeit, ließ die Pistole kreisen, hielt den Rücken stets dem

Teil des Zimmers zugewandt, das er gerade kontrolliert hatte. Schließlich senkte er die Waffe.

»Wer auch immer hier war, er ist weg.«

Deirdre trat näher und warf ihm einen kritischen Blick zu. »Ich kenne nicht viele Sucher, die so gut mit einer Waffe umgehen können. Oder genau wissen, wie sie einen Raum kontrollieren müssen.«

Anders ließ die Pistole wieder unter der Jacke verschwinden, einen schuldigen Ausdruck auf dem Gesicht. »Verflixt, ich dachte, ich könnte das länger als zwei Tage geheim halten.«

Deirdre verschränkte die Arme. »Wer sind Sie wirklich?«

»Aber, aber, Deirdre. Man hat mir gesagt, um ein Sucher zu sein, müsste ich an meinen detektivischen Fähigkeiten arbeiten. Haben Sie es noch nicht bemerkt?«

Er hatte noch nicht zu Ende gesprochen, als bei ihr der Groschen fiel. »Sie sind kein Agent der Sucher. Sie sind ein Sicherheitsbeamter.«

Er schob die Hände in die Taschen und sah plötzlich jungenhaft aus. »Nun, fast richtig. Ich habe zehn Jahre in der Sicherheitsabteilung der Sucher gearbeitet. Aber dort stellt man keine Fragen. Man ist dafür da, eine Kugel abzufangen, wenn Duratek oder andere unfreundliche Zeitgenossen zu schießen anfangen. Aber ich hatte Fragen – so viele. Ich konnte es einfach nicht mehr ertragen, bloß dazustehen und zuzusehen.«

Anders ging zu seinem Schreibtisch. »Vor ein paar Monaten habe ich schließlich meinen Mut zusammengenommen und mit Nakamura gesprochen. Zuerst hat er mich nicht ernst genommen, aber ich blieb hartnäckig. Schließlich unterzog er mich einem Test – eine Art Logiktest –, und ich vermute, er glaubte, ich würde ihn nicht schaffen, und das wäre es dann für mich gewesen.«

Er lachte. »Es stellte sich heraus, dass ich den Test locker bestanden hatte. Ich vermute, man braucht etwas mehr Grips, um in der Sicherheitsabteilung zu arbeiten, als die meisten Leute glauben. Also stellte mich Nakamura als Agenten-Anwärter ein. Aber nur provisorisch. Er sagte, er würde mich einer seiner besten Agentinnen zuteilen, und nach drei Monaten würde sie dann entscheiden, ob ich bleiben darf oder nicht.« Er sah sie an. »Ich schätze, damit waren Sie gemeint, Kollegin.«

Es war eine gute Geschichte. Fast schon zu gut. So konnte man ihr problemlos einen Sicherheitsbeamten zur Seite stellen, den sie normalerweise abgelehnt hätte.

»Was ist mit der Pistole?«, fragte sie.

Anders blickte verlegen drein. »Ich sollte auch das geheim halten. Ich habe Nakamura gesagt, dass ich mir nach zehn Jahren mit Waffe ohne einfach etwas nackt vorkommen würde. Da ich die dafür nötige Ausbildung habe, lässt er sie mich behalten. Jedenfalls für den Augenblick, bis die Philosophen die endgültige Entscheidung getroffen haben.«

Deirdre musterte ihn und suchte nach irgendeinem Anzeichen, dass er nicht die Wahrheit sagte. Sie konnte keines finden, aber das konnte auch nur bedeuten, dass er ein guter Lügner war.

Du kannst so nicht leben, Deirdre. Anders' Geschichte ist völlig plausibel, und zweifellos kann Nakamura alles bestätigen. Du kannst nicht jeden in deiner Umgebung verdächtigen. Das wird dich bloß in den Wahnsinn treiben.

So wie es Farr in den Wahnsinn getrieben hatte? Aber als sie ihn das letzte Mal gesehen hatte, wies sein Blick keine Spur von Wahnsinn auf. Nein, Farr war völlig normal gewesen, und das war es, was sie ängstigte.

Deirdre traf eine Entscheidung. »Sie können keine Geheimnisse mehr vor mir haben, Anders.« Sie lächelte und hoffte, dass es vertraueneinflößender war, als es aussah. »Nicht, wenn wir Partner sein wollen. Wir müssen uns aufeinander verlassen können. Kapiert?«

Erstaunen zeigte sich auf seinem Gesicht, dem ein breites Grinsen folgte. »Verstanden, Kollegin.«

»Also, gibt es da noch etwas, was ich wissen sollte?«

Er kratzte sich am Kinn. »Nun, Sie haben immer noch was vom Mittagessen zwischen den Zähnen, sonst nichts. Ich habe versucht, es zu übersehen, aber ehrlich gesagt macht mich das verrückt. Darum habe ich uns auch aus dem Pub geschleift.«

Deirdre schlug die Hand vor den Mund. »Danke«, sagte sie durch die Finger hindurch.

Zehn Minuten später – und nach einem kurzen Abstecher in den Waschraum mit der Zahnbürste in der Hand – saß Deirdre wieder an ihrem Schreibtisch. Anders hämmerte schon wieder auf seinen Computer ein, und sie nahm an, dass der beste Weg, zur Ruhe zu kommen, darin bestand, sich auf die vor ihr liegende Arbeit zu konzentrieren. Sie nahm einen Kugelschreiber und machte sich über die Faksimiles von dem Fall von 1619 her und rief sich dabei ins Gedächtnis zurück, dass die Leute vor vier Jahrhunderten die nervtötende Angewohnheit gehabt hatten, ein F zu schreiben, das wie ein S aussah, und statt einem I ein Y zu benutzen und bei so ziemlich allem ein E dranzuhängen.

Erst Stunden später bemerkte sie die Akte. Anders war aufgestanden, um noch eine Kanne Kaffee zu machen. Deirdre lehnte sich zurück und rieb sich den Nacken. Sie war gut mit den Seiten des alten Sucher-Journals vorangekommen und für mehr bereit. Sie schob einen der hohen Papierstapel auf ihrem Tisch zur Seite.

Im Gegensatz zu den von ihr benutzten Aktenordnern war dieser Ordner rot und mit einem Band zugeschnürt. Sie schaute zu Anders hinüber, aber der arbeitete noch immer mit ihr zugewandtem Rücken an dem Kaffee. Schnell wickelte sie das Band von dem Verschluss ab und öffnete die Akte.

Darin befand sich ein einzelnes schwarzweißes Foto. Es zeigte das Fragment einer Lehmtafel, die mit zwei Reihen Schriftzeichen bedeckt war. Die obere Reihe sah irgendwie vertraut aus. Deirdre hatte eine solche Schrift schon einmal gesehen, aber sie kam nicht drauf, um was es sich genau handelte. Sumerische Keilschrift? Nein, nicht ganz. Phönizisch? Vielleicht. Dann glitt ihr Blick zu der zweiten Reihe, und ihr stockte der Atem.

Sie erkannte die Reihen seltsamer, rechteckiger Symbole. Sie hatte sie so lange schon angestarrt, wie sollte sie sie da nicht erkennen? Es waren die gleichen wie auf Glindas Ring und dem Schlussstein.

»Noch Kaffee, Deirdre?«

Sie starrte das Foto an. Anders wandte ihr noch immer den Rücken zu.

»Deirdre?«

»Ja«, sagte sie mühsam und schaffte es, wieder zu atmen. »Bitte.«

Sie schob das Foto zurück in den Ordner. Als sich Anders mit den Tassen in der Hand umdrehte, schob sie den Ordner in einen der Papierstapel auf ihrem Tisch.

»Schon was Interessantes gefunden?«, fragte er und gab ihr die dampfende Tasse.

»Eigentlich nicht.«

Die heiße Tasse verbrannte ihre Finger, aber sie ließ nicht los. *Hattest du nicht gesagt, dass Partner keine Geheimnisse haben sollten?*

»Nun, dann machen Sie mal weiter«, sagte Anders und blinzelte.

Er kehrte an seinen Platz zurück. Deirdre verzehrte sich

danach, den Ordner wieder hervorzuholen, um das Foto studieren zu können, aber sie wagte es nicht. Und sie brauchte es sich auch nicht noch einmal anzusehen, um zu wissen, um was es sich handelte.

Es war ihr Rosettastein.

30

Travis drängte sich in den blauen Schatten einer Gasse, die sich einen Block von dem Polizeipräsidium von Denver entfernt befand, und wartete. Vorsichtig schaute er an der Gasseneinmündung vorbei zum Eingang des Präsidiums, aber von Marty oder Jay war keine Spur zu entdecken. Die Sonne schwebte bereits über den Hügeln. Sie waren seit einer Stunde drinnen.

Es war Travis' Idee gewesen, zur Polizei zu gehen und eine Vermisstenanzeige für Caleb Sparkman zu machen, und während Marty sofort dafür gewesen war, hatten sie fast den ganzen Tag dafür gebraucht, Jay davon zu überzeugen, dass es eine gute Idee war. Aber Marty wollte nicht ohne Jay gehen; er betrachtete den kleineren Mann als seinen Anführer.

»Warum gehst du nicht selbst, großer Zauberer?«, hatte Jay gesagt, nachdem Travis ihn das dritte Mal gebeten hatte, die Anzeige zu machen. Zu dieser Zeit hatten sie die Müllcontainer entlang der Santa Fe durchstöbert, auf der Suche nach Flaschen und Dosen, für die man Pfand kassieren konnte.

Nachdem Travis den Kloß in seiner Kehle heruntergeschluckt hatte, hatte er den beiden erklärt, dass sein Foto vergangenen Herbst im Lokalfernsehen gewesen war. Marty hatte das nicht weiter gekümmert, aber Jay war offensichtlich beeindruckt gewesen. Er hatte Travis gnadenlos bedrängt, ihm doch zu erzählen, was er angestellt hatte, um auf die falsche Seite des Gesetzes zu geraten. Doch Travis hatte darauf beharrt, dass alles nur ein Missverständnis gewesen war, was Jay natürlich keinen Augenblick lang glaubte.

Aber danach hatte er sich einverstanden erklärt, die Vermisstenanzeige zu machen, und sie waren die Thirteenth Avenue hinunter zum Polizeipräsidium gegangen.

»Keine Sorge, Kumpel«, hatte Jay gesagt und Travis auf die Schulter geklopft. »Wir erzählen ihnen alles über den alten Sparky, aber wir erwähnen dich mit keiner Silbe. Stimmt's, Marty?«

Marty hatte eifrig genickt.

Von seinem Versteck in der Gasse hatte Travis zugesehen, wie die beiden Männer die Stufen hinaufgingen und in dem Gebäude verschwanden. Aber es war nicht der Gedanke, dass sie ihn an die Polizei verraten konnten, der ihm Sorgen machte. Es war die Tatsache, dass er sie möglicherweise in eine Gefahr schickte.

Grace zufolge hatte es im Polizeipräsidium mindestens ein Eisenherz gegeben. Was, wenn der Mann nicht allein gewesen war? Vergangenen Herbst hatte die Polizei mit Duratek zusammengearbeitet, und auf Calavere hatten sie dann erfahren, dass sich Duratek mit den Streitkräften von Mohg und dem Fahlen König verbündet hatte. Was, wenn es im Polizeipräsidium noch mehr Eisenherzen gab und sie Marty und Jay gefangen nahmen, sie folterten und alles über Travis erfuhren?

Jetzt bist du paranoid. Marty und Jay werden bloß über Caleb Sparkman sprechen. Die Polizei kann unmöglich erfahren, dass du in die Sache verwickelt bist.

Außerdem konnte er nicht glauben, dass jeder Polizeibeamte Denvers ein Eisenherz war oder in Durateks Tasche steckte. Der Detektiv im Fernsehen hatte den Eindruck erweckt, sich wegen der Vermisstenfälle unter den Obdachlosen Sorgen zu machen – obwohl Anna Ferraro ihn unterbrochen hatte.

Es wurde kälter. Aus Minuten wurde eine Stunde. Gerade als Travis zu dem Schluss gekommen war, dass man Jay und Marty festgenommen hatte, dass er dort hineingehen und sie retten musste, öffnete sich die Tür des Präsidiums, und die beiden Männer kamen die Stufen hinunter.

»Habt ihr Anzeige erstattet?«, fragte Travis, als sie die Gasse betraten.

Jay schnaubte verächtlich. »Am Ende schon. Ich habe der Polizei gesagt, dass sie den Hintern vom Stuhl wuchten und etwas wegen der Verschwundenen tun muss, aber das scheint ihnen nicht gefallen zu haben.«

»Ich frage mich, warum das wohl so war«, meinte Travis trocken.

Der kleine Mann schien ihn nicht zu beachten. »Egal, sie konnten uns nicht schnell genug wieder loswerden, aber ich habe ihnen gesagt, wir würden erst gehen, wenn wir mit jemandem gesprochen und für Sparky eine Vermisstenanzeige erstattet hätten. Sie haben uns auf dem Flur sitzen lassen, aber ich glaube, wir würden da noch immer sitzen und ignoriert werden, wenn ich mir nicht einen vorbeigehenden Beamten geschnappt und er uns tatsächlich zugehört hätte. Sergeant Otero, das war sein Name.«

Marty nickte. »Er gefiel mir. Er hat uns einen Kaffee ausgegeben.«

Otero. Travis dachte nach. War das nicht der Name des Beamten gewesen, den Anna Ferraro für die Spätnachrichten interviewt hatte?

»Was hat der Sergeant gesagt?«

Jay deutete mit dem Kopf auf die Straße. »Gehen wir zum Recyclingcenter, bevor es dunkel wird. Wir erzählen es dir unterwegs.«

Während Marty den Einkaufswagen mit den Dosen den Bürgersteig entlangschob, ging Travis' neben Jay her und hörte sich an, was der kleine Mann über die Geschehnisse im Polizeipräsidium zu berichten hatte. Sergeant Otero hatte ihre Aussage aufgenommen, und er war sehr aufmerksam geworden, als er erfuhr, dass Caleb Sparkman früher für diverse örtliche Colleges gearbeitet hatte.

Während Jay und Marty den heißen Kaffee tranken – Travis beneidete sie darum –, hatte Otero bei mehreren Colleges angerufen, bis er eines gefunden hatte, das in seinen Akten noch immer eine Kontaktadresse für Professor Sparkman hatte. Wie sich herausstellte, hatte Sparkman eine Schwester in Salt Lake City. Otero hatte sie angerufen, und obwohl sie seit Jahren nicht mehr mit ihrem Bruder gesprochen hatte, hatte sie sich einverstanden erklärt, dass ihr Name in die Anzeige aufgenommen wurde.

Das war gut. Sparkmans Schwester war eine reale Person mit einem realen Zuhause und einer Adresse. Die Polizei würde diesen Fall jetzt ernst nehmen müssen. Sie würde nach Sparkman suchen und nach den anderen Vermissten.

Andererseits konnten offizielle Untersuchungen lange dauern, und Travis war sich nicht sicher, dass er die Zeit hatte, auf die Polizei zu warten. Er musste Sparkman finden. Duratek steckte hinter den Vermisstenfällen. Wenn Travis die Vermissten fand, würde er Duratek finden. Und, davon war er fest überzeugt, das Tor.

»Wir müssen mit den Leuten reden«, sagte er. »Mit Leuten wie uns, auf der Straße. Wir müssen herausfinden, ob einer von ihnen Professor Sparkman vor seinem Verschwinden gesehen hat.«

Jay starrte finster zu ihm hoch. »Um Himmels willen, das kann doch nicht dein Ernst sein. Wir sind zur Polizei gegangen, wie du gewollt hast. Jetzt müssen sie ihren Job tun. Wir sind mit der Sache fertig.«

Travis schüttelte bloß den Kopf, und Jay murmelte den ganzen Weg zum Recyclingcenter etwas über Verrückte.

Sie gaben die Dosen und Flaschen ab und erhielten über vierzig Dollar. Um zu feiern, gingen sie in einen Gemischtwarenladen und schlugen sich die Bäuche mit Kaffee und Mikrowellenburritos voll, dann gingen sie zu den Lagerhäusern abseits der Kalamath Street, wo sie die Nacht über kampiert hatten. Sie bauten aus Paletten und einer Plane, die Marty in einem Secondhandladen gekauft hatte, eine Art Unterschlupf, und sobald Travis Feuer gemacht hatte, war es eine fast schon luxuriöse Unterkunft, vor allem, als sie die Schokolade hervorholten, die sie von ihrem neuen Geld gekauft hatten.

Am nächsten Morgen wachten sie nach Sonnenaufgang auf, und als sie mit Puderzucker bestreute Donuts aus ihren Zellophanpackungen aßen, schlug Marty vor, so früh wie möglich damit anzufangen, Leute über Sparkman zu befragen.

Jay stöhnte auf. »Marty, nicht du auch noch. Was ist mit euch beiden Bekloppten los? Es gibt keinen, der mir mehr egal wäre als der alte Sparky.«

»Das stimmt doch nicht, Jay«, sagte Marty leise. »Er ist ein menschliches Wesen. Du musst dich um ihn sorgen.«

»Von wegen.« Jay fuchtelte mit einer mit Puderzucker bestäubten Hand herum. »Mir ist jeder scheißegal.«

Marty schaute ihn lange an, dann stand er auf. »Komm, Travis. Ich glaube, wir sollten Jay allein lassen.«

»Schluss mit dem Mist«, sagte Jay und sprang auf die Füße. »Ihr lasst mich nicht im Stich. Wenn jemand hier jemanden im Stich lässt, dann ich dich. Aber das tue ich nicht. Also hör auf, diesen Scheiß zu reden, und lasst uns anfangen.«

Marty kniete nieder, um seine und Jays Decken aufzurollen, aber Travis entging das schmale Lächeln auf seinen Lippen nicht. Trotz seines aufgewühlten Magens musste auch er lächeln. Vielleicht war Jay ja doch nicht der Anführer des Duos.

Als Erstes gingen sie zum Civic Center Park, holten sich beim selben Straßenhändler wie zuvor einen Kaffee und verbrachten den ganzen Tag damit, mit jedem zu sprechen, der drei schmutzige, ungewaschene Männer an sich heranließ.

Aber niemand hatte Sparkman am Tag seines Verschwindens gesehen. Soweit es Travis betraf, waren sie drei die Letzten gewesen, die den Professor gesehen hatten.

Schließlich näherte sich die Sonne den Bergen, und Travis' knurrte wieder der Magen. Jay wollte zum Obdachlosenasyl und sehen, ob sie dort ein Essen bekommen und etwas von ihrem kostbaren Bargeld sparen konnten. Travis willigte zögernd ein. Aber als sie unter den Säulen am Parkeingang hindurchgingen, kam ihnen ein Mann entgegen. Er war alt und krumm, sein Haar war grau und der Bart hatte gelbe Flecken, und seine schmutzigen Finger ragten aus abgenutzten Handschuhen hervor.

»Seid ihr die drei, die sich überall nach einem Obdachlosen im Rollstuhl erkundigen, der verschwunden ist?«, fragte der Alte.

Travis warf Marty und Jay einen überraschten Blick zu, dann sah er wieder den Alten an. Der Mann erinnerte ihn ein bisschen an Ezekiel Frost, den halbverrückten Bergläufer in Castle City, den der Zauberer umgebracht hatte. Aber das war über ein Jahrhundert her.

»Woher weißt du das?«

Der Alte deutete mit dem Daumen über die Schulter. »Ein Freund hat mir gesagt, dass ihr im Park seid und jedem einen Dollar gebt, der einen Verschwundenen kennt.«

»Einen Dollar?«, schnaubte Jay. »Keine Chance, dass wir dir ...«

Travis boxte Jay gegen die Schulter und ignorierte seinen empörten Schmerzensschrei.

»Das stimmt«, wandte sich Travis an den Alten. »Hast du Professor Sparkman gekannt?«

»Nein, aber ich kenne Myra. Hast du sie gekannt?«

Travis schüttelte den Kopf.

»Altes Mädchen, trug einen pinkfarbenen Mantel, arbeitete

für gewöhnlich auf der Sixteenth Street. Nett wie sonst was, sang gern Kirchenlieder. Sie ist vor ein paar Nächten verschwunden. Wir wollten uns in der Stahlkathedrale treffen, sehen, ob es dort was Wohltätiges gibt. Aber sie ist nicht aufgetaucht, und ich habe sie seitdem nicht mehr gesehen.« Der Ausdruck des Alten wurde sehnsuchtsvoll.

Jays Augen leuchteten, seine Wut war vergessen. »Wie war es da? In der Stahlkathedrale?«

Der Alte klatschte in die Hände und lächelte. »Wie der Himmel auf Erden. Ein warmes Bett, eine warme Mahlzeit. Tat mir Leid, dass Myra es nicht erleben konnte. Ich gehe da heute Nacht wieder hin.« Er kniff die Augen zusammen. »Also, wo ist mein Dollar?«

»Mehr weißt du nicht?«, fragte Travis.

Er schüttelte den Kopf und streckte die Hand aus. Travis warf Jay einen Blick zu, und der kleine Mann fluchte und fischte einen Dollar aus der Tasche, den er dem Alten in die Hand klatschte.

»Der kommt aus deinem Anteil, Mr. Zauberer«, sagte Jay, als sie weitergingen.

Travis hörte es kaum. Etwas an dem, was der Alte erzählt hatte, war wichtig, aber es war zu kalt, um nachzudenken.

»Vor zwei Nächten«, sagte Marty. »Vermutlich dieselbe Zeit, in der die Aliens zu Sparky gekommen sind.«

Travis blieb stehen. Das war es. Myra war in derselben Nacht wie Sparkman verschwunden. Wenn sie sie fanden, dann fanden sie vermutlich auch Sparkman.

Jay schaute ihn finster an. »Warum bleibst du stehen?«

Schnell erzählte er Jay und Marty, was ihm gerade klar geworden war. Myra und Sparkman waren in derselben Nacht verschwunden. Vielleicht waren sie zusammen entführt worden. Der Alte hatte gesagt, Myra wäre zur Stahlkathedrale unterwegs gewesen. Möglicherweise hatte Sparkman das Gleiche getan. Schließlich war das einer der wenigen Orte, an denen er eine Unterkunft hätte finden können.

»Vielleicht hat sie jemand auf dem Weg zur Stahlkathedrale gesehen«, schloss Travis.

Marty grinste. »Gut gedacht, Travis.«

»Schön«, sagte Jay und zog sich die Wollmütze über die Ohren. »Ich wollte mir diesen Ort sowieso schon seit einer kleinen Ewigkeit ansehen, aber Marty hat mich ja nicht gelassen. Also lasst uns hingehen und nachsehen, ob jemand was über den alten Sparky weiß. Vermutlich finden wir ihn da in einem weichen Bett, wie er sich den Bauch mit einer heißen Mahlzeit voll schlägt. Und ich werde mich ihm anschließen.«

»Was ist mit seinem Rollstuhl?«, fragte Marty. »Warum stand der noch immer im Park?«

»Zum Teufel, die Leute in der Stahlkathedrale haben ihm vermutlich einen versilberten gegeben. Sie sind reich, oder? Wenn man heilig genug ist, dann müssen die Gebete um Geld wirklich funktionieren.«

Marty schaute zum Himmel. »Heißt das, wenn man arm ist, dann hat man was Böses getan?«

Jays Ausdruck wurde etwas weicher. »Du kannst gar nicht böse sein, Marty. Das ist mein Job. Komm, lasst uns gehen.«

Jay und Marty setzten sich in Bewegung, aber Travis zögerte. Die beiden drehten sich um und sahen ihn an. Travis war sich nicht sicher, aber aus irgendeinem Grund wollte er nicht zur Stahlkathedrale gehen. Er konnte das Gefühl nicht in Worte kleiden. Vielleicht lag es bloß daran, dass ein so großartiger Ort nicht für seinesgleichen bestimmt zu sein schien.

»Seht ihr beiden sie euch an«, sagte er. »Ich suche noch ein paar Dosen, um das Geld wieder reinzukriegen, das wir dem Alten geben mussten. Okay?«

Marty sah ihn nachdenklich an, aber Jay zuckte bloß mit den Schultern.

»Ganz wie du willst, Mr. Zauberer. Komm, Marty. Wollen wir doch mal sehen, ob man uns gute christliche Wohltätigkeit erweist.«

Travis verabredete sich mit ihnen für später im Confluence Park. Er sah den beiden Männern nach und versuchte das seltsame, ungute Gefühl in seinem Magen zu ignorieren. Er fischte sich eine Plastiktüte aus einem der Parkmülleimer und fing an, Dosen zu sammeln.

»Und da habe ich das Licht gesehen. Es war total blendend, aber es tat nicht weh, wenn man reinsah.«

Travis' Dosensammeln hatte ihn zur Südseite des Parks geführt, zum Rand des Amphitheaters, in dem im Sommer Konzerte und Bühnenstücke aufgeführt wurden. Ein Dutzend Teenager hingen auf den Steinbänken herum, einige lagen auf dem Rücken, andere tanzten zu Technoklängen, die aus einem Radio dröhnten. Trotz der Kälte entblößten sie so viel Fleisch wie möglich, um ihre vielen Tätowierungen und Körperpiercings zur Schau zu stellen.

Die jungen Leute sprachen über die Musik hinweg, ihre Stimmen hallten aus dem Amphitheater. Travis erstarrte mitten in der Bewegung, in einen Abfalleimer zu greifen, als die junge Frau, die er zuerst gehört hatte, weitersprach.

»Also sagt er zu mir: ›Die Strahlenden kommen, sie nehmen dich mir weg, wir müssen verschwinden.‹ Und er schnappt sich meine Hand, und wir rennen wie die Blöden, und ich schwöre, mein Herz wäre fast explodiert.«

Um es zu unterstreichen, schlug sie sich gegen die Brust ihrer Daunenweste, und die anderen, die ihr gebannt zusahen, gaben die nötigen mitfühlenden Geräusche von sich. Obwohl sie zu dünn war und trotz der lausigen Färbung ihrer grünen Haare und den dicken schwarzen Linien um die Augen, die ihrem blassen Gesicht einen kränklichen Schimmer verliehen, war sie ganz hübsch.

»Wir kommen also endlich zu seiner Karre, und er tritt das Gaspedal durch, und eine Sekunde lang schwöre ich, habe ich sie in dem Licht gesehen. Die Strahlenden.«

»Also haben sie dich erwischt, Jessie?«, fragte ein junger Mann mit Ehrfurcht auf dem pickeligen Gesicht, dessen Sprache von den vielen Ringen in seiner Unterlippe gedämpft wurde.

Sie stemmte die Hände in die Hüften und starrte ihn an. »Ich weiß, das fällt dir schwer, Todd, aber denk doch mal nach. Wenn sie mich erwischt hätten, würde ich dann hier stehen und mit dir reden?«

Der junge Mann zog an seinen Lippenringen; es würde eine Zeit lang dauern, bis er das verstanden hatte.

Jessie schaute auf, ihre dunklen Augen funkelten. »Hey, du da oben – der verkommene alte Kerl, der im Müll rumstochert. Ich weiß, dass du uns zuhörst.«

Travis zog die Hand aus dem Abfalleimer und richtete sich auf. »Es fällt schwer, es nicht zu tun.« Sein Herz raste. Hatte sie bloß eine Geschichte erzählt, um ihre Freunde zu beeindrucken? Oder hatte sie wirklich etwas gesehen? Etwas, das in einem Lichtschein kam ...

Das kann nicht sein. Sie hat das erfunden. Du solltest dich mit Marty und Jay treffen. Sie werden auf dich warten.

Er setzte die Tüte mit den Dosen ab und schritt die Stufen des Amphitheaters herunter.

»Cool«, sagte die junge Frau und sprang von einer Bank. »Ein neues Spielzeug.«

Sie schlenderte ihm entgegen, die Hände in die Hüften gestemmt, ihre billigen schwarzen Stiefel schabten über den Stein. Sie reichte kaum bis zu Travis' Schulter, und sie war knochig wie ein Vogel, aber ihr haftete eine gewisse Sinnlichkeit an, eine Tatsache, der sie sich nur zu bewusst war. Die anderen beobachteten sie mit einer Mischung aus Bewunderung und Erwartung.

»Du solltest hier verschwinden«, sagte sie. »Ich kann zaubern.«

»Tatsächlich?«

Tatsächlich. Ihre Lippen bewegten sich nicht, aber ihre Stimme ertönte in seinem Bewusstsein – leise, aber deutlich verständlich.

Travis hob eine Braue. Also war sie eine Hexe. Keine besonders mächtige, nach der Lautstärke ihrer Stimme in seinem Kopf zu urteilen, aber eine Hexe. Das war interessant.

Er wusste, dass es auf der Erde Magie gab, auch wenn sie nur ein Schatten der Macht auf Eldh war. Marji, die Hellseherin von der West Colfax, die ihnen im vergangenen Herbst geholfen und die wegen ihrer Freundlichkeit den Tod gefunden hatte, hatte über echte visionäre Kräfte verfügt. Und Grace hatte bereits vor ihrem ersten Besuch auf Eldh die Gabe dazu eingesetzt, im Denver Memorial Hospital Menschen zu heilen. Trotzdem kam Travis die Begegnung mit einer jungen Hexe merkwürdig vor. Sie gehörte auf die andere Welt, nicht auf diese hier.

Vielleicht kommen sich die beiden Welten wirklich näher, genau wie Bruder Cy gesagt hat.

Travis verschränkte die Arme. »Netter Trick. Und jetzt erzähl mir von den Strahlenden.«

Sie starrte ihn an, offensichtlich darüber enttäuscht, dass ihr kleiner Zauber ihm keine größere Reaktion entlockte, dann fummelte sie an dem Ankh-Symbol herum, das sie um den Hals trug.

»Die Strahlenden bringen sie zu Ihm.«

»Zu wem?«

Ihre Lippen verzogen sich zu einem höhnischen Grinsen.

»Weißt du denn gar nichts? Zu dem Einäugigen, zu wem sonst?«

Travis fröstelte, und ihre purpurn geschminkten Lippen zeigten jetzt ein Lächeln. Das hatte ihm eine Reaktion entlockt. Sie erinnerte Travis an die Hexe Kyrene, die ihn für ihre eigenen Zwecke hatte benutzen wollen, damals auf Eldh. Aber am Ende war es Kyrene gewesen, die benutzt worden war. Trotzdem war ihm durchaus bewusst, dass er besser vorsichtig war.

»Du hast Recht«, sagte er heiser. »Ich weiß gar nichts. Erzähl mir von dem Einäugigen.«

»Ich habe von ihm gehört«, sagte eine andere junge Frau und schob sich von der Bank. Sie drehte eine Locke fettiges blondes Haar auf. »Wenn man um Mitternacht neun schwarze Kerzen in einem Kreis entzündet, nach Westen sieht und ihm seine Seele verspricht, dann sieht man ihn.«

»Und, hast du das je gemacht, Tiffany?«, sagte Jessie und wandte sich ihr zu.

Die andere junge Frau starrte sie bloß an, dann schüttelte sie den Kopf.

»Weil du ein feiges Huhn bist«, sagte Jessie. »Also halt einfach die Klappe.«

Die Blondine ließ sich zurück auf die Bank sinken.

Travis versuchte, den Kloß in seinem Hals herunterzuwürgen. »Du hast ihn also gesehen?«

Jessie warf sich das Haar über die Schulter. »Warum sollte ich dir das erzählen?«

Er sagte nichts. Sie wollte es ihm erzählen; sie würde es auch tun, wenn er abwartete.

Es dauerte nicht lange. »Du kannst ihn sowieso nicht sehen, jedenfalls nicht richtig. Er ist wie ein Schatten in der Nacht, das ist alles.« Der berechnende Blick in ihren Augen verschwand und wurde von einem heimgesuchten Ausdruck ersetzt. Sie verschränkte die dünnen Arme vor der Brust, als würde sie plötzlich die Kälte spüren. »Aber man kann sein Auge sehen, das wie ein Feuer in der Dunkelheit brennt. Er wollte, dass ich mich ihm hingebe.«

Die anderen starrten sie mit offenem Mund an.

»Und, hast du?«, fragte Travis.

Sie schaute auf, der heimgesuchte Ausdruck war verschwunden, dafür war jetzt ein wildes Grinsen zu sehen. »Ich lass mir von keinem was sagen. Meine Mom hat mir gesagt, ich soll meinen Stiefvater in Ruhe lassen, aber ich hatte ihn im Nu um den kleinen Finger gewickelt. Als sie es rausfand, wollte sie mich rausschmeißen, aber da habe ich ihr gesagt, ich würde zur Polizei gehen und behaupten, er hätte mich angefasst. Da hielt sie die Klappe. Ich bin sowieso ein paar Monate später aus dem Loch ausgezogen, aber ich bringe sie immer noch dazu, mir Geld zu geben, wenn ich will.«

Travis holte zischend Luft. Sie war wirklich wie Kyrene. Er wählte seine nächste Frage sehr sorgfältig.

»Was wollen sie also – diese Strahlenden, wie du sie nennst?«

Sie zuckte mit den Schultern. »Woher soll ich das wissen? Ich weiß bloß, dass sie für Ihn nach etwas suchen, etwas, das Er haben will. Und sie werden es Ihm bringen, wenn sie es gefunden haben.«

Travis wurde es eiskalt. Er griff in die rechte Tasche, umklammerte das Eisenkästchen.

Ihre Augen verengten sich zu dunklen Schlitzen. »Du weißt doch was, oder, alter Mann? Lüg mich nicht an – das sehe ich. Das ist ein Teil meiner Macht. Ich glaube, vielleicht sollte ich ihnen von dir erzählen. Ich wette, sie geben mir was Ordentliches, wenn ich das mache.«

Er brachte kaum die Worte heraus. »Wem willst du es erzählen?«

»Den Toten. Sie arbeiten für ihn, genau wie die Strahlenden. Aber sie hassen die Strahlenden. Ich habe es mal mit einem von ihnen getrieben. Er hat mir seine Narbe gezeigt. Das war total beeindruckend.« Sie fuhr mit einem Finger zwischen ihren Brüsten herunter. »Seine Haut war ganz heiß, aber als wir fertig waren, habe ich meinen Kopf auf seine Brust gelegt und gelauscht, und ich habe nichts gehört. Keinen Herzschlag.«

Die anderen kreischten bei dieser Geschichte vor Entsetzen und Entzücken auf, aber Travis nahm sie kaum wahr. Er konnte die junge Frau bloß anstarren. Wesen, die in einen Lichtschimmer eingehüllt kamen und etwas Kostbares suchten. Männer ohne Herzen. Ein Meister, der mit einem glühenden Auge aus den Schatten sah ...

Kalte Finger krochen Travis' Rückgrat herauf. Hinter den Entführungen steckte nicht nur Duratek. Er schwebte in ernsthafter Gefahr.

Jessie musterte ihn. »Scheiße, du weißt wirklich was, oder?«

Ihre Finger tanzten, und ihm war klar, dass sie einen Zauber webte. Einen Augenblick später spürte er es – einen Druck, der sich auf sein Bewusstsein legte und nach Wissen suchte.

Travis brauchte die Rune des Brechens nicht mal aussprechen. Er dachte sie bloß und schnippte mit der Hand. Ihr Zauber zerfaserte wie ein billiges Stück Stoff. Sie riss die Augen weit auf, während sie zurücktaumelte und nach Luft schnappte.

Er grinste wild. »Du bist nicht die Einzige, die zaubern kann.«

Zorn blitzte auf ihrem Gesicht auf, gefolgt von Furcht. Ja, sie spürte die Macht, die in der Luft summte. Ohne nachzudenken, hatte Travis das Eisenkästchen in seiner Tasche geöffnet. Seine Finger berührten die Steine. »Geh, bevor ich dir wehtue.«

»Sie werden dich finden«, fauchte sie. »Du kannst gegen sie nicht gewinnen. Das weiß ich genau.«

Er hob die linke Hand. Zwischen seinen Fingern knisterte silberblaues Licht. »Ich sagte, verschwinde.«

Die anderen schrien furchterfüllt auf, dann rannten sie los und ließen ihr Radio zurück. Jessie starrte ihn hasserfüllt an. Sie machte einen zischenden, tierhaften Laut, dann drehte sie sich um und lief hinter den anderen her.

Travis wartete, bis sie außer Sicht waren, dann ließ er sich auf eine der Bänke sinken. Die Magie war verströmt und ließ ihn sich schwach und leer führen. Er griff in die Tasche, holte das Eisenkästchen hervor und vergewisserte sich, dass es fest verschlossen war.

Aber es war zu spät, oder? Er hatte das Kästchen bereits schon einmal geöffnet, da er sie eine Welt weit weg geglaubt hatte. Aber sie waren hier in Denver. Phantomschatten. Sie konnten die Gegenwart der Großen Steine spüren – wenn Jesse nicht vorher die Eisenherzen informierte. Wie auch immer, das Resultat war dasselbe.

Mohg, der Herr des Sonnenuntergangs, wusste, dass Travis hier war.

31

Eine Stimme weckte Aryn im kalten Grau vor dem Sonnenaufgang.

Schwester, hört Ihr mich?

Aryn warf eine Hand vor die Augen und rollte sich herum. Die Stimme war in ihrem Bewusstsein. Sie träumte, das war alles.

Ihr müsst mir zuhören, Schwester. Ich muss gehen, und ich weiß nicht, wann ich zurückkehren werde.

Aryn riss die Augen auf und setzte sich auf. Das war kein Traum. »Mirda, seid Ihr das?«

Ja, Schwester. Ich bin es. Seht aus dem Fenster.

Aryn warf die Decken zurück, schlüpfte aus dem Bett und lief barfuß über den kalten Boden. Sie riss den Vorhang zurück, Licht flutete ins Zimmer. Unten auf dem Burghof stand eine Gestalt in einem grünen Umhang und schaute in die Höhe.

»Aber ich verstehe nicht«, sagte Aryn laut und vergaß, die Worte durch die Weltenkraft zu schicken. Ihr Verstand war noch immer benommen vom Schlaf. »Wo geht Ihr hin?«

Auf eine weite Reise. Ich werde anderswo gebraucht.

»Aber wir brauchen Euch hier!«, sagte Aryn, und ihr Atem ließ die Scheiben beschlagen.

Mirdas Stimme war beruhigend, aber eisern. *Nein, Schwester, das tut ihr nicht. Ihr und Lirith seid beide stärker, als ihr glaubt. Ihr reicht aus, um die vor euch liegenden Prüfungen zu bestehen.*

Aryn glaubte, ihr Herz würde von Verzweiflung zerquetscht. Das konnte nicht passieren. Jeder war gegangen – Travis, Grace und Durge, Beltan und Vani –, und jetzt verließ sie auch Mirda. Sie drückte die rechte Hand gegen das kühle Glas. *Aber warum müsst Ihr gehen?*

Andere brauchen mich, und ich muss sofort zu ihnen. Aber fürchtet Euch nicht, Schwester. Ich glaube, dass wir uns wieder sehen, bevor das alles vorbei ist.

Es gab so vieles, das Aryn sagen wollte – wie sehr sie sich vor der Zukunft fürchtete, wie verloren sie sich vorkam und wie sehr sie Mirdas Kraft und Weisheit vermissen würde. Aber Traurigkeit schnürte ihr die Kehle zu, und trotz ihrer ganzen Macht konnte sie nur die folgenden Worte durch die Weltenkraft schicken: *Möge Sia mit Euch sein.*

Die Gestalt in dem grünen Umhang auf dem Burghof hob die Hand.

Das wird sie, Schwester. Das wird sie.

Die Gestalt wandte sich ab und glitt vom Hof, verschwand genau in dem Augenblick im Tor, in dem die Sonne den Horizont erklomm und den Himmel aus Blei in Kupfer verwandelte. Aryn schaute lange Zeit auf den leeren Burghof, dann zog sie sich an und ging, um Lirith zu erzählen, was geschehen war.

Die dunkelhaarige Hexe war nicht in ihrem Gemach, und auch Sareths Unterkunft war leer. Die beiden mussten bereits im Großen Saal beim Frühstück sitzen. Aryn machte sich dorthin auf den Weg, aber vor den Türen hatte sich eine Menge versammelt. Mehrere der Männer waren Anführer der Krieger von Vathris, und da waren Lord Farvel und andere Mitglieder des Königlichen Hofes, nur von Boreas war keine Spur zu sehen. Einige der Kriegsherren murmelten ärgerlich.

Als Aryn näher kam, löste sich Lord Farvel aus der Gruppe und hinkte ihr entgegen. Der alte Seneschall rang die Hände, sein Gesicht zeigte tiefe Sorgenfalten.

»Lord Farvel, was geht hier vor?«, fragte Aryn.

»Bitte, Euer Hoheit, Ihr dürft Euch keine Sorgen machen. Es geht ihm ganz gut – es ist nur ein Kratzer, mehr nicht. Er wird sich schnell erholen.«

Aryn packte seinen Arm. »Wovon sprecht Ihr, Lord Farvel? Ist etwas mit dem König?«

Er blinzelte. »Warum, nein, Euer Hoheit. Es ist nicht der König, es ist Prinz Teravian. Es ist ein Anschlag auf sein Leben erfolgt. Vor wenigen Minuten. Aber sorgt Euch nicht – wir werden denjenigen finden, der für diese schreckliche Tat verantwortlich ist.«

Aryn konnte ihn bloß anstarren, als hätte ihr jemand einen Hieb versetzt. Jemand hatte den Prinzen ermorden wollen? Aber wer? Und warum?

Ihr kam ein beunruhigender Gedanke. Mirda hatte das Schloss an diesem Morgen mit einer seltsamen Hast verlassen. Konnte das etwas mit dem zu tun haben, was dem Prinzen zugestoßen war?

Nein, sie hatte erst vor kurzem mit Mirda gesprochen; die Hexe war nicht mal in der Nähe von Teravians Gemach oder dem Großen Saal gewesen. Und sie konnte sich auch nicht vorstellen, dass Mirda Pläne gegen den Prinzen schmiedete.

Und doch drehen sich Pläne der Hexen um Teravian, daran kann kein Zweifel mehr bestehen, nicht nach dem, was Ivalaine letztens im Garten gesagt hat.

Aber in den seitdem vergangenen Tagen war Aryn nicht an Ivalaine herangekommen.

»Kann ich ihn sehen, Lord Farvel?«

»Natürlich, Euer Hoheit«, sagte der Seneschall und ergriff mit gebrechlicher Hand ihren linken Arm. »Ihr müsst Euch ja schreckliche Sorgen um Euren zukünftigen Gemahl machen.«

Aryn zuckte innerlich zusammen. Sie hatte eigentlich daran gedacht, Teravian zu befragen, statt sich nach seinem Befinden zu erkundigen, aber das war schrecklich von ihr.

»Ja«, sagte sie, »ich sorge mich um ihn.« Und die Worte entsprachen sogar der Wahrheit, auch wenn es nicht unbedingt seine Gesundheit war, die ihr Sorgen bereitete.

Farvel führte sie an den versammelten Kriegern vorbei zur Tür.

»Sorgt Euch nicht, Euer Hoheit«, sagte Lord Petryen und legte ihr die Hand auf die Schulter. Petryen war der Herzog aus Eredane, der zu den Ersten gehört hatte, die Boreas' Kriegsruf gefolgt waren. »Ein Angriff auf den Sohn des Königs ist ein Angriff auf uns alle. Wir werden das nicht dulden.«

»Sicherlich ist der Prinz von Vathris gesegnet«, sagte der Mann an Petryens Seite. Er kam aus Al-Amún, und sein Name war Sai'el Ajhir, wie Aryn erfahren hatte. Soweit sie es verstanden hatte, war Sai'el ein Adelstitel, so ähnlich wie *Herzog* oder *Baron.* Auf seiner dunklen Haut schimmerte Gold.

Aryn warf Ajhir einen scharfen Blick zu. »Jemand wollte Teravian töten. Wie könnt Ihr da sagen, er sei gesegnet?«

»Weil er es ist, Sai'ana Aryn. Das Gift war geruch- und geschmacklos. Doch irgendwie hat der Prinz nach dem ersten Schluck aufgehört. Als hätte Vathris ihn persönlich gewarnt, dass in diesem Becher der Tod ist.«

Gift – so also war der Anschlag auf ihn erfolgt. Aber Aryn bezweifelte, dass der Stiergott Teravian geholfen hatte, das tödliche Getränk zu meiden. Er hatte es mit der Gabe gespürt. Gift war Hexenwerk, und als Hexer konnte er es spüren.

Aber welche Hexe hatte ihm das Gift in den Becher getan?

Du weißt doch gar nicht, ob es überhaupt eine Hexe war, Aryn. Jeder hätte den Trank bei einem Kräuterweib kaufen können.

Farvel führte sie durch die Tür. Der Große Saal war leer bis auf ein paar Leute, die sich unterhalb der Hohen Tafel auf den Stufen zum Podest versammelt hatten. Teravian saß auf der untersten Stufe, Lirith und Sareth neben sich. Boreas stand über ihm und sah finster aus, während mehrere Wachen das Podest mit gezückten Schwertern umgaben. Aryn riss sich von Lord Farvel los und eilte zu ihnen.

»Euer Hoheit, geht es Euch gut?«

Teravian schaute finster zu ihr hoch; seine Brauen waren zu einer einzigen dunklen Linie zusammenzogen. »Natürlich, ich trinke immer einen hübschen Pokal Gift zum Frühstück.«

Sein gehässiger Tonfall ließ Aryn nicht zusammenzucken. Stattdessen stieg echte Sorge in ihr auf. Das Gesicht des Prinzen hatte einen grünlichen Schimmer, und er drückte eine Hand auf den Magen. Sie kniete vor ihm nieder und ergriff seine freie Hand. Er wollte sie zurückziehen, aber sie ließ nicht los.

»Gibt es etwas, das wir tun müssen?«, fragte sie Lirith.

Die dunkeläugige Hexe schüttelte den Kopf. »Nein, ich halte es in diesem Stadium für besser, seinen Körper das Gift allein ausscheiden zu lassen. Dank Sia hat er den Pokal kaum mehr als mit den Lippen berührt.«

Der Prinz zitterte, dabei schwitzte er stark. »Ich konnte es sehen. Es war, als wäre der Pokal mit Schatten gefüllt gewesen.«

Aryn suchte Liriths Blick, und die Hexe nickte. Also dachten sie beide das Gleiche. Aryn sah wieder Teravian an. »Was meint Ihr damit, Ihr konntet das Gift sehen?«

Boreas winkte ärgerlich ab. »Schluss mit diesem Gerede. Die einzige Frage, die jetzt interessiert, ist die Frage nach dem Verursacher dieser Tat.«

»Es war eine gekonnte Mischung«, sagte Lirith. »Sie zu brauen erforderte ein großes Können im Umgang mit Kräutern, da sich der Koch sonst leicht hätte selbst vergiften können, indem er die Dämpfe einatmet.«

»Und wer hätte dafür die nötigen Fertigkeiten?«, fragte Sareth.

Aryn biss sich auf die Lippe. Vielleicht wollten die Hexen Teravian ja wirklich tot sehen. Vielleicht glaubten sie, der Tod seines Sohnes würde Boreas zerbrechen. Aber wenn dem so war, irrten sie sich. Dem Funkeln in seinen Augen nach zu urteilen, hatten sie nur seine Entschlossenheit gestärkt.

»Ich hege nicht den geringsten Zweifel, dass das Gift für mich bestimmt war«, sagte der König und stieg das Podest hinunter. »Ich fürchte keinen Anschlag auf meine Person, aber einen Anschlag auf meinen Sohn werde ich nicht ungestraft hinnehmen.«

Aryn dachte darüber nach. Vielleicht hatte Boreas Recht; vielleicht war der vergiftete Pokal für ihn bestimmt gewesen. Den König zu töten würde weitaus effektiver sein, als seinen Sohn zu ermorden. »Was wollt Ihr tun, Euer Majestät?«

»Es gibt Verrat in diesem Schloss, aber ich werde ihn ausmerzen, da könnt Ihr sicher sein, Mylady.«

Sein Blick glitt zur Ecke des Großen Saals, zu einem gewaltigen Gegenstand, der mit weißem Tuch verhüllt war. Aryn griff nach ihrem Herzen und erschauderte.

Es begann an diesem Morgen. Der Prinz wurde in seine Gemächer eskortiert, wo Lirith ihn mit Sareths Hilfe pflegte. In der Zwischenzeit blieb Aryn im Großen Saal an König Boreas' Seite. Auf Befehl des Königs wurde der massige Gegenstand, der in der Ecke des Großen Saals gestanden hatte, in die Mitte gezerrt – eine Aufgabe, die die gemeinsamen Kräfte von einen Dutzend Männer erforderte. Dann wurde das Tuch heruntergezogen und enthüllte das Artefakt von Malachor.

Das Artefakt war ein massiver Ring aus schwarzem Stein, dessen Durchmesser der Armspanne eines Mannes entsprach. Er ruhte auf einem Holzpodest, und man hatte ihn dort auf solch durchdachte Weise befestigt, dass man ihn mit einer vergleichsweise geringen Anstrengung drehen konnte; der Steinring stand aufrecht, wie ein Fensterrahmen ohne Glas.

Aryn hatte das Artefakt über ein Jahr nicht mehr angesehen – nicht seit dem Fest der Wintersonnenwende, als sie auf Graces Drängen hin dabei geholfen hatte, das Artefakt auszurichten, und es hatte Lord Logren das Eisenherz aus der Brust gerissen. Denn das war die Macht des Artefakts, das aus einem gewaltigen Magnetstein gefertigt worden war, der vor Jahrtausenden vom Himmel gefallen war.

Auf königlichen Befehl holte man sämtliche Schlossbewohner zusammen – von dem geringsten Diener bis zum ranghöchsten Adligen – und ließ sie vor dem Artefakt hergehen. Wachen standen daneben, bereit, jeden zu zwingen, der sich weigerte – auch wenn sie wegen der Macht des Artefakts weder eine Rüstung tragen noch Schwerter halten konnten.

Die Stunden vergingen, und die schräg einfallenden Strahlen der Sonne schlichen über den Saalboden, und Aryn wurde es müde, neben Boreas zu stehen. Aber der König rief nicht nach Stühlen, sondern stand steif da und sah schweigend zu, wie seine Untertanen vorbeimarschierten. Die einzige Aufregung kam durch jene, die sich nicht an die Anordnungen gehalten und sämtliches Metall vom Körper entfernt hatten. Mehr als einmal waren die Wachen gezwungen, die Hand eines jammernden Grafen zu ergreifen und vom Stein zu ziehen, weil er vergessen hatte, die Ringe abzunehmen.

Am Nachmittag war Aryn so gelangweilt, dass sie gar nicht mitbekam, wie der Aufruhr seinen Anfang nahm. Sie blinzelte, als ein Schrei ertönte, dem der gebellte Befehl eines Wächters folgte. Ein Mann wollte aus dem Großen Saal flüchten, aber die Wachen ergriffen ihn und zerrten ihn auf das Artefakt zu. Er sah wie ein ganz normaler Diener aus – klein, mit pockennarbigem Gesicht, einfach gekleidet. Aber er wehrte sich verzweifelt und bezwang beinahe drei Männer.

»Lasst mich los!«, kreischte er, und Speichel spritzte aus seinem Mund. »Lasst mich los, oder mein Meister wird euch alle vernichten!«

König Boreas trat einen Schritt vor; der Ausdruck auf seinem Gesicht wirkte neugierig und gefährlich zugleich. »Und bin nicht ich dein Meister, Knappe?«

Der Mann stand still. Er starrte den König an, dann verzog er die Lippen und gab den Blick auf die verfaulten Zähne frei. »Du wirst sein Sklave sein, eine Puppe, die er nach Belieben benutzt und zerbricht.«

Der Hass in der Stimme des Mannes ließ Aryn erschaudern, aber Boreas' Gesicht hätte genauso gut aus Marmor gemeißelt sein können. Er gab den Wachen ein Zeichen, aber der Mann riss sich aus ihrem Griff los, bevor sie handeln konnten. Er wirbelte herum, rannte los ...

... und hielt direkt auf das Artefakt zu.

»Meister!«, stieß er hervor.

Sein Körper bäumte sich einmal ruckartig und mit ungeheurer Wucht auf. Ein dunkler Klumpen brach inmitten einer Flut aus Blut und Knochen aus seiner Brust und flog zur Mitte des Steinrings. Die Zuschauer starrten. Der einzige Laut war der dumpfe Aufschlag der Leiche, die zu Boden fiel.

Der König kehrte an seinen Platz zurück. »Beendet die Prozession«, befahl er den Wachen.

Die letzten Burgbewohner eilten an dem Artefakt vorbei und blickten mit bleichen Gesichtern auf den zusammengebrochenen Toten zu ihren Füßen. Dann war es endlich vorbei.

Boreas trat an die Leiche. »Hier ist unser erfolgloser Mörder. Das Artefakt wird jetzt in die Eingangshalle gebracht, und jeder, der das Schloss betritt, muss daran vorbeigehen. Sämtliche anderen Eingänge werden versiegelt. Von jetzt an wird kein Sklave des Fahlen Königs mehr diese Festung betreten können.« Er sah Aryn an. »Ist das nicht richtig, Mylady?«

Aryn wollte den Blick von der Leiche wenden, konnte es aber nicht. Dieser Mann war ein Werkzeug des Bösen gewesen; bestimmt hatte er gegen den König Pläne geschmiedet. Aber etwas sagte ihr, dass das nicht der Mann gewesen war, der dem Prinzen Gift in den Pokal getan hatte.

Sie konnte nur sagen: »Das ist richtig, Euer Majestät.«

Später an diesem Nachmittag stattete Aryn Prinz Teravians Gemächern einen Besuch ab, um nach ihm zu sehen und ihm zu erzählen, was sich im Großen Saal zugetragen hatte.

»Wie geht es unserem Patienten?«, fragte sie, als Sareth die Tür öffnete.

»Nehmt Eure Hände von mir, Hexe!«, ertönte die Stimme des Prinzen aus dem Inneren des Raums.

Sareth grinste. »Es geht ihm besser.«

Aryn trat ein, und Sareth schloss hinter ihr die Tür. Teravian lag im Bett, und Lirith beugte sich über ihn. Es schien ein Kampf stattzufinden. Lirith wollte die Decke herunterziehen, und der Prinz hielt sie eisern oben.

»Ihr werdet mich mit keinem Zauber mehr verhexen.«

»Ich habe Euch doch gesagt, ich will mir bloß Euer Herz anhören. Ich webe keine Zauber.«

»Da bin ich aber anderer Meinung.«

Lirith warf die Hände in die Luft. »Das ist doch absurd. Was soll ich dem König sagen? Dass ich seinen Sohn sterben ließ, nur weil er darauf bestand, sich aus welchem Grund auch immer unter der Bettdecke zu verstecken?«

Das hier geriet außer Kontrolle. Lirith sah aus, als würde sie gleich auf Teravian einschlagen, und der junge Mann erweckte den Eindruck, sich kräftig wehren zu wollen.

Aryn berührte ihre Schulter. »Schwester, würdest du bitte kurz mit Sareth und mir sprechen?«

Lirith warf dem Prinzen noch einen bösen Blick zu, dann folgte sie Aryn und Sareth in einen Nebenraum. Aryn drückte die Tür ins Schloss.

»Was ist hier los?«, fragte sie.

Die dunkeläugige Hexe stieß einen frustrierten Laut aus. »Der Prinz hat plötzlich entschieden, dass ich seine Person nicht berühren darf.«

»Ich verstehe das nicht. Er hat doch so für dich geschwärmt, Lirith. Man sollte annehmen, dass es ihn freut, wenn du ihn anfasst.«

Sareth räusperte sich. »Verzeiht mir, meine Damen, aber es ist offensichtlich, dass keine von euch weiß, wie es ist, ein junger Mann zu sein und dann mit jemandem konfrontiert zu werden, den man verehrt. In diesem Alter könnte er gewisse Reaktionen nicht unter Kontrolle haben.«

Aryn schüttelte den Kopf. »Was meint Ihr?«

Sareth strich sich über den Spitzbart. »Lasst es mich so ausdrücken: Er könnte befürchten, dass seine Aufregung deutlich zu sehen ist, wenn Lirith ihn untersucht.«

Aryn schlug eine Hand vor den Mund, aber sie wusste selbst nicht, ob sie ein schockiertes Stöhnen oder ein Lachen unterdrücken wollte.

»Oh, ich bin schrecklich«, sagte Lirith und warf sich stöhnend auf einen Stuhl. »Daran habe ich nicht gedacht. Er muss ja völlig entsetzt sein. Sareth, kannst du nicht helfen?«

Sareth öffnete die Tür und steckte den Kopf heraus. »Euer Majestät, wie wäre es, wenn ich Euer Herz abhöre, während die Damen hier im Raum bleiben, und ich Lady Lirith dann berichte, was ich gehört habe?«

Teravian nickte – die Decke bis unters Kinn gezogen – und schenkte dem Mournisch einen dankbaren Blick.

Minuten später kam Sareth zurück und berichtete, dass der Herzschlag des Prinzen regelmäßig war. Er klopfte den

Rhythmus so auf Liriths Handgelenk, wie er es gehört hatte, und sie war zufrieden, dass alles in Ordnung war.

»Wie es aussieht, befindet Ihr Euch auf dem Weg der Besserung, Euer Majestät«, sagte Lirith und berührte sanft seine Stirn.

Teravian seufzte, dann schaute er Aryn böse an. »Was gibt es da zu glotzen?«

Sie lächelte. »Nichts, Euer Majestät.«

Ihr Lächeln verschwand. Es war noch immer kaum zu glauben, dass Ivalaine tatsächlich die Mutter des Prinzen war. Aber jetzt, wo sie wusste, dass sie nach Ähnlichkeiten Ausschau halten musste, sah sie es in seinen Augen und dem sanften Schnitt seiner Züge.

»Ich komme morgen Früh noch einmal«, sagte Lirith zu dem Prinzen. »Bis dahin möchte ich, dass Ihr ...«

Fanfaren erschollen vor dem Fenster des Gemachs, leise, aber deutlich zu hören. Waren noch mehr Krieger am Schloss eingetroffen?

Sareth ging ans Fenster und zog den Vorhang zur Seite. »Lirith, Aryn – ihr solltet euch das besser ansehen.«

Die Frauen eilten zu ihm. Aryn hörte Lirith aufstöhnen, dann erkannte sie das Banner, das über der kleinen Gruppe flatterte, die auf das Schloss zuritt, und Entsetzen erfasste sie.

»Sie ist da«, murmelte Teravian hinter ihnen.

Er lag im Bett. Er hatte unmöglich aus dem Fenster sehen können, er hatte unmöglich das gelbgrüne Banner sehen können, das über den Reitern flatterte.

Das ist das Banner von Toloria. Aber wer benutzt es? Die Königin ist bereits hier.

Einen hoffnungsvollen Augenblick lang glaubte sie, dass es sich um Lady Tressa handelte, die loyale Beraterin der Königin, die gekommen war, um Ivalaine in ihrem Wahnsinn zu betreuen. Dann packte Lirith ihren Arm.

»Liendra«, flüsterte sie. »Es ist Schwester Liendra.«

Sareth schaute sie an. »Was bedeutet das, *Beshala?*«

»Es bedeutet, dass wir in ernster Gefahr schweben«, sagte Aryn.

Minuten später stand Aryn zusammen mit Lirith in der Eingangshalle des Schlosses. Sareth war bei Teravian geblieben, um den Prinzen zu bewachen. Es war kalt in der höhlenartigen Halle, und Aryn konnte nicht zu zittern aufhören.

Warum ist sie hier?, sandte Aryn durch die Weltenkraft.

Lirith schüttelte den Kopf. *Das weißt du so gut wie ich. Aber ich glaube, dass ihre Ankunft für keinen von uns etwas Gutes bedeutet. Ich frage mich nur, warum der König ihr den Eintritt ins Schloss gestattet hat.*

Aryn stellte sich die gleiche Frage. Es hatte sich keine Gelegenheit geboten, mit Boreas zu sprechen, aber sie war Lord Farvel begegnet.

»Der König hat nichts zu befürchten von einer Bande Kräuterweibern und Vetteln«, hatte der alte Seneschall gesagt. »Es sind bloß vierzig Leute. Welchen Schaden sollten sie schon anrichten können?«

Eine Menge. Das wusste Aryn nur zu gut. Sie und Lirith hatten die Reiter gezählt. Es waren keineswegs vierzig gewesen, sondern einer weniger. Neununddreißig. Drei mal dreizehn. Liendra hatte drei Zirkel mitgebracht. Aber für welchen Zweck?

Zwei Wachen öffneten die Türen des Bergfrieds, und ein Schwall eiskalter Luft blies herein, gefolgt von drei in grüne Umhänge gehüllten Personen. Sie schoben die Kapuzen zurück. Zwei von ihnen waren jung und hübsch, das Haar sorgfältig geflochten, mit strahlenden Augen voller Hochmut. Die Dritte war ein Jahrzehnt älter, eine voll erblühte Frau. Ihr Haar schimmerte golden, und sie wäre wunderschön gewesen, hätte ihr Gesicht nicht diesen berechnenden Ausdruck gehabt.

Die Wachen führten die Frauen an dem Artefakt von

Malachor vorbei, und sie gingen langsam, mit großer Anmut. Dann traten sie auf Aryn und Lirith zu.

»Ich grüße euch, Schwestern«, sagte Liendra und neigte das blonde Haupt. »Ich hatte gehofft, euch hier zu finden.«

»Möge Sia Euch segnen«, erwiderte Lirith.

Liendra winkte ab. »Es ist nicht Sias Segen, den wir länger erflehen.«

»Und wessen Segen dann?«, fragte Aryn trotz ihrer Furcht, aber Liendra lächelte bloß.

»Warum seid Ihr gekommen, Schwester?«, fragte Lirith.

»Aber das müsst Ihr doch sicherlich wissen«, säuselte Liendra. »Den Domänen stehen finstere Zeiten bevor, und ich muss mit demjenigen sprechen, der diese Länder in den Krieg stürzen will. Denn ist es nicht die Aufgabe aller Hexen, der Gewalt ein Ende zu bereiten?«

»Verzeiht, Schwester«, sagte Aryn und wählte ihre Worte mit großer Sorgfalt. »Ist das nicht Königin Ivalaines Aufgabe als die Mutter aller Hexen?«

Die beiden jüngeren Hexen hielten sich die Hände vor den Mund, konnten ihr hämisches Gelächter aber nicht unterdrücken.

Ein Lächeln umspielte Liendras korallenrote Lippen. »Ivalaine ist nicht länger die Mutter. Sie hat dieses Amt aus freiem Willen abgegeben. Ich bin jetzt die Mutter der Hexen, und das sind meine Jungfrauen.«

Lirith hob eine Braue. »Eure Jungfrauen? Helft mir, Schwester, denn ich verstehe nicht. Wieso braucht Ihr zwei Jungfrauen? Und wer ist Eure Greisin, damit der Kreis vollendet werden kann?«

»Wir brauchen keine Greisin«, sagte eine der jüngeren Hexen, und ihr Tonfall war so stolz wie ihr Blick. »Wir brauchen keine ekelhaften alten Vetteln, um gegen die Krieger vorgehen zu können.«

Liendra machte einen zischenden Laut, der die junge Frau zum Schweigen brachte. Lirith lachte leise. »Jugend bietet Macht und Schönheit, aber es ist das Alter, das die Weisheit bringt, wie Eure Jungfrau uns netterweise gerade demonstriert hat.«

Die beiden jungen Frauen sahen Lirith böse an.

»Ihr sprecht von Ivalaine«, sagte Liendra scharf. »Wo ist sie?«

»Das müsst Ihr doch sicherlich wissen, Schwester«, sagte Lirith und bediente sich der spöttischen Worte der blonden Hexe.

Liendra kniff die Augen zusammen, sie beugte sich nahe an Aryn und Lirith heran und sprach leise.

»Glaubt ja nicht, mit mir spielen zu können, Schwestern. Ich habe keinen Beweis für euren Verrat, aber ich habe einen starken Verdacht. Ich bin jetzt eure Mutter, und da ihr ans Muster gebunden seid, müsst ihr mir gehorchen.« Sie hob einen schlanken Finger. »Sollte ich bei euch beiden auch nur einen Hauch Ungehorsam spüren, sollte ich auch nur das geringste Zögern bei der Ausführung meiner Befehle sehen, dann werde ich eure Fäden aus dem Muster reißen lassen. Und glaubt nicht, ich könnte das nicht tun. Mir stehen drei Zirkel zur Verfügung und Mächte, die ihr euch nicht einmal vorstellen könnt.«

Aryn konnte das Aufstöhnen nicht unterdrücken, das ihrem Mund entfuhr. Lirith neben ihr erschauderte.

Liendra lächelte wieder. »Wie ich sehe, habe ich meinen Standpunkt deutlich gemacht. Jetzt muss ich dem Stierkönig meine Aufwartung machen. Ich werde später mit euch beiden sprechen.«

Liendra ging den Wachen nach, die beiden jungen Hexen folgten ihr auf dem Absatz, steckten die Köpfe zusammen und tuschelten. Sobald sie außer Sicht waren, wurde Aryn von einer plötzlichen Schwäche ergriffen; ihre Knie drohten nachzugeben. Aber Lirith ergriff ihre Hand und hielt sie aufrecht.

»Was machen wir jetzt?«, flüsterte Aryn.

»Wir beten zu Sia«, erwiderte Lirith.

32

Grace sah vom Sattel ihres Pferdes die desolate Landschaft vorbeiziehen und fragte sich, ob sie jemals an ihrem Ziel ankommen würden.

Am vergangenen Abend hatten sie den Schlangenschwanzfluss überquert, bevor sie das Lager aufschlugen; Perridon lag hinter ihnen, und jetzt reisten sie durch Embarr. Den ganzen Tag waren die grauen Umrisse der Berge zu ihrer Linken niedriger geworden, während sie über das windgepeitschte Heideland ritten. Die Monotonie der Ebene wurde nur wenig aufgelockert – gelegentlich ein vom Wind verkrüppelter Baum und große Felsen, die ganz allein standen, als hätten Riesen sie dort abgelegt.

»Seid Ihr froh, wieder in der Heimat zu sein, Durge?«, fragte Grace. Das Schlachtross des Ritters trabte in Shandis' Nähe.

»Froh, Euer Majestät?«, sagte er und hob eine Braue.

Sie biss sich auf die Lippe. Vermutlich war das nicht das beste Wort. Nach ihrer Erfahrung war Durge noch nie über etwas froh gewesen.

Aber das stimmt nicht. Bei der Rückkehr nach Calavere war er froh, Aryn wieder zu sehen. Man konnte es in seinen Augen lesen.

Aber Calavere war viele Meilen von hier entfernt, und Grace hatte von Aryn keine Botschaften mehr empfangen. Es war zu gefährlich, über die Stränge der Weltenkraft zu sprechen. Seit sie vor drei Tagen auf den Pylonen gestoßen waren, hatten sie zwei weitere der magischen Steine des Fahlen Königs gefunden. Aber diesmal waren sie vorbereitet gewesen. Senrael, Lursa und die anderen Hexen hatten das Böse der Pylonen aus der Ferne gespürt, und die Spinnenmänner hatten einen Pfad für das Heer ausgekundschaftet, der sie einen großen Bogen um die Steine machen ließ.

Grace versuchte eine andere Taktik. »Wie lange seid Ihr jetzt nicht mehr in Eurem Herrenhaus gewesen?«

Er strich sich mit der behandschuhten Hand den Schnurrbart. »Es ist fast zwei Jahre her, dass ich meinen Fuß auf die Ländereien von Steinspalter gesetzt habe. Und auf dieser Reise wird sich dafür auch keine Gelegenheit bieten, denn sie liegen viele Meilen im Osten.«

»Es tut mir Leid, Durge«, sagte Grace, und sie meinte es auch. »Es tut mir Leid, dass ich Euch so lange von Eurem Zuhause fern gehalten habe.«

Er sah sie ehrlich überrascht an. »Warum, Euer Majestät? Was ist die Bebauung eines Stücks felsigen Bodens verglichen mit dem Dienst für die Königin von Malachor?«

Es ist sicher, wollte sie erwidern. Aber sie konnte bloß nicken und sich bemühen, nicht in Tränen auszubrechen.

Danach ritten sie schweigend weiter, Durges zerklüftetes Gesicht nach vorn gerichtet, Grace in ihren Gedanken verloren. In den letzten Tagen war sie das Gespräch mit dem Duratek-Agenten in Gedanken Hunderte Male durchgegangen. Duratek würde ein Tor nach Eldh öffnen. Sie hatten die Technologie perfektioniert und standen kurz davor, das dafür benötigte Elfenblut zu synthetisieren. Aber wann würde sich das Tor öffnen, und was würde es nach Eldh schaffen? Ein Heer von Duratek-Agenten oder Mohg?

Vielleicht beides.

»Zeit«, murmelte sie. »Wie viel Zeit haben wir noch?«

Durge blickte zu ihr herüber. »Was habt Ihr gesagt, Euer Majestät?«

»Ich sagte, es ist Zeit, nach einem Lagerplatz Ausschau zu halten.«

Der Ritter nickte. »Ich sage es Sir Tarus.«

Auf der Heide gab es keinen Ort, der viel Schutz vor dem Wind bot, aber den Spinnenmännern gelang es, ein Gelände zu finden, das etwas niedriger als die es umgebene Landschaft war, und dort gab es einige der großen Felsen – die vermutlich von Gletschern und nicht Riesen zurückgelassen worden waren –, die Oragien, Graedin und die anderen Runensprecher berührten, während sie die Rune des Feuers sprachen.

Das Abendessen war eine karge Angelegenheit. Sie hatten noch immer beträchtliche Vorräte, da ihre Reise nach Norden unmöglich schnell vonstatten ging, aber sie würden noch lange reichen müssen, da sie nicht in Barrsunder Halt machen würden, um dort einzukaufen.

Der Weg, den Aldeth für sie geplant hatte, würde sie nicht näher als dreißig Meilen an der embarranischen Hauptstadt vorbeiführen, aber selbst das war Grund zur Sorge. Bei Graces letztem Aufenthalt in Embarr hatte der Rabenkult regiert, und da waren die schwarzen Ritter, mit denen man rechnen musste. Wenn sie nach Barrsunder gingen, konnte man unmöglich vorhersagen, wer dort an der Macht war. Was den Rest der Domäne anging – der erschien verlassen.

»Lebt an diesem Ort überhaupt jemand?«, fragte Aldeth am Abend; sie drängten sich in der Nähe eines Felsens zusammen, an dem Meister Graedin *Krond* gesprochen hatte, und aßen hartes Brot und Käse. »Auf dem Spähtrupp sind Sam und ich zu zwei Burgen gekommen, die beide leer standen. Und Leris und Karthi fanden einen aufgegebenen Herrensitz, auf dem das ganze Vieh verhungert war.«

Samatha streckte dem Felsen beide Hände entgegen. »Es ist, als wären alle Menschen verschwunden, die hier gelebt haben.«

»Sie sind nach Barrsunder gegangen«, sagte Grace. »König Sorrin hat den Verstand verloren, und er hat alle Ritter zu sich befohlen, um ihn vor dem Tod zu beschützen. Ich glaube, die schwarzen Ritter könnten ihn kontrollieren und seine Position dazu benutzen, die Domäne zu schwächen.«

Kommandant Paladus nickte finster. »Das erklärt, was mit seinen Rittern passiert ist. Aber was ist mit dem Rest der Menschen – die Leute, die das Land bearbeitet haben? Wo sind sie hin?«

»Nach Norden«, sagte Durge mit seiner tiefen Stimme. »Der Rabenkult ist auf einer Pilgerreise nach Norden. Wie alle Sklaven des Fahlen Königs müssen sie seinem Ruf folgen.«

Grace starrte den Ritter an. In der Dunkelheit waren seine Augen unleserlich, und seine rechte Hand steckte unter seinem Umhang.

»Der Stein«, sagte Tarus leise. »Er wird wieder kälter. Wir sollten Meister Graedin oder Meister Oragien suchen, um ...«

Tira riss sich aus Graces Armen los. Sie drückte beide Hände gegen den Felsen und lachte. Einen Augenblick später fühlten sie es alle: von ihm ausgehende Hitzewellen.

Die anderen starrten das Mädchen an, und es rannte nun wieder schüchtern zu Grace zurück und vergrub den Kopf in ihren Röcken.

»Danke«, sagte Grace und knuddelte Tira.

»Krond«, murmelte das Mädchen und schloss die Augen.

Bei Anbruch der Morgendämmerung marschierten sie weiter. Die Luft war bitterkalt und der Tag hell und klar, am Himmel war keine Wolke zu sehen. Einmal berichtete Aldeth, im Westen einen dunklen Schatten gesehen zu haben, aber er war verschwunden, bevor ihn die anderen sehen konnten. Immerhin war der Wind verschwunden und die Luft ganz still, was einen Segen darstellte.

Zumindest hatte Grace das angenommen. Denn hätte der Wind aus Osten weiter geweht, hätten die Spinnenmänner möglicherweise ihre Ankunft vernommen. Möglicherweise hätten die Hexen Zeit gehabt, eine Illusion zu weben, oder die

Runensprecher, eine schützende Magie zu wirken. Doch an diesem Tag hatte der Wind beschlossen, sie zu verraten, und so erblickten sie die hundert Ritter erst, als sie einen niedrigen Kamm erklommen und unten die Männer erkannten, die auf schwarzen Pferden über die Heide donnerten.

»Zurück!«, zischte Aldeth. »Wir müssen zurück, bevor sie uns sehen.«

Es war bereits zu spät. Die Kompanie der Ritter bog nach rechts ab und donnerte den Abhang zu ihnen hinauf. Grace und Aldeth waren ein Stück vor der Hauptstreitmacht geritten, begleitet von Durge, Tarus, Meister Graedin und der jungen Hexe Lursa. Der Rest des Heeres befand sich knapp fünfhundert Meter hinter ihnen.

Samatha erschien aus dem Nichts und schob den Nebelmantel über die Schultern. »Ich vermute, ihr habt sie gesehen.«

»Sind da noch mehr?«, fragte Aldeth.

Die Spinnenfrau stemmte die Hände in die Hüften. »Reichen die hundert nicht? Aber nein, ich glaube, diese Truppe ist allein.«

»Was wollen sie?«, fragte Meister Graedin und legte nervös die Hand an den Hals.

»So wie es aussieht, werden wir das gleich herausfinden«, sagte Tarus. »Entkommen können wir ihnen nicht. Sie sitzen alle auf Schlachtrössern, und wir haben dreihundert Fußsoldaten dabei.«

Grace wandte sich an die Spinnenmänner. »Sam, Aldeth – informiert Kommandant Paladus. Sagt ihm, sich bereitzuhalten.«

»Für was bereithalten?«

Graces Mund war so trocken, dass sie kaum ein Wort herausbekam. »Für die Schlacht.«

Die Spinnenfrau und der Spinnenmann hüllten sich in ihre

Umhänge und verschwanden, verschmolzen mit den tristen Farben der Landschaft.

Lursa hatte einen tapferen Ausdruck aufgesetzt. »Sollen wir einen Illusionszauber weben, Schwester? Oder gibt es eine Runenmagie, mit der Meister Graedin uns verbergen könnte?«

»Dazu ist es zu spät«, sagte Grace. »Aber haltet Euch bereit, Lursa. Möglicherweise werden wir Magie brauchen, bevor das hier vorbei ist.«

Die Ritter waren in der Zwischenzeit näher gekommen. Sie konnte die Stahlhelme und die Schwerter an ihren Gürteln sehen.

Tarus stieß einen leisen Fluch aus. »Aldeth hat behauptet, dass wir zwanzig Meilen von Barrsunder entfernt sind. Was macht eine Abteilung schwarze Ritter so weit draußen?«

»Das sind keine schwarzen Ritter«, sagte Durge mit seiner grollenden Stimme.

Grace griff nach seinem Arm. »Seid Ihr sicher?«

Durge nickte. »Ihre Rüstung ist dunkel, aber sie tragen nicht die Krone und den Turm von Ewigsee, und die Weise, wie sie reiten, verrät mir, dass sie Embarraner sind. Trotzdem ist etwas seltsam an ihnen. Auf ihren Schilden ist ein Zeichen, das ich nicht erkenne.«

»Es sind Totenschädel«, sagte Grace und beschattete die Augen mit der Hand. »Bei Olrig, jetzt kann ich sie deutlich erkennen. Sie haben weiße Totenschädel auf die Schilde gemalt.«

Tarus warf einen Blick über die Schulter. »Kommandant Paladus sollte sich lieber beeilen. Ich glaube, wir werden kämpfen müssen. Vathris sei Dank, dass es nur hundert Mann sind.«

»Ihr wisst nur wenig über die Ritter von Embarr«, sagte

Durge besorgt. »Wir sind über fünfhundert. Es ist möglich, dass wir sie besiegen können. Aber dann würden wir nur noch wenige lebende und unverletzte Männer übrig haben.«

Nein, das war ein Ausgang, den sie sich nicht leisten konnten – sie würden eine zu kleine Streitmacht haben, um Burg Todesfaust besetzen zu können. Grace würde einen anderen Ausweg finden müssen. Aber als die Ritter sich dem Kamm der Anhöhe näherten, fiel ihr nichts ein.

Das Hauptkontingent der Ritter kam zum Halt, eine Gruppe aus sechs Reitern galoppierte weiter und blieb vor Grace stehen. Sie wusste, dass keiner von ihnen größer als Durge sein würde, aber in ihren schweren Rüstungen wirkten sie auf ihren Schlachtrössern gewaltig. Sie trugen Helme, und die Gesichter wurden von den Visieren verhüllt, so dass sie eher wie Maschinen statt wie Männer aussahen.

»Identifiziert euch«, sagte der erste der Ritter mit hallender Stimme.

Nichts ging mehr. Grace trieb Shandis an. »Ich bin Grace, Königin von Malachor, Lady des Strahlenden Turms und Herrin des Winterwaldes.« Sie sprach mit sämtlicher Autorität, zu der sie fähig war. *Tu einfach so, als wärst du wieder in der Notaufnahme, und er ist Morty Underwood oder einer der anderen Assistenzärzte, die eine dumme Frage stellen. Es ist ja nicht so, dass das nicht oft genug vorgekommen wäre.* »Ihr behindert meine Reise nach Norden. Ihr werdet Eure Männer den Weg freigeben lassen.«

Grace schaute nicht über die Schulter, aber sie ging davon aus, dass Paladus und der Rest der Streitmacht mittlerweile in Sicht waren. Und nach der Reaktion der Ritter zu schließen, hatte sie Recht. Sie hatten die Hände auf die Schwertgriffe gelegt.

»Eure Worte sind seltsam«, sagte der Anführer. »Wir haben in diesen Tagen nur Diener des Bösen gesehen, die es nach

Norden zieht. Und es gibt einen anderen, der den Thron von Malachor für sich beansprucht.«

Grace gestattete sich ein scharfes Lächeln. »Ich wette, das hier hatte er nicht.«

Mit einer anmutigen Bewegung – und einem stummen Dank an Beltan und Durge für ihre Lektionen im Schwertkampf – zog sie Fellring aus seiner Scheide und hielt es in die Höhe. Die Klinge fing das Morgenlicht ein, und die vielen Runen leuchteten, als wären sie geschmolzen.

Aus den Visieren der Ritter drang deutlich hörbares Aufstöhnen.

»Also stimmen die Geschichten«, sagte der Anführer. »Fellring ist ein zweites Mal geschmiedet worden.«

Grace schob das Schwert zurück in seine Scheide. »Ihr solltet diese Geschichte auch lieber glauben. Und ich reise nach Norden, nicht um dem Bösen zu dienen, sondern um es zu vernichten.«

»Das sind starke Worte. Aber wenn König Ulthers Schwert wieder unversehrt ist, dann stimmen ja auch vielleicht die anderen Geschichten, die ich darüber gehört habe. Es heißt, dass das Schwert von einer Usurpatorin gestohlen wurde und dass es von Magie verflucht wurde, so dass der echte Erbe von Malachor es nicht berühren kann.«

»Wirklich? Es wäre kein gutes Schwert, wenn es so leicht verflucht werden könnte.«

»Und seid Ihr keine mächtige Hexe, Lady Grace?«

Sie sah den Ritter stirnrunzelnd an. »Kenne ich Euch?«

»Ich glaube, Ihr habt von mir gehört, so wie ich von Euch gehört habe.«

Der Ritter zögerte, dann hob er die Hand, die in einem Panzerhandschuh steckte, und schob das Visier nach oben. Er war älter, als sie gedacht hatte, sein Gesicht wurde von tiefen Falten durchzogen, der Schnurrbart war grau. Aber von ihm ging eine unmissverständliche Ausstrahlung von Stärke aus. Das Alter hatte ihn härter gemacht und ihn nicht geschwächt.

»Sir Vedarr!« Durge trieb Schwarzlocke nach vorn und blieb neben Shandis stehen. »Ich habe mich oft gefragt, was aus Euch geworden ist, seit die Ritter von Embarr aus dem Orden von Malachor abberufen wurden.«

Daher kannte er sie also. Sir Vedarr hatte den Orden von Malachor nach seiner Gründung vor über einem Jahr angeführt. Aber dann rief König Sorrin seine Ritter zurück, und der Orden zerbrach.

»Wir hatten die Befürchtung, dass die schwarzen Ritter und der Rabenkult in Embarr die Kontrolle übernommen haben«, sagte Durge. »Es ist sicherlich eine gute Nachricht, Euch hier zu treffen.«

»Ich fürchte, das ist es nicht.« In Vedarrs braunen Augen lag ein trauriger Blick. »Ich muss zwar noch darüber nachdenken, aber möglicherweise kann ich Lady Grace weiterreisen lassen, denn ich habe keine Befehle erhalten, was sie betrifft. Doch Ihr müsst uns begleiten, Sir Durge von Steinspalter.«

Die Worte trafen Grace wie ein Schlag. »Wovon sprecht Ihr? Was wollt Ihr von Durge?«

Vedarr bewegte den Kiefer, als wollte er die Worte durchkauen, bevor er sich entschied, welche er aussprach. »Wir haben die Mission, die Domäne nach Verrätern am König zu durchsuchen und sie nach Barrsunder zu bringen.«

»Verräter?«, sagte Tarus und ballte die Hand zur Faust. »Das ist Wahnsinn. Durge ist kein Verräter. Er ist der loyalste Mann, den ich je kennen gelernt habe.«

Vedarr runzelte die Stirn. »Und loyal zu wem?«

Grace schaute Durge verängstigt an. »Ich weiß, wovon er spricht. Wir haben es in Meerwacht erfahren, aber ich habe es Euch nie erzählt, Durge. Ich war so selbstsüchtig – ich habe nur an mich gedacht und wie sehr ich Euch brauchte.«

Durge erwiderte ihren Blick nachdenklich. »Was habt Ihr mir nicht gesagt, Euer Majestät?«

»Seine Majestät, König Sorrin, hat vor Monaten seine sämtlichen Ritter nach Barrsunder gerufen«, sagte Vedarr. »Die, die nicht gehorcht haben, sind zu Verrätern an der Domäne erklärt worden. Es ist unser Auftrag, die zu finden, die sich dem Ruf des Königs verweigert haben. Wir haben auch ein paar gefunden. Und jetzt sind wir auf noch einen gestoßen.«

Meister Graedin runzelte die Stirn. »Was ist die Strafe für Verrat?«

»Der Tod«, sagte Durge leise.

»Darum habt ihr also Totenschädel auf eure Schilde gemalt?« Lursa lenkte ihren Esel nach vorn. Angst zeigte sich auf ihrem Gesicht, aber auch Trotz.

»Das geht dich nichts an, Mädchen«, knurrte Vedarr.

»Sämtliches Leben geht mich etwas an. Seht Ihr nicht, dass ich wie Lady Grace eine Hexe bin? Und dass hinter mir noch viele meiner Schwestern sind, die in diesem Augenblick zu uns reiten.«

Die anderen fünf Embarraner hatten die Visiere hochgeschoben und tauschten jetzt unbehagliche Blicke aus. Aber Vedarrs steinerne Miene blieb unbewegt.

»Ich frage Euch erneut, warum tragt Ihr das Zeichen des Todes?«

»Weil wir Todesritter sind«, sagte Vedarr, »oder zumindest hat König Sorrin entschieden, uns so zu nennen. Wir tragen diese Schilde auf seinen Befehl hin.«

Einen Augenblick lang bekam Vedarrs unerschütterliche Fassade einen Riss, und eine erkennbare Gefühlsregung blitzte in seinen Augen auf. Es war Scham. Aber sie war einen Augenblick später wieder verschwunden.

»Sorrin hat jetzt endgültig den Verstand verloren, oder?«,

sagte Tarus und schüttelte den Kopf. »Er glaubt, er kann den Tod betrügen, indem er vorgibt, ihm zu dienen. Also lässt er seine Männer Totenschädel auf ihre Schilde malen und nennt sie Todesritter.« Seine Lippen verzogen sich angeekelt. »Beim Blut des Stiers, Sir, wie könnt Ihr das ertragen?«

Vedarr stach mit dem Finger nach Tarus. »Ihr haltet den Mund, Ritter von Calavan. Es steht Euch nicht zu, den Willen meines Königs in Frage zu stellen.«

»Nein, das ist Eure Aufgabe«, erwiderte Tarus, und seine Stimme hatte einen hämischen Unterton. Er spielte ein gefährliches Spiel, aber Grace fiel auch keine andere Taktik ein. »Aber Ihr seid entweder zu alt oder zu schwach oder zu feige, um das zu tun. Stattdessen reitet Ihr wegen der Laune eines Verrückten durch das Land, während die schwarzen Ritter Euren Herrn wie eine Marionette kontrollieren und der Rabenkult Euer Volk ins Verderben führt.«

Die anderen embarranischen Ritter murmelten wütend. Vedarr hieb mit der Faust auf den Oberschenkel. »Für diese unverschämten Worte sollte ich mir Euren Kopf nehmen, Sir, aber ich werde euch allen noch eine Chance geben, auch wenn ihr sie nicht verdient. Übergebt mir jetzt Sir Durge, und ich lasse euch weiterreiten, wenn ihr mir schwört, auf dem kürzesten Weg zur Nordgrenze der Domäne zu reiten.«

Durge nickte. »So sei es.« Er trieb Schwarzlocke an.

»Halt, Sir Durge«, sagte Grace. Ihre Angst verschwand und wurde von kalter Wut ersetzt. Es gab so vieles, vor dem sie sich fürchtete, so viele Dinge, deren sie sich unsicher war, aber es gab eine Sache, deren sie sich absolut sicher war: Niemand würde ihr Durge wegnehmen, solange ihm Zeit blieb. Niemand.

Durge sah sie überrascht an. »Euer Majestät, ich bitte Euch. Es ist die einzige Möglichkeit. Wenn ich mit ihnen gehe, werden sie Euch nach Norden reiten lassen. Es ist entscheidend, dass Ihr die Schattenkluft erreicht.« Er wandte sich ab und setzte sich wieder in Richtung der Embarraner in Bewegung.

»Ich sagte halt, Sir Durge. Das ist ein Befehl. Oder habt Ihr den Schwur vergessen, den Ihr mir geleistet habt?«

Als er diesmal zurückblickte, lag blankes Entsetzen auf seinem Gesicht. »Niemals, Euer Majestät. Mit jedem Herzschlag habe ich Euch und allein Euch gedient. Und doch bitte ich Euch, Ihr müsst mich diese Sache tun lassen.«

Zu ihrem eigenen Erstaunen musste Grace lächeln. Aber Furcht war unmöglich, wenn man wusste, dass das, was man tat, in jeder Hinsicht richtig war.

»Nein, Durge. Ich lasse Euch nicht gehen, nicht für alle Ritter in Embarr. Ihr gehört an meine Seite und nirgendwo anders hin.«

Als er sie ansah, flackerten die verschiedensten Gefühle über sein Gesicht. Zuerst Schock, dann Wut und schließlich Staunen. Seine Schnurrbartenden zuckten, fast so, als würden sie ein Lächeln verbergen.

»Wie Ihr wünscht, Euer Majestät«, sagte er, und er führte Schwarzlocke zurück an ihre Seite.

Vedarrs Blick war hart, wenn auch nicht ohne Mitgefühl. »Ihr habt einen schlimmen Fehler gemacht, Sir Durge.«

»Nein«, erwiderte Durge. »Das hätte ich beinahe getan, aber die Anmut und die Gutherzigkeit meiner Königin haben mich gerettet. Und selbst wenn Ihr nur noch ein Schatten des starken und weisen Mannes seid, den ich einst kannte, Sir Vedarr, dann solltet Ihr Seiner Majestät gestatten, auch Euch zu retten.«

Das schien Vedarr die Sprache zu verschlagen, und die Ritter hinter ihm sahen sich verwirrt an. In diesem Augenblick kam Paladus die Anhöhe hinaufgeritten. Das Heer war fünfzig Meter hinter ihm stehen geblieben.

»Kämpfen wir heute, Euer Majestät?«, fragte Paladus. In seinen Augen lag ein begieriges Funkeln.

»Ich weiß es nicht«, sagte Grace und wandte sich wieder an Sir Vedarr. »Kämpfen wir?«

Es herrschte völlige Stille, als wäre die Luft von der herrschenden Spannung erstarrt. Eine Bewegung, und alles würde zerbrechen.

»Wir haben unsere Befehle«, sagte Vedarr. »Und wir sind unserem König treu ergeben. Wir wissen, was wir tun müssen.«

Die Männer hinter ihm rutschten auf ihren Sätteln herum. Sie schienen weniger sicher als Vedarr zu sein, aber es war klar, dass sie sich nicht gegen ihn stellen würden. Grace wusste, dass sie etwas sagen musste, aber Sir Tarus war schneller.

»Sir Vedarr, denkt nach«, sagte der rothaarige Ritter. »Folgt einen Augenblick lang mal nicht einfach nur den Befehlen, sondern denkt darüber nach, was Ihr tut. Ihr habt Fellring mit Euren eigenen Augen gesehen. Ihre Majestät Grace ist die Königin von Malachor. Sie steht über allen Herrschern aller Domänen, Euren König eingeschlossen.«

Vedarr drückte eine Faust an die Stirn. »Schweigt«, sagte er, und seine Stimme wurde zu einem Zischen. »Macht das nicht mit mir, Sir. Bittet mich nicht, meinen Treuschwur aufzugeben.«

»Ich bitte Euch nichts aufzugeben außer den Wahnsinn. Ihr sprecht von Loyalität. Was ist mit der Loyalität Eures König zu Euch, zu Eurer Domäne? Hat er nicht euch alle verraten, indem er sich auf die Seite der schwarzen Ritter geschlagen hat?« Er zeigte auf Grace. »Und hier steht unser aller Königin vor Euch. Gehört Eure Loyalität letztlich nicht ihr?«

Vedarr schüttelte den Kopf. »Wenn sie die Königin wäre ... vielleicht, wenn sie wirklich die Königin wäre. Aber woher soll ich wissen, dass es die Wahrheit ist? Wie können wir sicher sein, dass es die richtige Entscheidung ist?«

Bevor Tarus etwas sagen konnte, geschah etwas Verblüffendes und Unmögliches.

Durge lachte.

Der Ritter warf den Kopf zurück, schaute in den Himmel und lachte. Es war ein tiefer, voller, hallender Laut – wie das Läuten einer Bronzeglocke. Er schüttelte sich vor Lachen, und er hielt sich die Seite. Alle starrten den Embarraner mit offen stehendem Mund an. Er hätte sie nicht mehr überraschen können, wären ihm plötzlich Flügel gewachsen und er in den Himmel geflogen. Schließlich verstummte sein Gelächter, auch wenn das Lächeln bestehen blieb, und er wischte sich die Augen trocken, während er sprach.

»Ihr wollt Sicherheit haben, Sir Vedarr«, sagte er. »Das ist ein schwieriges Wild, aber ich sage Euch, was sicher ist.« Er rutschte aus dem Sattel und trat zwischen die beiden Heere. »Ihr könnt sicher sein, dass es auf der ganzen Welt keine Frau und keinen Mann gibt, die so stark, weise und gut wie Lady Grace sind. Ihr könnt sicher sein, dass die Klinge, die sie trägt, tatsächlich Fellring ist, König Ulthers Schwert, das neu geschmiedet wurde, und dass es in keine andere Hand gehört. Aber selbst wenn Ulthers Blut nicht in ihren Adern fließen würde, wäre sie noch immer besser als Ihr oder ich oder alle anderen von uns und unserer Treue wert. Und es gibt noch eine Sache, deren Ihr Euch sicher sein könnt – wir reiten nach Norden und haben so gut wie keine Chance, die kommende Flut der Finsternis aufzuhalten, aber wir wissen, dass sich ihr jemand entgegenstellen muss, also können genauso gut wir es tun.«

Eine Windböe kam auf und wehte Durge das Haar aus der gefurchten Stirn. Er blickte nach Norden – nicht zu den Rittern von Embarr, sondern an ihnen vorbei.

»Es kommt nicht darauf an, über die Finsternis zu siegen, Sir Vedarr, denn jeden Tag werden gute und starke Männer durch Hass, Furcht, Zorn und Verrat besiegt – und von jenen, die ihre Sklaven sind.« Er presste die rechte Hand auf die Brust. »Es ist nicht der Sieg über das Böse, der uns im Herzen gut macht. Es ist einfach die Entscheidung, sich ihm entgegenzustellen.«

Durge senkte den Kopf und ließ die Schultern hängen, seine Heiterkeit war verschwunden. Das Einzige, das die Stille durchbrach, war das Flüstern des Windes im trockenen Gras. Alle Blicke waren auf den Ritter gerichtet, und keiner war willens – oder in der Lage –, das Schweigen zu brechen. Tränen froren auf Graces Wangen, aber sie konnte keine Hand regen, um sie wegzuwischen, und ihr Herz war so voller Liebe, dass sie den Schmerz kaum ertragen konnte.

Eine kleine Gestalt schlüpfte vor Grace aus dem Sattel und landete leichtfüßig auf dem Boden. Tira. Barfuss lief sie zu Durge; der Wind zerzauste ihre Locken. Sie ergriff die Hand des Ritters und schaute mit ihrem Narbengesicht zu ihm hoch.

»Gut«, sagte sie und nickte dann energisch. *»Gut.«*

Durge kniete nieder und umarmte das kleine Mädchen. Es warf die Arme um ihn und vergrub sein Gesicht an seinem Hals.

Der Wind wurde stärker, pfiff über die Anhöhe, und es war, als wären Furcht und Zweifel von ihm weggeblasen worden. Grace stieg vom Pferd, trat zu Durge und Tira und legte ihnen die Hände auf die Schultern. Sie schaute zu Sir Vedarr hoch.

»Was wollt Ihr also tun?«, fragte sie.

Vedarr sah sie einen Augenblick lang mit unleserlicher Miene an, dann zog er einen Dolch und hielt ihn vor sich. War das also seine Wahl? Der Tod?

Bevor sie weiter darüber nachdenken konnte, drehte Vedarr die Klinge und drückte ihre Spitze gegen den Schild. Mit langsamen, überlegten Bewegungen kratzte er die weiße Farbe des grinsenden Totenschädels ab. Als er fertig war, zog er sein Pferd herum und hielt den Schild in die Höhe. Die fünf Embarraner vor ihm betrachteten ihn mit leuchtenden Augen, und der Rest der Ritter weiter unten auf der Anhöhe gab lautstark seinen Beifall kund, ein Jubelruf, den Graces Heer aufnahm.

Vedarr drehte sein Pferd. »Wir folgen Euch nach Norden, Euer Majestät.« Er sah Durge an. »Nicht um das Böse zu besiegen, sondern um sich ihm entgegenzustellen.«

»Danke«, sagte Grace. Mehr fiel ihr nicht dazu ein.

»Ich werde meine Männer über ihre neue Mission unterrichten«, sagte Vedarr. Er ritt die Anhöhe herunter, und seine fünf Ritter galoppierten hinter ihm her.

Grace wandte sich um. Durge war wieder aufgestanden, und er hielt Tira im Arm. In seinen braunen Augen lag ein nachdenklicher Blick.

»Ihr *seid* ein guter Mann, Durge von Embarr«, sagte Grace leise, und sie meinte es von ganzem Herzen. »Was auch geschehen mag, daran wird sich nie etwas ändern.« Sie streckte die Hand nach ihm aus. »Das wisst Ihr doch, oder?«

»Kommt, Mylady«, sagte er rau. »Es ist Zeit, nach Norden zu reiten.«

Das Abenteuer geht weiter!

Mark Anthony

DIE LETZTE RUNE 10

Der Runenbrecher

Die letzte Rune

Mark Anthonys Bestseller
bei Knaur:

Das Ruinentor – *Die letze Rune 1*

Der fahle König – *Die letze Rune 2*

Der Runensteinturm – *Die letze Rune 3*

Die Flammenfestung – *Die letze Rune 4*

Der schlafende Reiter – *Die letze Rune 5*

Die sterbende Stadt – *Die letze Rune 6*

Die schwarzen Ritter – *Die letze Rune 7*

Das Schwert von Malachor – *Die letzte Rune 8*

Das Tor des Winters – *Die letzte Rune 9*

Der Runenbrecher – *Die letzte Rune 10*

Grace Beckett und Travis Wilder sind Wanderer
zwischen den Welten – und müssen nicht nur die Erde,
sondern auch das magische Reich Eldh
vor der Zerstörung bewahren ...

Eine große Saga um Liebe, Macht und Magie!

Juliet Marillier bei Knaur:

Die Tochter der Wälder

Der Sohn der Schatten

Das Kind der Stürme

Aus Elementen keltischer Mythologie, dem großen Schatz irischer Märchen und historischen Fakten über das Irland des 9. Jahrhunderts webt Juliet Marillier den farbenprächtigen Stoff für ihre fantastische Familiensaga. Drei Frauen begleitet sie in drei großen Romanen auf ihrem gefahrvollen Weg:
In *Die Tochter der Wälder* begibt sich die mutige und willensstarke Sorcha auf eine abenteuerliche Reise, um ihre Brüder zu erlösen, die Opfer der bösen Hexe Oonagh geworden sind. Ihre Tochter Liadan tritt in *Der Sohn der Schatten* in die Fußstapfen ihrer Mutter. Sie besteht kühne Abenteuer, behauptet sich gegen zahlreiche Intrigen, gegen Magie und List.
Sorchas Enkelin, Fainne, wächst in *Das Kind der Stürme* zur machtvollen Zauberin heran. Nur sie kann die grüne Insel Irland retten – denn noch immer spinnt die Hexe Oonagh ihre Fäden.

»Juliet Marillier
ist ein außergewöhnliches Talent.«
Andre Norton

Für Fans historischer Romane und märchenhafter Fantasy!

Sophie Masson

Im Wald der Träume

Roman

Frankreich im Jahre 1177: Die junge Adlige Marie de France begegnet zwei Männern, die ihr Leben auf ungeahnte Art verändern werden: Der eine ist Richard Löwenherz, der sich leidenschaftlich in sie verliebt, aber Marie aus politischen Gründen nicht zur Frau nehmen darf. Der andere hört auf den Namen Ysengrim und entführt Marie in sein Reich, das tief unter der Erde verborgen liegt – dort soll sie mit ihm über ein geheimnisvolles Volk herrschen ...